《戏剧与影视评论》系列图书

〔英〕马丁·麦克多纳（Martin McDonagh） 著

丽南山的美人
——马丁·麦克多纳戏剧集

Martin McDonagh Plays

胡开奇（Kaiqi Hu） 译著

丽南镇三部曲　阿伦岛三部曲

南京大学出版社

图书在版编目(CIP)数据

丽南山的美人：马丁·麦克多纳戏剧集／（英）马丁·麦克多纳著；胡开奇译著. — 南京：南京大学出版社，2024.10(2025.6重印)
ISBN 978-7-305-27488-6

Ⅰ.①丽… Ⅱ.①马…②胡… Ⅲ.①戏剧文学—剧本—作品集—英国—现代 Ⅳ.①I561.35

中国国家版本馆 CIP 数据核字(2024)第 000913 号

(1) The Beauty Queen of Leenane
Copyright © 1996 by Martin McDonagh
(2) A Skull in Connemara
Copyright © 1997 by Martin McDonagh
(3) The Lonesome West
Copyright © 1997 by Martin McDonagh
(4) The Cripple of Inishmaan
Copyright © 1997 by Martin McDonagh
(5) The Lieutenant of Inishmore
Copyright © 2001 by Martin McDonagh
(6) The Banshees of Inisherin
Copyright © 2022 by Martin McDonagh

Simplified Chinese Edition Copyright © 2024 by NJUP

江苏省版权局著作权合同登记　图字：10-2022-35 号

出版发行	南京大学出版社
社　　址	南京市汉口路 22 号　邮　编　210093
书　　名	丽南山的美人——马丁·麦克多纳戏剧集 LINANSHAN DE MEIREN——MADING MAIKE DUONA XIJUJI
著　　者	〔英〕马丁·麦克多纳
译　　著	胡开奇
责任编辑	马蓝婕
照　　排	南京南琳图文制作有限公司
印　　刷	苏州市古得堡数码印刷有限公司
开　　本	880 mm×1230 mm　1/32　印张 14.25　字数 347 千
版　　次	2024 年 10 月第 1 版　2025 年 6 月第 2 次印刷
	ISBN 978-7-305-27488-6
定　　价	70.00 元

网　　址　http://www.njupco.com
官方微博　http://weibo.com/njupco
官方微信　njupress
销售热线　(025)83594756

* 版权所有，侵权必究
* 凡购买南大版图书，如有印装质量问题，请与所购图书销售部门联系调换

总　序

樊国宾

　　南京大学有一种可以自由地关怀智性事物的气氛。南大文学院，特别是其戏剧学科，自吴梅、陈中凡、卢前、钱南扬、吴白匋、陈白尘、董健以来，黉宇之下，弦歌不辍，继承了"南雍学术"的传统、眼光、胆量和断制，以及价值观理念上的振衣得领——不仅"开民智"，而且"开士智"，讲究思想的清楚与深锐。以对剧作家的培养为例，肃肃松风，高而徐引。近年来，从李龙云、姚远、赵耀民到温方伊、朱宜、高子文，他们的作品无不赓续了该校先贤们的毓秀传统，追慕凛然独立、耻于奔竞、识见严谨、典雅丰赡的精神人格，崇尚临难不苟、忠贞峥嵘、德行崇劭、流风广被的境界。本系列图书主编吕效平教授曾多次与我讲起他导演的话剧《蒋公的面子》的"人类性"，他坚持认为这个戏"在云端低首看人类的种种实践，看我们的有限性"。我想，这个戏并不专门隐指南大的校史与校风，但客观上的确传递了某种校风的自我认知。

　　中国戏剧出版社、南京大学出版社和南京大学文学院联合编辑出版的这套当代戏剧评论、创作和翻译集，作为当代中国剧坛的一面棱镜，或可记叙正在发生深刻变化的我们这个时代的世相与品格，也从不同侧面折射出南大戏剧学人孜孜以求的价值观与美学旨趣。

从《中国现代戏剧史稿》、《中国当代戏剧史稿》、《中国现代戏剧总目提要》、《中国当代戏剧总目提要》等鸿篇巨制，到这套"《戏剧与影视评论》系列图书"的出版，南京大学戏剧学科与中国戏剧出版社之间的诚恳合作，堪称学术担当与出版担当珠联璧合的一曲佳话。我们希望这两种担当，最终可以共同构成我们时代专业意义上的"道统"担当，此即策划并推出这套书的初心。

目录

- i 译者前言
- 001 爱尔兰后殖民时代的隐喻
  ——《丽南山的美人》
- 011 丽南山的美人（丽南镇三部曲之一）
- 075 丽南镇掘墓人的供词
  ——《康尼玛拉的骷髅》
- 081 康尼玛拉的骷髅（丽南镇三部曲之二）
- 139 丽南镇神父的遗书
  ——《荒凉西岸》
- 145 荒凉西岸（丽南镇三部曲之三）
- 213 残疾孤儿与荒岛芸芸众生
  ——《伊尼西曼岛的瘸子》
- 219 伊尼西曼岛的瘸子（阿伦岛三部曲之一）
- 297 暴力与血腥杀戮的可怖镜像
  ——《伊尼西莫岛的中尉》
- 303 伊尼西莫岛的中尉（又名：黑猫托米 阿伦岛三部曲之二）
- 367 凄凉而残酷的荒诞社区写照
  ——《伊尼西林岛的女妖》
- 375 伊尼西林岛的女妖（阿伦岛三部曲之三）

译者前言

胡开奇

本卷收入马丁·麦克多纳（Martin McDonagh）20 世纪 90 年代动笔的"丽南镇三部曲"（The Leenane Trilogy）和"阿伦岛三部曲"（The Aran Islands Trilogy）六部剧作。这六部剧作的背景均发生在他故乡和他度过童年和少年时代的爱尔兰西岸戈尔韦郡一带。"丽南镇三部曲"三剧为《丽南山的美人》（The Beauty Queen of Leenane，1996）、《康尼玛拉的骷髅》（A Skull in Connemara，1997）和《荒凉西岸》（The Lonesome West，1997），三剧场景都发生在西岸戈尔韦郡康尼玛拉地区的丽南镇。"阿伦岛三部曲"三剧为《伊尼西曼岛的瘸子》（The Cripple of Inishmaan，1996）、《伊尼西莫岛的中尉》（The Lieutenant of Inishmore，2001）和写于 20 世纪 90 年代的《伊尼西尔岛的女妖》（The Banshees of Inisheer），三剧则以戈尔韦郡沿海的阿伦岛三岛屿为背景。

由于作者对剧作《伊尼西林岛的女妖》一直不满，曾提出希望在他年长后再重写此剧，所以自 1994 年以来《伊尼西林岛的女妖》从未出版及上演。二十六年后，麦克多纳将剧作改为电影，在 2020 年开始了此剧的电影制作；2022 年 9 月 5 日，他自编自导、联

i

合制作的电影《伊尼西林岛的女妖》(*The Banshees of Inisherin*)在第79届威尼斯国际电影节上全球首映。影作虚构了"伊尼西林岛"的岛名取代了剧作中的伊尼西尔岛。同年，作者给译者发来他的影作文本《伊尼西林岛的女妖》，并授权将它归入"阿伦岛三部曲"。影片《伊尼西林岛的女妖》与剧作《伊尼西尔岛的女妖》的关联与相近程度无从知晓。

麦克多纳是继王尔德、肖伯纳、叶芝、贝克特、辛格、奥凯西、弗利尔等之后，又出现于爱尔兰这块戏剧文学厚土的天才剧作家。他1970年3月26日出生于伦敦坎伯韦尔，父母早年从爱尔兰西岸移居伦敦打工；父亲为建筑工人，母亲为保洁工，一家人住在伦敦南部的工薪移民社区。1992年，麦克多纳父母搬回原籍爱尔兰西岸戈尔韦郡的康尼玛拉。将马丁与他哥哥约翰（影视作家兼导演）留在伦敦。兄弟俩在成长过程中既亲密无间又争论不休，后来的职业道路也如出一辙。他俩就读于罗马天主教教会学校，每年夏天回故乡爱尔兰西岸多石、多风的山区康尼玛拉探望父母；在随后十年的大部分时间里，麦克多纳的最爱就是看电视和阅读纳博科夫与博尔赫斯的小说。

他十六岁开始在公司和超市打零工，生活上靠失业救济金度日，同时，他开始写小说、电视和电影剧本。在看了马梅特《北美野牛》一剧后，他从小说写作改为戏剧写作。在《丽南山的美人》一举成名之前，这位天才的爱尔兰剧作家也走过艰辛坎坷之路，他投稿给英国广播公司（BBC）的二十二部广播剧被全部退稿。1996年2月，这位二十六岁青年剧作家的《丽南山的美人》首演于伦敦英国皇家宫廷剧院，震撼了英伦三岛的业界和观众。1998年4月，该剧在百老汇沃尔特·科尔剧院首演；自此他的黑色喜剧不断热演于伦敦、纽约与世界各地，连获奥利弗奖、托尼奖、英美戏剧评论圈等多项大奖。

麦克多纳阅读了大量爱尔兰剧作，从波西考尔特到约翰·基恩，从辛格到墨菲。中学时代每年夏天回故乡度假使他熟悉了爱尔兰西部方言，形成了他戏剧写作的语言特色，他的爱尔兰叙事戏剧均以他爱尔兰西岸的故乡为场景。辛格作品中的象征与黑色幽默、品特和马梅特的现代戏剧、英国电视喜剧和粗犷的爱尔兰西部方言，形成了他反讽的黑色喜剧风格。尽管人们戏称萨拉·凯恩为英国戏剧的"坏女孩"，戏称他为英国戏剧的"坏男孩"，但麦克多纳仍同萨拉·凯恩一样被公认为优秀的英国直面戏剧的代表作家。

麦克多纳目前住在伦敦东部，拥有爱尔兰和英国双重国籍。1999年，他与莎拉·凯恩、马克·莱文希尔、杰兹·巴特沃斯、康纳·麦克弗森四位直面戏剧代表作家共同荣获皇家宫廷剧院颁发的"欧洲戏剧现实奖"。作为爱尔兰裔英国剧作家和电影人，他以荒诞的黑色幽默著称，不断挑战现代戏剧美学，屡获国际顶级戏剧与电影大奖。1996年这位靠失业救济金度日写作的麦克多纳发现自己突然成了英伦三岛的著名剧作家。那年秋天，他荣获伦敦《标准晚报》戏剧奖最佳剧作家奖，由于紧张，颁奖典礼前他喝了太多的酒，在同样喝得醉醺醺的哥哥陪同下，发生了与演员肖恩·康纳利的争吵；翌日，一家伦敦小报刊出了以"爱尔兰剧作家咒骂邦德"为标题的报道。

* * *

"丽南镇三部曲"的《丽南山的美人》《康尼玛拉的骷髅》和《荒凉西岸》三剧的故事都发生在20世纪90年代初期爱尔兰西岸康尼玛拉山区的丽南小镇；分别揭示了母女、夫妇、父子、兄弟间扭曲的爱恨情仇，三剧的高潮都落在了暴力与血腥的凶杀。其背景是90年代经济全球化浪潮引起的社会转型深深侵蚀了家庭、法律和教会，天主教会虐童案重创了爱尔兰宗教信仰和教会权威，曾经依靠宗教精神指引的人们堕入迷途。随着良知、理性和道德的崩塌，丽南镇陷入了深重的罪孽：杀人、杀人未遂、自杀、敲诈、酗酒、斗殴等。三部剧作在故事与人物结构上既独立又相互交织；在前两部剧中被反复提及的威尔士神父，最终在第三部剧中现身。三剧的写实风格突出了镜像戏剧的寓言功能；《丽南山的美人》残酷地展现了一个社会亲情与伦理的毁灭，《康尼玛拉的骷髅》无情地暴露了这个社会的行政与法律的溃败，而《荒凉西岸》则深刻揭示了这个社会在信仰与道德崩溃后仇恨与暴戾的肆虐。

"阿伦岛三部曲"《伊尼西曼岛的瘸子》《伊尼西莫岛的中尉》和《伊尼西尔岛的女妖》中的阿伦三岛：伊尼西曼岛（Inishmaan）、伊尼西莫岛（Inishmore）和伊尼希尔岛（Inisheer）位于爱尔兰西岸戈尔韦湾，距离麦克多纳故乡康尼玛拉山区不远。岛上的岩礁美景、可追溯至铁器时代的巨石堡垒，和坚忍不拔、靠捕鱼为生的岛民吸引了几代爱尔兰作家，包括约翰·辛格和威廉·叶芝。辛格在伊尼西曼岛生活数年，写了《骑手入海》（Riders to the Sea）等几部名剧。罗伯特·弗莱赫迪1934年拍摄了以岛上原始生活为主题的著名纪录片《阿伦岛人》。

《伊尼西曼岛的瘸子》正是以纪录片《阿伦岛人》的摄制为背景呈现了20世纪30年伊尼西曼岛上一个残疾孤儿的戏剧性境遇，展示了岛民们昔日的生存状态，剖析了苦难与困境中的岛民们人性深处的光亮与黑暗。《伊尼西曼岛的瘸子》的1996年伦敦首演版和2014年纽约复排版都曾获得奥利弗奖和托尼奖的荣誉。20世纪90年代同时的剧作《伊尼西莫岛的中尉》却直到2001年才首演于伦敦皇家莎士比亚剧院，2006年上演于纽约百老汇。这部血腥展示一个爱尔兰共和军人残忍暴虐地为猫复仇的黑色喜剧轰动了伦敦和纽约，获得了多项戏剧大奖。《伊尼西尔岛的女妖》由麦克多纳改编为电影《伊尼西林岛的女妖》，由他导演并联合制作的影片于

2022 年 9 月 5 日在第 79 届威尼斯国际电影节上进行了全球首映。电影中的故事场景由剧作中爱尔兰西岸的伊尼西尔岛改名为虚构的"伊尼西林岛"。电影故事以 1923 年爱尔兰西岸阿伦岛为背景，一部关于男子友情的荒诞寓言，一幅小镇岛民生活的生动写照，也是一篇关于人类孤独之残酷的论说。这部电影凄凉、血腥且意境深远。

根据英国《文学术语和文学理论辞典》的定义，黑色喜剧是：一种表现对社会的幻灭和冷嘲的戏剧形式。它揭示人类被宿命、幸运或莫名的力量所制约而失去了信念和希望。如同爱尔兰小乡镇生活编年史，麦克多纳六部剧作的场景都发生在爱尔兰西岸的乡村与荒岛上，村民与岛民们之间话语尖刻、举止粗俗。延伸了约翰·辛格和肖恩·奥卡西等 20 世纪初爱尔兰文学复兴时期作家们所建立的戏剧文学传统，他们将传统的爱尔兰社会内部的紧张和斗争视为更大的社会和政治力量影响国家的前兆，麦克多纳的黑色喜剧则在本质上避开任何明显的政治倾向，聚焦于那些在恶劣社会生存中形成的多种缺陷的人物；这些人物因生活畸形而价值观畸形，而这种畸形通常造成那种闭塞愚昧生活所特有的人格和价值观的扭曲。

这六部爱尔兰叙事戏剧在舞台上无情地揭露了西岸岛民和村民们生活的黯淡、人性的扭曲、道德的崩坏。人们在侮辱和淫秽的交谈中，互相嘲笑攻击，体现了黑色喜剧的特质。而这些口头攻击有时导致最终的人身伤害甚至凶杀。这种最黑暗和宿命的杀戮却发生在孩子和父母，丈夫和妻子以及兄弟姐妹之间。这种家族纽带的脆弱性唤起了人们不得不直面这些现代社会依然存在的人性沦丧与多变。台下观众在不安的笑声中体会到弥漫在欢乐谐笑表面下剧中的悲哀和暴力。这种情感正是麦克多纳作品的特质，恰如《丽南山的美人》《荒凉西岸》和《伊尼西曼岛的瘸子》，作者深知如何将观众引入一个精彩的故事，然后用黑色的暗流令观众震撼。当然，评论界也有观点抨击麦克多纳对爱尔兰下层社会道德败坏的揭露是一种"黑暗视野"，指责麦克多纳这些剧作旨在嘲笑和贬损爱尔兰贫困的村民和岛民以逗乐上流社会。

麦克多纳的两部爱尔兰三部曲叙事揭示了爱尔兰丑陋的负面而非美好的正面，解构和颠覆了爱尔兰的构建意义。对第一代爱尔兰戏剧家们来说，爱尔兰曾是神圣的母亲形象，但叶芝时代理想化的爱尔兰如今已彻底消失。曾经保留了神话或仪式价值的东西，无论统一还是分裂，现已完全过时。家庭、邻里、教堂、话语，以及乡村厨房、乡村酒馆、农场、土地等，只以一个维度的图标而存在。与叶芝不同，麦克多纳把爱尔兰母亲的神话作为对历史上殖民主义灾难的象征性补偿。通过对爱尔兰的黑暗描述，通过六部剧作中一系列典型形象对爱尔兰的隐喻，麦克多纳颠覆了爱尔兰牧歌式的传统形象。

这六部剧作中，《丽南山的美人》译作曾收入世纪出版集团版《渴求：英国当代直面戏剧名作选》，而《康尼玛拉的骷髅》《荒凉西岸》《伊尼西曼岛的瘸子》和《伊尼西莫岛的中尉》四部译作则先后发表于南京大学《戏剧与影视评论》，在此，谨向世纪出版集团、《戏剧与影视评论》编辑部和付出心血的责编们致以深深的谢意！

2023 年 9 月于纽约凫构公园

爱尔兰后殖民时代的隐喻

——《丽南山的美人》

胡开奇

1996年2月,麦克多纳《丽南山的美人》(*The Beauty Queen of Leenane*)在伦敦皇家宫廷剧院上演,该剧的黑色幽默及对当代人性阴暗面的深入刻画赢得了评论界和观众的一致赞叹。《丽南山的美人》曾首演于爱尔兰戈尔韦市政厅剧院,一举轰动爱尔兰之后,转入伦敦宫廷剧院和约克公爵剧院,获当年奥利弗最佳戏剧等三项大奖。1998年又热演于纽约百老汇,获四项托尼大奖。《丽南山的美人》迄今被译为三十多种语言并热演于世界各地舞台。

"丽南镇三部曲"之《丽南山的美人》《康尼玛拉的骷髅》《荒凉西岸》三剧背景均为爱尔兰戈尔韦郡康尼玛拉的丽南镇。三部剧作在故事与人物结构上既独立又相互交织。比如前两部剧中反复提及的威尔士神父,最终在第三部剧中出现。而这三部剧中的高潮都落在了暴力与谋杀。戏剧结构十分严谨的《丽南山的美人》呈现了爱尔兰乡间一家母女从扭曲的仇恨到暴虐的凶杀的一系列扣人心弦的场景;作者以直面戏剧悲观写实的手法深刻揭示了现代社会人性的阴暗面。

幕启,爱尔兰西部小山镇丽南的一间乡居的起居室和厨房,七十多岁的老母亲玛格坐在火炉前的摇椅上,炉旁醒目地挂着一把大火钳。屋外下着大雨,她的小女儿、四十岁的老姑娘莫琳购物回来后发现母亲故意隐瞒男友佩托给她的晚会邀请,便报复地给玛格吃结块的康补伦和粗糙难咽的饼干。晚会后当夜,莫琳把佩托带回家中,佩托抱着莫琳,称她为"丽南山的美人",并在她房里过夜。次日清晨,老玛格拎着尿壶将尿液倒进厨房洗碗池,为了拆散莫琳与佩托,她告诉佩托莫琳曾因精神崩溃住过疯人院。

之后在伦敦做工的佩托写信给莫琳让她同他一起移民美国波士顿;可这封信落到了母亲玛格的手中,她在摇椅晃动中偷看了信,并把信扔进了火炉。可事后她说漏了嘴,莫琳就用滚烫的热油浇玛格的手,逼她说出实情。莫琳痛苦地想像在车站送别佩托并相约俩人一起去波士顿;此刻,莫琳从火炉旁操起了那把巨大的火钳砸下,坐在摇椅中前后摇摆的玛格突然前仆倒地,血淋淋地颅骨开裂。

几星期后,摆脱了谋杀案的莫琳正准备离去,佩托的弟弟雷蒙上门来告诉她,他大哥已同另外一位姑娘订婚。莫琳让雷蒙带信给他大哥:"丽南山的美人向他告别。"于是,在渐暗的灯光中,莫琳坐在她母亲那把摇椅中一前一后地摇动着……此刻,收音机里转来她两位姐姐为母亲玛格点播的优美歌曲,她们祝愿远在丽南山镇的母亲七十一岁生日快乐……

作为直面戏剧的经典,此剧在伦敦宫廷剧院舞台上的写实场景令开场前的观众沉浸于爱尔兰昔日文化的神秘之中;从肯尼迪弟兄的照片到墙壁上的十字架,舞台上起居室和厨房里的杂物细致逼真。直面戏剧的题材多为现代都市情景,而"丽南镇三部曲"的故事场景都土得像一坨坨牛粪。你也许闻不到厨房洗碗池中的尿味,但空气中那股潮湿让你感受到慢性幽闭症的恐惧;当女儿操起火钳,母亲扑地猝死时,观众席响起惊叫。当莫琳遭痛骂后在雷蒙身后操起火钳,逼近他时,观众席近乎窒息。雷蒙的忽然跃起使剧情又回归于黑色喜剧风。紧扣的结构、惊悚的剧情,令人赞叹;火炉边那把大火钳的悬念贯穿全剧。开场时提到莫琳的姐姐们已经为母亲的生日点歌，终场时那首优美的《纺车》歌声骤起，残酷地回荡在观众们的耳际。犀利深刻的人性刻画，严谨精湛的戏剧结构，风格浓郁的乡村语言，《丽南山的美人》在世界各地热演二十七年后，依然风靡。

*　　*　　*

几个世纪以来，爱尔兰人一直在为结束英国殖民统治而奋斗；然而，在1948年获得独立后，出现了社会经济失调和分崩离析的困境，然后便形成了移民和自我流亡问题。这些现象在《丽南山的美人》一剧中都得以呈现；母亲玛格如同衰老的爱尔兰，为其私利而陷女儿莫琳于窒息之中，莫琳则拼命寻找一条逃离与解脱之路。通过玛格和莫琳的命运，麦克多纳戳穿了爱尔兰的母亲神话而揭示了爱尔兰后殖民时代之困境。《丽南山的美人》的高价值符号在于：直面爱尔兰民族尚未从其殖民历史负担中解脱自身的象征。

作为爱尔兰新生代天才剧作家，麦克多纳自《丽南山的美人》首演后，震撼世界剧坛，佳评如潮，但他同时也像其前辈辛格（J. M. Synge）那样备受争议，他的剧作如同辛格的名剧《西部浪子》（*The Playboy of the Western World*）和《骑手入海》（*Riders to the Sea*）等被许多爱尔兰人认为是对爱尔兰民族的侮辱。麦克多纳笔下故土成了一个贪婪堕落、道德沦丧、血腥暴力之地，充斥了家庭骨肉间的虐杀，邻里乡亲间的残害。谋杀、暴力和偷窃在丽南镇几乎是常态。在那里，死亡似乎只是对自我陶醉的日常生活仪式的一种无意义的入侵。[1]玛丽亚·科迪（Mária Kurdi）批评麦克多纳对爱尔兰西岸的描述是"夸张"和"想象"[2]。但兰特斯（Lanters）观点不同，他认为麦克多纳的爱尔兰叙事并未忽视爱尔兰的社会事实，而是突出了"虐待者和被虐待者"的主题，是"当前爱尔兰国家话语的及时类比：何为真正的爱尔兰人？这种形象与现实的关系如何？"[3]显然英国对爱尔兰殖民统治的历史沉淀造成了今日英国和爱尔兰文化的交织与密不可分,这带来了后殖民主义社会心理问题,爱尔兰人至今无法摆脱数百年以来英国殖民主义的影响与负担。《丽南山的美人》呈现了20世纪90年代爱尔兰西岸的后殖民社会状态。

范德维勒(Vandevelle)指出,在20世纪90年代,麦克多纳的爱尔兰直面戏剧写作时期,爱尔兰人仍然经历着分崩离析的社会和经济问题,"20世纪90年代的统计数据事实上揭示了爱尔兰社会生活碎片化的残破画面。自杀率和确诊抑郁症的人数比率均达惊人之高,农村移民城市的大潮造成了当地社区的崩裂。"[4]这种崩裂和移民潮对爱尔兰造成了破坏性影响,如"社会关系的溃败、低结婚率和社会隔绝"[5]。麦克多纳《丽南山的美人》的人物折射了这种抑郁的气质,剧中爱尔兰的"孩子"被"母亲"爱尔兰困在一个窒息的恶性循环中,人们困惑于身份的失落而试图寻找一个完整的"自我"。

《丽南山的美人》反映了爱尔兰当时真实的社会经济和社会心理,剧中人物的背井离乡揭穿了爱尔兰牧歌和爱尔兰母亲的神话。丽南镇茅屋的尿骚味和压抑的气氛体现了家庭边界的混乱;在母女间恶毒的对怼中可见家庭已是其成员的怨恨和恐惧之地。同时,"墙上挂着约翰和罗伯特·肯尼迪兄弟的肖像,""火炉旁放着一把漆黑沉重的大火钳"。[6]《丽南山的美人》首场的舞台提示便隐喻了暴力:火钳成为弑母凶器,两位爱尔兰兄弟都在美国被暗杀;爱尔兰西岸旧时田园小屋的神话并非麦克多纳直面的爱尔兰。

对第一代爱尔兰戏剧家来说,爱尔兰曾是个神圣的母亲形象;而叶芝时代理想化的爱尔兰如今已彻底消失:"曾经保留了神话或仪式价值的东西,无论统一还是分裂,现已完全过时。家庭、邻里、教堂、话语,以及乡村厨房、乡村酒馆、农场、土地等,只以一个维度的图标而存在。"[7]麦克多纳的两部爱尔兰三部曲叙事通过揭示爱尔兰负面丑陋而非正面美丽的特征,解构和颠覆了爱尔兰的构建意义;与叶芝不同,麦克多纳"把爱尔兰母亲的神话作为对历史上殖民主义灾难的象征性补偿"[8]。通过对爱尔兰的黑暗描述,通过老妇玛格的典型形象对爱尔兰的隐喻,麦克多纳颠覆了爱尔兰牧歌式的传统形象。

就戏剧隐喻而言,玛格从心理和生理上摧毁了女儿,至今未婚的莫琳"被玛格困住,她既是挂在莫琳颈上的重负,又是莫琳无法推脱的末日责任"[9]。在此意义上,《丽南山的美人》反映了爱尔兰女性的状况,"在意识形态上,妇女的命运在于将她们的身份归入'家庭',并将她们的时间和精力投入'家庭'"[10]。而社会性规范上,莫琳被要求服从伦理责任,为家庭牺牲自己。事实上,玛格不愿女儿获得幸福与自由;她剥夺女儿所有心理和性爱需求的机会,她只要莫琳做她的终身看护,以致女儿对母亲的憎恨是如此之深,以致杀死母亲和盼她早死的愿望常存。

剧中莫琳高举火钳砸向母亲玛格的场景,可被解释为一个象征性标志,格莱尼(Grene)揭示:"昔日和今日的戏剧化经验,与政治统治的压迫一样,都是贫穷和匮乏以及相随的思想和精神的畸形。"他还指出:"在爱尔兰戏剧中表现爱尔兰生活中的症状,一般来说可以归结为殖民与后殖民意识,它使民族身份始终成为一个问题。"[11] 同样,在《丽南山的美人》中,莫琳的自我被转化为一个支离破碎而错位的自我,就像爱尔兰的"孩子"希望逃离母亲爱尔兰;她把玛格看成死人,然后又杀了玛格,这被隐喻为逃离母亲爱尔兰的愿望的象征。在这一点上,迪赫尔(Diehl)认为:"通过探索日常的黑暗色调(即谋杀、背叛、怨恨、嫉妒),麦克多纳编织了关于流离、孤独和失败的故事……这些故事……记录了对爱尔兰历史及当下文化的敏锐认识。"莫琳弑母案是"家庭根基"沦丧的最重要证据,同时也具有"一种黑暗的讽刺感",因为莫琳用壁炉火钳杀了玛格,而壁炉火钳通常代表"家庭的团聚、温暖和安全"[12],然而在剧中,家庭的温暖、关爱和尊重被痛苦、仇恨和暴力发出的尖叫声取代。

麦克多纳本人在伦敦长大,但他与家乡的爱尔兰文化密不可分。他父母就是不得不移居伦敦的两个真正的爱尔兰侨民,20世纪60年代他父母在伦敦相遇并结婚,为了挣到爱尔兰挣不到的工资,他父亲在伦敦做建筑工人,母亲则养育他哥俩。[13]麦克多纳在《丽南山的美人》中表现了生活在爱尔兰的人零散、孤立的自我,未脱去殖民历史影响的爱尔兰西岸文化。在莫琳和玛格的对话中,爱尔兰的根被斩碎,文化传统被侵蚀,爱尔兰人惶恐不安,身份失落。当经济困境上升到这种自我放逐和错位时,许多爱尔兰人被迫移民到英国、美国和澳大利亚等国家。"在第二次世界大战结束后,民族政治独立的要求成为解决殖民地问题的首要。但这很快就被发现是一个不现实的愿望,因为许多新生国家……未能在经济上得到发展。"[14]《丽南山的美人》正是对后殖民时代爱尔兰状况的批判,麦克多纳笔下的爱尔兰十分破败和严酷,畸形和暗黑。

在《丽南山的美人》中,因经济问题而移民的现象通过醒目而痛苦的表达方式得到了解释。剧中的爱尔兰移民,如佩托、莫琳,以及雷蒙这样渴望移民生活的人,都可被看作真实的爱尔兰移民的象征,对他们来说,"移民只是代表着机会"[15],但随后则意味着"流亡之旅"[16]。爱尔兰人痛感分崩与窒息,无处归属,因而不得不逃离。这种痛苦令佩托和莫琳心心相印。年轻时代的莫琳,曾因萧条与窒息逃离爱尔兰去了英国利兹做清洁工。满怀希冀和期待,她渴望在那儿找到幸福和自由;然而她很快便陷入绝望,歧视与侮辱、困扰与抑郁使她堕入心理的黑洞而进了精神病院。这在《丽南山的美人》剧中"构成了一次情感上的过山车之旅,进入了人类心理的深渊"。这段失败的移民经历,幽灵般始终伴随着她,形成了剧中莫琳失常而极端的心理轨迹和暴力行为。

该剧结尾的摇椅象征着爱尔兰状况依旧。莫琳最终变成了她母亲——她所憎恨的人;弑母之后,她坐在母亲的摇椅上来回摆动,但永远停滞不前。这就是《丽南山的美人》中的"恶性循环"。莫琳高举火钳砸向玛格,以摆脱她所陷入的恶性循环,然而,就像那停滞不前的摇椅,一切都是徒劳。最后,"她成了一个真真切切、生死攸关的完全瘫痪的形象"[17]。在最后的场景中,莫琳坐在晃动的摇椅上,聆听播音员宣布迪莉娅·墨菲的流行歌曲《纺车》,姐姐们为庆祝母亲玛格七十一岁生日所点之歌。英语中"纺车"一词与"老处女"一词紧密相连,象征了莫琳的处境。莫琳将一直是个单身不育的女人,成为后殖民时代爱尔兰的隐喻;她将被困在爱尔兰,注定作为一个"被迫的囚徒"生活在爱尔兰西岸的乡村小屋中,在摆动的摇椅中一生一世自我放逐。

2023 年初夏于纽约芮枸公园

参考书目

[1] Marion Castleberry, "Comedy and Violence in *The Beauty Queen of Leenane*", in Richard Rankin Russell, *Martin McDonagh: A Casebook*, New York: Routledge, 2007, pp. 41-59.

[2] Mária Kurdi, "Gender, Sexuality and Violence in the Work of Martin McDonagh", in Lilian Chambers and Eamonn Jordan, *The Theatre of Martin McDonagh: A World of Savage Stories*, Dublin: Carysfort Press, 2006, pp. 96-115.

[3] José Lanters, "Playwrights of the Western World: Synge, Murphy, McDonagh", in Stephen Watt, Eileen Morgan and Shakir Mustafa, *A Century of Irish Drama: Widening the Stage*, Indiana: Indiana University Press, 2000, pp. 204-222.

[4] Karen Vandevelle, "The Gothic Soap of Martin McDonagh", in Eamonn Jordan, *Theatre Stuff: Critical Essays on Contemporary Irish Theatre*, Dublin: Carysfort, 2000, pp. 292-302.

[5] John Coward, "*Irish Population Problems*", in R. W. G. Carter and A. J. Parker, *Ireland: Contemporary Perspectives on a Land and Its People*, London: Routledge, 1990, pp. 55-86.

[6] Martin Mcdonagh, *Plays 1: The Leenane Trilogy: The Beauty Queen of Leenane, A Skull in Connemara, The Lonesome West*, London: Methuen, 1999.

[7] Clare Wallace, *Suspect Cultures: Narrative, Identity & Citation in 1990s New Drama*, Prague: Litteraria pragensia, 2006.

[8] Richard Kearney, *Post-nationalist Ireland: Politics, Culture, Philosophy*, London and New York: Routledge, 1997.

[9] Heath A. Diehl, "Classic Realism, Irish Nationalism, and a New Breed of Angry Young Man in Martin McDonagh's *The Beauty Queen of Leenane*", *The Journal of the Midwest Modern Language Association*, 2001, 34(2), pp. 98-117.

[10] Pat O'Connor, *Emerging Voices: Women in Contemporary Irish Society*, Dublin: Colour Books Ltd. , 2001.

[11] Nicholas Grene, *The Politics of Irish Drama: Plays in Context from Boucicault to Friel*, Cambridge: Cambridge University Press, 1999.

[12] Heath A. Diehl, "Classic Realism, Irish Nationalism, and a New Breed of Angry Young Man in Martin McDonagh's *The Beauty Queen of Leenane* ", *The Journal of the Midwest Modern Language Association*, 2001, 34(2), pp. 98-117.

[13] Eamonn Jordan, "McDonagh and Postcolonial Theory: Practices, Perpetuations, Divisions and Legacies", in Patrick Lonergan, *The Theatre and Films of Martin McDonagh*, London: Methuen, 2012, pp. 193-208.

[14] John McLeod, *Beginning Post-colonialism*, Manchester: Manchester University Press. 2012.

[15] Piaras Mac Einri, "Foreword", in Patrick Fitzgerald and Brian Lambkin, *Migration in Irish History, 1607 - 2007*, Hampshire: Palgrave Macmillan, 2008.

[16] Timothy F. Weiss, *On the Margins: The Art Of Exile in V. S. Naipaul*, Amherst: University of Massachusetts Press, 1992.

[17] Martin Middeck, "Martin McDonagh", in Martin Middeck and Peter Paul Schnierer, *The Methuen Drama Guide to Contemporary Irish Playwrights*, London: Methuen, 2010, pp. 213 - 233.

1996年英国奥利弗最佳戏剧奖
1998年托尼戏剧奖四项大奖
1998年戏剧文学奖最佳剧作奖

丽南山的美人
The Beauty Queen of Leenane

[丽南镇三部曲之一]

"*The Beauty Queen of Leenane* was produced by Druid Theatre Company/Royal Court Theatre at the Town Hall Theatre, Galway, Ireland on 1 February 1996. The production subsequently opened at the Royal Court Theatre Upstairs in London on 5 March 1996.

The production was subsequently produced by Atlantic Theater Company, New York on February 11, 1998. It then opened on Broadway produced by Atlantic Theater Company, Randall L. Wreghitt, Chase Mishkin, Steven M. Levy and Leonard Soloway in association with Julian Schlossberg and Norma Langworthy on April 14, 1998."

人　物

莫琳·福伦　　女儿，四十岁，端正，苗条
玛格·福伦　　母亲，七十岁，肥胖，虚弱
佩托·杜利　　本地男子，四十岁上下，英俊
雷蒙·杜利　　佩托之弟，二十岁

场　景

丽南，康尼玛拉的一个小山镇，爱尔兰戈尔韦郡

第一场

【爱尔兰西岸一间乡居的客室和厨房。前门在台左,后墙一架炉膛长长的黑色壁炉,炉边一箱煤炭,壁炉右方一把摇椅。台右厨房后墙有一扇内门通向过道去卧室。靠右墙为一架半新的炊灶、一水斗和一排橱柜。水斗上方一扇窗和窗台,窗外是田野。台中靠右一张餐桌和两把椅子。台左前方一台小电视机。厨房的一个橱柜上放着电水壶和收音机。壁炉上方的墙上挂一十字架和一个镶着约翰与罗伯特·肯尼迪兄弟肖像的相框,火炉旁挂着一把漆黑沉重的大火钳。后墙上还挂着一旅游纪念品式的绣花茶巾,上面绣着"愿你在死神降临前半个时辰升入天堂"。幕启时,瓢泼大雨。玛格·福伦,一位老妇,七十出头,身形肥胖,卷曲的灰色短发,微张的嘴,正坐在摇椅中两眼发呆。她左手比右手显得干枯发红。此刻前门被推开,玛格的女儿莫琳,提着购买的物品往厨房走去。四十岁的莫琳,容貌端正,身材苗条。

玛格　淋湿了,莫琳?
莫琳　当然淋湿了。
玛格　哦。

【莫琳脱去外套,叹息一声,将买来的物品一件件收好。

玛格　我吃过康补伦了。

莫琳　那你自己可以弄了。

玛格　我可以弄。（停顿）不过它结块了,莫琳。

莫琳　我能让它不结块吗?

玛格　不能。

莫琳　那就写信给康补伦厂家,说它结块了。

玛格　（停顿）你给我调的康补伦又匀又滑。（停顿）一点也不结块,一个块儿也没有。

莫琳　你没搅透,你总是那样。

玛格　我搅透了,可还是有块儿。

莫琳　你水冲得太急。盒子上写着呢,你得慢慢冲水。

玛格　嗯。

莫琳　你弄得不对。今晚你再弄一次就明白了。

玛格　嗯。（停顿）不过我害怕倒热水。我怕烫着自己。

【莫琳瞥了她一眼。

玛格　我真的害怕,莫琳。我怕手一抖就把水浇到自己手上。而你在超市,我会咋样?

莫琳　你就是整天疑神疑鬼。

玛格　我会倒在地上,我可没疑神疑鬼。

莫琳　你就是疑神疑鬼,大家都知道。知道得不要太清楚。

玛格　我疑神疑鬼,难道我没患尿路感染吗?

莫琳　我不觉得你患尿路感染就没法冲杯康补伦。我不在时,你就不能打理一下屋子?这不会要你的命。

玛格　（停顿）我腰背不行。

莫琳　你腰背不行。

玛格　还有我这手。（玛格举起她那只干枯发红的手）

莫琳　（轻声）真是……（气恼）既然这么费力,我给你冲康补

015

伦！从现在起冲到你最后一天。你想想，你见安妮和玛珂过来给你冲康补伦吗？你见她们每星期给你买鳕鱼奶油酱吗？

玛格 没有。

莫琳 当然没有，她们不会过来。而我，买了还要拎上山来，也没人感激我。

玛格 我感激你，莫琳。

莫琳 没人感激我。

玛格 那我再自己冲杯康补伦，这次我搅搅透。

莫琳 别提你的康补伦了。所有事情都得我做，上人不知下人苦。我不过就是个……下贱的女佣！

玛格 你不是，莫琳。

【莫琳把所购物品塞进橱柜，乒乒乓乓地把橱柜门关上后，重手重脚地拖过一把椅子，在桌旁坐下。停顿。

玛格 我的粥，莫琳，我还没吃呢，你给弄一下？算了，莫琳，过会儿吧，你先休息一下……

【但莫琳已经起身，气咻咻地回到厨房，乒乒乓乓地为玛格烧水弄粥。停顿。

玛格 我们能听会儿收音机吗？

【莫琳用手指猛摁在收音机"开"键上。几秒钟后收音机响声大作，一个鼻音很重的男声用盖尔语唱着歌。停顿。

玛格 还没有听到安妮和坶坅给我们点的歌。咋回事儿？

莫琳 她们是否真的点了歌？她们只是说她们点了。（莫琳闻了闻水斗，问玛格）我闻着，这水斗里有臭味。

玛格 （警觉）没有。

莫琳 希望这次没有。

玛格 没啥气味，莫琳。这次我保证。

【莫琳接着弄粥。停顿。

玛格　收音机是不是太响了点，莫琳？

莫琳　太响了，对吗？（莫琳气恼地再次按键，关了收音机。停顿）

玛格　反正没啥好听的。一个家伙在瞎唱。

莫琳　你不是要听这个台吗？

玛格　我是要听"音乐时光"节目。

莫琳　现在又抱怨了。

玛格　我听这个台不是为了这瞎唱。

莫琳　（停顿）这可不是瞎唱。它不是首爱尔兰歌吗？

玛格　我觉得就是瞎唱。他们干吗就不能像大伙儿那样说英语呢？

莫琳　他们干吗要说英语？

玛格　好让别人听懂啊。

莫琳　你住在哪个国家？

玛格　什么？

莫琳　你住在哪个国家？

玛格　戈尔韦。

莫琳　不是哪个郡！

玛格　哦……

莫琳　你住在爱尔兰！

玛格　爱尔兰。

莫琳　你在爱尔兰干吗要说英语呢？

玛格　我哪知道。

莫琳　在爱尔兰你就该说爱尔兰语。

玛格　那是。

莫琳　是吗？

玛格　是吗？

莫琳　"在爱尔兰说英语。"

玛格　（停顿）不过说爱尔兰语你能在英国找到工作吗？做梦。

莫琳　那不就是问题的要害吗？

玛格　是吗，莫琳？

莫琳　要不是英国人偷走了我们的语言、我们的土地和天知地知的一切，我们干吗要去那儿乞讨工作和救济？

玛格　我也觉得这是问题的要害。

莫琳　就是这问题的要害。

玛格　（停顿）不过美国也是。

莫琳　什么美国也是？

玛格　你要是去美国乞讨救济，爱尔兰语也帮不了你。英语才行！

莫琳　那不正是同样的问题吗？

玛格　我不知道这是还是不是。

莫琳　拉扯孩子，让他们认为只需要向英国人和美国人乞讨救济就行了。那是同一问题。

玛格　没错。

莫琳　当然没错，因为这是事实。

玛格　（停顿）要是我得去乞讨救济，我宁去美国而不去英国，因为美国阳光更多。（停顿）也许就是他们说的，那边天气更晴朗，莫琳？也许那是假话？

【莫琳边把粥倒出递给玛格，边说。

莫琳　你又老又蠢，不知道在说啥。闭嘴，喝你的粥吧。

【莫琳返身去洗水斗里的锅。玛格瞥了眼粥，又对莫琳说。

玛格　你忘了泡我的茶！

【莫琳低头抓紧水斗边口，气愤之极。然后自我强忍着，不吭一声地灌满水壶为她母亲烧水沏茶。停顿。玛格边慢慢喝粥边说。

玛格　莫琳，你在外面见到谁吗？（莫琳没有回答）啊，不会，今天这种日子不会。（停顿）莫琳，你有不爱跟人打招呼的毛病。（停顿）不过有些人还是不打招呼为好。有个家伙在都柏林谋杀了一个可怜的老太，他根本不认识她。你听到那条新闻了吗？（停顿）是掐死的，他根本不认识她。这种家伙最好别搭理。最好避开他。

【莫琳把茶端给玛格，然后在桌边坐下。

莫琳　是吗，他好像就是我想见的那种男人，要是他喜欢谋杀老女人，我把他带来见你。

玛格　说这话可不好，莫琳。

莫琳　说这话不好吗？

玛格　（停顿）他干吗从都柏林一路过来？他得顺路才行。

莫琳　有我陪着，他会过来。杀你，不过是他顺手牵羊。

玛格　我肯定他会先杀了你。

莫琳　只要我确信我死后他会立刻弄死你，只要他用把大斧头或别的家什，砍下你的脑袋，朝你脖子里吐唾沫，那我绝不介意先走一步。绝不介意，我会十分享受的，我会的。再也不用弄康补伦，弄粥，弄……

玛格　（打断，递过茶杯）没加糖，莫琳，你忘了，去给我加点儿糖。

【莫琳盯视了她一刻，接过茶杯，走到厨房把茶倒入水斗。她又来到玛格身边，抓过喝了一半的粥，回到厨房，把粥刮进垃圾桶，把碗放入水斗。她狠狠瞪了玛格一眼，从内门下，随手带上门。玛格乖戾地瞪视前方。暗场。

第二场

【玛格坐在桌边,盯着手里镜子中的自己。她拍了几下她的头发。电视机正播着一部老剧《苏利文一家》。前门响起敲门声,令她稍稍一惊。

玛格　谁?莫琳。哦。有人敲门,莫琳。
　　【玛格起身,蹒跚着走向厨房窗子。敲门声又响起。她拖着脚步向门走去。
　　谁啊?
雷蒙　(幕后)雷蒙·杜利,太太。山对面的。
玛格　杜利?
雷蒙　是啊,雷蒙·杜利。你认识我的。
玛格　你是杜利家人吗?
雷蒙　是的。我是雷蒙。
玛格　哦。
雷蒙　(停顿。不悦)那你是让我进门呢,还是让我对着门说话?
玛格　她在喂鸡。(停顿)你还在吗?
雷蒙　(生气地)开门啊,太太!我可是兜了一英里地才赶到这儿的!

玛格　真的？

雷蒙　可不是嘛。她还说"真的？"。

　　【玛格费力地拉开门销。雷蒙·杜利，一个二十岁左右的小伙，走了进来。

雷蒙　谢谢你！我以为你要让我等一个钟头呢。

玛格　哦，是你，那没错。

雷蒙　当然是我。还能是谁？

玛格　你有个叫杜利的叔叔。

雷蒙　这二十年里你见过我无数次了。对，我是有个叫杜利的叔叔，我捎这口信就为我叔叔。

　　【雷蒙站着看了会儿电视。

玛格　莫琳在喂鸡。

雷蒙　莫琳在喂鸡，你说过了。这播的那部剧啊？

玛格　我在等新闻。

雷蒙　那你得等点时辰了。

玛格　我刚才在梳头。

雷蒙　我想这是《苏利文一家》。

玛格　我不知道在播啥。

雷蒙　你们这儿信号不错。

玛格　信号还行。

雷蒙　现在播的全是澳大利亚节目。

玛格　我不知道这是不是（玛格坐进摇椅）喂鸡呢，莫琳在喂鸡。

雷蒙　这可是你第三遍说莫琳在喂鸡了。你想打破说"莫琳在喂鸡"的世界纪录？

玛格　（停顿。困惑）她在喂鸡。

　　【雷蒙盯视了她一刻，然后叹了口气，朝厨房的窗外望去。

雷蒙　见鬼，我干吗爬这么远山路来给她捎这口信。真够呛。爬这么座山。

玛格　这山高啊。

雷蒙　这山是高。

玛格　路很陡。

雷蒙　路很陡，不陡的地方就泥泞。

玛格　泥泞和石头多。

雷蒙　就是泥泞和石头多。唉呀，你们俩每天怎么爬上来？

玛格　我们开车。

雷蒙　当然喽。（停顿）我就想开车。我得去学驾驶，再买辆车。（停顿）不是那种好车。买个二手的，你明白吗？

玛格　用过的车。

雷蒙　对，用过的车。

玛格　从别人手里买。

雷蒙　威尔士沃尔士神父有辆车要卖，不过从神父那儿买车有点没出息。

玛格　我不喜欢沃尔士威尔士神父。

雷蒙　有一回他朝马尔丁·汉隆脑袋打了一拳，平白无故。

玛格　上帝保佑！

雷蒙　唉。不过，现在觉得，那不像威尔士神父的本性。他极少使用暴力，年轻神父大都那样。通常只有老年神父才会打你脑袋。我不知道为啥。我想他们就是这样长大的。

玛格　礼拜三新闻里说有个神父和一个美国女人生了个孩子！

雷蒙　那根本不算新闻。每天都有。想找个没和美国佬生过孩子的神父倒是挺难。要是他对着那婴儿脑袋打一拳，那才是新闻。唉。就那样了。唉。我刚才要说啥？哦，对，如果我告诉你口信，太太，你会转告莫琳吧，你会吗，还是我给你写下来？

玛格　我会转告她。

雷蒙　好。我大哥佩托邀请你们参加我们叔叔的送别会。在卡拉罗镇利奥登礼堂。

玛格　你大哥回来了？

雷蒙　回来了。

玛格　从英国回来？

雷蒙　对，从英国回来。他之前住在英国，所以从那儿回来。我们的美国叔叔度假后就要回波士顿了，带着他那俩丑小鸭女孩一起回，一个叫什么多萝蕾丝，希丽还是霍利，所以在利奥登礼堂聚会，送别是小意思，主要是让他们摆阔炫富，还有免费大餐。所以我大哥说欢迎你和莫琳去，他知道你不太喜欢出门。你臀部不太好，对吗？

玛格　没啥不好。

雷蒙　哦。那谁臀部不太好？

玛格　我不知道。我有尿道感染。

雷蒙　也许我想说的就是这个。谢谢你告诉我。

玛格　我的尿道。

雷蒙　我知道了，你的尿道。

玛格　我背也不好。我手也烫伤了。

雷蒙　哎，哎，哎。行了，你会把消息转告她吧？

玛格　什么？

雷蒙　你会记住把消息转告她吧？

玛格　会的。

雷蒙　那你对我说一遍。

玛格　对你说一遍？

雷蒙　对呀。

玛格　（停顿良久）关于我的臀部……？

023

雷蒙　（气恼地）我他妈的早该写下来，我就知道！还他妈的省点时间！

【雷蒙抓起笔和纸，坐在桌旁把口信写了下来。

跟个废人说话！

玛格　（停顿）趁你在，给我沏杯茶吧，佩托。唔，雷蒙。

雷蒙　我他妈的叫雷蒙！佩托是他妈的我大哥！

玛格　我总忘记。

雷蒙　就像在跟……说话，跟……说话。

玛格　砖墙。

雷蒙　就是砖墙。

玛格　（停顿）再给我弄点汤。

【雷蒙写完后站起身来。

雷蒙　拿着。汤就算了。这是口信。等她来时给她看。利奥登礼堂在卡拉罗镇。明晚七点。免费晚餐。明白吗？

玛格　明白了，雷蒙。雷蒙，你现今还在唱诗班吗？

雷蒙　我现今不在唱诗班了。我离开唱诗班有十年了吧？

玛格　时间不就这么快吗？

雷蒙　自打我喜欢姑娘起我就离开了唱诗班，因为在唱诗班你找不到姑娘，只有那些胖女孩，她们有啥用？没用。我去迪斯科舞厅，我自己。

玛格　你过得挺好。

雷蒙　我干吗站这儿跟你废话？我把口信带到了，现在我走了。

玛格　再见，雷蒙。

雷蒙　再见，太太。

玛格　你带上门。

雷蒙　我会带上门的……

【雷蒙走了出去，带上了身后的门。

雷蒙　（幕后）你不用告诉我！

【当雷蒙脚步声远去后，玛格站起身来读着桌上那张留言。她先走到厨房窗前往外张望，接着她找出一盒火柴，回到桌边，擦亮火柴，把那张留言点着；她走到壁炉前把那张烧着的纸扔进炉膛。脚步声前门响起。玛格摇晃着走回摇椅，她刚刚坐下，莫琳就进门了。

玛格　（紧张地）冷吗，莫琳？

莫琳　当然冷。

玛格　哦。

【玛格装作专注地盯着电视。莫琳嗅了嗅屋内的气味，在桌前坐下。她注视着玛格。

莫琳　你在看啥节目？

玛格　我不知道在看啥。我就在等新闻。

莫琳　哦，是嘛。（停顿）我在外面时没人来过电话吧？没有吧。

玛格　哦，没有，莫琳。没人来过电话。

莫琳　哦，没有。

玛格　没有。谁会来电话啊？

莫琳　没有，我也觉得没有。不会有。（停顿）没人来过我们家？没人。

玛格　没人，莫琳。谁会来我们家啊？

莫琳　我觉得没人会来。哦，没人。

【玛格瞅了一眼莫琳，继续看着电视。停顿。莫琳起身慢步来到电视机旁，懒洋洋地抬脚用鞋尖关掉电视，她盯视着玛格，慢步走向厨房。她开了电水壶烧水，然后背靠橱柜，望着玛格。

玛格　（紧张地）噢，杜利家的小雷蒙刚路过这儿。

莫琳　（明白地）哦，雷蒙·杜利路过这儿了？

玛格　对，他路过这儿，还进来打了个招呼。

莫琳　我记得你刚才说没人来过。

玛格　没人来过，没有，除了雷蒙·杜利路过这儿。

莫琳　噢，对，对，对。他进来就为打招呼。

玛格　就为打招呼和问候。对。他是个挺好的小伙子。

莫琳　没错。（停顿）没带啥口信？

玛格　没带啥口信。就是，一个愣小子能带啥口信？

莫琳　根本没啥口信，我想也是。没有。

玛格　哦，没有。（停顿）他想买辆车，我记得他这么说。

莫琳　哦，是吗？

玛格　买辆二手车。

莫琳　哦，是吗？

玛格　他要开车，你知道吗？

莫琳　对，他要开车。

玛格　从威尔士沃尔士神父手里买。

莫琳　威尔士。

玛格　威尔士。

【莫琳关掉水壶，把一包康补伦倒进杯子，冲入开水。

莫琳　我给你冲点康补伦。

玛格　我不是喝过康补伦了吗，莫琳？我喝过了。

莫琳　没事，再喝一杯不要紧。

玛格　（警觉）我想没事。

【莫琳在冲好的热饮上兑了点自来水冷却，只搅了两下让它结块，取出勺子，将饮品递给玛格，然后背靠桌子注视着玛格。玛格厌恶地看着饮品。

玛格　结块儿了，莫琳。

莫琳　结块儿没关系，妈。结块儿对你有益。康补伦的精华就在那些块儿。 快喝吧。

玛格　小勺呢，你拿了吗？

莫琳　没拿，我没拿小勺。 没小勺给这屋里的骗人精。 一把小勺都没有。 你快喝。

【玛格恶心地抿了一小口。

莫琳　全喝光！

玛格　我肚子不舒服，莫琳，肚子里装不下。

莫琳　喝下去，我说了！ 你一肚子谎话，说雷蒙·杜利没带口信！ 你以为我不会在路上碰到他吗？ 你满口谎言。 这康补伦你得全喝光，所有块儿你都得咽下去，要是喝剩，我全部倒在你头上，你很清楚我说到做到！

【玛格慢慢地喝着难咽的饮品。

莫琳　还整天坏我？ 还干涉我的生活？ 二十年来每天每时我都得唯唯诺诺听你使唤，难道这还不够？ 我出去一晚上你就这么嫉恨？

玛格　女孩子不能跟男人在外面鬼混！

莫琳　女孩子！ 去他妈的，我都四十岁了！ 喝下去！

【玛格接着喝。

莫琳　"女孩子"！ 说得真好。 要是安妮和玛珂没跟男人在外面鬼混，她们能结婚吗？

玛格　我不知道。

莫琳　喝！

玛格　我不想喝，莫琳。

莫琳　你想要我把它倒在你头上？

【玛格又继续喝。

要我告诉你吗？ "女孩子在外面鬼混"，我听了多少年了？ 四十年里除了吻过两个男人，我还干过什么？

玛格　两个男人足够了!

莫琳　喝完它!

玛格　我喝完了!

【玛格递过杯子。莫琳洗了杯子。

玛格　那两个男人也是多余的!

莫琳　对于你也许是。那是你,不是我。

玛格　两个男人也是多余的!

莫琳　你以为我愿意被关在这里陪你?啊?像一个干枯的老……

玛格　娼妇!

【莫琳大笑。

莫琳　"娼妇"?(停顿)你以为我不想?你以为我不想?(停顿)我有时做梦都想……

玛格　做个……?

莫琳　做啥都行!(停顿。冷然)啥都可以!只要不像现在这样。

玛格　好一个奇怪的梦!

莫琳　没啥奇怪。这根本不是个奇怪的梦。(停顿)就算奇怪,也不是我唯一的梦。你想再听一个吗?

玛格　我不想。

莫琳　有时我会梦见你,穿着体面的白衣,躺在你的棺材里,而我穿着一身黑衣朝你看着,一个男人在我身边,抚慰着我,他身上散发剃须后的清香,他的手臂搂着我的腰。他问我愿不愿去他那儿喝一杯。

玛格　你说啥?

莫琳　我说"好啊,现在还有谁拦我?"

玛格　你没说!

莫琳　我说了!

玛格　在我的葬礼上？

莫琳　就在你还没断气时，对！甚至更早！

玛格　不该做那样的梦！

莫琳　我当然知道，那根本不是个梦想的梦。它更是个白日梦。你知道吗，就在打扫鸡粪时，我想到这快活事儿。

玛格　那根本不是个好梦，是个邪恶的梦。

莫琳　我不知道它是不是。

【停顿。莫琳拿了包金百利饼干坐在桌旁。

我知道你永远不肯撒手，你会永远熬着，就为了折磨我。

玛格　我会永远熬着！

莫琳　我明白你会！

玛格　我死的那天你就七十岁了，还会有几个刮了胡子的男人搂着你的腰？

莫琳　我想，一个也没了。

玛格　一个也没了才好！

莫琳　可不是。（停顿）你来块金百利？

玛格　（停顿）还有奶油酥棍吗？

莫琳　没了，你把奶油酥棍全吃光了。像头猪。

玛格　那就来块金百利，不过我不喜欢金百利。不知道你干吗要买金百利。金百利真难吃。

莫琳　我的日子不围绕你喜欢的饼干口味转悠。

【莫琳递给玛格一片饼干。玛格吃着。

玛格　（停顿）那你打算明天去那儿？

莫琳　我去啊。（停顿）反正我很高兴又能见到佩托。我压根不知道他回来了。

玛格　可明天那儿全是一帮美国佬。

莫琳　那又怎样？

029

玛格　你昨天说你受不了美国佬。你昨天说那是问题的要害。

莫琳　不过，妈，现在我觉得我得改主意了，没错，可这不正是女人的特权吗？

玛格　（轻声地）只要对你有利它就成了特权。

莫琳　妈，别去用那些你不理解的难词。

玛格　（冷笑。停顿）他们也邀请了我，你知道吧？

莫琳　（似笑非笑）你觉得你会去吗？

玛格　我想，我不会去。

莫琳　你想得很对。别做梦了，一个痴呆老人。

玛格　我只是说说。

莫琳　那就别说了。（停顿）要是不下雨，我们晚点还可以开车去西港。

玛格　（脸色一亮）我们去兜风吗？

莫琳　我们可以转悠一圈。

玛格　去兜上一圈。上次兜风后又好久了。我们可以买奶油酥棍了。

莫琳　我是说晚一点。

玛格　晚一点。现在不去。

莫琳　现在不去。没错，你刚喝了康补伦。

【玛格狠狠瞪了她一眼。停顿。

对，去西港。没错。我想去那儿挑选一条漂亮的裙子，明天聚会穿，你明白吗？

【莫琳看着玛格，玛格回看着她，十分恼怒。暗场。

第三场

【夜间。只有壁炉中橘红色火炭映照的场景。厨间里传来收音机轻柔的音乐。门外响起莫琳和佩托的脚步声和话语声。两人都微醉了。

佩托 （幕后,唱着）"卡迪拉克停屋旁……"
莫琳 （幕后）嘘,佩托……
佩托 （幕后,轻声唱着）"美国佬坐车上。"（问道）那家伙过去老说啥来着?
莫琳 （幕后）哪个家伙?

【莫琳开了门,两人走进,开了灯。莫琳穿了条崭新的黑裙,裙摆很短。佩托是个和她年龄相仿的俊男。

佩托 那个紧追你不放的家伙。那兔儿哥。
莫琳 来杯茶吗,佩托?
佩托 好啊。

【莫琳插上水壶烧水。

莫琳 你声音轻点儿。
佩托 （轻声地）好的,好的。（停顿）我记不起来他说的那句话。这家伙紧追兔女郎。真不容易。
莫琳 你瞧。收音机又没关,这白痴老东西。
佩托 哎,有啥不好?别关掉,让它响着。能盖住声音。

莫琳　啥声音？

佩托　亲嘴声音。

【佩托温柔地将她拉到怀里，两人长吻，然后停下凝视对方。水开了。莫琳轻轻地挣开，微笑着开始沏茶。

莫琳　你喝茶来块饼干吗？

佩托　来吧，你有啥饼干？

莫琳　嗯，只有金百利。

佩托　那就算了，莫琳。我讨厌金百利。我真觉得金百利是世上最难吃的饼干。

莫琳　我跟你一样，也讨厌金百利。我只是买来折磨我妈的。

佩托　我不明白金百利人干吗要做这种饼干。有一回科尔曼·康纳吃了一整包金百利，结果病了一个星期。（停顿）还是米卡多？反正是种可怕的饼干。

莫琳　科尔曼真把瓦莱尼养的那狗的耳朵割下来藏在他房间纸袋里？

佩托　有一天他给我看过那俩耳朵。

莫琳　太残忍了，割掉狗的耳朵。

佩托　是太残忍了。

莫琳　把别人家狗的耳朵割下来就够残忍了，还是他自己亲弟弟的狗。

佩托　它还是条挺乖的狗。

莫琳　是啊。（停顿）是啊。

【尴尬的停顿。佩托从背后抱住她。

佩托　这么紧搂着你舒服吧？

莫琳　我舒服吗？

佩托　很舒服。

【莫琳继续沏茶，佩托紧搂着她。片刻后，稍感难堪和尴尬，佩托放开她，走到一旁。

莫琳　你坐下来，佩托。

佩托　好的。（坐在桌旁）你说啥我做啥，听你的。

莫琳　哦，哦，你做得到吗？今晚我可是头回发现，你那双手不安分。

佩托　没错，我控制不了我的双手。它们有它们自己的想法。（停顿）不过我觉得，我那双不安分的手你不反感，一点都不反感！

莫琳　今晚早些时你那双手上上下下摸弄美国那小妞儿，我反感过。

佩托　噢，那时我没注意到你在场，莫琳。我哪知道丽南山的美人会来呀？

莫琳　"丽南山的美人"？滚你的蛋！

佩托　真的！

莫琳　那为啥这二十年间我俩就没说过几句话？

佩托　当然，我花了这么多年才鼓足了这份勇气。

莫琳　（微笑）哼，你胡说八道！

　　【佩托微笑。莫琳端茶过来坐下。

佩托　我不知为啥，莫琳。我不知为啥。

莫琳　不知为啥？

佩托　为啥我从未和你真正说话，约你出去或怎样？我不知道。当然，那时每隔两个月就指望着去那鬼地方也是无奈。

莫琳　英国？对呀。你不喜欢那儿？

佩托　（停顿）为了钱。（停顿）礼拜二我又得去。

莫琳　礼拜二？这个礼拜二？

佩托　是啊。（停顿）我只是回来为美国亲戚送行，来问候和道别。压根没时间回来。

033

莫琳　不管怎样，这就是爱尔兰。人们总在离去。

佩托　一直这样。

莫琳　很悲哀。

佩托　你还能怎样？

莫琳　留下？

佩托　（停顿）我问过自己，如果丽南山有像样的工作，我会留在丽南山吗？这只是假设，我是说，这里绝对不会有啥工作。要是有，哪怕一份烂工。随便啥工都行。在伦敦，我在雨里干活，就像牲口，年青人打牌骂娘、酗酒生病，我们工棚的床垫全是尿痕，工余没事儿只能看着钟……我到了那儿，就希望回来。谁不希望？当然，我是不想在那儿，可当我在这儿……我很清楚这里也不是我想留下的地方。

莫琳　那为啥呢，佩托？

佩托　我说不出为啥。（停顿）当然，这儿风景秀丽，傻瓜也知道。绿水青山，邻里笑语。可是人与人之间太熟悉了……我不知道。（停顿）要是你在丽南山踢了头奶牛，会有混蛋记恨你二十年。

莫琳　那倒是千真万确。

佩托　是这样。而英国人彼此不管你是死是活，这很滑稽，但绝不是件坏事。嗯，有时候倒是……嗯，我不知道。

莫琳　（停顿）佩托，你觉得你会定居一个地方吗？我是说你结婚后。

佩托　（似笑非笑）"我结婚后……"

莫琳　你会的，我断定，你会结婚。你不想吗？

佩托　我只能说我不为这事儿担心。

莫琳　当然，你弄了一堆女人，你是不用担心。

佩托　（微笑）我没弄一堆女人。

莫琳　你至少有一两个，我肯定。

佩托　可能有一两个。也只是彼此问声好罢了。

莫琳　问好……好个鬼。

佩托　是真的。（停顿）真的，我没有……

莫琳　（停顿）没有啥？

【停顿。佩托耸了耸肩，摇头，稍感悲哀。停顿。收音机传来迪莉娅·墨菲演唱的歌曲《纺车》。

莫琳　（继续）我妈非常喜欢这首老歌。老迪莉娅·墨菲。

佩托　这是首让人毛骨悚然的歌。

莫琳　这是首让人毛骨悚然的歌。

佩托　她的嗓音真让人毛骨悚然。我小时候总被这首歌吓到。她像个食尸鬼在唱歌。（停顿）那老祖母最终死了吗，或她只是睡了？

莫琳　睡了，我想她是睡了。

佩托　哦……

莫琳　（停顿）当他俩手牵手走过田间。

佩托　唉。

莫琳　披着月光。

佩托　（点头）他们再也写不出这种歌了。谢谢上帝。（莫琳大笑。愉悦）莫琳，你不觉得今晚很美好吗？

莫琳　是的。

佩托　我们不是送他们快乐上路了吗？

莫琳　我们尽心了，我们尽心了。

佩托　大家都流泪了。

莫琳　是的。

佩托　是吗？

莫琳　是的。

佩托　对。我们尽心了。我们尽心了。

莫琳　（停顿）那个被你浑身摸遍的美国女孩是谁?

佩托　（大笑）嗨,你可别说"浑身摸遍",我没碰她几下,真的。

莫琳　别抵赖了!

佩托　我叔叔家的表妹,我想是的。好像叫多萝蕾丝,希丽还是霍利。希丽。她也住在波士顿。

莫琳　如果她是你的表妹那就违法了。

佩托　狗屁违法,再说她又不是我的表妹,有啥违法? 你表妹的胸部还没发育,对吗?

莫琳　早发育了!

佩托　那我就不知道了。我得跟我律师谈谈这事。没准下回我会被抓的。但我有理由。她掉了些薯片屑在胸口,就在这儿,我只是帮她弄掉。

莫琳　薯片个鬼呀,佩托·杜利!

佩托　真的! （色迷,停顿。紧张地）不过就这样……

【佩托缓缓、温柔地抚摸揉弄紧握莫琳的乳房。莫琳抚着他的手,慢慢站起身来,坐到他腿上,双手摸着他的头,他继续握弄着莫琳的双乳。

莫琳　她比我漂亮。

佩托　你漂亮。

莫琳　她更漂亮。

佩托　我喜欢你。

莫琳　你眼睛好蓝啊。

佩托　是的。

莫琳　今晚别走了。

佩托　那行吗,莫琳。

莫琳　留在这儿。就今晚。

佩托 （停顿）你妈睡了吗？

莫琳 我才不在乎她睡没睡。（停顿）摸下边。

【佩托两手开始从她胸乳往下摸。

莫琳 往下……再往下……

【他两手摸到了她胯间。她往后微微仰着头。收音机里的歌声停了。暗场。

第四场

【早晨。莫琳的黑裙子横在桌上。玛格端着尿壶从内门上；她把尿倒入水斗，又走入内门放回尿壶后从内门走出，双手在睡衣两侧擦抹。她看到桌上的黑裙子，轻蔑地拿在手中。

玛格　四十英镑就买条露胸露腿的裙子？这裙子真够露的。还到处乱放？

【她把裙子扔到屋子一个角落，然后走到厨间插上电水壶。她大声说话来吵醒莫琳。

玛格　这不我又得自己冲康补伦了，谁知你穿着那裙子几点钟死回来的。（低声）多丑的裙子。（高声）干脆光屁股，不穿裙子更招人！（低声）你就挺尸睡吧。让老太太自己冲康补伦，粥是更别说了。哼，我不会自己弄粥了，我告诉你。我害怕了。你别想逼着我自己弄粥。想都别想。你别想那么容易逼我上当。

【佩托从内门上，他穿了裤子，正穿着衬衫。

佩托　早上好，老太太。

【玛格吃了一惊，呆呆地瞪着佩托。

玛格　早上好。

佩托　你要喝粥？

玛格　是啊。

佩托　如果你乐意，我来帮你弄。

玛格　哦。

佩托　你过去歇着吧。

【玛格坐进摇椅，两眼一直盯着在为她泡粥的佩托。

佩托　以前我弟弟早晨上学时我经常给他弄粥，所以我很会弄。（停顿）你昨天没来参加美国佬送别会吧？

玛格　没有。

佩托　莫琳说你臀部不太好。

玛格　（仍觉吃惊）是啊，我臀部不方便。（停顿）莫琳这会在哪儿？

佩托　嗯，她还要在床上再躺一会儿。（停顿）说实话，我本想……我本想在你起床前就溜走，可莫琳说"我们现在不都是成年人吗？咋啦？"我觉得也是，可……我不知道。可还是觉得怪。你明白我意思吗？我不知道（停顿）。不管怎样，这会儿美国佬们该在波士顿落地了。上天保佑。是啊。（停顿）我们给他们办了像样的送别会，我们办了，为他们送行。是啊。（停顿）大家都哭了。（停顿）唉。（停顿）你还要杯康补伦？

玛格　是的。

【佩托冲了杯康补伦，递给她。

佩托　你喜欢康补伦。

玛格　不喜欢。

佩托　你不喜欢？

玛格　我不想喝的时候她逼我喝，强迫我。

佩托　可你如果上了年纪，康补伦对你有好处。

玛格　我知道对我有好处。

佩托　是啊。这不是鸡肉味的吗？

039

玛格　我不知道啥味的。

佩托　（细看包装盒）对呀，鸡肉味的。这是最好的口味。

【佩托走过去看粥。

玛格　（低声）你冲出了这么多块块，还有啥口味。也没勺子。

【佩托把粥递给玛格，在桌边坐下。

佩托　现在你吃吧。（停顿）你手怎么了，老太太？怎么，红红的。

玛格　你说我的手？

佩托　你被烫伤了吧？

玛格　是被烫伤了。

佩托　你这年纪一定要小心，别被烫伤。

玛格　你说，小心？哼……

【莫琳从内门上来，只穿着胸罩和无袖内衣，走向佩托。

莫琳　小心啥呀？我们很小心，对吗，佩托？

【莫琳横坐在佩托腿上。

佩托　（尴尬）莫琳……

莫琳　我们够小心的，因为我们还不要孩子，对吗？这家里要照顾的孩子够多了。

【莫琳久久地吻着佩托。玛格厌恶地瞅着。

佩托　莫琳……

莫琳　谢谢你给了我美好的一夜，真的，佩托。这个等待太值了。非常值得。

佩托　（尴尬）那好啊。

玛格　在你赤身露体冲进来之前，我们正在说我这烫伤的手！

莫琳　嘿，去你妈的烫伤的手。（对佩托）佩托，你得赶紧再把你那大宝贝塞进我身子。我现在尝到它味道了，我尝到了……

佩托　莫琳……

【她吻着他，然后站起身，一边盯着玛格一边朝厨房走。】

莫琳　大宝贝太舒服了。哇——

【佩托站起来，尴尬地转了个身。】

佩托　唔，我得走了。我得准备行李，还得那什么……

玛格　（指着莫琳，大声地）就是她烫伤了我的手！现在我告诉你！别提她见个男人就坐上去！就是她把我的手按在火炉上！把热油倒在我手上！还告诉医生是我自己弄的！

莫琳　（停顿。困窘地面对佩托）佩托，喝了杯茶再走。

佩托　（停顿）那喝一杯就走。

【莫琳倒了茶。玛格来回打量着他俩。】

玛格　你没听到我说的话？！

莫琳　你以为佩托会听一个老泼妇满嘴瞎话吗？

玛格　老泼妇，对吗？（她举起左手）这不是证据吗？

莫琳　过来一下，佩托。你帮我闻闻这个水斗。

玛格　这跟水斗没有关系！

莫琳　过来，佩托。

佩托　怎么啦？

【佩托来到厨间。】

莫琳　你闻这个水斗。

【佩托俯向水斗，闻了一下，立刻恶心地抬起头来。】

玛格　这事儿跟水斗毫无关系！

莫琳　毫无关系吗？我觉得，一切都跟它有关。它恰恰证明了指控我的人品质恶劣。

佩托　那是啥气味？是下水道吗？

莫琳　根本不是下水道。根本不是。她每天早晨都往水斗里倒一壶尿，我给她说过八百遍要用卫生间，可她就是不听。

玛格　现在说的是我的手，不是尿！

莫琳　甚至连水斗也不冲。这样卫生吗？她已经患有尿道感染，这样就更不卫生。我还在水斗里洗土豆。你的茶，佩托。

【佩托接过茶，抿了一口，像要吐出。

玛格　去穿上点衣服！赤身露体在屋里转悠，更显露你的本性！

莫琳　我就喜欢赤身露体在屋里转悠。这让我兴奋，舒服。

玛格　我觉得也是。

莫琳　就是。

玛格　这也让你想起英国的迪夫德大院了，我猜准是……

莫琳　（愤怒地）闭上你那张臭嘴……

玛格　在那儿他们也不让你穿自个衣服，对吗？

莫琳　闭上你的臭嘴，我再说一遍……！

玛格　只套长袍和扣带夹克……

【莫琳逼近玛格，紧握双拳。佩托抓住她手臂，站在她俩中间。

佩托　你们俩究竟怎么啦……？

玛格　迪夫德大院！迪夫德大院！迪夫德大院……！

莫琳　迪夫德大院，唔。那我觉得……

玛格　迪夫德大院！迪夫德大院……！

莫琳　那我觉得你倒那壶尿只是我的幻觉？

玛格　别提尿！别提尿！小伙子，你想知道迪夫德大院是啥地方吗？

莫琳　你闭嘴！

玛格　是个疯人院！英国的一个疯人院，我不得不签字保她出来，负责看管她。你想看这文件吗？（玛格摇晃着往内门走去）它能证明，证明我是一个老泼妇，还是谁是个真疯子？哼！朝我脸上泼尿，哼……

【她从内门下。

【静默的停顿。 莫琳走到桌边，坐下。 佩托把他的茶倒入水斗，洗了杯子又洗了手。

莫琳　（轻声地）我确实在那儿呆过一阵，那次有点精神崩溃。 好多年前了。

佩托　精神崩溃怎么啦？ 很多人都有过精神崩溃。

莫琳　是的，很多疯子。

佩托　根本不是疯子。 许多受过良好教育者也会得精神崩溃。 实际上，越受过良好教育越可能得精神崩溃。 可怜的斯派克·米利根，他不是老犯精神崩溃吗？ 他经常复发。 我也时常会有精神忧郁，我不在乎说出来。 没啥丢脸的。 只说明你的确在思考问题，在深入地思考。

莫琳　被关进疯人院一个月还不丢脸？ 不对吧。

佩托　我是说，思考和忧虑不丢脸，用"疯人院"太荒唐。 你很清楚，莫琳。

【佩托走过去，在桌前面对莫琳坐下。

莫琳　这事发生时我在英国。 我做清洁工。 那年我二十五岁。 第一次去那儿。 我唯一的一次。 我一个姐姐刚结婚，另一个姐姐也将要结婚。 我在利兹打扫办公室、厕所。 我们有一帮人，不过她们全是英国人。 "爱尔兰蠢猪……瞧你的猪屁股脸。"这是我第一次走出康尼玛拉。 "滚回你那臭猪圈，从哪个洞来就爬回哪个洞去。" 这大半咒骂我甚至听不懂。 我得让一个黑女人给我解释。 她来自特立尼达。 他们也骂她，但她只是笑笑。 她脸很大，满脸微笑。 她给我看特立尼达照片，"你干吗离开那儿？"我问她，"来这儿，收拾屎尿？"有一天，我给她看一本挂历上康尼玛拉的风景，"你干吗离开那儿？"她反过来问我。 "来这儿……"（停顿）但她后来搬去了伦敦，她丈夫快死了。 没多久，我就垮了。

佩托　（停顿）不管怎样，这一切都过去了，莫琳。

【停顿。 莫琳注视了他片刻。

莫琳　你觉得我还是个疯子吗，或者你也怀疑？

佩托　完全没有……

莫琳　没有吗……？

【莫琳起身，恍惚地走回厨间。

佩托　完全没有。 我是说那是很久以前的事。 没什么丢脸的。 你应该彻底忘掉它，忘掉它。

莫琳　我应该忘掉它，没错，可她眼睛分分秒秒盯着我，就像我是……我是……（停顿）而且，我没有，我没有烫伤她的手，不管我曾经多么气恼。 是她自己煎炸薯片，是她。 那是我们吵嘴后，我让她自己呆一小时，她想到炸薯片就自己弄来吃。 她一定是把锅打翻了。 天知道咋回事。 我就发现她躺在那儿。 就因为迪夫德大院的事儿，她以为她可以指控我一切，我没法分辨，我没法区分什么是真假是非。 可我能够分清真假是非。 一清二楚，这浑身发臭的老泼妇。

佩托　你不该让她激怒你，莫琳。

莫琳　我能咋样，佩托？ 她能让所有人发疯，哪怕是正常人。

佩托　（微笑）她是故意的，我觉得。

莫琳　（微笑）她是故意的。 让我惊奇的是，我还能这么正常！

【两人微笑着。 停顿。

佩托　再过一分钟我真得走了，莫琳。

莫琳　好吧，佩托。 你茶喝了吗？

佩托　没有。 说到你妈的尿，我喝不下去了。

莫琳　那是。 谁都会那样。 我不还得过下去吗？（悲哀地）我不还得活下去吗？（直视着他）我想我得活下去。

佩托　（停顿）披上衣服，莫琳。 没生火，你会冻着的。

【停顿。莫琳的情绪又低落了。她俯首看着自己。

莫琳　（轻声的）"披上衣服"？你觉得我丑吗，让我"披上衣服……"

佩托　不，莫琳，我是说要感冒的。你不能这样走来走去……你会冻着的。

莫琳　昨晚你没觉得我丑，也许现在你觉得了。

佩托　不，莫琳。现在怎么啦？

莫琳　昨晚你还觉得我是美人，或者你说我是美人。现在你说"披上衣服"时，就是说"你让我恶心"……

佩托　（靠近她）不是的，莫琳，你干吗要说这些话？

莫琳　也许就是这原因。

佩托　（停下）啥原因？

莫琳　你走吧，既然我让你恶心。

佩托　你没让我恶心。

莫琳　（几乎哭了）我说了，你走吧。

佩托　（再次靠近）莫琳……

【玛格上，挥着文件，挡住佩托。

玛格　唔，这就是文件，迪夫德大院，我是这么个老泼妇吗，嗯？谁来读一下？嗯？这就是证据，别拿水斗来栽赃我！（停顿）唔？

佩托　莫琳……

莫琳　（镇静。温柔地）去吧，佩托。

佩托　（停顿）我会从英国给你写信。（停顿。决然地）看着我！（停顿。温柔地）我会从英国给你写信。

【佩托穿上外套，转身看了莫琳最后一眼。然后他离去，随手带上了门。脚步声远去。停顿。

玛格　他绝对不会给你写信。（停顿）我把你那脏裙子扔那个肮脏角落里了!

【停顿。莫琳注视了她一刻,神态悲哀,绝望,但没有愤怒。

莫琳 为啥呀? 为啥呀? 为啥你要……?

【停顿。莫琳走到裙子那儿,蹲下身去捡起裙子,把它抱在胸口。她在那儿蹲了一刻,然后站起身从玛格身旁走过。

看看你自己吧。

【莫琳从内门下。

玛格 也看看你自己,那就……那就……(莫琳在身后关上内门)更显露你的本性。

【玛格还木然举着文件。停顿。她把文件放下,挠了挠身子,望着没吃过的粥;她用一手指蘸到粥里。

(轻声地)我的粥凉了。(大声地)我的粥凉了!

【玛格茫然瞪着前方。暗场。

【中场休息。

第五场

【舞台大部隐在黑暗中,一束追光或类似聚光照着佩托。 他像是坐在他英国工房床位间的桌前,他正在朗诵他写给莫琳的一封信。

佩托　亲爱的莫琳,我是佩托·杜利,在英国给你写信,很抱歉隔了这么久才动笔;说实话,我不知道你是否希望我写,可我还是决定试一下。 我有许多事情要说,但我信写得不好,只好尽力而为。 莫琳,这儿没啥重要新闻,只是昨日一位韦克斯福德来的男子在工地被脚手架上的一堆砖头砸伤,头上缝了四十多针,幸好命保住了。 这老工友五十出头了,另外就没啥消息了。 周五还是周六我去了酒吧,但不认识人,没跟谁说话。 没人可以说话。 工头有时会探头看我一眼。 我不知道这词儿是否写对了,"工头"? 学校里没教过这词儿。 莫琳,就像他们所说,我在"兜圈子",因为我想说的就是你和我,如果真有"你和我",我不知道我俩算啥。 在送别美国佬的晚会和随后的交谈中,还有在你家,我觉得我俩情投意合。 我过去觉得你是最美的美人,而现在依然是。 那天夜里我俩不能如愿跟你完全无关,而你以为是你的缘故。 我一喝酒就会那样,以前也发生过几次,不是我要那样。 我感到骄傲、荣耀你选择我做你的第一个,我要说,那天我觉得荣耀,今天我还觉得荣耀;

虽然那天夜里我俩无法如愿,难道我俩就永远无法如愿吗? 我不相信。 当时你那么柔情,后来我不明白你为啥那么气愤。我想你以为我知道你精神崩溃后就对你另眼相看了,可我根本没有;还有我说"披上衣服,别冻着",你好像以为我不想看你穿着胸罩和内衣,恰恰相反,老实说,我愿从早到晚看着你穿胸罩内衣,永远看不够,上帝保佑,我渴望着再看到你穿胸罩内衣的那天。 而这让我想起我另一事,要是你还不原谅我,那我们只能忘了它,像朋友一样分手,但要是你已经原谅了我,那我就要告诉你这件事,那就是刚才我说没啥消息是在骗你,因为我有消息。 消息就是我已经和我波士顿的叔叔联系了,那个韦克斯福德工人被砖堆砸伤使我彻底绝望,我觉得能活着离开英国的建筑工地是一种幸运,更别提微薄的工资和"你这个爱尔兰鬼"之类的辱骂;我和波士顿的叔叔联系了,他给了我一份工作,我接受了。 明日起两周后我会回到丽南山,收拾行李,我想他们也会欢送我。 我要问你的是你愿意跟我一起走吗? 当然不是马上就走,我知道你总有些事情要处理,你可以晚一两个月。 但也许你根本没有原谅我,那我就自作多情了。 如果你没原谅我,那么我想在我回丽南山的几天里我们最好就不见面了,你不给我回信,我也理解。 但如果你已经原谅了我,那你何必还留在爱尔兰呢? 你姐姐她们也可以照顾你妈,为啥要你独自承担这么多年,你难道不该有自己的生活吗? 要是她们不愿意,乌特拉德的养老院也行,虽然不够理想,但服务很好;我母亲去世前就住那儿,那儿还有纸牌游戏;再说你妈住在山上有啥好处? 没有好处。 (停顿)不管怎样,莫琳,我让你来决定。 我的地址附在信中,还有电话号码。 我们电话在厅里,你得让它多响一阵儿,你还得输入密码。 能听到你的声音该多好。 如果你不愿回复,我也能理解。 莫琳，关爱珍惜你自己。 你我共度的那一夜，尽管没能如愿，只要想到曾与你紧紧相偎，我就无比快乐，即使再也听不到你的声音，我也永远铭记那夜的幸福，这就是我想对你说的一切。 请认真考虑。 你真诚的，佩托·杜利。

【追光隐去。 黑暗中，佩托继续诵读着写给他弟弟的信。

亲爱的雷蒙，你好吗？ 我随信附上了几封信，但我不希望别人看到它们。 你能帮我送去吗，不要拆看这些信，我知道你不会。 给米克·多德的信你可以等他出院后再给他。 告诉我他的情况以及他们是否逮捕了那个鞭笞他的女人。 给格尔琳的信你可以在见到她时给她，我只是告诉她别再爱上那些神父了。 但那封给莫琳·福伦的信我要你收到信的当天就交到她手中。 重要的是，亲手交到她手中。 这里没啥别的消息。 下次我会告诉你更多美国之行的详情。 是的，这是件大事。 祝你好运，雷蒙。 另外，切切牢记，一定要亲手把信交到莫琳手中。 再见。

第六场

【午后。雷蒙站在燃亮的壁炉旁专注地看着电视,手持一未拆封的信并不时地用它拍打着膝盖。玛格在摇椅中注视着他和那封信。停顿良久。

雷蒙　那个韦恩是个恶棍。

玛格　是吗?

雷蒙　是的。他从不停手。

玛格　哦。

雷蒙　(停顿)你看到帕特丽亚头发吗? 帕特丽亚够坏的,但韦恩是个坏种。(停顿)我喜欢看《家有儿女》这部剧集,很喜欢。

玛格　是吗?

雷蒙　人人都想干掉对方,还有好多泳装女孩。这部剧集最好看。

玛格　我就等着看新闻节目。

雷蒙　(停顿)那你得等一阵了。

【剧集结束了。雷蒙伸了个懒腰。

雷蒙　今天这集结束了。

玛格　下面是新闻吗? 哦,不是。

雷蒙　不是。天哪,下面是《乡村医生》。今天不是周四吗?

玛格　如果不是新闻,就关了吧。我只在等新闻。

【雷蒙关了电视,在屋里转悠。

雷蒙　新闻得等到六点。(他瞥了眼手表。轻声,烦躁)妈的,妈的,妈的,妈的,妈的,妈的,妈的,妈的。(停顿)你说过这时间她该到家了,对吗?

玛格　我说过。(停顿)也许她跟谁在聊天,不过她一般不跟人搭话。她总自个呆着。

雷蒙　我知道她总自个呆着。(停顿)要我说,那女人就是个疯子。那年我和马尔丁·汉隆玩摆球,结果那网球弹出去后掉进你们家院子,不就是被她没收了吗?不管我们怎么求她,她就是不肯归还,十年了,我还记着这事。

玛格　一句老话:我没啥可说。

雷蒙　我记着而且永远记着!

玛格　不是你和马尔丁用网球砸我们的鸡吗?还砸死了一只鸡,所以你们的网球落到我们院子里……

雷蒙　我们在玩摆球,太太!

玛格　哦。

雷蒙　根本没用网球砸鸡。那是在打摆球。打那以后的日子里,我们再也没能打摆球了。没有了球,那摆球架还有啥用?

玛格　没用了。

雷蒙　当然没用了。根本就没用了!(停顿)坏女人!

玛格　(停顿)你走吧,雷蒙,把信给我,我保证交给她,你就不用等一个毁了你们摆球架的女人了。

【雷蒙想了想,有点心动,但还是恨恨地打消了念头。

雷蒙　不行,太太,别人郑重托付了我。

玛格　(咂嘴)那你给我沏杯茶。

雷蒙　我不会给你沏茶。我受别人委托来这儿的。我不是来伺候人的。

051

玛格　（停顿）要不在火炉里加点媒。我很冷。

雷蒙　我不是说过了吗？

玛格　帮个忙吧，雷蒙。你是个好孩子，上帝保佑你。

【雷蒙叹了一声，把玛格一直盯着的那封信放在桌上，用火炉旁一把沉重的黑色大火钳夹起几块煤放入火炉，捣了捣。

雷蒙　别提摆球了，上个礼拜我在路上见到她时问她好，她呢？她不搭理我。头都没抬。

玛格　是吗？

雷蒙　我当时想说，我真想说，"小姐，撅起你屁眼"，但我没说，我只是想说，但事后想想我当时真应该说出来抽她！

玛格　她应该招呼你，她不该在路上不理你，因为你是个好孩子。雷蒙，给我拨拨火。哦，近来她心情不太好。

雷蒙　她穿得真难看。大家都这么说。

【他拨弄完火炉，手中握着火钳，看着后墙上挂着的茶巾。"愿你在死神降临前半个时辰升入天堂。"

玛格　对呀。

雷蒙　（怪腔）"愿你在死神降临前半个时辰升入天堂。"

玛格　（尴尬地笑着）对呀。

【雷蒙握着火钳，走动了几步。

雷蒙　这是把好火钳，真的。

玛格　是吗？

雷蒙　又重又好。

玛格　又沉又长。

雷蒙　又沉又长又好。你能用这把火钳撂倒六个警察，这火钳上也不会有任何痕迹，然后再用它狠狠地抽他们，抽得他们鲜血直流才爽呢。（停顿）能把它卖给我吗？

玛格　我不卖。你拿去打警察？

雷蒙　五英镑。

玛格　我们得用它烧火炉用。

【雷蒙喷了一声，把火钳放回壁炉旁。

雷蒙　这火钳放这屋子里可真是废了。

【雷蒙踱入厨房。玛格盯着信，慢慢从椅子里站起。

雷蒙　哼，如果我想要，我花两个半英镑就能在镇上买到六把火钳。

【玛格刚要靠近信，雷蒙走了回来。他没注意到玛格，只是顺手从桌上拿起了信。玛格的脸抽了一下，又坐入摇椅。雷蒙打开前门，朝外察看莫琳是否已回。随后，他叹着气关上了门。

雷蒙　我在这儿整整浪费了一个下午。（停顿）我本来可以在家看电视的。

【雷蒙在桌旁坐下。

玛格　说不准，也许她晚上才回来。

雷蒙　（气恼地）我刚来时你说她三点肯定回来！

玛格　是啊，通常是三点，没错。（停顿）可有时候晚上回来。有时候。（停顿）有时候夜里回来。（停顿）有时候要到深夜。（停顿）还有一次已经是早上……

雷蒙　（气恼地打断她）够了，够了！你再啰唆我敲你！

玛格　（停顿）我只是告诉你。

雷蒙　行了，闭嘴！（叹气。停顿良久）这屋子里一股尿味，一屋子尿骚味。

玛格　（停顿，尴尬）嗯，猫常跑进来。

雷蒙　猫进来吗？

玛格　进来啊。（停顿）它们会跳到水斗里。

雷蒙　（停顿）它们干吗跳到水斗里？

玛格　撒尿。

雷蒙　撒尿？它们跳到水斗里撒尿？（嘲弄地）可不，这些猫真是太受用了。你家这品种的猫还真通人性。

玛格　（停顿）我不知道它们是啥品种。

【停顿。雷蒙把头砰的一下撞在桌面上，然后伏在桌上，缓缓地，有节奏地用拳击桌子。

雷蒙　（念念有声）我不要在这儿，我不要在这儿，我不要在这儿，我不要在这儿……

【雷蒙抬起头，盯着信，开始慢慢地把信正面反面地翻来覆去，焦躁之极。

玛格　（停顿）给我沏杯茶，雷蒙。（停顿）要不，帮我泡杯康补伦。（停顿）多搅几遍，把块儿去掉。

雷蒙　我告诉你，什么康补伦，我只想早点儿回家！要说去掉块儿，那最好把坐这混帐摇椅里的大块去掉，我告诉你！

玛格　（停顿）那给我冲碗汤喝。

【雷蒙咬住牙关，开始从牙缝里呼吸，气得几乎要哭。

雷蒙　（痛苦地放弃）佩托，佩托，佩托。（停顿）你信里是啥消息啊？（停顿。严肃地）太太，如果我把信留给你，你会亲手把它交给收信人，对吗？

玛格　对啊。哦，我会亲手交给莫琳。

雷蒙　（停顿）你不会拆信，对吗？

玛格　不会。当然不会，信是私人物件。如果上面不是我的名字，那和我有啥关系？

雷蒙　如果你拆信，老天劈死你！

玛格　如果我拆信，老天会劈死我，可他不需要劈死我，因为我不会拆信。

雷蒙　（停顿）那我把它留下。

【雷蒙站起身，把信放在盐罐旁，想了一下，看看玛格，又看看信，又想了一下，他挥了下手，表示无奈而只能把信留下。
那再见了，太太。

玛格　再见，佩托。哦，雷蒙。

【雷蒙对她做了个鬼脸，走出前门，但他等在门外，留了一丝门缝。玛格双手撑住摇椅扶手，正要站起，这时她警觉地记起还没听到雷蒙的脚步声离去。于是她把双手放在膝间，安然坐着。停顿。突然前门被推开，雷蒙探头看着她。她对他装傻地一笑。

雷蒙　很好。

【雷蒙走了，这次门完全关上。听到他的脚步声远去后，玛格站起身，拿起信封，拆开信。她走到火炉旁，掀开炉盖，火苗隐隐可见，她站在那儿读信。她把读完的第一张短页扔入火中，然后开始读第二页。灯光渐暗。

第七场

【夜。玛格坐摇椅中,莫琳坐桌边看书。收音机轻声传来一个点歌节目。信号很差,断断续续的静电声。停顿。

玛格　信号很差。

莫琳　信号差我又能咋样?

玛格　(停顿)噪声。(停顿)听不清音乐。(停顿)听不清给谁点的歌或在哪点的。

莫琳　我听得很清楚。

玛格　你听得清吗?

莫琳　(停顿)也许是你耳朵聋了。

玛格　我耳朵不聋。一点儿也不聋。

莫琳　不久我就得把你送到聋人养老院去了。(停顿)那儿你可吃不到奶油鳕鱼。没有。绝对没有。你在那里只能吃点烤面包片夹豆角之类。那还是你的运气。不过你要是不吃,他们会狠狠踢你一脚,或给你一拳。

玛格　(停顿)我宁死也不去养老院。

莫琳　但愿如此。

玛格　(停顿)莫琳,那块奶油鳕鱼真棒。

莫琳　是挺好的。

玛格　真好吃。

莫琳　我把它放在袋里煮,然后用剪刀剪开。 你不用奉承我。

玛格　(停顿)现在你总讨厌我。

莫琳　那可没准。 (停顿)要是我讨厌你,上礼拜我会给你买酒心口香糖?

玛格　(停顿)都是因为佩托·杜利你才讨厌我吧。 (停顿)他没邀请你参加今晚他的送别会?

莫琳　佩托·杜利有他自己的生活。

玛格　那个男人只想着一件事儿。

莫琳　也许是。 也许我也只想着一件事儿。 如今男女平等。 不像你们那时。

玛格　我们那时有啥不好。

莫琳　如今我们可以骑在男人身上。 只要我们愿意。 骑在男人身上感觉还真好。

玛格　好吗,莫琳?

莫琳　(对玛格的不动声色感到困惑)好啊。

玛格　听上去真好。 是啊,你自我感觉好就行了。

【莫琳仍在困惑。 她从厨房拿来几根奶油酥棍,吃了两根。

玛格　你也不担心会有孩子,对吗?

莫琳　我不担心。 我们那晚很小心。

玛格　你们很小心吗?

莫琳　对。 我们又开心又小心。 如果你一定想知道,那我们是很开心很小心。

玛格　我相信你们是很开心很小心,没错。 肯定的。 很开心很小心,我相信。

莫琳　(停顿)你不是又闻煤油灯了吧?

玛格　(停顿)你总是怪罪我闻煤油灯。

莫琳　你今天情绪很奇怪啊。

玛格　很奇怪吗？　没有啊。　我情绪很正常啊。

莫琳　很奇怪。（停顿）是啊，上次佩托跟我真是太棒了。　现在我才明白啥叫欲仙欲死，不过，一个男人光有床上功夫还不够。　俩人得有共同语言，知道吗，比如读的书啊，或政治信仰啊，所以我告诉他没戏，哪怕他在床上如狼似虎。

玛格　你啥时候告诉他的？

莫琳　我告诉他有一阵子了。　还是……

玛格　（打断）那我想他一定很生气。

莫琳　他是很生气，可我说那样对我俩都好，他似乎接受了。

玛格　我想他只能接受。

莫琳　（停顿）所以我觉得去送别会跟他道别不合适。　我觉得会让他难堪的。

玛格　是啊，我想他会难堪的。（停顿）那你俩分手就是因为缺少共同语言喽？

莫琳　就是那样。　好合好散；曾经拥有，无怨无悔。（停顿）是啊，我俩无怨无悔。　那天夜里我从佩托那儿得到了我想要的一切，他满足了，我也满足了。

玛格　哦，是啊。　我完全相信。　你们俩都心满意足了。　哦，是啊。

【玛格微笑着频频点头。

莫琳　（大笑）今晚你真是太兴奋了！

　　（停顿）我猜想，你一定很高兴佩托今晚就走了，再也不会来纠缠我了。

玛格　也许是吧。　我很高兴佩托要走了。

莫琳　（微笑）你就是个爱管闲事的长舌妇。（停顿）你也来根奶油酥棍？

玛格　我正想来根奶油酥棍呢。

莫琳　来一根。

玛格　来一根。

【莫琳性感地对空舞了舞一根奶油酥棍,再将它递给玛格。

莫琳　这些奶油酥棍,让我想起了那宝贝。

玛格　可不是嘛。

莫琳　我念想的这宝贝你见不到它有年头了吧,你一定忘了它们的样子。

玛格　我想我是忘了。 我觉得你是高手。

莫琳　我是高手。

玛格　是啊。

莫琳　我是高手中的高手。

玛格　我觉得你是。 哦,我完全相信,我觉得你是高手中的高手。

莫琳　(停顿,起疑)你干吗不相信呢?

玛格　就为你的佩托·杜利,就为你朝着我像孔雀开屏那样炫耀,对吗？ 其实……

【玛格停住,意识到自己险些失言。

莫琳　(停顿,微笑)其实什么?

玛格　这事儿我一字不提了。 一句老话,我没啥可说。 这奶油酥棍真好吃。

莫琳　(尖锐地)其实什么?

玛格　(开始惧怕)其实没啥,莫琳。

莫琳　(逼迫地)不对,其实什么? (停顿)你跟谁说过话?

玛格　莫琳,我能跟谁说呀?

莫琳　(竭力想着)你跟谁说过话了。 你跟……

玛格　我没跟谁说过话,莫琳。 你很清楚我不跟任何人说话。 再说,佩托会跟谁说这事?

【玛格突然意识到自己的失言。 莫琳满脸震惊和仇恨地盯视着她，然后恍恍然走进厨房，将一平底锅放炊灶上，把火开到最大，往锅里倒了半瓶食油，取下挂在后墙的橡胶手套戴上。玛格双手撑住摇椅把手试图站起，但莫琳朝她肚子踹了一脚，她倒进摇椅中。玛格往后靠着，惊恐地盯着莫琳。莫琳坐在桌旁等油锅沸腾。她直瞪着前方，轻声开口。

莫琳　你咋知道的？

玛格　我啥也不知道，莫琳。

莫琳　是吗？

玛格　（停顿）也许是雷蒙说起过？对，我想是雷蒙……

莫琳　佩托根本不会对雷蒙讲那种事。

玛格　（泪汪汪地）莫琳，我只是说你别像只孔雀那样地显摆。我这样的老太婆能知道啥？我也就是瞎猜。

莫琳　去他妈的瞎猜，你明白得很。我脸上又没写字。我再一次也是最后一次问你。你咋知道的？

玛格　你脸上写着呢，莫琳。这是我知道的唯一的法子。你还是一副处女的面相，你一直都那样。（无恶意地）你一直会那样。

【停顿。油锅开始沸腾。莫琳起身，把收音机拧响，走过玛格身边时瞪着她；莫琳一手从炊灶上拿起油锅，一手关掉煤气，走回玛格身旁。

玛格　（惊恐）我偷看了他给你的一封信！

【莫琳故意缓缓地握住她母亲那只干瘪发红的手，把它按在燃烧的火炉上方，然后慢慢地把那些热油倒在那手上，玛格痛苦惊恐地尖叫着。

莫琳　那封信在哪儿？

玛格　（尖叫着）被我烧了！对不起，莫琳！

莫琳　信上说了什么？

【玛格只顾尖叫,无法说话。 莫琳停住,放开了那手,玛格缩回手,弯着身子,仍在尖叫、哭喊、哽咽。

莫琳 信上说了什么?

玛格 说他那次喝多了,是那么说的! 所以他不行,根本不是你的错。

莫琳 还说了什么?

玛格 他不会把我送进养老院!

莫琳 你在说什么,养老院? 信上还说了什么?!

玛格 我记不住了,莫琳。 我记不……!

【莫琳抓住玛格的手,按着它,又往那手上浇油。

玛格 不要啊……!

莫琳 还说了什么?! 嗯?!

玛格 (尖叫着)要你跟他去美国! 是那么说的!

【震惊,莫琳松开玛格的手,停止浇油。 玛格再次缩回手,哽咽着。

莫琳 什么?

玛格 可你怎么能跟他走? 你还得照顾我。

莫琳 (极乐状)他要我跟他去美国? 佩托要我跟他去美国?

玛格 (抬头看着她)可我怎么办,莫琳?

【稍稍停顿后,莫琳懒洋洋地一下子把锅里剩下的所有热油全倒进了玛格的怀里,有些热油溅到了玛格脸上。 玛格弯腰尖叫,倒在地上,拼命地把油从衣服上抖掉;她躺在地上抽搐、尖叫、哽咽着。 莫琳仍在极乐之中,当玛格倒下时她避到一旁,不看玛格一眼。

莫琳 (梦游般自语)他要我跟他一起去美国? (缓过神来)现在几点了? 糟了,他就要动身了! 我得马上见他。 哦,天哪……我该穿什么? 嗯……我的黑裙子! 我那条黑裙子! 那是他美好的回忆……

【莫琳冲入内门。

玛格　（轻声地，呜咽着）莫琳……帮帮我……

【片刻后，莫琳边套着裙子边从内门走出。

莫琳　（自语）我穿得怎样？啊，我得走了。现在几点？哦，天哪……

玛格　帮帮我，莫琳……

莫琳　（梳理她头发）帮帮你，对吗？你对我干了这种事，要我帮你？她还说，帮帮我。不，我不会帮你，我还要告诉你，要是你让我在佩托临走前见不到他，你就等着我收拾你，你等着吧，这次别想混过。你给我滚开……

【莫琳从还在地上颤抖的玛格身上跨过，走出前门。停顿。玛格还在地上极慢地爬着。前门被砰地推开，玛格抬头看着冲进门来的莫琳。

我忘了车钥匙……

【莫琳从桌上抓起她的钥匙，走到门口，又奔到桌边，关掉收音机。

节省用电。

【莫琳又走了出去，把门砰地关了。停顿。汽车启动和离去声。停顿。

玛格　（轻声）可谁来照顾我呢？

【玛格还在颤抖，她低头看自己被烫伤的手。暗场。

第八场

【当天夜里。只有火炉里橙色的火光透过炉架照着屋内。火光隐约照出玛格暗黑的身影。她坐在摇椅里,随着摇椅的频率前后摇动着,她的身体一动也不动。莫琳还穿着黑裙子,极慢地在房间里踱步,手中拿着火钳。

莫琳 去波士顿。我要去波士顿。那不是他们俩的家乡吗,肯尼迪兄弟,还是别的啥地方?比起杰克·肯尼迪我更喜欢罗伯特·肯尼迪。他好像待女人更好些。虽然我没研究过。(停顿)波士顿。它的名声很好。我坚信它会比英国好。可还有啥地方比英国更差呢?反正,我不用在那儿清洗屎尿了,不会被人叫绰号挨骂了,如果挨骂佩托也会在那儿保护我,不过我肯定不会那样。美国人喜欢爱尔兰人。(停顿)佩托几乎手膝匍地乞求我,是的。他几乎要哭了。在车站我截住了他,只剩不到五分钟了,谢谢你。谢谢你的破坏。但现在你想破坏就太晚了。哦,是的。真的太晚了,虽然你确实干得漂亮,我承认。再晚五分钟你就得逗了。你可怜啊。可怜你这自私的坏女人,你呀。(停顿)他看到我就满脸地吻我。他蓝色的眼睛,满身的肌肉。他双臂紧搂着我。"你干吗不给我回信?"当我说出真相时他真想冲过来狠狠踢你一脚,可我说"不必了,那会脏了你的靴子,她不就是个弱智的老东西吗？"我可在替你说话。（停顿）"等你攒够了路费，亲爱的，来波士顿找我。""我会来的，佩托。 要么结婚要么罪孽的日子，我怕啥？ 我怕流言蜚语吗？ 过去就传我的流言蜚语，让他们再传吧。 随他们传下去，只要你我在一起，佩托，我干吗怕流言蜚语？ 只要有你和我，有我们赤裸的紧搂，有我们血肉的交融，那才是我想要的唯一。"（停顿）"不过我们仍然存在一个问题，你妈咋办？"他说，"送养老院是否太过分？""不过分，就是太贵了。""那你两个姐姐呢？""我俩姐不会收留这老太婆。 圣诞节跟她呆上半天她俩都没法忍受。今年连她的生日都忘了。 有人问我'那你怎么忍受得了？'当然在她背后。"（停顿）"你自己拿定主意吧。"佩托说。 这时他已经上了火车，我们在窗口接吻，像电影里那样。"我让你自己拿主意，不管你怎样决定。 如果需要一个月，那就一个月。 如果最终你决定无法离开她而不得不留下，那么，我不能说我乐意，但我会理解。 即便你需要一年时间来决定，我会等你一年，我不介意等待。""你不用等一年，佩托。"车开动了。 我大声喊着。"不用等一年，不用一年，一星期都不用！"

【摇椅停住。 玛格上半身开始慢慢前倾，最后她的身子扑翻下去，重重地摔倒在地，死了。 一块红色的头骨连着头皮挂在脑袋一边。 莫琳低头看着她，厌烦地用鞋尖碰了碰尸体的一侧；然后她踩上尸体的后背，站在那儿陷入了沉思。

莫琳 她在门外台阶上绊了一脚。 是的。 她从山上摔下去了。 是的。（停顿）是的。

【停顿。 暗场。

第九场

【一个雨天的午后。前门开了,莫琳穿着丧服走进,她脱下外套,悄悄地踱了几步,心不在焉。她点燃火炉,把收音机开到轻声,然后坐入摇椅。片刻后,她似笑非笑着从厨间架子上取下康补伦和燕麦粥的盒子,来到火炉前把盒里的东西都倒进火中。她走进内门,片刻后拿了个旧箱子走出。她将箱子放在桌上,掸去厚厚的灰尘。她打开箱子,思忖着收拾行李;她又从内门下。有人敲响前门。莫琳从内门上,思忖着,把箱子从桌上拿下放到一边;她理了理头发,然后去开门。

莫琳　哦,你好,雷蒙。
雷蒙　(幕后)你好,小姐。
莫琳　请进来呀。
雷蒙　我在路上看到你走在前面。
【雷蒙进屋,关上门。莫琳踱进厨房给自己沏了杯茶。
雷蒙　我没想到你这么早回来。你没去葬礼招待会或他们在罗丽酒吧的聚会?
莫琳　没去。我有更要紧的事情。
雷蒙　是啊,是啊。你俩姐姐去了吗?
莫琳　去了,她们去了。
雷蒙　可不是。聚会后她们还过来,对吗?

莫琳　她们说过她们会直接开车回家。

雷蒙　哦，是吗。 她们要开很远的路呢。 挺远的。（停顿）一切都顺利吗？

莫琳　一切顺利。

雷蒙　就是下雨。

莫琳　就是下雨。

雷蒙　办葬礼的坏天气。

莫琳　是啊。 本来上个月她就可以入土，要不是上百次反复调查，她原本可以享受最后的阳光，结果，也没查出任何问题。

雷蒙　不管咋样，你很高兴这一切都结束了。

莫琳　非常高兴。

雷蒙　我想他们只是例行公事。（停顿）不过我讨厌混帐警察。在我醉得神志不清时，他们平白无故地弄断了我两个脚趾头。

莫琳　警察弄断了你的脚趾头，是吗？

雷蒙　是啊。

莫琳　哦。 托马斯·汉隆说是你光穿着袜子踢门才弄断的。

雷蒙　他说的？ 看来你宁愿相信警察也不相信我。 哦，就是。 伯明翰六人帮不就是那样下大狱了？

莫琳　不过，雷蒙，你的脚趾头跟伯明翰六人帮不一样。

雷蒙　一个性质。（停顿）我刚才说什么来着？

莫琳　闲扯呢。

雷蒙　闲扯吗？ 没有啊。 我在问你妈的葬礼。

莫琳　我就是那个意思。

雷蒙　（停顿）来的人多吗？

莫琳　我两个姐姐，其中一个的丈夫，没别人了，除了玛丽·拉弗蒂和神父沃尔士威尔士，他说了几句话。

雷蒙　威尔士神父有一回朝马尔丁·汉隆脑袋揍了一拳，平白无故。（停顿）你不看电视，对吗？

莫琳　我不看。电视上尽是些澳大利亚的狗屎节目。

雷蒙　（稍感困惑）不过我喜欢。谁要在电视上看爱尔兰节目？

莫琳　我要看。

雷蒙　那你只要望着窗外就看到了爱尔兰。你很快就会厌倦。"那儿来了头牛。"（停顿）我反正厌倦了。我会一直这样。（停顿）我想去伦敦。是的。反正，一直想去。去工作，知道吗。会有一天的。或去曼彻斯特。曼彻斯特毒品更多。应该是的。

莫琳　别去沾上毒品，雷蒙，为了你自己。毒品太危险。

雷蒙　太危险，对吗？毒品吗？

莫琳　你很清楚它们的危害。

雷蒙　也许是的，也许是的。可有许多东西和毒品一样危险，一样容易地杀害你。也许更容易。

莫琳　（担心地）哪些东西？

雷蒙　（停顿，耸肩）比如咱这鬼地方。

莫琳　（停顿，悲哀地）说得太对了。

雷蒙　七十年就这么耗费了。嗯，可它别想耗费我七十年。我告诉你。没门，绝对没门。（停顿）你妈去世多大年纪了？

莫琳　七十岁，是的。正好七十。

雷蒙　她毕竟活得还不错。（停顿）至少活过一回。（闻了闻空气）你在烧什么？

莫琳　我在烧掉麦片粥和康补伦。

雷蒙　干吗？

莫琳　因为我不喝粥也不吃康补伦。它们让我想起我妈。我在把东西清理掉。

雷蒙　不过那就浪费了。

莫琳　我需要你说吗?

雷蒙　我是说我乐意帮你解决这些东西。

莫琳　（轻声）我不需要你说。

雷蒙　你可以把麦片粥给我。我喜欢喝粥。我不要康补伦。我不喝康补伦。从来没喝过。

莫琳　你在意的话，那袋里还有些金百利饼干还没烧掉，你可以拿走。

雷蒙　我要金百利饼干。我爱吃金百利。

莫琳　我猜想你爱吃。

【雷蒙吃了两块金百利饼干。

雷蒙　有点潮了，对吗？（嚼着）金百利饼干说不准。（停顿）金百利是饼干里我最喜欢的。金百利或者贾法蛋糕。（停顿）还有马车轮饼干。（停顿）你觉得马车轮是饼干吗，它们是不更像薄饼？

莫琳　（打断）我有事情要做，雷蒙。你来这儿有事儿吗，还是只为聊马车轮？

雷蒙　哦，有事儿的。前几天我收到佩托的来信，他让我过来一趟。

【莫琳坐在摇椅中急切地听着。

莫琳　是吗？他说什么？

雷蒙　他说听到你母亲去世的消息他很难过，他向你表示哀悼。

莫琳　是吗，是吗，是吗，还有呢？

雷蒙　就为这事，他要我向你转达。

莫琳　没有时间或细节？

雷蒙　时间或细节？没有……

莫琳　我想……

雷蒙　嗯？

莫琳　嗯？

雷蒙　嗯？哦，他还说他很遗憾他走的那个晚上没见到你，他希望能跟你道别。但如果你不愿意，那就算了。不过，有些失礼，我也觉得。

莫琳　（站起，困惑地）他走的那个晚上我见他了。在火车站。

雷蒙　啥火车站？佩托是坐出租车走的。你想什么呢？

莫琳　（坐下）我不知道了。

雷蒙　佩托坐出租车走的，他很难过你没去道别，我不知道他干吗非要你去道别。（停顿）我跟你说，莫琳，没有恶意，你妈死了以后这房子的气味的确好多了。真的好多了。

莫琳　哦，那不是最好吗？在我意念中他离开的那个晚上我见到他了。看着那列火车开走。

【他看着她，好像她疯了。

雷蒙　是吗，是吗？（讥讽地咕哝着）你好好休息一下。（停顿）哦，你知道那姑娘吗，嗯……叫多萝蕾丝·霍利，还是希丽？上次美国佬来时她也在。

莫琳　我知道那个名字。

雷蒙　我叔叔的送别会上她在，开头和我大哥跳舞的。想起来了吗？

莫琳　和他跳舞的，对吗？她恨不得整个身子都贴他身上。像个廉价妓女。

雷蒙　那我不知道。

莫琳　像个廉价妓女。她怎么样？

雷蒙　我觉得她挺好。她长着大大的褐色眼睛。我喜欢褐色眼睛，我真喜欢。哦，是的。就像以前《博斯科》节目里的那个女孩儿。我觉得以前《博斯科》节目里那女孩儿长着褐色的双眼。那时我们家只有黑白电视机。（停顿）我刚才说啥来着？

莫琳　那个多萝蕾丝·霍利或什么混账女人。

雷蒙　哦，对。她和佩托一周前订婚了，佩托写信告诉我了。

莫琳　（震惊）订婚干吗？

雷蒙　订婚以后结婚啊。那你为啥要订婚呢？"订婚干吗？"订婚以后吃面包！

【莫琳惊呆了。

雷蒙　对他来说她太年轻了，不过祝他好运。旋风速度。明年七月他们打算结婚，但是我要写信让他提前或推迟，不然会和欧锦赛撞车。我压根不清楚那儿的电视是否会播欧锦赛。可能不播，那帮美国佬。他们根本不鸟足球。行了。（停顿）反正她也不用咋改名，就把霍利改成杜利。把"霍"改掉，一字之差。改了更好。（停顿）除非她姓希丽。我忘了。（停顿）如果是希丽，那就要改两个字。"希"和"丽"。（停顿）小姐，我回信时，你要我带话吗？我明天就写。

莫琳　我……我真的弄糊涂了。多萝蕾丝·霍利？

雷蒙　（停顿，气恼）我说，你要我带话吗？

莫琳　（停顿）多萝蕾丝·霍利……？

雷蒙　（叹气）妈的……这屋里净出疯子！只会重复念叨！

莫琳　谁是疯子？

雷蒙　谁是疯子，她还说呢！

【雷蒙嘲笑着转过身去，看着窗外。莫琳悄悄从火炉边拿起火钳，将火钳掩在身子一侧，向雷蒙身后慢慢靠近。

莫琳　（发怒地）谁是疯子？！

【雷蒙突然发现窗台上几个盒子后面藏着一物件。

雷蒙　（愤怒地）哇，他妈的，居然他妈的在这儿！

【雷蒙从窗台上拽出一个褪色的系了绳的网球；他转过身来面

对莫琳，他气极了，甚至没有注意到莫琳手中的火钳。 莫琳停住。

你他妈的就让它在这儿呆了这么多混帐年头，对你有啥好处？ 我可怜的老爸老妈花了十英镑才买了那个摆球架，那是 1979 年，那时候十英镑值好多钱。 那是我拿到过的最好的礼物，可我只玩了两个月就他妈的被你没收。 你有什么权利？ 什么权利？ 你没有权利。 就让它呆在这儿褪色成一坨狗屎。 要是你利用了它，我倒也不介意，或是你把绳解下当网球打，或对着墙打都行，可你没有。 你留着它的唯一理由就是出气解恨，而且就在我鼻子底下。 你他妈的还在问谁是疯子？ 她他妈的还说谁是疯子。 小姐，我告诉你谁他妈的是疯子。 你他妈的就是一个疯子！

【莫琳手中的火钳哐啷一声落在地上，她恍恍惚惚地坐回摇椅。

莫琳　我不知道我为啥留着你的绳球，雷蒙。 我全忘了。 我觉得那段日子我的脑子很奇怪。

雷蒙　她还说"那段日子"，她把好好的一把火钳扔在地上，还说什么火车。

【雷蒙捡起火钳，放回火炉边。

雷蒙　那是把好火钳。 别像刚才那样把它摔在硬地上。

莫琳　我不会的。

雷蒙　那真是把好火钳。 （停顿）小姐，摆球的事儿我可以原谅你，你能把火钳卖给我吗？ 我给你五英镑。

莫琳　哦，我现在不想卖我的火钳，雷蒙。

雷蒙　好了。 六英镑！

莫琳　不行。 它对我有着情感价值。

雷蒙　那我不原谅你！

071

莫琳　别这样，雷蒙……

雷蒙　不，我决不原谅你……

【雷蒙走到前门，把门打开。

莫琳　雷蒙，你要给你大哥写信吗？

雷蒙　（叹气）我要写的。干吗？

莫琳　你能给我带句话吗？

雷蒙　（叹气）带话，带话，带话，带话！带句什么话？你的话要短点。

莫琳　就说……

【莫琳想了片刻。

雷蒙　就这礼拜，你能想好吗？

莫琳　就说……就说，"丽南山的美人向你问好。"就这句。

雷蒙　"丽南山的美人向你问好。"

莫琳　是的。不对！

【雷蒙再一次叹气。

莫琳　再见了。再见了。"丽南山的美人向你道别。"

雷蒙　"丽南山的美人向你道别。"这不管他妈的啥意思，我都把话带到。"丽南山的美人向你道别"，出了摆球这件混帐事儿，我不明白我他妈的干吗还要帮你带话。再见吧，小姐……

莫琳　你走前能帮我把收音机开响点吗，佩托？我是说，雷蒙……

雷蒙　（气急败坏）他妈的……

【雷蒙把收音机音量调高。

你跟你妈真是一个鸟样，坐在那儿发号施令还弄错我的名字！再见！

莫琳　把门带上……

雷蒙　（愤怒地叫喊）我会把门带上的！！

【雷蒙下场时把身后的门砰地关了。停顿。莫琳轻轻地晃动摇椅，聆听着收音机里播放的"酋长乐队"的歌曲。 接着，传来了主持人轻柔的嗓音。

主持人 这是一首"酋长乐队"演奏的美妙歌曲。 下一首歌曲由安妮和玛珂·福伦姐妹点播，她们把这首歌献给她们的母亲玛格。 母亲玛格远在丽南山——世界美丽的风景胜地。 福伦姐妹祝愿她上月的七十一岁生日快乐。 玛格，我们希望你度过了一个愉快的生日，希望更多美好的生日在等待你。 我们衷心祝愿。 现在把这首歌送给你。

【迪莉娅·墨菲的歌声《纺车》响起。 莫琳轻轻地晃着摇椅，当歌曲放到第四段中间时，她静静地站起，拎起满是灰尘的手提箱，轻轻地抚摸着；她缓缓走向内门，又回首片刻注视着空空的摇椅。 摇椅还在轻轻晃动。 稍顿。 莫琳走出内门时掩上了身后的门。 歌声继续着直到结束，摇椅渐渐停止了晃动。 灯光十分缓慢地渐暗，直至暗场。

丽南镇掘墓人的供词

——《康尼玛拉的骷髅》

胡开奇

马丁·麦克多纳《康尼玛拉的骷髅》(*A Skull in Connemara*, 1997)是其"丽南镇三部曲"的第二部,第一部为《丽南山的美人》(*The Beauty Queen of Leenane*, 1996),第三部为《荒凉西岸》(*The Lonesome West*, 1997)。三剧的故事都发生在20世纪90年代初期爱尔兰戈尔韦郡康尼玛拉山区的丽南小镇;分别揭示了母女、夫妇、父子、兄弟间扭曲的爱恨情仇,剧中的高潮都落在了暴力与血腥的凶杀上。《康尼玛拉的骷髅》于1997年首演于爱尔兰戈尔韦郡市政厅剧院,随后在伦敦宫廷剧院上演。2000年7月在华盛顿西雅图当代剧院(ACT)开始了它的美国首演。2001年1月至5月由环回剧院(Roundabout Theatre)制作的《康尼玛拉的骷髅》上演于纽约外百老汇的葛莱莫西剧院。

《康尼玛拉的骷髅》与另外两剧在人物与故事结构上既相互独立又相互交织。比如第一部中提及的小镇警员托马斯·汉隆和神父威尔士分别在第二部和第三部中成为主要人物,这两个人物在第三部中都先后自杀。作者以悲观写实的黑色幽默手法深刻地呈现了现代社会依然存在的愚昧黑暗,揭示了社会与人性的扭曲、荒芜与暴戾。与《丽南山的美人》聚焦母女间的扭曲与虐杀不同,《康尼玛拉的骷髅》中，人们一直怀疑掘墓人米克·多德杀了自己的妻子，而到最后，这位七年来被视为杀妻嫌犯的丈夫在不断遭受非议和欺凌中真的做了杀手。如果说《丽南山的美人》残酷地展现了亲情与伦理的毁灭，《康尼玛拉的骷髅》则揭示了行政与法律的溃败。

故事开始时邻居老太玛丽强尼又来到独居七年的米克家中喝酒闲聊，谈到每年秋天威尔士神父雇米克在教堂坟场掘墓，弃除旧尸以供新尸下葬。此刻玛丽的小孙子马尔丁上场告知米克，他将担任米克的帮手在老教堂后院坟场掘墓，并提及米克之妻乌娜的墓也将被挖掘。玛丽和马尔丁及众人一样，指控七年前米克故意杀妻，米克则内疚与痛苦地自辩那只是一场酒驾车祸。第二场米克和马尔丁在夜色的墓园中掘墓，马尔丁的哥哥警员托马斯前来监视米克挖掘其妻乌娜的墓。在掘开妻子墓棺后，米克发现乌娜的尸骨不见了。第三场米克家中的夜晚，酒醉的米克和马尔丁把一个个骷髅和尸骨从袋中倒在桌上，用木槌砸成碎片，醉酒的马尔丁无意中说出了米克妻子被盗的骷髅和尸颈上项链挂坠的下落，这令米克痛楚万分，随后俩人驾车去湖边沉弃尸骨。第四场米克开门手持木槌浑身是血独自返家，玛丽老太又进屋闲聊喝酒。这时警员托马斯带着米克妻子乌娜的骷髅上场。他指着骷髅额上的裂口逼迫米克写供词认罪杀妻，米克却写了份供词认罪槌杀了马尔丁。正当托马斯痛殴米克，两个人扭打翻滚之时，酩酊大醉、头部受伤、浑身是血的马尔丁走进屋来；马尔丁说自己醉酒撞车伤了头部，还揭穿盗墓和骷髅前额裂口都是托马斯所为，因为托马斯想制造这一假案以荣升警官。托马斯大怒而操起木槌猛击马尔丁头部，米克则乘机烧掉了那份槌杀马尔丁的供词。

如同爱尔兰小乡镇生活编年史，麦克多纳的《康尼玛拉的骷髅》连同他的两个三部曲剧作的场景都发生在西部海滨的乡村，村民们对话言语尖刻、表情粗俗。延展了约翰·辛格、肖恩·奥卡西（Sean

O'Casey)和20世纪初爱尔兰文学复兴时期作家们所建立的文学传统,他们将传统的爱尔兰社会内部的紧张和斗争视为更大的社会和政治力量影响国家的前兆。麦克多纳的黑色喜剧在本质上避开了任何公开的政治倾向,而聚焦于那些在恶劣生活中形成的多种缺陷的人物,这些人物因生活畸形而价值观畸形,而这种畸形往往造成了这些小城镇生活所特有的扭曲的人格和价值观。

无疑,《康尼玛拉的骷髅》揭示了康尼玛拉行政与法律的溃败。这种危机已超越家庭祸及了整个地区。剧中丽南镇社区犯罪与谋杀泛滥,米克在第一场中就说,"这不上个月刚在那儿安葬了玛格·福伦吗"[1],影射了之前女儿莫琳的杀母;而剧中随之也凶案迭起,人们在社区共同身份的基础——先辈亡灵们的骨头被砸成了碎片粉末,丽南镇的警员托马斯也成了警匪一体。《康尼玛拉的骷髅》深刻呈现了爱尔兰西部乡间社会的种种腐败愚昧及公权力的瓦解。麦克多纳还在剧中设置了一系列悬念:米克究竟是谋杀了妻子还是马尔丁?尸骨是被砸碎扔弃还是祈祷后沉入湖底?玛丽老人每日来看米克究竟是何动机?她在教堂宾果游戏中是否偷拿了卡片?马尔丁在学校煮死的究竟是猫还是仓鼠?这种真相描述的不定更加深了丽南镇和康尼玛拉的人们在道德上的不稳定性。

舞台上米克的小屋中破旧的木地板和墙壁显示了20世纪末期爱尔兰乡间的贫穷,人们仍然过着几百年前他们祖先的生活。小屋的场景在灯光中转为坟场墓地时,产生了生者与死者紧密相连的强烈视觉感,而剧中掘墓人令这一场景变化极具黑色幽默的风格。小屋中那张笨重破旧的长桌上的骷髅、尸骨,血迹斑斑的木槌,桌后一个高得令人难以置信的橱柜,柜里塞满了宗教雕像和各种怪诞器物。尽管剧中掘墓起源于欧洲中世纪的传统,掘墓人被指派在墓满为患的坟场中掘去旧墓,以便为新墓葬入腾出空间,但当玛丽老太质问米克如何处置她父母和亲人们的尸骨时,这仍令人感到震惊与可笑。

凯伦·文达维尔德(Karen Vandevelde)将麦克多纳《康尼玛拉的骷髅》这类黑色喜剧的风格定义为"狼蛛般的哥特式恐怖与情节剧的融合"[2]。

尽管麦克多纳的剧作风格颇为传统,但剧中的暴力倾向却很现代。剧中骷髅尸骨被砸得四处飞溅,马尔丁头部血流如注,血肉模糊的种种场景,表现了这些黑色戏剧中的残酷和血腥。这历来是人们对麦克多纳剧作争议的焦点。韦维安·莫西耶(Vivian Mercier)认为,自观众欣赏会莎士比亚戏剧以来,血腥暴力、尸鬼幽灵就一直出现在剧院舞台上并激起敬畏和欢笑。几个世纪以来,令人毛骨悚然的怪诞幽默在爱尔兰文化和文学中都有着深远和悠久的传统。[3]莫西耶还指出:"令人毛骨悚然的幽默……与恐怖融为一体,成为抵抗死亡恐惧的防御机制。"[4]劳拉·埃尔笃(Laura Eldred)探讨了麦克多纳对当代或后现代哥特式戏剧的追求。她指出麦克多纳坚持直面戏剧的传统,成功地"迫使观众接受不适的状态,激励人们认识从未认识到的同情,直面剧中从未直面过的嗜血"[5]。

麦克多纳无情地揭露了西部乡村生活的黯淡,人性的扭曲,道德的崩坏。人们在侮辱和淫秽的交谈中,互相嘲笑攻击,体现了黑色喜剧的特质。而这些口头攻击有时最终导致人身伤害甚至谋杀。而这种最黑暗和宿命的杀戮却发生在孩子和父母,丈夫和妻子以及兄弟姐妹之间。这种家族纽带的脆弱性唤起了人们不得不直面这些剧中世界人性的沦丧与多变。然而,维克多·梅里曼(Victor Merriman)批评麦克多纳三部曲对爱尔兰下层社会道德败坏的揭露是一种"黑暗视野"。此外,梅里曼还指责这些剧作旨在嘲笑和贬损爱尔兰贫困的乡村人口以逗乐上流社会。[6]亚历克斯·谢兹(Aleks Sierz)指出:《康尼玛拉的骷髅》中充斥着恶意的笑话,掘墓人米克·多德声称男尸们为何下葬时都缺失阳具,因为那些阳具都被切下"当作狗粮"送给了小贩们。他还说,在大饥荒期间,这些阳具就成了小摊贩们的口粮。[7]芬坦·奥图尔(Fintan O'Toole)将"丽南镇三部曲"称为"哥特式情节剧",抨击《康尼玛拉的骷髅》让观众"嘲笑剧中的爱尔兰大饥荒,谋杀和自杀,嘲笑儿童溺死在浆坑中,男人呛死在酒吐中"[8]。麦克多纳承认他的剧作受到了电视和电影中暴力美学的影响。他认为,这种戏剧暴力既源自社会中的犬儒精神,也激发了对传统爱尔兰生活的冷嘲。

观众在不安的笑声中体会到弥漫在欢乐谑笑表面下剧中的悲哀和暴力。这种情感正是麦克多纳作品的特质,恰如《丽南山的美人》《荒凉西岸》和《伊尼西曼岛的瘸子》,作者深知如何将观众引入一个精彩的故事,然后用黑色的暗流令他们震撼。在麦克多纳的黑色喜剧中,《康尼玛拉的骷髅》并非是张力最强的一部。究其典型风格而言,他剧中的人物都是独特而怪诞的,但《康尼玛拉的骷髅》中人物的刻画与《枕头人》中卡图兰或《伊尼西莫岛的中尉》里帕德雷相比,不够鲜明而令人难忘;剧中人物间的关系和动机也存有朦胧性。但《康尼玛拉的骷髅》的最后一场极具张力,令人震撼,这正是作者善于将沉重和悲凉融入他的黑色喜剧的功力。

孤独是麦克多纳黑色喜剧的常见主题。他的主要角色不仅生活在社会主流之外的乡镇中,而且由于个人的弱势与缺陷、肉体痛苦或犯罪倾向而处于社会的边缘。他们为了融入社会或逃离生活而生死挣扎的结局总是幻灭和绝望,掘墓人米克在剧终时抱着妻子的骷髅久久地亲吻既是对亡妻的深挚情感,也是他在精神与心态上幻灭和绝望的生动写照。

2021年2月于纽约芮枸公园

参考书目

[1] Martin McDonagh, *The Beauty Queen of Leenane and Other Plays*, London: Vintage,1998, p. 97.

[2] Karen Vendevelde, "The Gothic Soap of Martin McDonagh", in Eamonn Jordan, *Theatre Stuff: Critical Essays on Contemporary Irish Theatre*, Dublin: Carysfort Press, 2009,pp. 292-302.

[3] Vivian Mercier, *The Irish Comic Tradition*, Oxford: OUP, 1962, pp. 47-77.

[4] Vivian Mercier, *The Irish Comic Tradition*, Oxford: OUP, 1962, pp. 48-49.

[5] Laura Eldred, "Martin McDonagh and the Contemporary Gothic", in Richard Rankin Russel, *Martin McDonagh: A Casebook*, London: Routledge, 2007, pp. 111-130.

[6] Victor Merriman, "Decolonization Postponed: The Theatre of Tiger Trash", in Lilian Chambers and Eamonn Jordan, *The Theatre of Martin McDonagh: A World of Savage Stories*, Dublin: Carysfort Press, 2006, pp. 264-280.

[7] Aleks Sierz, *In-Yer-Face Theatre: British Drama Today*, Faber and Faber, 2001, p. 225.

[8] Fintan O'Toole, "Introduction", in Martin McDonagh, *Plays* 1, London: Methuen, 1999, pp. 381-382.

康尼玛拉的骷髅
A Skull in Connemara

[丽南镇三部曲之二]

"*A Skull in Connemara* was first produced by Druid Theatre Company and the Royal Court at the Town Hall Theatre, Galway, Ireland on 3 June 1997, and then at the Royal Court Theatre Downstairs in London on 17 July 1997."

人　物

米克·多德　　　男，五十余岁
玛丽·拉弗蒂　　女，七十余岁
马尔丁·汉隆　　男，二十岁左右
托马斯·汉隆　　男，三十余岁

场　景

丽南，康尼玛拉的一个小山镇，爱尔兰戈尔韦郡

第一场

【戈尔韦乡间农舍一简陋主室,台左为前门,右边为两桌一椅和一橱柜,后墙为燃亮的壁炉,两侧各一扶手椅。后墙上方挂一十字架,下方挂一排旧农具、短镰、长镰和铁镐等。剧始,五十余岁的屋主米克·多德坐在左边扶手椅上,此时,七十余岁邻居,肥壮、白发的玛丽·拉弗蒂敲门后上。

玛丽 米克。
米克 玛丽。
玛丽 天很凉。
米克 天是凉了。
玛丽 天凉了,是啊,天转凉了。
米克 越来越凉。
玛丽 越来越凉,米克。夏天过去了。
米克 还没结束吧,夏天过完了?
玛丽 夏天过完了,米克。
米克 现在几月份?
玛丽 九月了吧?
米克 (思忖)是啊,可不是吗?
玛丽 夏天过去了。
米克 这个夏天。

玛丽　这个夏天。就这么过去了。

米克　你坐呀,玛丽,坐那儿。

玛丽　(坐下)这雨下呀,下呀,下呀,不停地下。现在天凉了,天黑得越来越早。再过几个礼拜,树叶都黄了,这夏天就真的结束了。

米克　我都不知道这就九月了,真快。

玛丽　现在知道了吧,米克,你以为现在几月?

米克　我还以为是八月呢。

玛丽　八月?(大笑)八月早过了。

米克　现在我知道了。

玛丽　八月早过了。

米克　我知道了。

玛丽　上月是八月。

米克　(不悦)我知道了,玛丽。你别说个没完。

玛丽　(停顿)这个时候,孩子们不就返校上课了吗;他们不会再满大街勾肩搭背地晃悠,像一群……

米克　这是他们的老规矩。过去一注意到街上突然清静了,我会想到,"孩子们返校了,夏天过去了。"

玛丽　像一群站街的婊子。

米克　(停顿)你说谁像站街的婊子?

玛丽　那些大街上的女学生。

米克　我不会说她们像婊子。

玛丽　摸裆亲嘴。

米克　那有啥呀?

玛丽　满口脏话。

米克　玛丽,你过时了,真的,现如今谁不说两句脏话?

玛丽　我就不说。

085

米克　你不说。

玛丽　（停顿）伊蒙·安德鲁斯从没说过。

米克　可我们大家比不了你和伊蒙·安德鲁斯。我敢打赌，要是伊蒙·安德鲁斯摔倒在地或坐在颗钉子上，也肯定会骂脏话。

玛丽　他不会。

米克　你只见到电视上的他。他回家没准不停地骂。他可能啥也不干就是骂人。

玛丽　你在撒谎……

米克　我在说他到家之后。

玛丽　我要告诉你还有谁不骂脏话。（指着十字架）那男人就不骂。

米克　我们哪能像天主那般圣洁。更别提伊蒙·安德鲁斯了。那些孩子只是放暑假出来玩乐，不碍事儿。

玛丽　不碍事儿，是吗，米克？那我在教堂墓地上逮到三个随地撒尿的小子怎么说，我说我要向卡佛蒂神父告他们，你猜他们怎么回我？"你个老猪婆！"

米克　我清楚这事儿，玛丽，他们不应该……

玛丽　我很清楚他们不应该！

米克　天哪，玛丽，那都是二十七年前的事儿啦。

玛丽　二十七年前也不行！

米克　过去的事儿就过去了。

玛丽　过去了？休想，我不会让过去的过去。我告诉你我啥时候会让过去的过去。等我看到他们在地狱火中煎熬，我才会让过去的过去，要不，休想。

米克　你这样诅咒孩子们随地撒尿，太过分了。再说那时他们才五六岁，上天有眼。

玛丽　他们在圣地上撒尿，米克。

米克　圣地又咋啦，他们也许憋不住了。再说，那啥圣地不就是撒过点圣水吗？

玛丽　你这人就这样，米克·多德，我知道你会狡辩，你每年秋天就在坟场干那份脏活。

米克　（打断）你这话就过分了。

玛丽　这话过分了吗？

【米克起身，倒了两杯威士忌，一杯递给玛丽，自己端着另一杯坐下。

米克　要说这份脏活，不是公家发我工资吗？不是神父一直陪着我，还端茶送水跟我聊吗？

玛丽　（停顿）那倒是。（抿一口威士忌）不过我讨厌那个小滑头。

米克　哪个小滑头？

玛丽　威尔士神父，沃尔士-威尔士。

米克　威尔士神父没啥不好。

玛丽　是没啥不好，可我不喜欢对一个嘴上没毛的小子忏悔！

米克　每个礼拜对他忏悔，你到底有啥罪孽？

玛丽　你要忏悔的罪孽更多。

米克　（调侃地）你有啥罪孽呢？不会是淫荡邪念吧？应该不会，一定是"汝不可偷盗"之罪。

玛丽　"汝不可偷盗"咋讲？

米克　旅游局给游客的免费地图你每张一英镑卖给老美，还骗他们说《沉默的人》就在你们家那儿拍的，实际上拍摄地远在一百六十多公里之外的马姆路口。

玛丽　一百六十公里吗？马姆路口一定搬迁过，因为上次我看到只隔十二公里。

米克　约翰·韦恩照片两英镑一张，玛琳·奥哈拉喝过的杯子五英

087

镑一个。你会相信？这帮傻屁老美。

玛丽　这帮傻屁老美想给个老太太捐点退休金,我也拦不住,对吧?

米克　你要是没有忏悔从傻屁那儿骗钱,那一定忏悔玩宾果作弊,对吧。

玛丽　(微笑)我玩宾果没作弊。

米克　你那把戏都玩了二十年了,康尼玛拉有上百个目击者可以指证你的猫腻。

玛丽　我有时可能会弄不清我拿了几张卡……

米克　是弄不清吗?

玛丽　(不悦)当然啦,米克。我想拿四张卡的,结果有时两张卡粘在一起,我没注意到底拿了几张卡就坐下了。

米克　玛丽·拉弗蒂,从德·瓦莱拉十二岁起你每礼拜都在那教堂大厅玩这出把戏。一次拿十张都算客气,圣诞大奖那次你不一下拿了十五张吗?更别说你的吉尼斯最高纪录是一次拿了二十二张。要不是那晚你连赢十八次后怕露馅,你的记录还要高。

【玛丽怒视着他。

玛丽　既然说到忏悔,米克·多德,你多少年没见神父了?有七年半了,对吗,米克?

米克　咋啦?

玛丽　七年半了……

米克　(愤怒)你有完没完,玛丽。

玛丽　以前是你家乌娜每个礼拜拖你去那儿?

米克　(发怒,起身)我说了,你有完没完!你再说就给我滚!

【他踌躇一刻,又给自己斟了一杯。

玛丽　是他叫号太慢。

米克　谁叫号太慢？

玛丽　圣帕萃克教堂主持宾果的小子。

米克　噢，宾果叫号。

玛丽　沃尔士-威尔士。（停顿）你得有十张卡玩才尽兴，不然你就干坐着。我不是为了赢才拿十张卡的。

米克　就为了玩。

玛丽　对，就为了玩。

米克　反正也没人嫉恨你。

玛丽　因为我老了。

米克　更没人嫉恨你了。

【敲门声，马尔丁推门进屋。他身着曼联队客场球衣，嚼着口香糖。

马尔丁　你们好。

玛丽　你好，马尔丁。

米克　你好，马尔丁。关上门。

马尔丁　好的。（关上门）我妈总对我说，你是在敞着大门的谷仓里生的吗？玛丽奶奶，她总说，你是在敞着大门的谷仓里生的吗？我就说"妈，你自己清楚啊。"

【玛丽嘘了一声。

马尔丁　我是说，妈，您应该清楚。就是嘛，我就这么说的。因为要说谁最清楚我哪儿生的，不就是她吗？（停顿）我是在地区医院出生的，戈尔韦那家。

米克　我们知道地区医院在哪儿。

马尔丁　哦。（对玛丽）上次去那儿检查胯部的是你吧？

玛丽　不是。

马尔丁　那就是别人。是谁呢？那个摔倒的胖子。

米克　你来有啥事儿，马尔丁？

089

马尔丁　那个威尔士或沃尔士神父让我来的。他嫌我在唱诗班捣乱。米克,那是威士忌吗?给我来一点?

米克　不行。

马尔丁　嘿,来一点嘛……

玛丽　马尔丁,你干吗在唱诗班捣乱?上帝保佑,你小时候唱得可好了。

马尔丁　哼,他们现在尽唱些臭狗屎。

【玛丽对他出言不逊连连喷嘴。

马尔丁　他们现在尽唱些烂歌。全是哭嚎,什么鱼啊熊啊。

米克　唱鱼和熊,啥意思?

马尔丁　就是,我也这么说。可他们说年轻人喜欢这些歌儿。今晚他们让我们唱什么歌?什么我要是只熊,就会乐无穷,我要是个人,幸福将永恒。唉,一堆陈年烂调,我真正喜欢的只有圣诞颂歌。

米克　这才九月份,谁会唱圣诞颂歌。

马尔丁　对呀,没人唱,可我觉得他们与其唱烂歌,不如全年唱圣诞颂歌,让你一直过圣诞节。

玛丽　马尔丁,你爸妈好吗?我好几天没见到他们了。

马尔丁　哦,他们挺好的。反正我妈挺好,我爸那老东西好到不能再……

玛丽　马尔丁,他可是你亲爸。

马尔丁　亲爸没错,不过我告诉你,要是一礼拜平白无故解皮带抽你八趟,你就再"亲爸"也叫不出来。

米克　你觉得你没干坏事,清白无辜,对吗?

马尔丁　没干任何坏事。

米克　没干坏事?你们没在卡拉罗镇舞厅外捅了警察车胎,你那哥们雷蒙·杜利被抓住了,还有一个跑了。

马尔丁　那个不是我，米克。

米克　对呀，当然不是你。

马尔丁　我是腿上有伤。我奇怪，大半夜的警察去舞厅干吗？

米克　去赶走一群打架的流氓，把俩打伤的女孩连夜送进医院。

马尔丁　反正你就觉得这帮哥们成天不干好事。

米克　那还用说。威尔士要你说啥，马尔丁？

马尔丁　也许那俩女孩就是欠揍。你又不明真相。

米克　那俩可怜的女孩为啥欠揍？

马尔丁　当然欠揍。她们嘲笑一练家子的哥们，人家不就客气地请她们跳个舞吗？居然还叫来那混账的哥教训人家。这种婊子缝几针都活该，她们很明白，她们恶意挑起这事儿，这缝几针就当整容了。没错。（停顿）不过我说过了，我没在场，那天我腿伤了。

米克　你要我再问你一遍吗，马尔丁？

马尔丁　问啥？

米克　见鬼，威尔士都他妈的要你来说啥呀？！

马尔丁　（停顿）米克，你瞎叫什么？他让你下礼拜就开始今年的掘墓。去坟场作恶。

【玛丽恶狠狠地望着米克，米克愧疚地避开她的直视。

米克　下礼拜？太早了。我是说，上个月不刚在那儿安葬了玛格·福伦吗？我觉着这事今年早了一点。

马尔丁　我不知道早不早，我也不在乎早晚。反正我来帮你打下手，沃尔士-威尔士每礼拜付我二十英镑。

米克　你来帮我打下手？

马尔丁　威尔士说的。一礼拜二十英镑。米克，你一礼拜拿多少？

米克　我一礼拜拿的钱不少，关你啥事？

马尔丁　不关我事，我只问问。

米克　你少管闲事。

马尔丁　那是，反正你是师傅。每礼拜一百英镑或者更多也是你应得的，毕竟你是上手师傅。（停顿）米克，你不止一百块，对吗？

米克　你这小子。

马尔丁　我就问一下。

米克　你也就只会问这些白痴问题。

马尔丁　噢，白痴问题，是吗？

米克　就是。

马尔丁　唔……嗯……哼。

玛丽　马尔丁，别说你的问题，我的问题他也答不了。

米克　你这倔老太婆又来了。

马尔丁　你问啥呀，玛丽奶奶？

玛丽　我就问，他把我们家的帕德雷挖出后搁哪儿了，把我们家的布丽吉挖出后又扔哪儿了，最要紧的是，他把我那可怜的爹妈挖出后放哪儿了！

马尔丁　米克，你说，你把玛丽奶奶的亲人都放在哪儿？他们的尸骨和遗物。

玛丽　他就是不说。

米克　我没说吗？

玛丽　那你说呀。

马尔丁　就是，你说呀。

米克　你又要管闲事。

马尔丁　我偏要管，他们的尸骨呢？

米克　你想知道他们的尸骨，对吗？

马尔丁　对呀。都他妈的说了上百遍了。

米克　还他妈的上百遍了,是吗？ 我告你我怎么处理尸骨。 我用锤子把它们砸个粉碎,再把它们一桶桶倒进泥浆。

【玛丽惊呆,马尔丁不禁大笑。

马尔丁　(大笑)这是真的吗？

米克　也许是真的,也许不是。

马尔丁　你用锤子把尸骨砸碎又把它们倒进泥浆？ 我也能这么干吗,米克？

米克　不成,你想都别想。

马尔丁　哎,你绝对不会用锤子砸尸骨。 你只能把尸骨封住放在啥地方。 你会避过乞丐们,把尸骨放入湖里或哪儿。

米克　没错,我也许就把尸骨沉入湖中。 你是专家哎。

【玛丽一直怒不可遏地瞪视着米克。

玛丽　米克·多德!

米克　玛丽!

玛丽　我只问你一个问题,你实话实说!

米克　你问呀!

玛丽　你说你把尸骨砸碎倒进泥浆,是吗？

米克　怎样处理尸骨,神父和警方要求我宣誓保密,我受他们的约束……

马尔丁　哇呜。

玛丽　(起身)米克·多德,不管约束不约束,只要你不回答,我就离开你这鬼屋,永不踏进!

米克　我受神父和警察的约束……

玛丽　米克·多德,要是你不回答……

米克　玛丽,我没拿锤子砸尸骨,也没把它们和泥浆。 你把我当什么人了？

马尔丁　我早说了,你不会……

玛丽　如果没砸碎，那你怎么处理？

米克　（停顿）我把尸骨密封在口袋中，一边祈祷一边把口袋沉入湖底。

马尔丁　我说了嘛！就他妈的沉在湖里，错不了。我刚才不跟你说了吗，他把尸骨封在袋中又扔进湖里。

米克　我没说扔，我说我小心地把尸骨沉入湖底。

马尔丁　没错，你把它们沉入湖底。你还对着它们祈祷。

米克　诚心诚意地祈祷。

马尔丁　也是一种仪式。

玛丽　这是真的，米克·多德？

米克　真的，玛丽奶奶。

玛丽　那我坐下来跟你把这酒干了。

米克　多谢你，玛丽。

【玛丽重又坐下，米克斟满她的杯子。

马尔丁　（瞄着威士忌）七年后，他们也就只剩下两三块骨头了，我敢肯定，根本用不上锤子。

米克　现在我们听专家的。

马尔丁　这不需要专家，只需要生活常识。

米克　那你给我解释一下。

马尔丁　有头牛死在我们家地里四五年了……

米克　我知道啊，那是你们家最棒的牛。

马尔丁　不，不，不是我们家最棒的牛。它压根就不是我们家的牛。不就有一天它晃悠到我们家地里死去了吗？

米克　哦，被臭味熏死的。

马尔丁　它不也就只剩……"被臭味熏死的"？操你妈。你这屋子的臭味？咋说的？"被臭味熏死的"？我告诉你，小子。（停顿）我刚说哪儿啦？你弄得我忘了……

米克　说到"它不也就只剩"。

马尔丁　那头牛，不也就只剩下骷髅和几块骨头嘛，还有皮和毛吗？要是个人，那还不烂成土了，还不剩得更少？

米克　有道理。幸好不是人尸，不然你们家没法弄到晚餐桌上吃了这五年。

马尔丁　你说我们家晚餐总吃那头死牛，对吗？反正我们家吃的比你这狗窝里要好得多！我跟你直说吧！你这儿除了早饭喝酒，晚饭喝酒，别的啥也没有！

米克　说你自己吧。

马尔丁　说啥呢？你诅咒我妈做的晚餐，我只说说我们家地里的牛尸骨，在帮你说话呢。

米克　你说得对，马尔丁，我没道理。

马尔丁　对吧？我知道我没错。

米克　我刚才恶意中伤你和你妈还有你们家晚餐，瞎说你们从死了五年的牛尸上割肉吃，还吃得津津有味，我收回这一切，向你道歉。

马尔丁　（困惑）是吗？真的？行啊，好，太好了。

【米克再给自己斟了一杯。

为了表示你我间的善意，我喝一点点，品一小口，米克，就这么点。

米克　就这么点，对吗？

马尔丁　就这么点，以表善意。

米克　以表诚意，好啊。

【他往指尖上倒了一滴威士忌，像圣水般洒向马尔丁。酒液洒进了马尔丁双眼。

保佑自己，马尔丁。

【玛丽呵呵一笑。米克坐下。马尔丁恼怒地揉着双眼。

马尔丁　洒我眼睛里了，真的!

米克　我瞄的就是你眼睛，很疼吧?

马尔丁　当然很疼啊! 你这狗日的。（玛丽呲嘴）你朝我呲嘴? 他把酒洒我眼里，就差弄瞎了我，你该朝他呲嘴!

玛丽　马尔丁小子，现在你该明白别再去唱诗班捣乱了。

马尔丁　唱诗班?! 这他妈的跟唱诗班有啥关系? 他诅咒我妈的晚餐，还往我眼里洒酒。

米克　就洒了一滴呀，我能浪费我上好的威士忌给你洗眼睛吗?

马尔丁　（面对玛丽）眼睛红吗，奶奶?

玛丽　有点红，马尔丁……

米克　"眼睛红吗?"天哪，你就一个窝囊废伪娘，马尔丁，你啥也不是，就一个窝囊废伪娘。

马尔丁　你说我是个窝囊废伪娘，对吗?

米克　你就是。

马尔丁　也许我就是，也许我还知道一件你不知道的事儿。

米克　你知道啥? 你知道个屁，小子。

马尔丁　也许我知道我们这礼拜挖公墓的哪个拐角。

米克　公墓挖哪个拐角关我啥事儿?

马尔丁　嘿，也许不关你事儿，不过要挖南面，山墙下边。

【米克点头，似显不安。

米克　山墙那边埋的都是七年前的，没错，我记得。

马尔丁　没错。不光是七年前!（对玛丽）看到吗? 这戳到他，他就不自在了。这会他就不自在了。

米克　"戳到我"? 你啥意思?

马尔丁　你老婆不就埋在山墙那边吗? 这还不戳到你吗?

玛丽　乌娜是埋在山墙下吗，米克?

米克　是的。

玛丽　噢，老天真是有眼……

马尔丁　反正这活儿干得来劲了，这老公挖自己老婆的坟都能拿到工钱的事儿可不多呀。

米克　乌娜去世很久了，现在只剩些骨头罢了。

玛丽　（轻声）米克，你可不能去挖乌娜的坟。这事儿不能干，让别人去挖。

米克　让谁呢？让他吗？他指不定把乌娜头骨弄成两半。

马尔丁　哦，弄成两半，对吗？

米克　没错。

马尔丁　我听说她头骨已经被弄成两半了。

米克　（停顿，起身，逼近）你听说啥了？

马尔丁　就那么一两件事，你他妈别对着我，我是啥也没说，别人在闲言碎语，我根本没搭理。现在有人对我恶言恶语，指着鼻子骂我，还朝我眼睛里洒酒……

米克　我骂你啥了？

玛丽　（停顿。轻声）窝囊废伪娘。

马尔丁　你叫我窝囊废伪娘。既然有人指着我鼻子骂，我就不客气了，那就不是洒点酒了，我会散布你的传言。至于事儿的真假，关我屁事，我会到处散布，反正你先得罪我。

米克　你还能散布什么传言？

马尔丁　就那些事儿。

米克　你唯一能散布传言的事儿我也认了，这些年我也一直悔恨。那天我喝得太多，喝得烂醉，乌娜没系安全带，结果就出了车祸。没啥别的传言。

马尔丁　没错，我说的就是这件事儿，醉酒驾车的传言。你以为我会说什么？

米克　（停顿）你散布的就是这个传言？

马尔丁　对啊。（停顿）就是这……

米克　那都是七年前的八卦了，你他妈到今天来当面怼我……

马尔丁　当面怼你不比他们背后说你好吗？他们全都在你面前假客气，等你一走开就在你背后造谣中伤。不管咋样，我好歹实话实说。

米克　（问玛丽）他们在背后说我坏话？

玛丽　没有的事。他就是个搬弄是非的小混混。

马尔丁　说我是小混混？他们没在他背后说坏话？行啊。那他们一定在说别人，带着妻子开车往墙上猛撞，是我弄错了，我常常弄错。

米克　（轻声）你给滚出去，马尔丁·汉隆。

马尔丁　滚就滚，你就这样待我，我一路跑来告诉你威尔士-沃尔士-威尔士的口信，你给我冷脸，朝我眼睛洒酒，差点把我弄瞎，还指着鼻子骂我，诅咒我妈的晚餐。哼！（走出门，又转回）唔……对了，米克，教堂有能用的铁锹吗？我没有。

玛丽　你爸有一套铁锹。

马尔丁　我爸没有铁锹，他有一堆耙子，没有铁锹，他只有两根铁锹柄，只有柄，那压根不是铁锹。他有一堆耙子，不知为啥，根本没用处。我觉得，铁锹总是比耙子管用。

米克　教堂有把铁锹。

马尔丁　教堂里有把铁锹吗？不过得有两把，两个人用一把……

米克　应该有两把。

马尔丁　你肯定？我可不想到了那边再……

米克　马尔丁，你他妈的还不滚回家去？！

马尔丁　滚回家去，对吗？滚就滚，你不用说两次。

米克　我他妈的催你五次了！

马尔丁　（下）行，行，你不用说两次。

玛丽　（停顿）瞧这小子那张嘴。

【停顿。他们喝着威士忌，凝视着炉火。片刻后。

米克　这是真的吗，玛丽？

玛丽　什么真的，米克？

米克　背后说我闲话。

玛丽　没人背后说你闲话，这小子是个白痴，不是白痴也是个混蛋，你我都明白。

米克　没错。

玛丽　你记得那次他把狼人漫画和《邓菲太太》混在一起吗，幸亏我们发现了，不然她不差点就被他们处理掉了吗？

米克　记得。

玛丽　不然结果会怎样，想想吧。（停顿）这孩子啥也不是就是个无赖，哪怕他是我亲孙子，我也得承认，他就是个没治的无赖，所以你别放在心上。

米克　（停顿）好吧，你说的在理。

玛丽　我当然说的在理。

米克　行。

玛丽　行了？没问题了就好

米克　我觉得没问题了，没了。（停顿）没了。（停顿）还有，除了那些，没传我别的什么坏话吧……

玛丽　没别的坏话，米克。（停顿）没啥坏话，真的。（停顿）我们都知道你是咋样的人，米克·多德。

【米克望着她。

米克　嗨，你说得对。

【玛丽朝他微笑着，两人再次凝视着炉火，幕落。

第二场

【夜间，石碑林立的墓地在几盏路灯的闪烁下显得诡异。两座立碑的坟墓靠近舞台中间。开场时，米克正在齐腰深的右边墓中挖掘，马尔丁放下铁锹，背靠右面墓碑坐下，点上一支烟。

马尔丁　我歇会儿抽根烟。

米克　歇啥呀？你又没干活。

马尔丁　我干过活了。

米克　你干个屁。

马尔丁　我手上磨出水泡都没吭声。

米克　你现在不吭声了吗？

马尔丁　省得你说我抱怨。（停顿。打量着旁边的墓）我们啥时挖你老婆的坟啊？我们绕了一圈像是要避开挖它。

米克　按顺序来，不会漏掉。

马尔丁　不会漏掉？要我说，我们一直在跳着挖。（停顿）那我来挖你老婆的坟。

米克　你敢吗？

马尔丁　我试试。

【马尔丁拿起铁锹，慢步绕过米克来到乌娜墓前。米克停下活威胁地盯着他。马尔丁用脚踩了下土，抄起铁锹似要开挖。

米克　你敢动一寸土，马尔丁·汉隆，我把你活埋在墓穴里。

【马尔丁笑了笑，放下铁锹，靠在身后的墓碑上。

马尔丁 米克，在你老婆面前，你也威胁要谋杀我？

米克 不是谋杀，是自卫，省得你他妈像只老母鸡叨叨不停。就当我做了回社区服务。

马尔丁 社区服务？我听说你已经做过社区服务了。

米克 什么服务？

马尔丁 你从牢里提前释放时，做过社区服务了。

米克 你别跟我来这套。

【米克继续挖土。

马尔丁 我就说说。

米克 你他妈又装聪明。

马尔丁 我对希拉·费伊说过，我不用装聪明，因为我很聪明。

米克 你还聪明，是吗？你是考了十次没毕业，还是十一次？

马尔丁 就考了一次。

米克 噢，就一次？

马尔丁 还有一次正巧碰上我被无故开除。

米克 无故开除？哼。你在生物课上把只猫活活煮死？

马尔丁 那根本就不是我，米克，他们很清楚不是我干的。后来瞎子比利·彭德出来认罪，学校不是立马恢复了我的学籍吗？连句道歉也没有。

米克 可怜那弱智的瞎子比利·彭德，没错，你当然没让他出来为你顶罪。

马尔丁 再说那是只仓鼠，不是猫，你要弄清事实。

米克 我不需要你这种人来帮我弄清事实。

马尔丁 那好吧。

米克 我得跟你说实话。

马尔丁 （停顿）那我们就开挖你老婆的墓，米克。

米克　（停顿）等弄完这个再开始，而且得等警察过来。

马尔丁　等警察过来？你挖你老婆的坟得有警察在场。有这条法律？

米克　好像是。反正警察说了，我在开挖之前他得先到场，免生是非口舌。

马尔丁　是非口舌？

米克　我不知道。免得有人说三道四吧。

【一声闷响，米克的铁锹挖到了墓穴里的朽木。

马尔丁　挖到了？

米克　把口袋给我。

【马尔丁跃起，探头望向墓底，随着铁锹砸开棺木的声响，米克捡起棺木碎片从墓穴里扔出。马尔丁挪身探头欲看清尸体。

马尔丁　啊呀，瞧这个。他是谁啊？（回看墓碑）丹尼尔·法拉。没听说过这人。

米克　我跟他打过招呼。

马尔丁　你认得出他吗？

【米克像看傻子般地看着马尔丁。

当然看他头骨是认不出的。他居然还有一圈头发。看上去像个大娃娃。

米克　像个啥？

马尔丁　一个大娃娃。女孩子们玩的那种。

米克　女孩子们可不会玩这种娃娃。

马尔丁　我当然知道，说着玩呗。那他多大年纪了？

米克　他应该……

马尔丁　别说，我先猜猜。

米克　你猜吧。

102

马尔丁　猜对了你给我一英镑。

米克　猜错了你给我一英镑。

马尔丁　行啊,(瞄着墓碑计算着)他是……我算过了……六十七岁。

米克　错了。 他七十七岁。 你欠我一英镑。

【马尔丁又看着墓碑,扳着手指算了下,意识到自己算错了。

马尔丁　我操。

米克　把口袋拿过来,说了五十遍了。

【马尔丁在墓碑后喃喃自语。

马尔丁　我帮你拿那破口袋……

【马尔丁搬来一只又大又脏的的黑布袋,半满的口袋里已装了两具尸骨;他把口袋拎给米克。

米克,把那骷髅递给我,我比比。

【米克把带有头发的骷髅抛给马尔丁,然后一边把墓穴里的尸骨装进口袋,一边冷眼瞅着一直在摆弄骷髅的马尔丁;马尔丁一会儿将两骷髅放胸前假作乳房,一会又让俩骷髅亲吻。

骷髅真是神奇,没法相信我们头脸下包着这么个东西。

米克　反正没法相信你有这么个东西,里边还有脑子。

马尔丁　我没脑子,是吗? 我有脑子,我脑子特棒!

米克　让骷髅亲嘴。 你像个学生大妹子。

马尔丁　(停顿)学生大妹子啥时让骷髅亲嘴了?

米克　(停顿)我就说说。

马尔丁　学生大妹子哪儿弄到骷髅啊。

【他把一个手指插进骷髅的眼窝。

你可以把手指插进它们的眼窝。

米克　(停顿,困惑)插学生大妹子的眼窝?

马尔丁　骷髅的眼窝! 你干吗去插学生妹的眼窝?

103

米克　我不知道。

【马尔丁把骷髅递给米克，米克把它们放进布袋；马尔丁一声不吭地蹲下望着墓穴。

马尔丁　嘿，米克！

米克　咋样？

马尔丁　那玩意儿哪去了？

米克　啥呀？

马尔丁　那玩意儿哪去了？我是说，人死后。他们的玩意儿全没了，我仔细看过。

米克　我知道你看得很仔细。还有女人的玩意儿！我琢磨，你来干这活就为好好看男女的玩意儿。你没见过几个真家伙。

马尔丁　我见过。

米克　你见过鸡巴吗，马尔丁？

马尔丁　女人那个，你装蒜！

米克　你真地不知它们哪儿去了吗？没人告诉你？

马尔丁　没有。

米克　宗教课上没教过？

马尔丁　没有。宗教课我老逃课。课上尽说耶稣的事儿。

米克　所以你不知道。天主教教义中不是明文规定，尸体下葬时不能留鸡巴吗？在天主眼里不是罪孽吗？

马尔丁　（难以置信）不会吧……

米克　他们不就把鸡巴在棺材里剪掉，然后当狗粮卖给小摊贩们？

马尔丁　（惊惧）不能吧！

米克　饥荒年里，小摊贩们根本舍不得给狗吃，这鸡巴不就成了他们自己的干粮吗？

马尔丁　不会吧，米克……

米克　那年岁你会看到小摊贩们赶路时手中拿着鸡巴，边走边吃。

马尔丁 不会吧……

米克 现在小青年就这毛病，对爱尔兰历史一无所知。

【米克自说自笑。马尔丁感到恶心，但看到米克的样子不禁生疑。

马尔丁 你胡编的吧。

米克 千真万确，我敢担保。

马尔丁 我去教堂问沃尔士-威尔士，他应该知道。

米克 那赶紧去。

马尔丁 真的？

米克 你赶紧去问呀。

马尔丁 我真去了。

米克 去呀。

马尔丁 （停顿）我得问他们是否把尸体的鸡巴割下来弄给小摊贩们。

米克 千真万确。

马尔丁 （停顿）那我真走了。

米克 快去吧。

马尔丁 我走了！你不用催我。

【马尔丁晃悠着从台左离去。他走后，米克暗笑着收拾好尸骨，跳出墓穴，然后把口袋拖出放一旁。他双手插兜慢步来到台左妻子的墓前，低头注视着。警察托马斯·汉隆从台右侧上，全套警服装备，轮换地吸着香烟和哮喘呼吸器。

托马斯 还没动手？

米克 还没呢。

托马斯 那在你干吗呢？

米克 先看看。

托马斯 哦，那没事儿。在瑞奥丹大厅遇到点麻烦，来迟了；两个

105

女的打架，还有个男的。

米克　俩女打一男，还是谁打谁？

托马斯　本来俩女互相打得挺好，谁知这老家伙劝架说"女人打架不对，别打了"，结果这俩女就合伙揍他，轮流踹他。

米克　打得好，她们打架关他啥事？我就爱看娘们打架。

托马斯　我也是，我最喜欢看俩娘们狂打，只不过执勤时不能说。结果我们把这三人全抓了，那老头太冤，哭起来了，他哭得很惨，不停地哭。结果强尼·道尔说，"你再哭我也揍你"，可他还是哭个不停。

米克　他揍他了吗？

托马斯　没有，老人再哭也不能打。

米克　不能打老人。

托马斯　是啊，总有一天我们也会老的。

米克　（停顿）那我开挖了。

托马斯　你挖吧。

【米克开始挖妻子的墓，托马斯靠着右边墓碑坐着。他朝黑布袋里瞧着，做了个鬼脸。

托马斯　米克，这活儿真他妈的病态。

米克　可这活儿总得干哪。

托马斯　真他妈的可怕。

米克　这活儿没法不干，不然哪还有下葬的空地？

托马斯　我觉得有别的法子，教堂应该鼓励火化，不该全部土葬。

米克　这儿谁愿意火化？没人愿意。

托马斯　这一年年过去总得有进步吧。

米克　随他们去了。（停顿）你每天执勤碰见的事儿不比这更病态吗？你执勤不常见刚死了的人吗？这死了七年的没啥稀奇吧？

托马斯 我啥时常见刚死了的人了？

米克 你没有？ 哦，听你聊起那些事儿，还以为你们执勤就像《希尔街蓝调》那样，到处尸首横飞。

托马斯 我倒愿意尸首到处横飞，可从来没有啊。

米克 上北边去吧，到赌场或哪儿转悠转悠，你准有活干。

托马斯 警探行当没有那种老掉牙的八卦了。 我说的警探，你明白吗，就像《昆西》那样。

米克 噢，像《昆西》那样。（停顿）那你从没见过尸体吗？ 刚死的那种？

托马斯 我唯一见过的尸体，是香农路一栋公寓里的一个家伙。 你这辈子没见过这么肥胖的家伙。 奶子这么大。 一丝不挂坐扶手椅上。 一丝不挂。 电视还开着。 医生说他心脏病突发。医生说的，无懈可击。 但我瞄了一眼那胖子的冰箱，哇，好大一冰箱，一米八高。 里面有啥啊？ 只有一罐果酱和一颗生菜。 啥？ 别的啥也没有。 这辈子你见过的最肥胖者的冰箱里只有一罐果酱和一颗生菜，这不可疑吗？ 我给他们的报告中指出了这疑点，他们却笑话我。 而且还光着身子看电视？ 这不可疑吗？

米克 （停顿）那是几月份？

托马斯 几月份？ 我不知道……

米克 如果是大夏天，也没有客人，光着身子可以解释。

托马斯 （停顿）光着身子可以解释，但没法解释他一米八的冰箱里没东西！ 对吗？

米克 你的怀疑有道理。

托马斯 当然有道理，我很清楚。 那胖子得吃多少？ 一罐果酱和一颗生菜够吗！ 那帮人还笑话我。（停顿）那小屁孩呢？

米克 去教堂去了。 我让他去问神父，教会是否把死人的鸡巴发给

107

过路摊贩的孩子们去玩耍。

托马斯　他走了吗?

米克　他走了。

托马斯　五个傻子加一起也没他这么弱智,这狗日的。现在学校都教他们啥啊?

米克　不知道他教啥,教他们煮猫吧。

托马斯　煮猫,对呀。不对,煮的是仓鼠。

米克　没啥区别。

托马斯　你说啥呢?

米克　我说,都一样。

托马斯　那完全不一样。猫是猫,仓鼠是仓鼠。

米克　这有啥好争的?

托马斯　就像我刚才说的,(停顿)事实就是事实,警探行当就是这样。不管一个细节看似多么微小,你也不能胡乱把它和其他证据混为一谈。所以你不能把猫和仓鼠混为一谈。一件案子能不能破,关键就在这里。

米克　哦,没错,没错,是这样。

【米克继续挖墓。

托马斯　是这样,毫无疑问。没错。(停顿)你挖多深了?

米克　挖得很深了,怪了,这土咋这么松啊……

【马尔丁走回,恼怒地揉着脸颊。

马尔丁　那鸟人反手给了我一耳光,你个狗日的杂种!

【米克和托马斯大笑。

马尔丁　你们他妈的笑个啥呀,两个傻屁?

托马斯　别骂街了,马尔丁,别在墓地骂,对天主不敬。

马尔丁　对天主不敬,是吗?

托马斯　是啊。

马尔丁 去他妈的天主！还有他老娘！

【托马斯起身和米克一起训斥马尔丁。

米克 你住嘴！

托马斯 马尔丁，你再这样我非揍你，我揍你就不止神父那一耳光了。

马尔丁 滚你妈的蛋。

托马斯 我能打得你满地找牙。

马尔丁 你行。反正你们警察不就会打小孩吗？不就为了拿奖金吗？

【米克继续挖墓。

托马斯 我打过哪个小孩了？

马尔丁 你打过雷蒙·杜利，不是你也是你们那帮杂种干的。

托马斯 雷蒙·杜利咋了？

马尔丁 你们抓了他还不到十分钟，他不就进了医院吗？

托马斯 这傻屄自己弄伤了大脚趾。他一脚踢在牢门上，忘了自己没穿鞋。

马尔丁 没错，这是你们的说辞。你们的说辞。

托马斯 （停顿）不准在墓地骂大街，记住，这很要紧。

马尔丁 行啊，不准侵犯老百姓的人权，这更要紧，记住喽，警察是百姓的公仆，不是人民的老爷。

托马斯 马尔丁，你社政课倒是听得很专心嘛。

马尔丁 那还用说。

托马斯 那真不错。教课的还是那位穿迷你裙的伯尼小姐？

马尔丁 我不想跟你这种人啰唆！

米克 你他妈的干活去，那儿，把那个墓填上。

【马尔丁咂着嘴，拿起铁锹走到右边墓旁。动手填土。

马尔丁 （对托马斯）他在墓地骂脏话，我看你一声不吭，你就是对付孩子，对吗？

托马斯　是啊，就对付学生。

马尔丁　我很明白。

托马斯　我这是专业行为。

马尔丁　我知道你专业。（停顿，嘀咕）专业我的臭屁。

【马尔丁在墓边继续填土，托马斯悄悄走到他身后把他推入墓穴。马尔丁惊叫。托马斯和米克则大笑，朝他身上踢土，马尔丁踩着腐棺匆匆爬出。

马尔丁　托马斯，我操你妈！你个杂种。

托马斯　（大笑）你还是一张臭嘴，我没警告你吗？

马尔丁　我他妈回家了。

托马斯　你他妈别想回去，我跟爸说了，你要是天亮前回去就抽你一顿，你记住了。

马尔丁　你俩老是合伙欺负我，两个傻屄。

托马斯　哎哟，宝贝要哭喽。快去帮米克干活，宝贝，不然我让威尔士扣你工钱。

马尔丁　（停顿）米克，你那边要帮着挖吗？

米克　不用，你先把那个墓填了。

【马尔丁继续填土。托马斯点上一根烟。

托马斯　（停顿）你现在不紧张吗，米克？这好几年后又见到自己妻子，我肯定紧张。

米克　紧张啥呢？

马尔丁　是啊，紧张啥呢？

托马斯　没啥可紧张的。

米克　就是，没啥可紧张的。

托马斯　对呀，我只是以为你心里有事儿，当你这次再见她时，会让你很紧张。

托马斯　我心里有啥事儿?

马尔丁　对呀,他心里有啥事儿?

托马斯　我不清楚,我完全不知道。 就是你心里的事儿。

米克　我又没做过亏心事。

托马斯　那就好,我就说说。

米克　你说说我心里有啥事儿?

托马斯　完全没事,肯定了。 完全没事。 我们就这么一说。

米克　说个屁。 你有话就说。

托马斯　没有,没有……

米克　要是你有话,就说,有屁就放,你是说我酒驾的事儿?

托马斯　我啥也没说,米克……

米克　你泼我脏水……?

托马斯　我压根没泼你脏水……

米克　你们家全都是蠢货和无赖。

马尔丁　(停顿)谁是蠢货和无赖? 托马斯,他在说我吗?

托马斯　是啊,说你呢。

马尔丁　(停顿)你咋知道他在说我? 可以说你或咱爸或任何人。

托马斯　那你说谁呀,米克?

米克　他。

托马斯　(对马尔丁)你瞧?

马尔丁　你个狗日的!

托马斯　米克,你骂了可怜的马尔丁,还骂了咱家人,既然这样,我就得回骂你。 这是做事的规矩。

米克　是你开头先找骂的。

托马斯　不对,米克,不对。 我得跟你回到开头。 是你先开口骂人,我只是有所推断。

米克　这是一回事儿。

111

托马斯　你说什么?

米克　我说这是一回事儿。

托马斯　根本不是一回事儿,如果你懂点法律你就明白这不是一回事,现在我要把推断上升到骂人,这样我们就扯平……

马尔丁　(对米克)你妈同性恋你爸也是,他们咋会生出你,真他妈的见鬼!

【米克和托马斯瞪了马尔丁一刻,马尔丁无趣地转过脸去。停顿。

托马斯　不,我要说的是……这个推断的线索……注意,这并非我在指控你……但是,也许,我是说也许,七年前你妻子头部重伤并非是车祸造成,也许……

米克　(发怒)托马斯·汉隆,这事当时就结案了,尸检报告早就推翻了这种怀疑!

托马斯　你很清楚,也许在你驾车撞墙之前她已经死了,这是个推断,但我得把话说明白。

米克　收回所有这些,托马斯·汉隆!

托马斯　我只是推断。

米克　收回你说的每一个字,不然你等我从这坟里跳出来,管你是不是警察……

托马斯　你收回"蠢货和无赖",我就收回我的话。

米克　你先收回你的话。

托马斯　不,不。 是你先开口骂的,你得先收回才公平。

米克　这些话都不应该。

托马斯　我同意。

米克　我收回"蠢货和无赖",(停顿)收回所有我骂你的话。

托马斯　我也收回"杀妻凶手"的话。

【马尔丁放声大笑,半是惊讶,半是得意,米克和托马斯面面相觑。

马尔丁 这都是真的？

米克 一桩纯粹的酒驾事故，你非常清楚，托马斯。

托马斯 我当然很清楚，我已经毫无保留地撤回了指控。

马尔丁 真的吗，托马斯？

托马斯 当然真的，马尔丁，你没听到我刚说了吗？那全是我编的。

马尔丁 （困惑）我还以为你说的是真的。

托马斯 不是的，纯粹是酒驾，米克说的没错。

【米克和托马斯相互盯视了一刻，米克继续挖墓。

马尔丁 噢，我太失望了。

托马斯 你失望个啥，宝贝？

马尔丁 你说过，这回带我挖墓的这家伙曾用斧子劈了他老婆，实际上是个屁大的酒驾。这算啥呀？这地方谁没见过酒驾撞死人？就是没撞死人，也撞死过牛或狗。老马库斯·里格比开拖拉机不还压死过双胞胎吗？那时他七十多了？

托马斯 没有，他没这事儿。

马尔丁 他没这事儿？那谁开拖拉机压死了双胞胎？有人干的。

托马斯 没这事儿。那是你十二岁时我让你注意，看到拖拉机过来，别骑车上马路。

马尔丁 （停顿）压根就没有双胞胎？

托马斯 如果你还有点脑子，你应该知道，这儿哪有过双胞胎？

马尔丁 我以为是美国来的那对双胞胎，来看《沉默的人》外景，迷路了。

托马斯 你想岔了，我说双胞胎就为警告你，你被拖拉机压死的概率是两人被压死的概率的两倍，因为你就一个。

马尔丁 （恼怒）这么多年我那么辛苦地骑车穿树丛、绕小道，脑

113

子里净想着被压死的双胞胎,你现在告诉我是假的?

托马斯　(大笑)当然是假的,假的。

马尔丁　托马斯·汉隆,你真是他妈的三辈子狗日的杂种。

托马斯　让你好好活着,这最要紧。你知道光去年,全爱尔兰有多少八岁男孩失足死在泔水池里?

马尔丁　不知道!我他妈的也不想知道!

托马斯　十四个,十四个可怜的小子啊。

马尔丁　死得好!让他们全死喽!

托马斯　马尔丁,淹死在泔水池里还不惨吗?我告诉你是为你好。

马尔丁　去他妈的淹死在泔水里,让他们的混账老妈一起死!

米克　(打断)不可能吧,托马斯?一下淹死了十四个小子?

托马斯　千真万确。(停顿)不是一下子淹死的……

米克　不是?

托马斯　不是一下子淹死在一个泔水池里,分别淹死的……

米克　分别淹死的,不同时间不同地点。

托马斯　对,根据中央统计局的可靠数据,死在泔水池里的孩子多于死在收割机下,死在收割机下只有七个。

米克　那还用说,有泔水池的人家要比有收割机的人家多得多。

托马斯　千真万确。

米克　有钱人家才买得起收割机,再说他们的孩子也没那么傻。

托马斯　没错。

米克　跳进泔水池的孩子多半脑残。

托马斯　就是。

马尔丁　(发火)这压根就没说啥掉进泔水池,说的是他撒谎双胞胎被轧死!

【在他说话时,托马斯一下把马尔丁推进墓穴,朝他身上踢土。

托马斯　闭上你的臭嘴,什么死了双胞胎,你个混账臭屁眼,你算

114

个老几？

马尔丁　你朝我身上踢土？……还骂我混账臭屁眼？

托马斯　没错。你没听错。

马尔丁　好，那就走着瞧，你狗日的……

托马斯　行啊，瞧瞧，小屁孩发火了……

【马尔丁欲爬出墓坑朝托马斯扑去，托马斯早握着警棍防备。马尔丁刚稳住脚，一声巨响，米克的铁铲撬开了脚下腐朽的棺盖。

米克　我挖到了。

【忘了打斗，马尔丁和托马斯相互盯视片刻后，都站到墓坑边望着米克，米克蹲下身去搬开烂板。

托马斯　看仔细了，米克，她会让你大吃一惊的。

米克　这棺板……奇怪，这棺板被挖过，还是烂成这样的？

【米克朝墓坑外扔出几片烂木板。

托马斯　米克，再往下挖一点。

【米克操起铁铲，挖去棺中的土，顷刻间，他发狂地挖着。

米克　怎么啦……怎么啦……？

托马斯　她呢……？

马尔丁　这可真奇怪。

【米克扔掉铁铲，俯下身去用双手绝望地挖土。

米克　（疯狂）她在哪儿……？！她在哪儿……？！

托马斯　（轻声）难道她会……？

米克　（大叫，声嘶力竭）她不见了！

【米克停住手。沉默顷刻。他站起身，一身汗水灰土。他漠然望着墓内。

　　（轻声）她不见了。

【停顿。暗场。

第三场

【一两天后,夜间。 场景同第一场。 马尔丁醉态摇晃,口吹泡泡,沉默地盯视着桌上三具骷髅。 他一手持把木槌,一手攥着小半瓶威士忌酒。 他不时地小口抿着酒。 幕后传来米克在工具箱翻找的声音。 米克也喝醉了。

米克 (幕后)我记得还有一把呢。
马尔丁 米克,你干吗非要找木榔头?
米克 那叫木槌。
马尔丁 哦。 (停顿)骷髅放桌上比放棺材里可怕多了,为啥呀? 我不明白。 啥道理?
米克 你害怕了,傻小子?
马尔丁 我一点也不害怕。 有一点吧,你不会老让我一个人呆这儿吧?
米克 我找到木槌就过来,不会让你老看着。
马尔丁 (走神)赶紧。 (停顿)盗你婆娘尸体的不会是那些可怕的异教徒吧?
米克 一定是他们。 等我抓住这帮畜牲,我要他们好看。
马尔丁 米克,你怎么揍他们? 踹他们心窝?
米克 比那厉害。
马尔丁 用石头砸他们?

米克　比那还要厉害。

马尔丁　用……大石头……

米克　马尔丁,你没碰巧听到是谁偷的? 不会是你那帮哥们谁干的吧?

马尔丁　我那帮哥们没人会干这事。 盗你婆娘的尸体干嘛? 他们从来不玩死掉的女人。

米克　那你不也是嫌疑人吗?

马尔丁　我可不是嫌疑人。 如果要我挖你婆娘的尸体,我得要工钱,得要你那份工钱,还得是现金。 多半是那些吉普赛人干的。

米克　吉普赛人要她尸体干吗?

马尔丁　谁知道呢,也许他们以为又要来一场草原瘟疫,想提前备点吃的。 这不是说你婆娘尸体有啥可吃。 又没有鸡巴。 反正我只知道这些,我没见过女人尸体。 不过我还是不相信那些鸡巴的事儿。 那事儿太恶心。

米克　找到它了!

【米克上,一手持半瓶威士忌,另一手拿木槌,他给马尔丁看那木槌。

马尔丁　米克,你咋玩? 英国佬用球圈和球棒玩的那游戏,英国佬用球圈、球棒和球玩的那游戏,那叫啥,用球圈和球棒? 英国佬玩的,C打头。

米克　马尔丁,你看着我的眼睛。

马尔丁　谁的眼睛?

米克　我的眼睛。

马尔丁　噢,你的眼睛。 槌球!

米克　我婆娘尸体失踪跟你有关系吗?

马尔丁　啥?

117

米克　我婆娘尸体失踪跟你有关系吗？

马尔丁　没有。

【米克久久盯视着马尔丁，马尔丁微微摇晃地回视着。

米克　你能看着我的眼睛，马尔丁，我相信你。我很抱歉这么问你。

马尔丁　没事。

【米克与马尔丁握手，走到桌旁。

米克　你还觉得这些骷髅可怕吗？

马尔丁　现在没那么怕了，别再让我自个看着它们。我自个看它们时，它们冲着我笑，特别是那一个。

米克　那我们给它们上一课？

马尔丁　你没法给骷髅上课？它们没脑子……学不进……

米克　学不进知识？

马尔丁　学不进知识，它们没脑子学习，知识灌不进。

米克　这就是给骷髅上课唯一的法子。

【他举起木槌，一下把最靠近他的那具骷髅砸得粉碎，碎片四周飞溅。

它再也不会笑了。

马尔丁　你把它砸碎了！

米克　没错。还不够碎。

【米克开始把桌上头骨碎片槌得更碎，他还用脚踩碾地上的碎片。马尔丁望着他，目瞪口呆。

马尔丁　你说过你把它们沉入湖底的。

米克　那是说给胖老太听。把它们锤烂不更靠谱、不更解气吗？他们这么多年来说我坏话，现在落到我手中还想怎样？

马尔丁　他们活该。

米克　他们就是活该。

马尔丁 我能槌吗,米克? 让我也来。

米克 我让你来给你木槌干吗用的?

马尔丁 我也能槌? 太棒了……再见,丹尼尔·法拉,你没法再对我笑了,小子。

【马尔丁摆出架势,一槌把另一具骷髅砸碎。 接着两人轮流不断大力地砸着尸骨。

米克 刚才那骷髅是比蒂·库兰,不是丹尼尔·法拉。

马尔丁 比蒂·库兰,你个松包老货……

米克 她是个老肥婆。

马尔丁 现在瘦了,上帝保佑她。 越来越瘦。

米克 当中这个是丹尼尔,瞧我的。

【米克开始槌中间的骷髅。

马尔丁 嘿,你槌了两个,我只槌了一个,米克,你个贪心鬼。

米克 别叽咕,马尔丁,我要真是贪心鬼,你今天能从我这儿弄到半瓶威士忌?

马尔丁 那倒是。 (抿酒)你不贪,你大方。

米克 你要是愿意,咱俩一起槌丹尼尔的骨头。

马尔丁 我想试试槌比蒂·库兰的骨盆是啥感觉。

米克 行啊。

马尔丁 地上的碎片,你不铺个东西?

米克 咋啦?

马尔丁 铺个东西?

米克 你要是不喜欢我槌骷髅的法子,你可以走人。

马尔丁 你的法子挺好。

米克 再说我有畚箕和扫帚。

马尔丁 我说呢。 再见喽,比蒂·库兰或啥人,现在都混一起了,可怜的老骚货。

米克　别说脏话，马尔丁。

马尔丁　不说了。

米克　收拾死者时不能说。

马尔丁　这比烤仓鼠还好玩！

米克　是吧。不过我说不准，我从没烤过仓鼠。

马尔丁　我烤过一只。也没那么大惊小怪。活着塞进去，出来死翘翘。小畜牲叫都没叫……我是说，小畜生几乎没叫声。要是炉门透明就更好玩。但那炉门不透明，普通的炉门。我错在没预先计划，我被下套了。但这样更有趣。槌骷髅比带老婆开车撞墙还好玩吗？

米克　嗨，马尔丁，你小子说这话就过线了。

马尔丁　噢，我的错。一喝酒我就犯蠢，我向你道歉，米克。

米克　我接受你的道歉，马尔丁，看你醉得像只酥鸭。

马尔丁　我是醉得像只酥鸭，回家后我得把头泡水桶里醒酒。礼拜六夜里我都这么干，我爹从没看出我喝过酒。

米克　别忘了把你脑袋从水桶里拿出来。

马尔丁　我知道，不然就淹死了。

米克　可不是吗。

【马尔丁突然停住槌击，讲起他的故事，米克也立马住手倾听。

马尔丁　我哥给你讲过索黑尔那醉鬼的事儿吗？他当时躺在地上就睡，结果你猜他头搁哪儿？他一头栽进尿盆里，淹死了！被尿淹死！怪吧？

米克　被尿淹死，真的？

马尔丁　被尿淹死。这是啥死法，怪吧？

米克　是他自己的尿吗？

【稍顿。

马尔丁　我不清楚是不是他自个的尿。我不管它。反正我只知道他被尿淹死。

米克　不对，这事真相非常重要，你哥绝对会同意我的说法。

马尔丁　（停顿）我想起来了，我哥当时的确想细查这案子，但他们不同意。我不知道是否谁的尿引起了他的怀疑。当然，一头臭猪也会引起这杂种的怀疑。他以为自己在演《警界双雄》呢。（停顿）要是我，我宁愿淹死在我自个尿里，不能是别人的。再说我可不想被尿淹死！

米克　我三个叔叔都是酒吐呛死的。

马尔丁　（停顿）酒吐呛死没啥大惊小怪，谁没被呛过？

米克　三个叔叔，我告诉你。

马尔丁　三个又咋啦？米克，酒吐呛死现在很平常。上百万人酒吐呛死，比如那老黑人，还有吉米·亨芮克斯。我说的是被尿淹死，你要多不容易才能被尿淹死，而酒吐呛死不一样。当然，酒吐得吐在嘴里。尿是两回事儿。

米克　要是你喝醉了睡觉，怕自己半夜呕吐，你就得这样……

【他肚子贴地，俯卧着脸侧向一边。

肚子贴地俯卧，或者侧躺，脸转到枕头边上。或干脆把枕头扔开。

马尔丁　你不用给我建议，米克·多德，我太清楚怎样避免酒吐窒息。

米克　就像我这样。

马尔丁　我知道这样，你地板太脏。

米克　我上床睡觉总是牢记这点，无论喝了多少，我牢记不忘（几近流泪）。我那仨可怜的叔叔，年轻轻的。

马尔丁　快爬起来。咱根本没在说酒吐窒息，你总是打岔我话题。我们在说尿呢。

米克　（起身）三个叔叔啊。

马尔丁　我知道三个叔叔。

米克　其中一个还死在美国。

马尔丁　在美国？在美国的人一样酒吐呛死。没区别。

米克　在麻州波士顿。

马尔丁　麻州的波士顿？

米克　他就是在麻州波士顿酒吐呛死的。

马尔丁　至少他去旅游过了。（停顿）行了。

　　【两人几乎同时开始槌骨头。

米克　干这个活应该来点音乐。

马尔丁　（茫然）来点音乐……

米克　跟槌砸尸骨相配的音乐。我好像有一盘达娜的唱片……

马尔丁　那就放达娜。

　　【米克放上达娜唱片《世间万物》。

米克　我以为现在年轻人都不喜欢达娜了。

马尔丁　他们不喜欢，我喜欢。我从小就喜欢达娜，要是见到达娜本人我可要亲她一口。

米克　她不会亲你的，想都别想。

马尔丁　咋啦？

　　【马尔丁停住手，神情悲哀凝重。米克也停住看着他。

米克　你问为啥达娜不会亲你？

马尔丁　没错。

米克　（停顿）她也许会亲你。

马尔丁　会亲嘴吗？

米克　（耸肩）她也许会跟你亲嘴。

马尔丁　哪怕她现在改信基督教了。

米克　说实话，马尔丁，我会躲着她。

　　【米克又开始槌击，马尔丁稍停后也槌了起来。

马尔丁　米克，如果这是你婆娘的尸骨你也会槌得这么狠吗？

米克　不会，我会很敬重的。

马尔丁　也许那些盗尸者倒是为你做了一件好事。

米克　好事个屁，要是我抓住这帮盗贼，我给你看我槌骷髅的花样，我告诉你，我把他们槌成骨粉。

马尔丁　他们活该，一帮变态狂，偷你婆娘的尸体就算了，他们还扯掉你婆娘脖子上的吊坠，那吊坠在戈尔韦当铺里连一块钱都不值。

【听到吊坠这词儿，米克立刻停住。他退后一步怒视马尔丁，而马尔丁对自己的失言毫无知觉，继续大力锤击。

米克　一个玫瑰吊坠，对吗？

马尔丁　对，一个玫瑰吊坠，镶了你的照片。除了恶心你，这帮变态狂弄个吊坠有啥用？

【米克坐入扶手椅，木槌搁膝上。他死命地盯视着马尔丁，而马尔丁还在捶击。

马尔丁　这帮毛贼全是可怜的异教徒。他们应该就是我四岁那年偷走我《星球大战》玩偶的那帮人，那天下雨我把它们忘外面了，是索洛和卢克……还有丘巴卡？不对，我没有丘巴卡，他们偷走的是索洛、卢克和另外一个……是莱亚公主！这三个是《星球大战》里最棒的人物，没有他们就没法玩《星球大战》，你干吗坐在那儿？你个懒鬼，赶紧过来干活！不然我报告威尔士沃尔士扣你工钱。威尔士。

米克　等一下，马尔丁。我得坐下来想一想。

马尔丁　（停住手）学校里的聪明孩子都这样，喜欢坐下来想一想。他们本该到室外去踢球晒太阳。可你劝不动这帮一脸雀斑的书呆子，说他们也没用。（停顿）祝福他们吧，他们也不害人，我干吗要说三道四挤兑他们？他们喜欢坐就坐呗。

（停顿）米克，这活干得我神魂颠倒，快乐极了。

米克　我看得出来。

马尔丁　现在让我跟傻瓜亲嘴，跟母狗干，都成。（停顿）现在我们槌得差不多了吧？

米克　差不多了。

马尔丁　接下来干啥？

米克　把那些大的碎骨头捡起来装袋里。

【马尔丁捡着地上的碎骨，醉态毕露。

马尔丁　这他妈的碎渣子也太多了，你得弄个吸尘器。

米克　大的碎片不多，捡一捡就得了。

马尔丁　你之前说过有畚箕和扫帚的，瞎话蒙我，现在咋办？

米克　（起身）现在我们开车去湖边把它们沉入湖底。

马尔丁　要给他们挨个祈祷吗，米克？

米克　要给他们挨个祈祷。我去把车开出来，马尔丁。你没法开车，对吗？

马尔丁　你不会让我开，对吗？

米克　要是你不想帮我开车，那就别开。

马尔丁　我愿意帮你开，米克，我愿意！

米克　你没喝醉吧？

马尔丁　我没喝醉，我喝得不多。你让我来开，米克，我来开。

【停顿，米克从袋中掏出车钥匙扔给马尔丁，马尔丁摇晃着没接稳，钥匙落在地上，他醉态恍惚地从地上捡起钥匙。

马尔丁　哦，天哪，今晚太棒了，又开车又喝酒又槌骷髅……

【马尔丁冲出前门，忘了身后装尸骨的口袋。

米克　马尔丁，带上尸骨口袋！

【停顿，马尔丁慢慢走回，微笑着，拎起口袋。

马尔丁　稍不留心我就会忘了我的脑袋。我妈常说，"马尔丁，你会忘了你的脑袋",我说可不是吗。

【他拎着口袋下。

(幕后)我肯定会系牢我的安全带,米克,我很清楚你的前科。

【幕后传来马尔丁的笑声。

米克 (轻声)你想咋样就咋样,你个人渣……

【他拿起木槌,把玩着它。

反正就是一个收场。

【他拿着木槌快步走到门前,关灯后下场。幕后传来汽车的发动声。

第四场

【米克上，开灯。他衬衣上沾满血迹。他抹去木槌上的血迹后把它放在桌上，然后把地上的碎骨片扫到隔壁房间。收拾干净后他坐在扶手椅上。敲门声响起，米克开门让玛丽进屋。

玛丽　米克。

米克　玛丽。

玛丽　天好冷啊。

米克　我也觉得。

玛丽　真冷啊，米克。

米克　深夜了。

玛丽　没错。

米克　我猜你想喝一杯？

玛丽　如果你也喝，米克。

【米克倒了两杯威士忌。

玛丽　我刚玩宾果回来。

米克　不错，今晚你赢了几次？

玛丽　今晚只赢了三次，米克，我有支荧光笔用完了。

米克　唔，荧光笔就这样，今晚你运气不好。

玛丽　他们就给了我两张免费的水上乐园滑梯票，我要它们没啥用。（停顿）你要吗，米克？

米克　我不要，玛丽，我从不玩水上滑梯，那玩意儿没啥意思。

玛丽　那我就给马尔丁或别人。马尔丁会游泳吗？

【米克擦拭衬衣上的血迹。

米克　我肯定他不会。

玛丽　你身上都是什么呀，米克？你出去画画了？

米克　对呀。我出去画了些红颜色的东西。

玛丽　颜料很难洗掉。

米克　一件干活的衬衫，玛丽，没事。

玛丽　没事就好。（停顿）米克，我听说你们家乌娜不见了。太吓人了，人死了七年都不得太平，啥时候才能安息。

米克　人永远不得安息！

玛丽　一想到我死后有人偷走我的骨头，我真受不了。

米克　没人会偷你的骨头，玛丽，他们得有辆小货车。

玛丽　为啥要小货车？

米克　不为啥，只为你看上去骨架很大。

玛丽　我骨架不大，我只是胖了点。

米克　是胖了点，没错，没错，确实胖了点。

玛丽　米克，今晚你心绪不宁啊。

米克　没错，准是因为颜料的气味或别的啥东西。

玛丽　（停顿）你听说雷蒙·杜利丢了他那份导游工作吗？

米克　我早听说了。这小子得罪了美国游客当然要丢饭碗。

玛丽　那是。

米克　还胡扯一些越南战争的笑话。

玛丽　他下个月就去波士顿参加他哥的婚礼。

米克　下个月，是吗？订婚还没多久呢。我和乌娜订婚了五年，没有五年咋会知道彼此的毛病和性格，这需要相互磨合。

玛丽　米克，乌娜最大毛病是啥呀？

127

米克　乌娜真的没啥大毛病，只是些小缺点。都是些小事，比如她包不紧奶酪。你知道，她每次包完后，松松垮垮，净漏气。面包也是，总包不好。就像她弄的三明治那样。还有她也不会做炒蛋，不知为啥，炒蛋很容易做，可她做的炒蛋要么灰不溜秋，要么焦糊。

玛丽　所以你不想念她。

米克　我当然想念她，我觉得，炒蛋不算啥事，我们干脆不太吃炒蛋，你明白吗？（停顿）我想念她爱说话。乌娜的话多得能填满屋子。而且她总是护着我，吵架打架时护着我，别人说我坏话也护着我。要是她知道整个丽南镇都说我故意杀了她的话，她会第一个站出来为我辩护。

玛丽　那她死得太可惜了。（停顿）我在想到底谁偷了她的尸骨？

米克　是吗？

【托马斯敲门，上场，手中拎一小包。

玛丽　晚上好，托马斯，天真冷。

托马斯　你在这儿干吗？

玛丽　我刚从宾果游戏场回来。

托马斯　我不是告诉威尔士神父禁止你玩宾果吗？

玛丽　你说过了，可威尔士神父又允许我玩了。

托马斯　那他是公然违抗警察行政令，是吗？我得调查这事。你先回家，奶奶。我要和米克单独谈谈。

玛丽　我刚进门。

托马斯　我不管你是否刚进门，这是警察行政令，你快走。

玛丽　你别拿什么警察行政令来唬我。托马斯·汉隆，你小时候一屁股屎尿还不是我一次次给你擦干净的。

托马斯　奶奶，求你了。

玛丽　我得喝完再走。

米克　你想单独找我谈啥?

托马斯　其实也没啥特别要紧的,我只是想让你给我签写一份供词,一份很平常的供词。

玛丽　什么供词?

【托马斯从包里取出一具额上有裂口的骷髅。

托马斯　你用钝器谋杀妻子乌娜·玛格丽特·多德的供词。

【托马斯指着骷髅上的裂口示意。

玛丽　天哪!

米克　哦,行啊。

托马斯　啥?

米克　我说,行啊,你有笔吗?

托马斯　(摸着身上)没有,你没笔吗?

【米克转悠着找笔。

米克　我记得我有支笔。

玛丽　(拿出几支宾果笔)我有宾果笔,荧光的,不过有的写不出了。

托马斯　用荧光笔写证词肯定不合适!

玛丽　来支黄色的?

托马斯　天哪,还"黄色的"。

米克　(找到了笔)找到了,我的幸运乐透笔。行了,托马斯,你到底要我供认啥?

托马斯　供认事实,米克。

米克　供认事实,可以。很公道。

【米克在托马斯给他的两页纸上写下供词,玛丽拿起骷髅。

玛丽　这是真的吗?(停顿)我还一直祈祷那些传言只是愚蠢的八卦,要是我知道……

米克　就算知道,你这些年还不是一直来这儿蹭酒喝,你是个专贪

129

便宜的小气鬼。

托马斯　你别骂我奶奶专贪便宜的小气鬼，你个杀人盗墓贼。

米克　杀人什么？

托马斯　盗墓贼。

米克　哦，盗墓贼，我以为你在说"盗墓妓"

托马斯　你别挑我的口音！

米克　（对着玛丽）你别碰我老婆的骷髅，瞧你自己和你他妈的荧光笔。托马斯，你看看她拿了多少支荧光笔，哪有她这样玩宾果的？宾果是他妈的给非洲穷人们募捐筹款的娱乐游戏，玛丽这么干就是从饥饿的黑人嘴里抢吃的。我就就没见你让她写供词。

玛丽　饿死黑人不也好过谋杀自己的老婆吗？

米克　一点也不好，你别碰我的乌娜，我说过了，别用你那双发臭的脏手摸她。

【玛丽放下骷髅，继续喝酒。米克接着写供词。

托马斯，你在哪儿找到她的？

托马斯　在我们家地头。

米克　在你家地头，噢，没错。我敢说，一定是在马尔丁那天告诉我们那头死牛的旁边吧。他说那牛走到你们家地头倒下就死，可全镇都知道是他和他老婆连拽带踹把那牛从佩托·杜利家地头拉过去用砖头砸死的。只有佩托这样的老好人才不会去报警。

托马斯　那只是间接证据。

米克　不对，那只是传闻证据。

托马斯　操，我总是弄混这两种。有啥不好？你就是分清传闻证据和间接证据也成不了一个好警察。关键就在：搜寻线索，无论多少危难或多少年前，绝不放过一个案子，这就是警探的责任。

玛丽　就像佩措切利那样。

托马斯　对，奶奶，就像佩措切利，他们给我升职后，我要做的第一件事儿就是重办我告诉过你的那桩生菜和果酱胖汉的案子。有时候在夜里，我一想到那可怜的胖子死了四年还没结案，孤单清冷地躺在他那座大坟里，我就没法入睡。

米克　还有一个被尿淹死的家伙。

托马斯　对，还有一个被尿淹死的。那案子我可能得找一个尿液专家。

米克　"抽搐"的同义词是哪个？我用了一次"抽搐"，不想重复。

托马斯　（思索着）抽搐，抽搐，抽搐……颤动。

米克　颤动，颤动，颤动……好棒。（继续写供词）

托马斯　我词汇量特大，那没得说。（停顿）你快写完了吗？

米克　快写完了。

玛丽　可怜的乌娜！米克，你干吗杀她呀？不会炒蛋可不是杀害你妻子的正当理由。

米克　我知道那不正当，玛丽，你想听听这有趣的事儿吗？我根本没杀害我老婆。七年以来我一直在说我没杀害过我老婆。直到今晚为止，我没有杀害过任何人。

【他把供词递给托马斯，托马斯快速扫视着。

乌娜这事纯粹是酒驾事故，我一直以来都这么说，可你们一定要在你们身边抓一个杀人凶手，这他妈的就来了一个。

托马斯　你以为我会相信你拉的这堆狗屎吗？今晚马尔丁和雷蒙·杜利他们在迪斯科呢，一直在迪斯科。

米克　行啊，要是马尔丁真的在迪斯科，我身上这血淋淋东西哪儿来的？不是这杂种被打烂的脑浆吗？

玛丽　不！

米克 你瞧瞧,玛丽,他这个大警探多厉害呀,他那些骷髅、推理和空冰箱里的生菜,可当一个浑身是血的人站他面前,这脑残傻瓜连眼睛都没长……

托马斯 你杀了他?

米克 没错,我,杀了他。他一半尸体就挂在我那辆安格利亚的车窗玻璃外面,车就在一英里外。

【托马斯扑向米克,把他从椅子上击倒在地后猛掐他脖子。米克不加反抗。

玛丽 放开他,托马斯,放开他!托马斯!

【突然,马尔丁从她身后出现,一脸不解的表情。他额头正中一道流血大伤口,鲜血滴在他衬衫上。他注视着俩人的打斗,片刻后玛丽看到了他,十分困惑。

马尔丁 这俩蠢货干吗呢?

【托马斯放开米克。两人站起盯视着马尔丁。

马尔丁 你们两个傻屌看啥呢?你们看啥呀?

【托马斯检查马尔丁的伤口。玛丽坐下,又给自己斟了一杯。

玛丽 马尔丁,你怎样?

马尔丁 我还好,奶奶,只是有点头痛,没错。你干吗要摸我,你干吗?

【托马斯轻轻摸着马尔丁的脸。

托马斯 这回抓住你了,米克·多德,人证俱在。

【托马斯取下手铐向米克走去)

马尔丁 抓他干吗?

托马斯 他拿木槌砸裂了你脑袋。

马尔丁 木槌?你在说什么?这纯粹是一起酒驾事故。

托马斯 是吗?

米克 是吗?

马尔丁　这头伤纯粹是酒驾造成的。 米克干吗要拿木槌砸我脑袋？ 米克待我可好了，对吗，米克？

米克　就是，马尔丁。 我也觉得你是个好小伙子。

马尔丁　瞧见吗，托马斯？ 米克也夸我好小伙子。

【米克背对托马斯捡起地上那份供词，点燃了它。 托马斯在询问马尔丁，供词页在慢慢燃烧。

托马斯　听着，马尔丁，现在你肯定脑震荡了，谁会……

马尔丁　我根本没有脑震荡。 我告诉你，我得再撞一次车才会脑震荡。

托马斯　可他不是刚写了一份供词，说他趁你喝醉砸烂了你的脑壳？

马尔丁　你写过吗，米克？

米克　没有，马尔丁，我没写。

马尔丁　你不会写的。

托马斯　你啥意思你没写？ 我不是刚看过你那份供词？

【托马斯转过身来，那份证词已烧成灰烬。

米克　你又把事儿弄砸了，对吗？

托马斯　马尔丁，你听好，你现在跟我回局子，你得作证米克今晚是怎样谋杀你的。

马尔丁　见鬼，你就不能让米克太平点吗？ 你以为你是"麦克米兰和夫人"吗？

托马斯　别老叫我"麦克米兰和夫人"，我他妈的警告你二十多次了！

马尔丁　如果他说他没杀自己老婆，那就没有问题，太平无事。

托马斯　你他妈的干吗替他撑腰？

马尔丁　我他妈的咋就不能为他撑腰？ 米克婆娘的骷髅不就是你，我的警匪老哥挖出来的吗？ 第二天我不是瞧见你在那骷髅额上砍了一口子吗?

托马斯 住嘴! 什么我挖的!

马尔丁 我干吗住嘴,就是你挖的! 我告诉你我不会住嘴,就是你挖的。 因为戈尔韦所有当铺都不要那个玫瑰吊坠,一块钱都不给,你还说至少值十块。

【他把吊坠交给米克。

米克,他用这东西来堵我的嘴,不过我明白那等于就是偷你的东西,还不止是偷你东西,还是偷你那过世的可怜的老婆,不过当铺的伙计说,这破东西不值钱,丢了也没啥损失,你明白我的意思,对吗?

托马斯 你有完没完,马尔丁?

马尔丁 (停顿。 困惑)有完没完?

托马斯 我说你有完没完。

马尔丁 噢,我说完了吗? (想了一下)还没完呢,我尊敬的傻屌警探。 你真是我的狗屁警探,丽南镇谁不知道,小孩在店里偷窃,只要他忏悔,哪怕满嘴都是偷吃的巧克力,你也不会逮捕他。 就算你逮捕了他,也只会起诉他杀了肯尼迪。

托马斯 是那样吗?

马尔丁 就是那样,只是因为你善心善意牵着孩子们过马路,所以就勉强给了你这份差事。

托马斯 你现在说完了,对吗?

马尔丁 现在说完了,等缓过气来,我再想点恶心话扁你。

托马斯 但你现在说完了吗?

马尔丁 现在我说完了。 我不是三番五次说了吗?

托马斯 好啊。

【托马斯操起桌上木槌往马尔丁脑袋上砸了两下,马尔丁倒在地上。

玛丽 托马斯!

【托马斯欲再砸马尔丁,被米克强力箍住。

玛丽 放过他,托马斯,天哪! 托马斯!

马尔丁 (晕眩)他干吗要这样啊!?

【托马斯茫然地瞪着马尔丁,猛吸了一口呼吸器。 米克仍然箍着他。

托马斯 完了……完了……他们永远不会给我升职了。

【米克松开托马斯。 马尔丁爬到一张椅子上。 托马斯神情茫然地抚着马尔丁的脸颊,轻轻触摸他血迹斑斑的头部。

马尔丁 (低声,担心)你没事吧,托马斯?

【托马斯茫然点头。

托马斯 米克·多德,我迟早会跟你算清这笔帐,我以我在天之灵发誓。

米克 那我祝你好运。

【托马斯点头,瞥了一眼骷髅和米克后下场。 米克捧着妻子的骷髅坐下。 玛丽用手帕擦拭马尔丁流血的头部。 马尔丁轻声叫疼。

马尔丁 哎哟,奶奶,你他妈轻点!

【玛丽咂嘴。

马尔丁 哎哟,奶奶,我让你轻点。 奶奶,那手帕上不会有你发霉的老痰老鼻涕吧。

玛丽 没有的,马尔丁。 这手帕是我的装饰。

马尔丁 装饰的手帕? 唔?

【他朝米克看着,似乎说玛丽有病。

你听见这话吗?

米克 马尔丁,我觉得你应该去医院,现在就去。 不处理的话,头部的伤口会发炎恶化。

马尔丁 哎哟,医院都是给男同开的。

米克 医院才不是给男同开的。 谁都能去看病。

马尔丁　弱不禁风的男同和女同才会去。

【玛丽啞嘴。

马尔丁　咋啦？"女同"又不是脏话。

玛丽　不是吗？

马尔丁　不是，"女同"就是女同性恋，你知道的。

玛丽　噢。

马尔丁　"女同"，就像我们学校那长胡子的莫娜·麦吉。（停顿）我三番五次约会她，这骚妞死活不肯。

米克　女同怎么啦，马尔丁。她们又不妨碍谁。

马尔丁　我说也是。她们打网球打得可真不赖。行了，奶奶，你擦得我受不了啦，真的。

【玛丽放开马尔丁，注视着米克和骷髅。

马尔丁　我觉得她应该是你婆娘，米克？

米克　是的。

马尔丁　唔，比你上次见她变化不少吧？

米克　（停顿）变了不少，马尔丁。

马尔丁　我想也是，七年过去了。

玛丽　（停顿）马尔丁，你喜欢玩水上滑梯吗？

马尔丁　水上滑梯？哪来见鬼的水上滑梯？

玛丽　我赢了两张水上乐园的免费滑梯票，你要去吗？

马尔丁　我可不愿和你一起去，我不成了傻瓜。

玛丽　不，我是说你可以带别人去。

【她把票子递给马尔丁。

马尔丁　谢谢奶奶。没准莫娜要去，嗨，今天真棒。喝酒，开车，还有水上滑梯，最棒的就是把骷髅砸成粉末。

【玛丽狠狠地盯着米克。

马尔丁　米克，要我帮你砸乌娜的骷髅，还是你自己动手？

米克　我自己来,马尔丁。

马尔丁　那好。

米克　还有,周末之前我会给你一张我的修车账单。

马尔丁　米克,这太不公平了。

米克　马尔丁,生活本来就不公平。

马尔丁　(稍显困惑)也算公平吧,我接受了。

【他站起身,强忍晕眩,摇晃着,两腿抖颤。他勉强扶着墙壁才没有倒下。

唔,我想我还是去趟医院吧,头有点晕,我们回见。

米克　回见,马尔丁。

马尔丁　(停顿)回见,听到吗,奶奶!

玛丽　回见,马尔丁。

马尔丁　天哪,聋了。

【马尔丁深深吸了一口气,踉跄着挪步走过房间。他摇晃着走出门去,带上了门。

玛丽　你们还真的把骨头砸碎。

米克　今晚是第一次,玛丽,还不是因为乌娜尸体不见后我很烦躁……

玛丽　你指望我会相信你的鬼话吗? 你说谎都不打草稿。

米克　什么谎话?

玛丽　一个傻子都看得出来马尔丁的伤不是车祸。

米克　我不是早就公开承认还写了供词吗? 哪来的谎话?

玛丽　关于乌娜的死因你在说谎。

米克　你非要缠着我没完没了,对吗? 关于乌娜的死我绝对没有撒谎,绝对没有。

玛丽　真的? 那你俩开车出去的那晚上我肯定是看错了。

米克　你看到什么? 别瞎说。

137

玛丽 就当我是瞎说。

米克 你要是有啥话,就直说,别他妈像个一惊一乍的弱智那样兜圈子。 要是你真看到我故意杀死乌娜的证据,你干吗这七年天天晚上来我这儿?

【玛丽举起杯子,一口干完了威士忌。 然后放下杯子。

米克 就他妈的来蹭酒喝吗? 如果你就为这过来,你立马给我滚出去,还有你那反来复去的天气预报,还他妈的什么伊蒙·安德鲁斯。 从我们结婚那天起到她去世那天为止,我从没碰过乌娜一指头,要是你觉得用什么那晚上的瞎话能唬我,你他妈的打错了算盘,你个蠢女人。

玛丽 我没说啥,我啥也没说。 我的意思是,米克·多德,你总有一天会和乌娜重逢,不是她的骷髅,而是她的鬼魂。 当你们相遇时,她会把你这杀妻的烂尸骨拖入腥臭的地狱大火,让你落入十八层地狱,永世不得超生。 再见。

【玛丽向门口走去。

米克 玛丽。

【玛丽转身。

你忘了你的荧光笔。

【她拿起笔。

玛丽 谢谢。

【再次向门走去。

米克 玛丽,(停顿)我从未伤害她,我发誓。

【玛丽盯视了他一刻,下。 米克望着那玫瑰吊坠,接着,又拿起骷髅,对视了它一刻,抚着骷髅额头那道裂口。 他亲热地将脸颊贴着它。

米克 (轻声地)我发誓。

【他继续抚着骷髅,柔情地亲吻着骷髅。 灯光渐暗,暗场。

丽南镇神父的遗书

——《荒凉西岸》

胡开奇

马丁·麦克多纳《荒凉西岸》(*The Lonesome West*)是"丽南镇三部曲"的最后一部。《荒凉西岸》中接连发生了凶杀案和自杀案。凶杀案中的死者是康纳兄弟的父亲。自杀案的一位死者是《康尼玛拉的骷髅》中代表丽南镇行政和法律的警官托马斯·汉隆,他在《荒凉西岸》第二场中投湖自尽;另一死者则是丽南镇教区的威尔士神父,他在第四场中也投湖自尽了。自杀前,威尔士神父给仇恨相残的康纳兄弟留下了一封遗书,剧中第五场全场就是这位死去的神父在黑暗中诵读他这封自杀前留下的遗书。

《荒凉西岸》《丽南山的美人》和《康尼玛拉的骷髅》三剧均由戈尔韦市德鲁伊剧院制作,加莉·海因斯(Garry Hynes)为该院艺术总监兼导演;《丽南山的美人》和《康尼玛拉的骷髅》分别在1996年和1997年首演于戈尔韦市政厅剧院。《荒凉西岸》也在《康尼玛拉的骷髅》首演一周后,1997年6月10日首演于戈尔韦市政厅剧院。德鲁伊剧院与伦敦宫廷剧院联合制作的《荒凉西岸》和《康尼玛拉的骷髅》则于1997年7月26日起首演于伦敦宫廷剧院楼下剧场。1999年4月27日《荒凉西岸》在百老汇莱希姆(Lyceum)剧院首演,获1999托尼奖最佳戏剧提名和2002拉多克戏剧奖最佳戏剧。

《荒凉西岸》的场景时空与三部曲中前两剧颇为相似。戈尔韦丽南镇康纳兄弟家一间旧农舍的厨房和起居室。一架壁炉旁两把扶手椅,壁炉架上一排塑质圣像,后墙上方为一幅耶稣受难像,下面挂一双管猎枪。与前两剧相比,《丽南山的美人》全剧共九场四个人物:福伦母女和杜利兄弟;《康尼玛拉的骷髅》为四场四个人物:米克、老妇玛丽和汉隆兄弟;而《荒凉西岸》共七场,也是四个人物:康纳兄弟、威尔士神父和美貌女生格尔琳。三部剧作在人物与故事结构上既相互独立又相互交织。第一部对话中频频出现的小镇警员托马斯·汉隆和神父威尔士分别在后两部中成为主要人物,并在《荒凉西岸》中先后自杀。三剧在戏剧情节发展的时序上颇为严谨;《丽南山的美人》对话中埋下了威尔士神父掌掴马尔丁和科尔曼残杀瓦莱尼的爱狗等伏笔;《康尼玛拉的骷髅》中掘墓人米克在首场中就表明前个月刚安葬了《丽南山的美人》中莫琳的母亲玛格·福伦;《荒凉西岸》中整日仇恨斗殴的康纳兄弟在开场中便指责威尔士神父只盯着他们父亲被杀,却纵容莫琳弑母,米克杀妻;《康尼玛拉的骷髅》中马尔丁揭发哥哥托马斯制造假案,使得升职无望的托马斯在《荒凉西岸》第二场中投湖自尽;威尔士神父则因三剧中的三桩谋杀案和一桩自杀案而痛苦自残;他无力改变丽南镇的宗教溃败和仇恨杀戮,就在第四场留下一封绝望的遗书后投湖自尽。

显然,黑色喜剧"丽南镇三部曲"的写实风格突出了镜像戏剧的寓言功能。其现实意义在于:《丽南山的美人》残酷展现了一个社会亲情与伦理的毁灭,《康尼玛拉的骷髅》无情暴露了这个社会的行政与法律的溃败,而《荒凉西岸》则深刻揭示了一个社会在信仰与道德崩溃后仇恨与暴戾的肆虐。

"丽南镇三部曲"的背景正值20世纪90年代天主教会虐童案重创了爱尔兰宗教信仰和教会权威之际,经济全球化浪潮引起的社会转型也深深侵蚀了家庭、法律和教会,曾经依靠宗教精神指引的人们堕入迷途;随着良知、理性和道德的崩塌,丽南镇陷入了深重的罪孽:杀人、杀人未遂,自杀、敲诈、酗酒、斗殴等。威尔士神父在遗书中说,"对你们说教,过去没用,现在也一样。""上帝似乎在这个镇上没有管辖权。毫无管辖权。"[1]帕萃克·洛奈根(Patrick Lonergan)认为,《荒凉西岸》"被挑战的权威是上帝自身"。他指出,三部曲剧作的主题从"家庭权威"到"社区权威"再到普世的宗教和道德。[2]在一个长期以来对宗教冷漠、愚昧无知的社会中,代表教会的威尔士神父已无法维护宗教道义的准则;而以康纳兄弟为代表的无视任何教义和道德的人们在荒凉愚昧的现代蛮野社会丽南镇肆意恶行。正如库赫林和基奥汉(Kuhling and Keohane)指出:"爱尔兰全球化精神的悲凉是爱尔兰文化冲突的后果:一种结构转型的经历,其特征是现代化加速和社会原形态持续的共存,造成了更高价值观和精神理想的不稳定与不确定。"[3]

《荒凉西岸》呈现了一个充满仇恨与暴戾的病态社会,人们对他们的社会环境没有任何道德与价值观念,只有仇恨。"要是你在丽南镇踢了头奶牛,会有人记恨你二十年的。"[4]这种仇恨造成了一个暴力、恐怖、幻灭和绝望的阴冷世界,连镇上小学女子足球队十二岁的女童们也成了一群暴力恶徒,她们在球赛中个个凶狠踢人,十张红牌,将对方守门员十次踢成重伤,整个球队被罚下场。这种仇恨社会令人想起奥威尔《1984》中的"仇恨两分钟";在当代世界,这种仇恨通常源自一个社会对无情斗争、残酷斗争永不停歇的信奉和提倡。在丽南镇则是骨肉亲人间的仇恨与杀戮,《丽南山的美人》中莫琳火钳弑母,《康尼玛拉的骷髅》中米克"镰刀杀妻",托马斯血腥锤击弟弟马尔丁,等等。对于这种仇恨社会,莫言指出:"现在我才明白,世界上所有的猛兽或者鬼怪,都不如那些丧失了理智和良知的人可怕。世界上确实有被虎狼伤害的人,也确实有关于鬼怪伤人的传说,但造成成千上万人死于非命的是人,使成千上万人受到虐待的也是人。而对这些残酷行为给予褒奖的是病态的社会。"[5]

这种人性泯灭的仇恨多少源自一种仇恨血统和仇恨基因。科尔曼只因其父老康纳笑话他的发式,就一枪打爆了父亲的脑袋;这种残忍暴戾的脾性养成于他的童年时代;在父亲故意一脚踩毁他心爱的玩具车后,科尔曼八岁起就一心想着杀父报仇。同样,剧中科尔曼和瓦莱尼兄弟俩一刻不停地在侮辱和淫秽的吵骂中撕咬殴斗相杀,而早在孩提时代起两人就极度地仇恨相残,遵照威尔士神父遗书的要求,两人在相互"道歉"游戏中,抖露出早年瓦莱尼暗害科尔曼女友艾莉森,科尔曼残杀瓦莱尼的狗儿莱西等一系列相互祸害的真相。

与科尔曼不同,瓦莱尼人物形象颇具文学性,虽然威尔士神父在遗书中严厉谴责了瓦莱尼是谋杀父亲的罪大恶极的帮凶和共犯,为独吞家产而作伪证;一个钱迷心窍、丧尽天良的黑心守财奴,同科尔曼一样罪孽深重,甚至更为邪恶。而瓦莱尼既有视自身、兄长、父亲或神父的生命为无物,却为泰托薯片被科尔曼捏碎痛苦万分的一面,又有在剧终时小心翼翼地留存威尔士遗书和格尔琳的项链吊坠,给人们留下一线希望的另一面。沃特等(Watt et al.)指出,也许受博尔赫斯(Borges)后现代主义风格的影响,马丁·麦克多纳呈现了一个人物被囚禁的精神扭曲的世界,瓦莱尼和科尔曼,迷失于尘世与精神,庸碎与悲壮,而有道德感的人们已在绝望中自杀。[6]

目睹丽南镇堕入信仰与道德的深渊,年轻的威尔士神父丧失了信念而拼命酗酒。当他搬回托马斯自杀的尸体,得知科尔曼蓄意杀父,瓦莱尼共谋伪证,丽南镇人隐瞒真相后,他痛苦地将自己双手浸入滚烫的塑液中自残。尽管威尔士神父明知天主教义严禁自杀,自杀者直入地狱,不得怜悯,不得宽恕,他仍然选择了自杀。洛奈根指出:"辛格和麦克多纳剧中的好人即使众人围绕,仍深感如此孤独。"[7]对于剧中90年代背景下托马斯和威尔士的自杀,皮达·柯比(Peadar Kirby)指出:"异化最令人不安的证据也许就是青年人自杀的增加,以至于到1999年底,它已成为十五至二十四岁人群中最常见的死亡原因。""这些趋势并不仅限于经济全球化的影响,快速变化的社会压力及其对个人的影响也不容忽视。"[8]

就剧作互文性而言,《荒凉西岸》的主题与结构深受谢泼德(Sam Shepard)的《真切西部》(*True West*)和辛格《西部浪子》的影响。正如洛奈根指出的,谢泼德和麦克多纳都在"探索或试图颠覆一个民族神话:前者为美国西部精神……后者为爱尔兰天主教"[9]。而辛格的《西部浪子》在对爱尔兰西岸的犀利批判上同丽南镇三部曲颇为一致。勒韦尔琳-琼斯(Llewellyn-Jones)指出《荒凉西岸》和《西部浪子》出现了相似的杀父情节,科尔曼在一场争吵中以俄狄浦斯方式"失手"枪杀了父亲,这颇似辛格的《西部浪子》中的杀父未遂。[10]最终,威尔士神父遗书中期盼自己灵魂得救的愿望能实现,这个悲凉的结局恰似洛奈根(Lonergan)在另一文中指出的,《荒凉西岸》"某些层面让人联想到贝克特的《终局》"[11]。

唯有少女格尔琳给《荒凉西岸》的丽南镇留下了一抹光彩。她是镇上男人们的梦中情人,但她心中只有威尔士神父。她处处小心地呵护着她深爱的威尔士神父,甚至卖私酒攒钱给他买贵重的吊坠项链。她是丽南镇唯一为威尔士神父自杀而痛不欲生的人。由于威尔士神父未在遗书中将灵魂托付于她而令她悲痛欲绝。无疑,格尔琳是丽南镇三部曲中唯一超越了天主教义的正直、善良和真爱之人;她代表了爱尔兰具有道德良知的新一代,她本该是丽南镇的一线希望,但愿她能走出威尔士神父留给她心灵的伤痛和阴影,让荒凉西岸的未来不再荒凉。

2021年8月于纽约芮枸公园

参考书目

[1] Martin McDonagh, *The Beauty Queen of Leenane and Other Plays*, London: Vintage Books, 1998.

[2] Patrick Lonergan, *The Theatre and Films of Martin McDonagh*, London: Methuen, 2012, p. 29.

[3] Carmen Kuhling and Kieran Keohane, *Cosmopolitan Ireland: Globalisation and Quality of Life*, London: Pluto Press, 2007, p. 127.

[4] *Martin* McDonagh, *The Beauty Queen of Leenane and Other Plays*, London: Vintage Books, 1998.

[5] 莫言,《丧尽天良的人比魔鬼更可怕》,《荣格财经》腾讯网[2020 - 06 - 24].

[6] Stephen Watt, Eileen M. Morgan and Shakir Mustafa, *A Century of Irish Drama: Widening the Stage*, Indiana: Indiana University Press, 2000.

[7] Patrick Lonergan, *The Theatre and Films of Martin McDonagh*, London: Methuen, 2012, p. 31.

[8] Peadar Kirby, *The Celtic Tiger in Distress: Growth with Inequality in Ireland*, Houndmills: Palgrave, 2002, p. 67.

[9] Patrick Lonergan, *The Theatre and Films of Martin McDonagh*, London: Methuen, 2012, p. 30.

[10] Margaret Llewellyn-Jones, *Contemporary Irish Drama and Cultural Identity*, Great Britain: Intellect Books, 2002.

[11] Patrick Lonergan, "Too Dangerous to Be Done?" *Irish Studies Review*, 2005, 13(1), p. 67.

1999 年托尼奖最佳戏剧提名
2002 年拉多克戏剧奖最佳戏剧

荒凉西岸
The Lonesome West

[丽南镇三部曲之三]

"*The Lonesome West* was first presented by the Druid Theatre Company/Royal Court Theatre at the Town Hall Theatre, Galway, Ireland on 10 June 1997.

The Druid Theatre Company/Royal Court Theatre production was first presented in New York on Broadway on April 27, 1999 by Randall Wreghitt, Steven M. Levy; Norma Langworthy; Gayle Francis; Dani Davis & Jason Howland; Joan Stein & Susan Deitz; and Everett King."

人　物

格尔琳·凯利赫　　十七岁，貌美
威尔士神父　　　　三十五岁
科尔曼·康纳　　　瓦莱尼之兄
瓦莱尼·康纳　　　科尔曼之弟

场　景

丽南，康尼玛拉山区的一个小镇，爱尔兰戈尔韦郡

第一场

【戈尔韦郡丽南镇,一间旧农舍的厨房和起居室。前门在舞台右端,台右一桌两椅,后墙正中为一架旧壁炉,左右两边各一把扶手椅。科尔曼房间门在后墙左方,瓦莱尼房间门在舞台左侧。一长列蒙尘的塑质小圣像排在后墙的架子上,圣像底部都标了黑色字母V。架子上方挂一杆双管猎枪,枪上方墙上挂一大号十字架。左边靠墙一食品橱,右边靠墙一抽屉柜,柜上放一只黑狗照片相架。

幕启:白天,刚结束了葬礼的科尔曼一身黑衣返家进门,他解去领带。从食品橱里取出一个饼干箱,撕去箱盖上的胶带,取出一瓶也标着字母V的私酿威士忌酒。紧随他进门的是三十五岁威尔士神父。

威尔士　我给瓦莱尼留着门。

科尔曼　随你。

【科尔曼倒了两杯酒,威尔士在桌旁坐下。

陪我来一杯?

威尔士　行啊,科尔曼,来一杯。

科尔曼　(轻声)问这话真他妈白痴。

威尔士　什么?

科尔曼　我说问这话真他妈白痴。

威尔士　怎么啦？

【科尔曼没吭声。他把酒递给威尔士后也在桌旁坐下。

别老是骂骂咧咧，科尔曼，尤其今天。

科尔曼　我想骂就骂。

威尔士　我是说，我们刚下葬了你老爸。

科尔曼　没错，很对，你说得太对了，没错。

威尔士　（停顿）总算来了些人。

科尔曼　一窝多管闲事的饿狗。

威尔士　别胡说，科尔曼，他们是来给你老爸送行的。

科尔曼　这当中有七个人，不就想在葬礼后吃一顿吗？那个玛丽还问我，"你们家有肉馅酥油饼吗？"我们家哪会有肉馅酥油饼招待他们。瓦莱尼管钱咋会有这东西。要是我管钱，就算他们是一窝饿狗，准会让他们吃好喝好。可我不管钱，瓦莱尼管钱。

威尔士　瓦莱尼管钱是抠了一点。

科尔曼　一点？烧猪身上他都要拔两根毛，这威士忌是他的，他回来要是大吵大闹，你得说是你要喝的，是你让我拿的。要不他不信。

威尔士　你就差点把我说成一酒鬼了。

科尔曼　那还用我说吗？随便哪家小屁孩都会说你是酒鬼，这是明摆的事儿。

威尔士　来这教区前我从不碰酒。这教区逼着人喝酒啊。

科尔曼　我觉得也是，可有的人被逼，有的人不用逼。他们学得很快。

威尔士　我不是酒鬼，科尔曼。我只是喜欢喝一杯。

科尔曼　那还用说？我相信你。（停顿）肉馅酥油饼，他妈的，这狗日的黑心白发老娼妇。她他妈的从1977年起就欠我一瓶酒钱，这老东西总是明天推后天。 我可不管她是否老年痴呆症。 我要有块肉馅酥油饼，就塞进她屁眼。

威尔士　说出这么难听的话……

科尔曼　我才不管它难听不难听。

威尔士　（停顿）你爸走后，这屋子是不是冷清了许多？

科尔曼　没有。

威尔士　我觉得比先前冷清了。

科尔曼　你说冷清就冷清呗。 你非要我说我就承认呗。 这世上的冷清不就归你管吗？

威尔士　你现在自由单身，没有合适的女孩吗？ 哈，我猜你谈过上百个妞了。

科尔曼　就谈过你妈一个。

威尔士　今天你可是心情亢奋啊。（停顿）科尔曼，那你，你就没爱上过哪个女孩吗？

科尔曼　我爱上过一个女孩，不过跟你那教会没屁关系，那是在我读技校时，她叫艾莉森·欧乎连。 一头漂亮红发。 可那天她在操场上被谁推了一把，把根尖头铅笔戳进喉咙。 我和她就结束了。

威尔士　她死了吗，科尔曼？

科尔曼　没有，她没死。 我倒希望她死掉。 这骚货，她没死，她跟那混账医生订婚了，那小子帮她把铅笔拽了出来。 谁都会弄，不需要医生。 算我倒霉。

【停顿。 威尔士又喝了一口。 瓦莱尼拎一购物袋上，他从袋里取出几具新的小圣像摆在架子上。 科尔曼注视着。

瓦莱尼　塑料钢做的。

科尔曼　（停顿）操他妈的塑料钢。

瓦莱尼　别操塑料钢，操你妈。

科尔曼　先操你妈两炮再操塑钢……

威尔士　行了！！（停顿）天哪！

瓦莱尼　他先开口。

威尔士　（停顿）我看到托马斯·汉隆回来了。葬礼上我跟他聊了几句。托马斯认识你老爸吗？

科尔曼　算认识吧。老爸先前对修女大吼大叫，被他抓过五六次。

威尔士　听说过。这种侵犯违法挺怪的。

科尔曼　也没啥怪。

威尔士　别说，真的是怪。

科尔曼　神父，你要说怪，那就怪吧。

瓦莱尼　我最恨狗日的汉隆一家。

威尔士　为什么，瓦莱尼？

瓦莱尼　还用问吗？可怜的莱西狗儿被割掉两只耳朵，流血惨死，不就是他们家马尔丁干的吗？

科尔曼　你说马尔丁干的，你根本就没有证据。

瓦莱尼　他不是对瞎子比利·彭德吹嘘过这事儿吗？

科尔曼　那只是传闻证据。上不了法庭。一个瞎子的话做不了证词。

瓦莱尼　我知道你会反我。我清楚着呢。

科尔曼　那只狗就会整天乱吼。

瓦莱尼　科尔曼，狗儿再乱吼也不能把它耳朵割下来。狗叫是它天性，你难道不知道？

科尔曼　也不能叫成那样。总有消停时候吧。那只狗真他妈的打破了世界狗叫纪录。

威尔士　这世上仇恨够多了，瓦莱尼，你别为一只死去的狗儿再增添仇恨了。

瓦莱尼　反正这世上仇恨够多，再多一点儿也没人在乎。

151

威尔士　要有一个好心态……

瓦莱尼　闭嘴,神父,你想要什么好心态,就给莫琳·福伦和米克·多德去说教。你那狗屁的布道还有啥货色？

【威尔士低下头给自己又倒了一杯酒。

科尔曼　这傻屄没话说了。

瓦莱尼　就是,你看他立马……那他妈的是我的威士忌！咋回事儿……？

科尔曼　他非要进来喝一杯。他刚为我们葬了老爸,我能说啥？

瓦莱尼　你可以把你自己的酒给他喝。

科尔曼　我这不才发现我橱里的酒瓶空了嘛。

瓦莱尼　又空了,对吗？

科尔曼　空的就像秃头屁眼。

瓦莱尼　你橱里从来就没有"没空"过。

科尔曼　可眼下是空的,过日子不就这样吗？

威尔士　压根就没有"没空"这词儿。

【瓦莱尼怒视威尔士。

科尔曼　（笑）他说得对！

瓦莱尼　威尔士,你在我话里挑刺儿？

科尔曼　就是,找茬呗。

威尔士　没有,瓦莱尼,我就是跟你开个玩笑。

瓦莱尼　你今天没有跟莫琳和米克握手吗？我看你在墓地跟他们闲聊……

威尔士　我没有闲聊……

瓦莱尼　你管的一个好教区啊,一个弑母,一火钳砸出她老娘脑浆,另一个杀妻,一斧子劈了他老婆脑袋,结果你还跟他们闲聊？干得漂亮。

威尔士　可法庭和警方……我又能怎样？

瓦莱尼　法庭和警方算个屁，我听说你代表了比法庭和混账警方更高的权力。

威尔士　（悲哀地）没错，我也听说了。但我肯定听错了。丽南镇似乎不受上帝管辖。这里根本没有法治。

【瓦莱尼拿起酒瓶，嘀咕着给自己倒了一杯酒。停顿。

科尔曼　这词儿用得好，我觉着。

瓦莱尼　哪个词儿？

科尔曼　"法治"。我喜欢以"法"开头的词儿。

瓦莱尼　"法治"我觉得太像美国佬说的话。在《希尔街蓝调》里他们就不停地说这词儿。

科尔曼　总比说"没空"好。

瓦莱尼　你别再找骂，傻屄。

科尔曼　你休想管我，"圣像迷"先生。

瓦莱尼　你别提我的圣像。

科尔曼　你他妈究竟还要买多少？

瓦莱尼　还要买许多！不，我还要买许多许多！

科尔曼　你买吧。

瓦莱尼　我的毡尖笔呢，我要给它们标上我的"V"字。

科尔曼　我咋知道你那狗屁毡尖笔在哪儿。

瓦莱尼　你昨天还用它在我那本《女性》周刊上画胡子呢！

科尔曼　噢，你夺笔时差点把我手指扯掉。

瓦莱尼　你活该……

科尔曼　你自己把笔藏哪儿了。

【说话间，瓦莱尼突然想起了笔在何处，便走入他房间。停顿。

这家伙总在藏东西。

威尔士　我是个糟糕的神父，糟透了。当人们亵渎上帝时，我显然

153

无法捍卫他，这岂非丧失了作为一个神父的底线吗？

科尔曼　神父，比你糟糕的神父有的是，我敢肯定。你唯一的不足就是太窝囊了，太好酒，你还怀疑天主教教义。除这些之外，你是个好神父。首先你没有性侵男童，就这点，你就好过爱尔兰的一大半神父。

威尔士　这种安慰没有意义，你这数据也过于夸张。我是个糟透的神父，我管着一个糟糕的教区，无法改善。我教区内有两名杀人犯，我没法让俩人中任何一人认罪。这帮坏种向我忏悔的不过就是赌马和淫念。

科尔曼　嗯，只不过我觉得你不该告诉我他人的忏悔，神父。我觉得你会因此被逐出教会。就像蒙哥马利·克利夫特主演的那部电影里那样。

威尔士　你明白了吗？我真的糟糕透了。

科尔曼　你这是太难为自己了，米克和莫琳杀人的事只是八卦，纯属八卦。米克老婆的不幸完全是意外的酒驾事故，谁都可能碰上……

威尔士　一把大镰刀会意外地挂在她前额吗，科尔曼？

科尔曼　纯粹是酒驾；而莫琳的老妈就是失足摔到山下，老太太一向腰腿不稳。

威尔士　一火钳砸得她脑浆四溅时，腰腿就更不稳。

科尔曼　谁都知道她腰腿不好，如果非要指控什么人谋杀，那不应该是我吗？紧顶着一枪打爆我老爸的脑袋。

威尔士　可那是意外，你有目击证人……

科尔曼　我就是这意思。要不是瓦莱尼正巧在场看到我持枪不慎走火，全镇人还不都会说我故意用枪顶着老爸崩了他脑袋？可怜的米克和莫琳只是没有目击证人，所以那帮鸟人全都说他们闲话。

【瓦莱尼拿着笔从房里走出，开始在新买的塑像上标 V 字母。

威尔士 看到吗？ 科尔曼，你还是能看到人们的善良。 我也应该那样，可我做不到。 我总是头一个跳出来责难和怪罪别人。

瓦莱尼 他他妈的又信仰危机了？

科尔曼 应该是。

瓦莱尼 他有完没完，这家伙。

威尔士 我对我的教区毫无奉献。

科尔曼 你头一年指导小学足球队，不就把他们带入了康诺特区半决赛吗？

威尔士 科尔曼，指导小学足球队，无助于找回我的神职信仰，再说，我们球队就靠拼命犯规。

科尔曼 瞎说，是你们球技高。

威尔士 科尔曼，四场比赛就吃了十张红牌。 那是女足史上的世界纪录，也是男足史上的纪录。 在跟我们比赛之后，圣安吉拉学校的一个女孩至今还躺在医院里。

科尔曼 没那本事，她就不该上场。

威尔士 这帮可怜的女孩们总在哭哭啼啼。 瞧我这教练当的，没话说。

科尔曼 这帮哼哼唧唧的小女人全都是贱胚。

【敲门声，一位漂亮的十七岁姑娘，格尔琳，探头进来。

格尔琳 你们要酒吗？

瓦莱尼 进来呀，格尔琳。 我正要买你几瓶酒。 我去拿钱。

【瓦莱尼走入他房门，格尔琳进屋，从包里取出两瓶私酿威士忌。

格尔琳 哦，科尔曼。 还有威尔士-沃尔士-威尔士神父？

威尔士 威尔士。

格尔琳 我知道是威尔士。 别挑我刺儿。 你们都好吗？

科尔曼　我们刚埋葬了我老爸。

格尔琳　挺好，挺好。 我路上碰到邮差，有封瓦莱尼的信。

【她把一封公函信放到桌上。

那个邮差喜欢我，你们知道吗？ 我知道他想睡我，我知道。

科尔曼　哪止他呀，格尔琳，戈尔韦的男人哪个不想。

【听到这，威尔士双手蒙耳。

格尔琳　戈尔韦算啥。 欧洲的男人都想。 不过，就邮差那点薪水的男人还想睡我，做梦吧。

科尔曼　格尔琳，你想靠这挣钱吗？

格尔琳　我想啊，科尔曼。 咋啦，你有兴趣？ 那可不是一瓶酒和一包薯片的价格。

科尔曼　我好像有张三英镑的汇票还没用呢。

格尔琳　那差得不多了。（对威尔士）神父的薪水怎样，神父？

威尔士　你能闭嘴吗？！ 能吗？ 一个女孩到处兜卖私酒还不够，你还要这样兜卖自己的身体？！

格尔琳　神父，我们在逗你玩呢。

【她张开手指揉抚威尔士的头发，他拨开她的手。

（对科尔曼）他信仰危机是不是又犯了？ 他这个礼拜是第十二次了。 我们得向耶稣告发他。

【威尔士呻吟着双手蒙头。 格尔琳咯咯一笑。 瓦莱尼上，把钱递给格尔琳。

瓦莱尼　格尔琳，来两瓶。

格尔琳　给你，两瓶，你这儿有封信。

科尔曼　也给我买一瓶，瓦莱尼，我先欠着。

瓦莱尼　（拆信）我给你买一瓶屎。

科尔曼　你们看这鸟人！

格尔琳　瓦莱尼，你少给了一英镑，你想蒙我。

【瓦莱尼递上钱,奸笑着。

瓦莱尼　值得一试。

格尔琳　瓦莱尼,你个狗娘养的王八蛋,你他妈的这世上最臭最脏的人渣。

威尔士　格尔琳,不可以那样骂人……

格尔琳　不可以个屁,神父。

瓦莱尼　(读信)来了! 来了! 我的支票来了! 看看多少钱啊!

【瓦莱尼在科尔曼面前晃着支票。

科尔曼　我看到了。

瓦莱尼　你看到了?

科尔曼　我看到了,你拿开,别挨着我脸。

瓦莱尼　(把支票贴近科尔曼的脸)你看见多少钱吗?

科尔曼　我看见了。

瓦莱尼　全是我的,你想看仔细点?

科尔曼　把它从我脸上拿开。

瓦莱尼　也许你想再看仔细点……

【瓦莱尼用支票刮着科尔曼的脸。 科尔曼跳起一把拤住瓦莱尼的脖子。 瓦莱尼也同样拤住科尔曼。 格尔琳大笑地看着他俩扭打,威尔士醉步踉跄上前把两人隔开。

威尔士　住手! 你俩怎么回事?

【扯开兄弟俩时威尔士被踢了一脚,疼得直哆嗦。

科尔曼　对不起,神父,我要踢的是这个混蛋。

威尔士　疼死了,踢在我小腿骨上。

格尔琳　现在你知道圣安吉拉女足队小姑娘们被踢的感觉了吧。

威尔士　你们到底是怎么回事儿?

瓦莱尼　他先动手。

威尔士　兄弟俩在父亲下葬的这天就打作一团! 我还从没听说过。

格尔琳　神父,那是因为他们有你这么个糟糕的神父。

【威尔士怒视着她。格尔琳微笑看着别处。

格尔琳　我只是逗你玩,神父。

威尔士　这丽南镇到底是个啥地方啊? 兄弟恶斗,姑娘贩酒,还有两个杀人犯逍遥法外?

格尔琳　更糟糕的是我怀孕了。(停顿)其实我没有。

【威尔士悲哀地看着她和他俩,醉态摇晃地走向门口。

威尔士　你俩听着,别再打架了。(下)

格尔琳　沃尔士威尔士神父毫无幽默感。我去送他回家,可别让他像上次那样被牛撞了。

科尔曼　回见,格尔琳。

瓦莱尼　再见,格尔琳。(格尔琳下,停顿)那家伙,伤心了?

科尔曼　(同意)伤心了,那家伙。

瓦莱尼　糟了。嗯? 要是他知道你故意轰掉老爸的脑袋,会比刚才还要痛苦三倍。

科尔曼　这家伙什么事儿都太认真。

瓦莱尼　太认真了。

【暗场。

第二场

【晚间。后墙壁炉前搁着一个崭新的橙色大火炉,炉体正前方涂了一个 V 字。科尔曼戴着眼镜坐在左边椅子上阅读《女性》周刊,身旁桌上放着一杯威士忌。瓦莱尼挎背包进屋。他慢悠悠地摸着炉台炉身,仔细检查炉子是否被用过。科尔曼厌恶地哼了他一声。

瓦莱尼　我察看一下。
科尔曼　我知道你在察看。
瓦莱尼　我喜欢当你面稍稍察看一下。
科尔曼　你能干的事儿就是察看。
瓦莱尼　稍稍察看一下,你明白我的意思吗? 我的想法。
科尔曼　哪怕你用开水浇我的屁股,我也不会碰你的炉子。
瓦莱尼　没错,我的炉子。
科尔曼　哪怕你他妈付我钱,我也不会碰你的炉子。
瓦莱尼　我他妈不会付你钱让你碰我的炉子。
科尔曼　我知道你不会,你个狗日的吝啬鬼。
瓦莱尼　当然是我的炉子。你付三百块了吗? 你花钱安装煤气了吗? 都没有。谁出的钱? 是我。我出的钱。你出钱了吗? 没有,是我出的钱。
科尔曼　我清楚是你出的钱。

瓦莱尼　如果你能出份力，我也许会让你用我的炉子，但你没出，所以你不能用。

科尔曼　我们根本不需要炉子。

瓦莱尼　也许你不需要，但我需要。

科尔曼　你他妈的从来不做饭吃！

瓦莱尼　我会做啊！老天有眼，我会吃啊。（停顿）这炉子是我的，那些圣像是我的，这把枪，这桌椅都是我的。还有什么？这地板，橱柜，这屋子里的所有东西都他妈是我的，小子，你别碰它们。没我的允许你不能碰。

科尔曼　不碰你的鸟地板太难了。

瓦莱尼　没我的允许……

科尔曼　除非我他妈的飘在空中。

瓦莱尼　没我的允许……

科尔曼　就像那些土人那样。

瓦莱尼　（发怒）我说了，没我的允许你他妈的什么都别碰！

科尔曼　得有你的允许，那好啊。

瓦莱尼　这一切都是留给我的。我一个人的。

科尔曼　不是留给你，是赏给你。

瓦莱尼　我一个人的。

科尔曼　是赏你的。

瓦莱尼　你不准碰。（停顿）什么土人？

科尔曼　你说什么？

瓦莱尼　什么土人飘在空中？

科尔曼　那些土人，乘坐在地毯上，那些飘在空中的土人。

瓦莱尼　他们是巴基斯坦人，根本就不是土人！

科尔曼　没啥区别。

瓦莱尼　完全不一样！他们是吹口哨玩蛇的巴基斯坦人。

科尔曼　看来你研究"巴基佬"。

瓦莱尼　我研究"巴基佬"！？

科尔曼　你肯定爱上哪个"巴基佬"了，没错！我敢肯定。

瓦莱尼　别扯什么爱呀情呀。

科尔曼　你又买来啥呀，"想娶个'巴基佬'"先生？

瓦莱尼　你问我买了啥，对吗？

【瓦莱尼从包里摸出两个小圣像，小心翼翼地排在架子上。

科尔曼　真他妈的……

瓦莱尼　别乱骂，科尔曼。别在圣人面前骂人。这对上帝大不敬。

【他从包里掏出八袋薯片，放在桌上。

还有泰托薯片。

科尔曼　你要买薯片就选麦考伊牌子。

瓦莱尼　我买我喜欢的牌子……

科尔曼　你个狗日的自私鬼。

瓦莱尼　（停顿。怒视）科尔曼，我干吗花两倍的钱买味道一样的薯片。

科尔曼　味道不一样，麦考伊薯片有波纹。

瓦莱尼　去他妈的波纹，味道完全一样。

科尔曼　谁都知道泰托薯片又干又难吃。

瓦莱尼　你以为你是薯片专家。又干又难吃怎么啦？才一块七一包，再说薯片又是谁的？是我的薯片！

科尔曼　是你的薯片。

瓦莱尼　我的薯片。我自己的薯片。

科尔曼　买里波牌也行啊。

瓦莱尼　里波个屁，我就没见到你掏你的腰包……这啥呀？

【瓦莱尼拿起科尔曼的杯子闻着。

科尔曼　什么啥呀？

瓦莱尼　这个。

科尔曼　我自已的。

瓦莱尼　你自已个屁，你自已根本就没钱。

科尔曼　我有钱。

瓦莱尼　哪儿来的钱？

科尔曼　你在审问我吗？

瓦莱尼　没错。

科尔曼　去你妈的。

【瓦莱尼取出藏在饼干箱里的威士忌，察看着。科尔曼放下杂志，喝光杯中的酒，坐到桌旁。

瓦莱尼　你动过了。

科尔曼　我绝对没动。

瓦莱尼　看上去少了……许多。

科尔曼　少个屁。我他妈的根本就没动过……

瓦莱尼　（抿了一口，不确定）你在酒里兑了水。

科尔曼　你爱咋想就咋想。我没碰过你的酒。

瓦莱尼　你哪来的钱……我的房屋保险？你他妈的！

【瓦莱尼气急败坏地察看他的保单。

科尔曼　我替你缴了房屋保险。

瓦莱尼　这不是达菲的签名。

科尔曼　这是达菲的签名。这不是"达菲"两个字吗？

瓦莱尼　你付的钱？

科尔曼　对呀。

瓦莱尼　为什么？

科尔曼　还你个人情，这些年来你帮了我许多。

瓦莱尼　查这个很容易。

科尔曼　查这个是很容易，赶紧查吧，你狗日的。查得你鼻青眼肿。

【瓦莱尼疑惑地放下保单。

不是只有钱才能买到酒，性感也管用。

瓦莱尼　性感？就你？你那点性感连一只癞蛤蟆的口水都弄不到。

科尔曼　那是你的看法，格尔琳不这样。

瓦莱尼　格尔琳？放屁！

科尔曼　千真万确。

瓦莱尼　什么？

科尔曼　我说，赊我一瓶，我就给你一个热吻。她说"你让我摸你下面，我就白送你一瓶"。买卖当场成交。

瓦莱尼　你给格尔琳买匹小马她也不会摸你下面，更别说白送威士忌了。

科尔曼　我对天发誓，句句实话，不然我哪儿来的免费威士忌？

瓦莱尼　（狐疑）放你妈的屁。（停顿）可能吗？（停顿）格尔琳这么美貌。（停顿）格尔琳绝对美貌。（停顿）格尔琳会愿意摸你的下面？

科尔曼　格尔琳就喜欢我这款成熟男人。

瓦莱尼　我信你个鬼。

科尔曼　那就别信。

瓦莱尼　（停顿）感觉咋样？

科尔曼　什么感觉？

瓦莱尼　摸你下面。

科尔曼　噢，舒服啊！

瓦莱尼　（狐疑）我信你个鬼。（停顿）不可能，绝对不可能。

【科尔曼打开一包瓦莱尼的薯片吃起来。

163

瓦莱尼　格尔琳绝对不会摸你下面。在这世上她绝对不会碰你——
（目瞪口呆）谁让你吃我的薯片了？！

科尔曼　谁也没有。

瓦莱尼　当着我的面？！

科尔曼　我自己想吃就吃。

瓦莱尼　那你得拿出一块七毛，现在就给我！

科尔曼　现在就要，现在？

瓦莱尼　现在！

科尔曼　用你藏的私房钱？

瓦莱尼　你不给钱我就揍你！

科尔曼　揍我？我还怕一个软蛋揍我？

瓦莱尼　我说过了，一块七！

【停顿，科尔曼从兜里慢慢掏出一枚硬币，看也不看就拍在桌上。瓦莱尼盯着那硬币。

还缺七毛。

【科尔曼看了眼硬币，又掏出一枚拍在桌上。

科尔曼　不用找钱。

瓦莱尼　真的不用找钱？

【他揣好两枚硬币，拿出三个小硬币，掰开科尔曼的手，把三毛钱塞他手中。

我不需要施舍。

【他转过身去。坐着不动的科尔曼突然将三枚硬币砸向瓦莱尼的后脑勺。

操你妈！！你欠揍啊！

【科尔曼跳起，撞翻了椅子。

科尔曼　来呀，你动手啊？

瓦莱尼　你用钱砸我？

科尔曼　没错。赶紧捡起来塞进你那个小猪罐呀,你他妈一个基佬处男……

【两人扭作一团,摔倒在地,滚来滚去地厮打。威尔士从前门上,微醉。

威尔士　你俩住手!住手!(停顿,高声)你俩住手!

科尔曼　(恼怒)咋啦?

威尔士　托马斯·汉隆刚刚自杀了。

瓦莱尼　你说啥?

威尔士　托马斯·汉隆刚刚自杀了。

瓦莱尼　(停顿)你松开我脖子。

科尔曼　你先松开我胳膊。

【两人慢慢松开对方后站起,威尔士呆坐桌前。

威尔士　他从老码头那儿走进湖里,一直往湖心走。尸体在石滩上。他爹硬把我从罗里酒吧拖出来为他祈祷,我醉得一路上跌跌撞撞。

瓦莱尼　托马斯·汉隆?天哪。我前一天还跟他说过话,在葬礼上。

威尔士　一个孩子看到的。看到他坐在码头长椅上,手里攥着瓶酒,一直望着湖对面的山峰。喝光了酒,他就起身往前走。他穿着衣服,直直地走进湖里。一直走,走到湖水淹没他的头。他还在走。

科尔曼　(停顿)哼,我一直讨厌这狗日的托马斯·汉隆。他永远自以为是,和那些混账警察一个德行……

威尔士　(气愤)可怜他尸骨未寒,科尔曼·康纳,你干吗要这样说人家?

科尔曼　我就要说,反正我不想做伪君子,我就这么说。

瓦莱尼　你现在就是伪君子。神父,你看到这家伙吗?你来之前他硬吃了我一包薯片。

科尔曼　我付你薯片的钱了……

瓦莱尼　还说自己不是伪君子。

科尔曼　我还多给了三毛钱,再说吃包薯片怎么就成了伪君子?

瓦莱尼　就是伪君子。他还乱搞一个学生妹,神父,这可是另一宗罪。

科尔曼　我没乱搞学生妹。我是被一个学生妹乱搞。

瓦莱尼　没有区别!

威尔士　这是哪个学生妹呀?

科尔曼　这学生妹就是格尔琳。今天下午她过来这儿,我们美美地干了一场,那叫爽啊。

威尔士　格尔琳?今儿一整天格尔琳都在帮我洗球队的球衣,没离开过呀。

【科尔曼尴尬地站起走向自己房间。瓦莱尼挡住了他。

瓦莱尼　哈!哈!现在谁他妈的基佬处男?嗯?现在谁他妈的基佬处男?

科尔曼　你给我滚开。

瓦莱尼　滚开?

科尔曼　我说你给我滚开。

瓦莱尼　我就知道。

科尔曼　你自己让开还是我来帮你?

瓦莱尼　我说的对不对?对吗?

科尔曼　你想怎样?

瓦莱尼　你想怎样?

威尔士　科尔曼,你过来,我们……

科尔曼　闭上你的臭嘴,威尔士-沃尔士,随你他妈的叫啥名字,你个神父!你别以为拆穿了科尔曼·康纳一个瞎话就指望……

就指望……

【科尔曼摔门进屋。

瓦莱尼　你个结结巴巴的大傻屄！"就指望……就指望……"（对威尔士）你看？

【就在瓦莱尼转身对着威尔士这刻，科尔曼冲出房间门朝炉子猛踢一脚，又奔回自己房间，瓦莱尼冲上去但未能抓住他。

你个流氓！妈的！

【他察看炉子是否遭损。

你他妈的毁我炉子！要是哪儿坏了你就得赔，你个流氓！你看到吗，神父？这人是不是疯了？（停顿）神父，你喜欢我这新炉子吗？是不是特棒？

科尔曼　（幕后）神父，看到他炉子上的 V 字吗？你以为 V 是瓦莱尼吗？不是，V 代表 Virgin 处男。没错。

瓦莱尼　噢，现在 V 成了……？

科尔曼　（幕后）V 代表处男，呵呵。

瓦莱尼　你自己不就是个老处男吗？

科尔曼　（幕后）V 代表了处男瓦莱尼。

瓦莱尼　你他妈的才是个老处男！你有种别站在门背后偷听！

科尔曼　（幕后）我想咋样就咋样。

【瓦莱尼又察看起炉子。威尔士在一边难过得几近流泪。

瓦莱尼　（看着炉子）还好，炉子没事。现在……

威尔士　你看，我一进门……就见你俩打架。真有出息，你俩整天就是打架。屡教不改。我劝过多少遍了……

瓦莱尼　你哭了，神父，还是感冒了？噢，你感冒了……

威尔士　我在哭。

瓦莱尼　我从来没见你这样过。

威尔士　我过来告诉你们一个人刚刚死去，他自杀了，你们当年一起上学的小伙伴……你们一起长大……他活着时从不说别人是非，一直尽心尽力服务社区……我告诉你们，他投湖自杀，死得很惨，你们不仅连眼都不眨……你们不仅连眼都不眨，你们还为薯片和炉子争吵斗狠！

瓦莱尼 我眨眼了。

威尔士 我没看到你眨眼！

瓦莱尼 我明明眨眼了。

威尔士 可我就是没看到！

瓦莱尼 （停顿）不过这炉子真棒，对吗，神父？

【威尔士双手捂住头。瓦莱尼走向炉子。

瓦莱尼 我昨天才把它接通装好。你闻闻，全新的气味。科尔曼别想碰它，他一分钱也没出，他一分钱也出不起。（捡起地上三个硬币）他给了三毛钱，可三毛钱算啥。差得太远。刚才他拿这三个硬币砸我脑袋，你知道吗？（突然想到，愤怒地）他要是没钱，怎么泡妞，这混账哪来的威士忌？！科尔曼！

威尔士 （尖叫）瓦莱尼，你这个混账白痴！

瓦莱尼 什么？哦，行，可怜的托马斯。

【瓦莱尼假作同情状。

威尔士 （停顿，悲哀站立）我来叫你们一块去湖边，把那可怜人的尸体搬回他家。你们能帮我吗？

瓦莱尼 我帮你，神父，我帮你。

威尔士 （停顿）真该死。现在已有两起谋杀，一起自杀。两起谋杀和一起混账的自杀……

【威尔士摇头离去。

瓦莱尼 （高声）这不是你的错，神父，别再那么伤心了！（停顿）科尔曼！我去了……

科尔曼 （幕后）我听到了。

瓦莱尼　你也来吗?

科尔曼　(幕后)我不去。去搬这镇上的死鬼警察? 这死鬼警察以前还在体育课上嘲笑我的俯卧撑。我他妈的不去。

瓦莱尼　你就记恨吧。反正沃尔士神父需要一个壮汉帮他,他不需要连只母猴都讨厌的一个基佬处男。

【瓦莱尼快步下。科尔曼冲出房来发现人已离去。他走到门口,转悠着想法子。他四下打量,目光落在了炉子上。他找来几根火柴,打开炉门。

科尔曼　说我基佬处男,对吗? 我们干吗不开个十档大火空烧? 你想试试?

【他点燃炉子,调到最高温,关上炉门,走进自己房间,几秒钟后又走出,四下打量。

空烧,对吗?

【他从橱里拿出一只烤箱用的大碗,把架子上所有小塑像放在碗中,再把大碗放进炉子,然后关上炉门。

现在我让你瞧瞧谁是连只母猴都讨厌的基佬处男。我他妈的倒要瞧瞧。

【他穿上外套,拿起一把脏梳子扒拉了两下他的乱发,然后从前门走下。暗场。

第三场

【两三小时后。微醉的瓦莱尼和威尔士上。瓦莱尼从饼干箱里拿出他那瓶威士忌倒了一杯。威尔士看了一眼。

瓦莱尼 这活儿真吓人,对吗?

威尔士 可怕,真可怕。我没法跟他们家说啥,一句也说不出。

瓦莱尼 就是,你还能跟他们说啥?他们唯一想听的就是"你们家儿子没死",那可能吗?他就湿淋淋地躺在他们家前屋。

威尔士 瓦莱尼,你以前听到过那样的哭声吗?

瓦莱尼 那全家人嚎哭的泪水能灌满一个湖,至少一个水池。

威尔士 (停顿)一个什么?

瓦莱尼 一个水池。蓄水的那种。

威尔士 蓄水池?

瓦莱尼 对,蓄水池,没想到他们家马尔丁哭得最凶。我以前还没见过马尔丁哭得这么惨。我觉得他活该,谁让他割了我那可怜的狗儿的耳朵。

威尔士 要是你唯一的亲哥死去,你也会哭得很惨。

瓦莱尼 要是我唯一的亲哥死去,我不会哭得太惨。我会去买个大蛋糕,找大家来聚会。

威尔士 瓦莱尼,你们亲兄弟都无法和睦相处,我们还怎么指望这世界和平……?

瓦莱尼　和平个屁,你也别唠叨了。你一喝醉就唠叨这些老掉牙的废话。

【瓦莱尼坐在桌前面对酒杯和酒瓶。

威尔士　(停顿)他投入荒凉清冷的湖中杀了自己。我越想越悲哀。可怜的托马斯凄凉地坐在湖边,满腹心事,望着冰冷的湖水,困惑迷茫;孤独的一生到了尽头。不过生活也充满了美好,一切生命都有过美好,哪怕只是……望着河流,或去远游,或电视上看足球……

瓦莱尼　(点头)足球赛,没错……

威尔士　或向往着爱情。托马斯一边掂量生命中的种种美好,一边料想湖水中的凄冷死亡,然而他选择了湖水。令人惊愕,令人痛惜,"你才三十八岁,你有健康有朋友,托马斯·汉隆,世上多少人比你活得更惨"……

瓦莱尼　那挪威女孩生下来就没有嘴唇。

威尔士　没听说过。

瓦莱尼　挪威有个女孩,生下来就没嘴唇。

威尔士　唔,可你会说,要是世界如此美好值得留恋,那在他最需要时,这朗朗世界的朋友们又在何处?当他最需要他们提醒"别呆在湖边,你个傻瓜,我们念叨你,你再傻也是我们好哥儿"那一刻他的朋友们在哪呢?我又在哪呢?我在酒吧喝得烂醉。(停顿)托马斯·汉隆在地狱中腐烂。这是天主教之教规,所有自杀者都一样。不得饶恕,不得救赎。

瓦莱尼　是那样吗?所有自杀者都那样?

威尔士　对我们教民而言,就是这样。

瓦莱尼　这事儿我不知道。只是书上说的。(停顿)要是那样,《史密斯和琼斯》里那家伙也得下地狱?

威尔士　我不知道《史密斯和琼斯》里那家伙。

瓦莱尼　不是金发的那个,是另外一个。

威尔士　我两个都不知。

瓦莱尼　他在功成名就时就自杀了。

威尔士　如果他是自杀,他也得下地狱。(停顿)这要义就在:你可以杀十几个人,甚至几十个人。只要你事后忏悔,你还能上天堂。但你若要谋杀自己,没门。必下地狱。

瓦莱尼　这太苛刻了。(停顿)那托马斯现在就下了地狱,对吗?天哪。(停顿)我想他是否已遇到《史密斯和琼斯》里那家伙?不过,现在这家伙也一定老了。没准托马斯根本就认不出他。就算他看过《史密斯和琼斯》。我是在英国看的,这边电视上也许从来没放过。

威尔士　(叹息)瓦莱尼,你舍不得分我一点威士忌吗?我太渴了……

瓦莱尼　神父,我只剩这点了,我自己还要喝呢……

威尔士　你明明还有半瓶……

瓦莱尼　我要是有,我就和你分享,可我没有,再说神父可以到处喝酒吗?不可以吧,至少晚上不可以……

威尔士　圣经上说,你当分享,与人同乐。这话在哪儿……

瓦莱尼　在你让你教区一个可悲的教徒自杀的夜里,你不能喝酒,我得这么说。

威尔士　可你这么说有道理吗?!你这么说我公平吗?!

瓦莱尼　(咕哝着)你挣着薪水,还硬要喝一个穷小子的酒过酒瘾。

【瓦莱尼起身,一边嘀咕着,一边把酒瓶放回他的饼干箱,小心地用胶带封住盖子。

威尔士　瓦莱尼,今晚你们这屋里怎么有股怪味啊?

瓦莱尼　你要是嫌弃我这屋子的气味,你可以走了,现在就走。

威尔士　　像是塑料的气味，对吗？

瓦莱尼　　找我要酒过酒瘾，还说我们家有气味。真有你的。

威尔士　　（停顿）不管怎样，尽管科尔曼来得晚，他还是帮我们抬了可怜的托马斯。不过，他去问托马斯那可怜的妈要肉馅酥油饼，太不像话。

瓦莱尼　　这还是人吗。

威尔士　　他妈在痛哭，他去推人家，一遍遍问她"太太，你们会有肉馅酥油饼吗？有吗？"

瓦莱尼　　要是他喝醉了还能原谅，可他没有。就是出于恶意。（大笑）还真是好笑。

威尔士　　他人呢？我以为他和我们一块儿回来了。

瓦莱尼　　回来路上他停下来系鞋带呢。（停顿，突然想到）科尔曼的鞋没鞋带。他只穿乐福鞋。（停顿）哎呀，我那些圣母玛丽亚塑像都哪儿去了？！

【他双手按着炉顶探身察看小塑像是否掉在炉后。烧热的炉顶烫得他惨叫一声缩回双手。

（歇斯底里地）咋啦？！咋啦？！

威尔士　　怎么啦，瓦莱尼？你离开时没关掉炉子？

【瓦莱尼惊呆了，他用毛巾垫手打开炉门。浓烟冒出。他取出碗中热腾腾融化塑胶的大碗，恶心地把碗搁在桌上，用毛巾裹手小心地拿起一个半融的小塑像。

你这些小圣像都融化了，瓦莱尼。

瓦莱尼　　（踉跄后退）我要杀了这杂种！我要杀了这狗日的！

威尔士　　我猜这肯定是科尔曼干的，瓦莱尼。

瓦莱尼　　只能是他！我要杀了这狗日的！

【瓦莱尼从墙上取下那把猎枪，失神地在房间里转圈，威尔士跳起欲拦住他。

173

威尔士　　住手，瓦莱尼！把枪放下！

瓦莱尼　　我要打爆他脑袋！我他妈的打爆他脑袋！我说过叫他别碰我的炉子，别碰我的圣像。他他妈的干了啥？他用我的炉子烧了我的圣像！（看着碗中）有一个还是教皇祈福过的！还有一个是纽约佬送我妈的！现在全毁了！全他妈的毁了！只剩一碗糨糊几个头了。

威尔士　　瓦莱尼，你不能就为这些塑胶头像朝你哥开枪！把枪给我，拿过来。

瓦莱尼　　塑胶头像？这些不是我的圣像吗？你还是个神父吗？难怪你成了爱尔兰天主教的笑柄，你小子干得好。

威尔士　　把枪给我，听到吗？你要枪杀的是你的骨肉亲人。

瓦莱尼　　我的骨肉亲人没错，可为啥不能杀？他杀了自己的骨肉亲人照样逍遥法外，我咋就不能？

威尔士　　你在说啥？你很清楚，科尔曼枪杀你老爸纯属意外。

瓦莱尼　　纯属意外个屁！你是丽南镇唯一相信这鬼话的傻屁，那天不就是我爸笑话科尔曼的发式吗，他小子冲上去，一把揪着老爸头发，开枪打爆了老爸脑袋。他八岁起就发誓要杀老爸，那年老爸踩烂了他那辆遥控玩具车……

【科尔曼从前门上。

科尔曼　　我确实喜欢我那辆遥控车，它的车灯在暗中会发亮。

【瓦莱尼转身举枪对着科尔曼。威尔士呻吟着退后，双手抱头。科尔曼冷然转悠到桌边坐下。

威尔士　　这不可能！这不可能！

科尔曼　　你看这小子脸都吓白了……

瓦莱尼　　闭嘴！你他妈的干了这种混账恶事，别进屋来装蒜。

威尔士　　科尔曼，告诉我你并非故意枪杀你父亲，对吧，你说……

瓦莱尼　　我他妈的没在说我老爸的事！我他妈的在说我那些圣像！

科尔曼　你瞧见这小子关心的是啥吗？

瓦莱尼　烧圣像是亵渎上帝的大罪！

威尔士　枪杀你父亲也是大罪，不可饶恕！

瓦莱尼　你还把火开到十档！

威尔士　科尔曼，告诉我，我求你告诉我，告诉我你并非蓄意枪杀你父亲，告诉我，快说……

科尔曼　你冷静点，行吗？（停顿）我当然是故意的。

【威尔士又呻吟起来。

科尔曼　谁也别想坏我。说我"头发像个小酒鬼"。我梳我自己头发，谁也管不着！我完全明白打爆老爸的脑袋是亵渎上帝，但这种侮辱不能原谅。

瓦莱尼　烧圣像是对上帝最大的亵渎，更别提圣母玛丽亚的圣像。

科尔曼　这拿枪的小子，说得很对，在他开枪打死我之前，我再告诉你一件亵渎上帝的事……（朝威尔士）嘿，神父，你在听吗？

威尔士　我在听，我在听，我在听……

科尔曼　我再告诉你一件亵渎上帝的事。在老爸脑浆滴在我这兄弟身上时，他坐在椅上发誓，他会向所有人作证：这纯粹是一桩意外事故……

瓦莱尼　闭嘴，你个杂种……

科尔曼　只要我在遗嘱上签字，把老爸留下的一切财产都归他……

威尔士　不……不……不……

科尔曼　他的房子，他的田地，他的桌椅，还有他那点钱，全花在那个特为用来折磨我的狗屎炉子上，你他妈的……

威尔士　不，瓦莱尼……放下枪……

瓦莱尼　跟这个世界道别吧，你个杂种！

科尔曼　去他妈的泰托薯片，世上最他妈难吃的薯片……

【瓦莱尼将上膛的枪抵着科尔曼的脑袋。

威尔士　住手，瓦莱尼，住手！

瓦莱尼　我说了，跟这世界道别吧，你个孬种。

科尔曼　再见了世界，你个混蛋。

【瓦莱尼扣动扳机。一声咔嗒。他又扣动一次。又是一声卡嗒。第三次，还是一声咔嗒。这时科尔曼从袋中掏出了两枚猎枪弹。

科尔曼　你他妈以为我是个蠢货？（朝威尔士）你看到吗，神父？我的亲兄弟要枪杀我。

瓦莱尼　你他妈把子弹给我。

科尔曼　休想。

瓦莱尼　我说了，把子弹给我。

科尔曼　做梦。

瓦莱尼　你他妈的给我……

【瓦莱尼欲从科尔曼紧握的拳中夺过子弹，科尔曼大笑不放。瓦莱尼掐住科尔曼脖子，两人滚到地上扭打，在地上翻滚。威尔士惊恐地傻望着他俩。他一眼瞥见身旁那碗滚烫的塑胶液，望着两人继续殴斗，他茫然攥紧拳头，缓缓将双拳浸入那还在沸滚的液体中。威尔士屏住呼吸咬住牙关，在无声地忍受了十到十五秒钟后，发出了持续十多秒钟恐怖的惨叫声。于是瓦莱尼和科尔曼停止斗殴，起身帮他……

瓦莱尼　沃尔士神父，你……

科尔曼　沃尔士神父，沃尔士神父……

【威尔士从碗里举起双手，血肉模糊。他再次压抑地尖叫，煎熬中绝望地直视惊呆的瓦莱尼和科尔曼。他把桌上的碗摔在地上，双拳痛苦地缩在胸前，冲出前门。

威尔士　（大叫着下）我叫威尔士！！！

【瓦莱尼和科尔曼盯着他的背影看了一刻。

科尔曼　这家伙准是疯了。

瓦莱尼　他绝对疯了。

科尔曼　他是个疯子。（指着地上的碗）他指望我们替他清理？

【瓦莱尼探头朝门外大叫。

瓦莱尼　你还指望我们替你清理吗！

科尔曼　（停顿）他怎么说？

瓦莱尼　他走了。

科尔曼　一个疯子，他就是一个疯子。（停顿）行了，反正这他妈的是你的地板，你自己清理。

瓦莱尼　你说啥？！

科尔曼　你瞧见我这子弹多棒吗，瓦莱尼？

【科尔曼在瓦莱尼脸前摇晃他手中的子弹，然后进了他的房间。

瓦莱尼　你他妈的！

【科尔曼重重甩上房门。瓦莱尼做了个鬼脸，停下；他茫然地伸手在裤裆中挠着，然后闻着自己手指。停顿，暗场。

【幕间休息。

第四场

【夜间，湖边码头，威尔士手拿一瓶黑啤坐在一长椅上，双手用绷带简易包扎了。 格尔琳走上前来坐在他身旁。

威尔士　格尔琳。

格尔琳　神父。 你怎么啦？

威尔士　没啥，坐一会儿。

格尔琳　噢，没错。（停顿）神父，你今天在托马斯家的布道真棒。

威尔士　我没见到你在那儿，对吗？

格尔琳　我站在后面。（停顿）听了你布道的那些话，我差点哭了。

威尔士　你哭了？ 格尔琳，这么多年我从没听说你哭过。 葬礼上、婚礼上你都不哭。 哪怕那丢脸的世界杯上我们输给荷兰你也没哭。

格尔琳　有时我会哭的，哭的事儿不一样……

威尔士　那蠢货帕基·邦纳。 就是一头牛射他的门他也守不住。

【威尔士抿了口酒。

格尔琳　我看你喝不少了，神父？

威尔士　你别来找茬。 别跟人家那样。

格尔琳　我没跟你找茬。

威尔士　至少今天别惹我。

格尔琳　我根本没跟你找茬。我有时候逗你玩儿，没别的意思。

威尔士　有时候，是吗？好像你总在找茬，跟这儿所有人一样。

格尔琳　我真的就是逗你玩儿，只是为了掩饰我内心深处对你狂热的激情……

【威尔士瞪了她一眼。她微笑着。

格尔琳　别那样，神父，我就是开个玩笑。

威尔士　你看你不就这样吗？！

格尔琳　就当开玩笑好吗，神父？就因为你又清高又自负，所以大家都嘲笑你。

威尔士　可我没有清高自负啊。

格尔琳　行了，你没有。

威尔士　（停顿）我有清高自负吗？

格尔琳　没有。反正，好过大多数神父。

威尔士　可能我有清高。也许就为这我无法融入这山镇。没准我得杀了我一半亲人才能融入这山镇。天哪。刚来时我还以为丽南山是个好地方，没想到这镇子居然是他妈的欧洲谋杀之都。你知道科尔曼故意开枪杀了他老爸吗？

格尔琳　（低头，尴尬）我好像在哪儿听到过这传言……

威尔士　还他妈的传言？你就无动于衷，不去报警？

格尔琳　我他妈的又不是警察线人，再说科尔曼他爸这老混蛋脾气暴躁。他以前还踢过我家猫咪埃蒙。

威尔士　就为踢过只猫咪，他就活该被杀吗？

格尔琳　（耸肩）这要看哪个人，哪只猫了。不过我敢肯定，自打那老头被人打爆脑袋后，爱尔兰被踢的猫少了许多。

威尔士　格尔琳，你似乎毫无道德良知可言。

格尔琳　我讲道德良知，只是不像有些人整天把它们挂在嘴上。

威尔士　（停顿）要是没人能阻止他们,瓦莱尼和科尔曼迟早会相互残杀。反正我是拦不住,得有胆量的人来干。

【他拿出一封信交给格尔琳。

我给他们写了封信,格尔琳,下次你见到他们时替我转交?

格尔琳　你自己不是很快会见到他们吗?

威尔士　不会了,我今晚就离开丽南山。

格尔琳　去哪儿?

威尔士　哪儿都行。他们派我去哪儿都行。只要能离开这儿。

格尔琳　可为啥呢,神父?

威尔士　多种原因吧,毕竟我布道的教区里接连出了三桩谋杀案一桩自杀案。

格尔琳　但这都不是你的错,神父。

威尔士　不是吗?

格尔琳　明天上午小学生足球半决赛你不是球队教练吗?

威尔士　那帮小姑娘之前从不听我的指导,现在也来不及了。没人听我的忠告。根本没人要听。

格尔琳　我听你的。

威尔士　（讥讽）你真会安慰人。

【格尔琳受伤地低下了头。

威尔士　你也不听我的。我跟你说过多少次,别把你爹酿的私酒拿到镇上去卖,你听了吗?

格尔琳　神父,我卖私酒就为存点小钱。

威尔士　存点小钱干啥?就为去卡拉罗伊酒吧花掉它?让那些喝醉的小男生上上下下摸你。

格尔琳　根本不是,神父。我存钱就为从我妈购物指南上买点名牌货。那上面确实有不少……

威尔士　没错,去订购一堆垃圾。格尔琳,我真希望我的生活和你一样的艰难。听上去你在煎熬中度日如年啊。

【格尔琳站起，扯着威尔士的头发往后拽。

格尔琳　要是别人这样挖苦我，我早一拳打在他眼窝上了。不过，要是打了你的眼窝，你多半哭得像个娘们儿一样。

威尔士　我又没要你坐我旁边。

格尔琳　我也不知道坐你旁边犯法，我他妈的还真希望有这样的法律。

【格尔琳松开他，转身离去。

威尔士　抱歉，我不该挖苦你，格尔琳，不该讽刺你妈妈的购物指南，对不起。

【格尔琳停住，沉默，又踱回长椅。

格尔琳　没关系。

威尔士　我只是觉得有点……我不知道……

格尔琳　（在他身旁坐下）伤感。

威尔士　伤感，对，伤感。

格尔琳　伤感而孤独。伤感而又孤独的沃尔士神父，威尔士。（停顿）对不起，神父。

威尔士　没人能记住。

格尔琳　沃尔士和威尔士读音太接近了，神父。

威尔士　我知道，我知道。

格尔琳　你叫什么？

威尔士　（停顿）罗德里克。

【格尔琳压住笑声，威尔士微笑。

格尔琳　罗德里克？（停顿）罗德里克这名太难听了，神父。

威尔士　我知道，格尔琳，谢谢你这么说，你想让我振作精神，对吗？

格尔琳　我只想对你好。

威尔士　可一个女孩干吗叫格尔琳？你本名叫啥？

格尔琳　（羞怯）玛丽。

威尔士　（大笑）玛丽？那你还笑话罗德里克？

格尔琳　玛丽是基督耶稣母亲的名字，你不知道这故事？

威尔士　我在哪儿听到过。

格尔琳　所以她就一事无成，倒霉的玛丽。

威尔士　你一定会成功的，格尔琳，你会的。

格尔琳　你真这么想？

威尔士　你不是很厉害吗？不是连神父都敢揍吗？你当然会有成就。

【格尔琳拨开威尔士垂在眼前的头发。

格尔琳　我不会揍你，神父。

【她轻拍他的脸颊。

也就轻轻的一拍。

【威尔士微笑着面对前方。格尔琳注视着他，然后移开目光，显得局促不安。

威尔士　（停顿）我只是在离开前来这儿凭吊托马斯，再为他祈祷一下。

格尔琳　你今晚就走？

威尔士　对，今晚就走。我告诉过自己，托马斯葬礼一结束，我就走了。

格尔琳　那也太赶了，神父，大家都没机会和你道别。

威尔士　道别，没错，背后巴不得我走人。

格尔琳　不是这样。

威尔士　不是吗？

格尔琳　不是。

【停顿，威尔士怀疑地点点头，又抿了口黑啤。

你到了那儿会写信告诉我你的新地址吗,神父?

威尔士　好,我会的,格尔琳。

格尔琳　这样我们还能时常问个好。

威尔士　好,我会的。

【在他说话时,格尔琳强忍住眼泪,不让他看到。

他就是从这儿投湖的,你知道吗? 可怜的托马斯,你看这湖面多么寒冷多么凄凉。 你觉得他投湖是勇敢还是愚蠢,格尔琳?

格尔琳　勇敢。

威尔士　我也觉得。

格尔琳　他也喝了健力士黑啤。

威尔士　(大笑)他也喝了健力士黑啤。(停顿)你看这湖面多么悲哀,多么宁静。

格尔琳　神父,这些年来不止是托马斯在这儿自杀,你知道吗? 我妈说过,还有三个人也在这儿投入湖中。

威尔士　真的吗?

格尔琳　许多年前了。 可能是大饥荒时期。

威尔士　投湖自杀?

格尔琳　他们就是来投湖自尽的。

威尔士　他们的鬼魂会让我们感到恐惧,可我们没觉得害怕,这是为啥?

格尔琳　你不觉得害怕是因为你喝醉了,我不害怕是因为……我也不知道为啥。 一来,因为有你在,二来,因为……我不知道。 我晚上去墓地也不害怕。 相反,我喜欢夜间的墓地。

威尔士　为啥? 因为你是个厉害的女超人?

格尔琳　(始终局促不安)完全不是。 我没啥厉害。 只因为……不管你觉得多么悲哀多么凄凉,你还是比那些消失在地下或湖中的人要好,因为……至少你还有机会快乐,不管机会多么渺

183

茫，总比那些死者好。并不是说"哈，我好过你们"，不是，因为在生命旅程中，你可能比他们过得还惨，生不如死。但至少你活着，就还有幸福的机会，而那些死者似乎也知道，他们会为你活在世上而高兴。他们会说"祝你好运"。（沉默）反正，我是这么想的。

威尔士 想不到你这双棕色大眼睛的背后有那么多思想。

格尔琳 我从未想到你会关注我这双棕色的大眼睛。它们美吗？

威尔士 有朝一日，你会成为一个美丽出众的女人，格尔琳。上帝保佑你。

【威尔士又抿了一口黑啤。

格尔琳 （伤心地低语）是啊，有朝一日。（停顿）神父，我得先回去了。你要再坐一会儿，还是陪我一起走？

威尔士 我想再多呆一会儿，格尔琳。我这就开始为托马斯祈祷。

格尔琳 那可得过一阵子再见到你了。

威尔士 是啊。

【格尔琳吻着他的脸颊，两人拥抱。格尔琳起身。

威尔士 格尔琳，你要记住把信交给科尔曼和瓦莱尼。

格尔琳 你放心吧。信里写的啥，神父？听上去好神秘。不会给他们一包避孕套，对吗？

威尔士 绝对不会！

格尔琳 因为，你知道，瓦莱尼和科尔曼根本用不上那玩意儿，除非他们去找一只母鸡。

威尔士 格尔琳，你……

格尔琳 还得是只瞎眼母鸡。

威尔士 你这嘴也太刻薄了。

格尔琳 不过，总比……行了，我不说了。神父，你听说瓦莱尼的新癖好了吗？他这几日搜遍了整个康尼玛拉山区，为他自个收集新的小圣像，但这次只收陶器和瓷器，那种不会融化的圣像。他已经收集到三十七个，就为了折磨那可怜的科尔曼。

威尔士 这俩人，真是变态。

格尔琳 他俩是变态。变态狂。（停顿）再见了，神父。

威尔士 再见，格尔琳。或叫你玛丽，对吗？

格尔琳 你要是给我你去的新地址，我会写信告诉你明天足球比赛的结果。也许《论坛报》会有"少女足球赛惨遭斩首"的报道。

【威尔士点头苦笑。格尔琳踌躇欲下。

威尔士 你现在就要走吗，格尔琳？谢谢你坐我身边陪我。给我温暖，真的。

格尔琳 只要你需要，神父。啥时候我都愿意。

【格尔琳下，威尔士直视前方。

威尔士 （喃喃）不需要了，格尔琳。不需要了。

【威尔士喝光他的黑啤，放下酒瓶，开始祈祷，随后静坐了一刻，沉思。

【暗场。

第五场

【暗场,威尔士神父快速朗读着他的信。

威尔士 亲爱的瓦莱尼和科尔曼,这是威尔士神父给你们的信。今晚在我即将告别丽南山之际和你们说上几句;但我不会对你们说教,还有必要吗? 对你们说教,过去没用,现在也一样。 我只想恳求你俩无论今生还是来世,珍惜自己和彼此的生命;如果你们继续这样疯狂,你俩的末日已为时不远。 科尔曼,我不想在此谈论你谋杀你父亲,无疑,作为神父和一个道德良知者,我难逃责任,但归根结底是你天良泯灭;可我还是希望有朝一日,你能忏悔你的罪孽,祈求宽恕,因为我要告诉你,嘲笑你的发式不能成为你杀人的理由,相反,这是我听到的最可怕的辩解。 瓦莱尼,我本不想说你,但你是谋杀你父亲的帮凶,别说与你无关,你是共犯,罪大恶极。 为了独吞你父亲的遗产你谎称意外,这同科尔曼的罪恶一样深重,甚至更为邪恶。 科尔曼杀父是出于积怨与狂怒,而你就是一个钱迷心窍、丧尽天良的混账守财奴。 我刚说过不对你们说教,可我思路乱了,现在我另起一段,不再说教。(停顿)我说了今晚我就要离去,但自那夜在你们家烫伤双手后,我一直在思考你俩的事。 每到双手痛彻心肺时,我就想到你们。 我要告诉你们,只要我能让你俩找回你们可悲缺失的兄弟之爱，我就是千倍疼痛，也会含笑忍受。过去，你们必然有过兄弟之爱，孩提时代你们岂不相亲相爱吗？抑或青年时代，而现在呢？还有一丝骨肉之情吗？你们想过吗？我觉得你俩成了一对变态老妇，厌恶、憎恨和撕咬耗尽了你们的爱。你俩这对变态老妇，整天为那混账泰特薯片、炉子和小塑像，打得你死我活。但我坚信你们仍有兄弟之情，为此，我愿拿我所珍爱的一切打赌，要是我赌错，就罚我烂在地狱永不超生。你们的噩梦就在于你俩一辈子拴在一起，活得实在凄凉悲哀，你们没有女人的温暖，没有一个女人，连坏女人也没有；你们每日恶语相向、阴招使坏，撕咬斗狠，你俩仇恨日积月累，永无宁日。你们永远不会彼此退让一步，为了兄弟之爱而宽恕对方。我写此信就为告诫你们，你俩就不能改邪归正吗？你俩就不能各自退让一步？列出所有你们相互讨厌之事，列出这些年来彼此伤害对方的恶行。逐条公开，逐条讨论，然后做深呼吸，彼此原谅对方的过错，不管何种过错。这事就这么难吗？我明白，这对你俩很难，但你们就不能试一试吗？如果不成那罢了，但至少你俩试过了，这总不会使你们俩更糟吧？即使你们不为自己，就当为我，行吗？作为你们的朋友，我为你们担忧，不想看到你俩彼此打爆对方的脑袋。作为丽南教区的神父，我一事无成，一败涂地，若是我能让你们弟兄重归于好，那将是我在丽南山的最大成就。当然，如果这奇迹出现，我会被封为圣人。（停顿）瓦莱尼和科尔曼，我寄一切希望于你们。我坚信你们心中还有爱，只要你们彼此退让一步而找回兄弟之情。我以我的灵魂打赌，你们的爱必然存在，尽管我清楚这份爱的概率很小，但哪怕是六万四千比一，我仍然恳求你们，不管发生何事，无论是谋杀、暴力和一毛不拔的吝啬，我依然相信你们。你们不会让我失望,对吗? 愿耶稣之爱保佑你们! 你们真诚的,罗德里克·威尔士。

【停顿。 威尔士嗓音颤抖。 暗场。

第六场

【康纳弟兄家中，后墙上挂着那杆猎枪，架上摆满标了V字的陶瓷小圣像。科尔曼戴眼镜坐左边椅中读着一本妇女杂志，身旁一杯私酿威士忌。瓦莱尼肩挎背包进门后双手摸弄炉子。科尔曼被激怒，竭力不瞅瓦莱尼。

瓦莱尼　我得察看一下。（停顿）还是察看一下好。（停顿）你说呢？（停顿）稍稍察看一下。你明白我意思吧？

【察看了一阵炉子后，瓦莱尼从背包里取出几座新的陶质圣像，摆在架上，排列在其它雕像一起。

科尔曼　哇……
瓦莱尼　咋啦？
科尔曼　咋啦？
瓦莱尼　咋样啊？
科尔曼　啥意思？
瓦莱尼　啥意思？我觉得很棒，对吗？你觉得咋样，科尔曼？
科尔曼　你他妈的滚开。
瓦莱尼　不，我不滚开。再放左边一点，咋样？唔，新买的圣马丁放这儿，和另一边的圣马丁对称，这样两边各有一个黑圣徒，这就平衡了。（停顿）摆设装饰我是高手。我居然不知道我有这份才华。（停顿）现在已有四十六座圣像。家里摆这么多圣像，我坚信我必上天堂。

【瓦莱尼找到他的笔，在新圣像上作标记。

科尔曼　（停顿）这杂志上说挪威有个女孩生下来就没嘴唇。

瓦莱尼　（停顿）没嘴唇女孩的新闻早就老掉牙了。

科尔曼　没人要亲这女孩。她嘴那儿就是一口牙床。

瓦莱尼　你跟她一模一样，没人要亲，她是因为没嘴唇，可你没有理由啊，你有完美的双唇。

科尔曼　你好像一辈子亲过几百万个姑娘。厉害呀。

瓦莱尼　少说也亲过两百万。

科尔曼　两百万，哇，她们全是你十二岁时亲过的老阿姨。

瓦莱尼　不是老阿姨，真宗大姑娘。

科尔曼　我的情种小弟真是活在自己的梦中小世界里，那儿可到处是麻雀、仙女和长毛侏儒。哇，还有许多鲜花女。

瓦莱尼　（停顿）你没有喝我的威士忌吧？

科尔曼　当然没有。

瓦莱尼　你没喝我的威士忌？（停顿）你听新闻了吗？

科尔曼　听了，是不是太恶心了？

瓦莱尼　出丑，真他妈的出丑，纯属出丑。你不能把整个女足队判罚下场。

科尔曼　反正半决赛不能这么干，他妈的。

瓦莱尼　不管啥比赛都不行。非要罚下场，你也得一个一个罚，谁犯规罚谁。你不能一下子把她们全罚下场，不到七分钟，这帮小妞们全哭着回家找妈妈去了。

科尔曼　圣约瑟芬队就这样靠判罚晋级，就靠判罚。如果她们还要点脸面，那就该放弃决赛，让我们晋级。

瓦莱尼　我希望她们决赛惨败。

科尔曼　我也是，希望她们决赛惨败。肯定惨败，她们的门将还昏迷着呢。

瓦莱尼　没有，她们的门将之后就醒过来了。在接受重症护理呢。

科尔曼　这骚妞是假装吧？害得我们被毫无道理罚出比赛？我希望她继续昏迷，死了算了。

瓦莱尼　我也是，我也希望她继续昏迷，死了拉倒。（停顿）瞧，我俩意见一致。

科尔曼　没错，意见一致。

瓦莱尼　我俩有时候也能意见一致。

【他从科尔曼手里抓过杂志。

不过你别看我的杂志，我早告诉过你，我看过之后你才能看。

【他在桌旁坐下，两眼朝天地来回翻着杂志，科尔曼怒不可遏。

科尔曼　（站起）别抢啊……你他妈别从我手上抢啊，差点扯掉我手指头！

瓦莱尼　手指头你留着（做V手势），留着它们陪你上床睡觉。

科尔曼　你根本就不看这本《休闲》。

瓦莱尼　我在读这本《休闲》，这得由着我的节奏享受，我自己掏钱买的《休闲》我说了算。

科尔曼　你也就只看女性杂志。毫无疑问，你他妈的就是个基佬。

瓦莱尼　波斯尼亚这一小子，又没胳膊又死了妈。（边看边念出声，突然）哦，这他妈的募捐要钱呀，全都那样。

科尔曼　他们不会指望你给那可怜的没胳膊男孩捐钱，绝对不会。

瓦莱尼　他们多半就让他把双手放在背后，一帮骗子。

科尔曼　你总有借口。

瓦莱尼　我敢说他老妈啥事儿也没有。

科尔曼　（停顿）你要买杂志就买《时尚女性》，这《休闲》上尽是些猜谜。

瓦莱尼　这儿有张蜂蜜麦片优惠券。

【瓦莱尼小心地撕下优惠券，科尔曼悄悄从橱柜拿了包泰托薯片。

科尔曼　除了猜谜就是畸形孤儿。（停顿）能让我吃包泰托薯片吗，瓦莱尼？我有点饿。

瓦莱尼　（抬头，停顿）你真要吃？

科尔曼　我会还你。

瓦莱尼　放回去，马上。

科尔曼　我会还你，我说了。就算在被我烧化圣像的那笔账上。

瓦莱尼　放回去……放回去……你干吗呢？把薯片给我放回去。

科尔曼　瓦莱尼，你听我说……

瓦莱尼　不行……

科尔曼　我饿了，就想吃点薯片。这不等你回来后问你吗？我可是老实人……

瓦莱尼　你问了，我也回了：不行。我记得你上礼拜还笑话我买泰托薯片，现在倒过来了。

科尔曼　瓦莱尼，我可是真心实意问你，什么狗屁倒过来了。我好心好意问你三遍了。

瓦莱尼　我知道你好心好意问我，科尔曼。你问得太好心好意了。可我告诉你，你他妈的不能吃我的薯片！

科尔曼　不能吃吗？

瓦莱尼　不能吃。

科尔曼　（停顿）那我就不吃你的薯片。（停顿）我把它捏碎。

【他把手中那包薯片捏碎，扔向瓦莱尼。瓦莱尼跳起来围着桌子追科尔曼，科尔曼趁机又从橱柜里抓了两包薯片，一手一包举着，做状要把它们也捏碎。

别动！

【瓦莱尼僵住。

科尔曼　别动！不然我把它们也捏碎了！

瓦莱尼　（害怕）放下薯片，科尔曼。

科尔曼　你要我放下薯片，对吗？我只是想花一大袋薯片的价钱买一小包薯片，可你不答应。

瓦莱尼　（流泪，哽咽）你这是糟蹋美味食品，科尔曼。

科尔曼　美味食品，是吗？

瓦莱尼　波斯尼亚人吃上泰托薯片会高兴死的。

【科尔曼打开一包薯片吃了起来，这时，前门被撞开，格尔琳上，手持一信，满脸泪痕。

科尔曼　它们还真是美味，你知道吗？

格尔琳　（震惊而悲伤）你们听到新闻了吗？

科尔曼　什么新闻，格尔琳？少年女足……？

【趁科尔曼分神，瓦莱尼掐住他脖子，想夺过薯片。俩人撕扯倒地，滚作一团。科尔曼空出手就用力捏碎薯片。格尔琳盯着他俩一刻，悄悄从抽屉里拿出那把切肉尖刀，上前一把揪住科尔曼头发往后扯住，把刀架在他脖子上。

瓦莱尼　放开科尔曼，格尔琳。你这是干吗？

格尔琳　我在拉架。

科尔曼　（惧怕）我们松手。

瓦莱尼　（惧怕）我们松手。

【俩人一松手，格尔琳就放开科尔曼；她悲痛地把信放在桌子上。

格尔琳　这是威尔士神父给你俩的信。

瓦莱尼　这鸟人干吗给我们写信？

科尔曼　肯定又是埋怨。

【瓦莱尼拿起信来，科尔曼一把抓了过去，瓦莱尼又一把抓了回来。两人站在一起看信，科尔曼看了几秒种后就没兴趣了。格尔琳拿出一条心形吊坠项链端详着。

格尔琳　我在路上替你俩看过了。他要你们兄弟俩相亲相爱。

科尔曼　（压抑住大笑）说啥？

瓦莱尼　沃尔士-威尔士神父走了，好像是。

科尔曼　一大通埋怨，是吗，瓦莱尼？

瓦莱尼　没别的，全是抱怨。（模仿）"嘲笑你的发式不是你杀人的理由，相反，这是我听到的最可怕的辩解。"

科尔曼　（大笑）这声音好滑稽。

格尔琳　我从我妈购物指南上给他订了这条吊坠项链。今天一早才送来。昨晚我让他去了新地方后给我写信，这样我就能寄给他。我怕羞，没勇气当面送给他。为买这项链，整整四个月我都在攒钱，全是我卖酒的钱。（痛哭）我所有卖酒的钱。还不如花给卡拉罗伊酒吧那些男生，干吗非要追求一个我明知绝不会爱我的家伙。

【格尔琳一刀把吊坠项链剁成两段。

科尔曼　格尔琳，别拿你项链出气。

瓦莱尼　别毁了你的项链，格尔琳，这项链看上去挺值钱。

【格尔琳将项链扔向角落。

格尔琳　（呜咽）你们看完信了吗？

瓦莱尼　我看完了，一通废话老调。

格尔琳　我看那信是想看看他是否会提到我。一个字也没有。

科尔曼　一堆狗屎，是吧，瓦莱尼？不值一看？

瓦莱尼　不值。

科尔曼　那就行了，我也没时间看信。这玩意儿没啥意思，就是写写罢了。

格尔琳　我很喜欢他拿自己灵魂为你们打赌那句，你们不喜欢吗？

【瓦莱尼捡起断损的项链。

瓦莱尼　我觉得我没看懂那句。

格尔琳　（停顿）昨天夜里威尔士神父投湖自杀了，与托马斯·汉隆同一地点。他们今早才把他尸体拖上来。他说他的灵魂下了地狱，只有你俩能拯救他。（停顿）你们看，他居然没要我拯救他的灵魂。我多么想拯救他的灵魂，那是我的荣耀，可他不要我。（大哭）他居然要两个猪狗不如的蠢货拯救他。

【科尔曼震惊地读信。格尔琳向门口走去。瓦莱尼把项链递给她。

瓦莱尼　格尔琳，这可是你一份深深的痴情，保存好它。

格尔琳　（大哭）去他妈的痴情。去他妈的。什么项链什么痴情都他妈扔到狗屎堆里。（走出门去）一个字也不提我！

【格尔琳离去后，瓦莱尼坐在椅中，注视着项链。科尔曼将看完的信搁在桌上，坐另一椅中。

瓦莱尼　你看过了？

科尔曼　看过了。

瓦莱尼　（停顿）他这样不是太惨了吗？

科尔曼　很惨。太惨了。

瓦莱尼　（停顿）为了我们自己，我们试一试？好好相处？

科尔曼　我们试一试。

瓦莱尼　试试没啥坏处。

科尔曼　没有任何坏处。

瓦莱尼　（停顿）可怜的神父威尔士沃尔士威尔士。

科尔曼　威尔士。

瓦莱尼　威尔士。（停顿）我在想，他为啥要这样？

科尔曼　我想他一定对啥事儿绝望了。

瓦莱尼　我想也是。（停顿）这项链挺贵重。（停顿）下次见着她时还给她。现在她太难过了。

科尔曼 是啊。她现在整个崩溃了。你知道吗,她拽我头发时痛死我了。

瓦莱尼 我让她放了你。

科尔曼 我痛个半死。

瓦莱尼 (停顿)不管怎样,威尔士神父自杀是对我们抢薯片的回应。

科尔曼 是的。

瓦莱尼 是吗?

科尔曼 是的。

瓦莱尼 没错。可怕的回应,可怕的回应。

科尔曼 (停顿)你明白他名叫"罗德里克"吗?

瓦莱尼 (欲笑)我明白。

科尔曼 (停顿。严肃地)我们不能这样取笑。

【瓦莱尼点头。两人肃然。暗场。

第七场

【屋子整洁了些。威尔士的信被钉在十字架下方墙上。参加了威尔士葬礼后的瓦莱尼和科尔曼各自一身黑衣进门。科尔曼拎着一个装满香肠卷和肉馅饼的塑料袋在桌边坐下。瓦莱尼打开饼干箱取出威士忌酒。

瓦莱尼　一了百了。
科尔曼　一了百了，没错。威尔士神父走了。
瓦莱尼　葬礼很隆重。
科尔曼　是啊。神父的葬礼，他们总要办得讲究些。
　　【科尔曼把袋中食物倒在桌上。
瓦莱尼　你没必要弄一大包呀，科尔曼。
科尔曼　他们给的，干吗不拿？
瓦莱尼　可你弄一大包就过分了，我觉得。
科尔曼　不拿也是被扔掉，再说这一大包我俩一吃就没了。
瓦莱尼　我俩？
科尔曼　当然我俩。
瓦莱尼　好啊。（俩人吃了起来）这肉馅酥油饼味道真好。
科尔曼　肉馅酥油饼做的一流。
瓦莱尼　说天主教会做不了肉馅酥油饼可是冤枉他们了。
科尔曼　这是他们的特色点心。他们的香肠卷也不差，不过多半是买来的。

瓦莱尼　（停顿）科尔曼，你要跟我一起来杯威士忌吗？

科尔曼　（震惊）要啊。要是你舍得的话。

瓦莱尼　我当然舍得。

【瓦莱尼斟了两杯，一杯多些，他想了一下，把多的一杯给了科尔曼。

科尔曼　谢谢啦，瓦莱尼。咱俩这就小酌喝上了。

瓦莱尼　没错。

科尔曼　你还记得吗，小时候咱俩把毯子盖住两张床中间的空档，钻在里面像帐篷一样，野餐果酱三明治吗？

瓦莱尼　在两张床中间野营的是你和米克·多德。你从来就没让我和你一起玩过。我要是想跟你一起爬进去，你就踩我脑袋。我现在还记得。

科尔曼　是米克·多德？我全忘了。我一直以为是你。

瓦莱尼　我小时候多半时间你都无缘无故地踩我脑袋。你还记得吗，那次我生日，你压着我，骑我身上，你嘴巴里吐出粘稠的口水，一滴一滴掉我眼睛里？

科尔曼　我记得很清楚，我告诉你，瓦莱尼，我跟你说吧，本来在我口水滴进你眼睛之前我要吸回去的，可当时我没控制住。

瓦莱尼　在我生日那天。

科尔曼　（停顿）我很抱歉用口水滴你眼睛，也很抱歉一直踩你脑袋，瓦莱尼。以威尔士神父之灵为证，我向你道歉。

瓦莱尼　我接受你的道歉。

科尔曼　不过我记得小时候，你多少次趁我睡觉时朝我脑袋扔石头，还是大石头。

瓦莱尼　扔石头也只是报复。

科尔曼　不管是不是报复，对个孩子来说，被石头砸醒很吓人。而且一个礼拜以后，就不能算报复。 一个礼拜以内才能算报复。

瓦莱尼　我很抱歉用石头砸你。（停顿）科尔曼，你脑袋被砸伤后一直没恢复，对吗？

【科尔曼盯了瓦莱尼一眼，微笑着。 瓦莱尼也笑了。

瓦莱尼　这把戏还真不坏，彼此道歉。 威尔士神父错得不算太离谱。

科尔曼　我希望威尔士神父没下地狱，我希望他在天堂。

瓦莱尼　我也希望他在天堂。

科尔曼　再不济也得在炼狱。

瓦莱尼　不过他要是下了地狱，至少还有托马斯·汉隆陪他聊天。

科尔曼　那就不会孤单了。

瓦莱尼　对呀，还有《史密斯和琼斯》里那家伙。

科尔曼　《史密斯和琼斯》里那家伙也在地狱？

瓦莱尼　他也在地狱。 威尔士神父告诉过我。

科尔曼　金发那个？

瓦莱尼　不是，另外一个。

科尔曼　另外一个，他很棒。

瓦莱尼　他最棒。

科尔曼　最棒的人总是下地狱。 像我这样的，直接上天堂，那怕我一枪打爆我那可怜老爸的脑袋。 只要我忏悔就行了。 信天主教就这点好，你一枪打爆你老爸的脑袋也没啥麻烦。

瓦莱尼　多少还会有点麻烦。

科尔曼　有点，但麻烦不大。

瓦莱尼　（停顿）你看到格尔琳在葬礼上眼睛都快哭瞎了吗？

科尔曼　看到了。

瓦莱尼　可怜的格尔琳。 好几回了，她妈夜里吼叫着把她从湖边拉回家，你听到吗？ 她总站在威尔士神父投湖的岸上，就站在那儿,怔怔地盯着湖水。

科尔曼 她肯定爱上了威尔士神父,忘不了他。

瓦莱尼 我想她肯定是那样。(拿出格尔琳的项链)她就是不愿把她的项链拿回去,听都不愿听我提起。我把它和神父给我们的信挂在一起吧。

【他把项链挂在十字架上,心坠垂在信上,他轻柔地把信抚平。格尔琳要是一直这样,他们会送她去精神病院的。

科尔曼 迟早的事儿。

瓦莱尼 那不太惨了吗?

科尔曼 惨得可怕。(停顿。耸肩)哎,行了。

【他又拿起一个酥油饼吃着。瓦莱尼想起了什么,他摸着衣兜,掏出两个小陶像摆在架子上。他下意识地拔去笔套,欲像往常那样做标记,但他想了一下,把笔放下。

我可是越来越爱吃肉馅酥油饼了。吃出瘾了。我们得多去葬礼。

瓦莱尼 婚礼上也有。

科尔曼 是吗?那咱镇上下一个结婚的会是谁呀?先前我还会说格尔琳,她那么漂亮,不过现在,她可别在出嫁前就自杀了。

瓦莱尼 下一个结婚的应该是我,我那么帅。今天你看到吗?那些年轻的修女都盯着我看。

科尔曼 谁会嫁给你呀?就是那个没嘴唇的挪威女孩也不会要你。

瓦莱尼 (停顿。恼怒)你看,我退让一步……我退让一步,就像沃尔士神父说的,我原谅你对我的侮辱。

科尔曼 (真诚地)噢……噢,对不起,瓦莱尼。对不起。我没想过,就随口一说。

瓦莱尼 没事,你是无意。

科尔曼 确实无意。不过你之前骂我小时候被石头砸成脑残,我没跟你算帐。

瓦莱尼　我为之前骂你小时候被砸成脑残向你道歉。

科尔曼　不必道歉了，瓦莱尼，最后一个肉馅酥油饼我留给你了。

瓦莱尼　你吃了吧，科尔曼，我没那么爱吃肉馅酥油饼。

【科尔曼点头致谢，拿起饼吃着。

瓦莱尼　科尔曼，今天那些年轻修女真漂亮，对吗？

科尔曼　美女啊。

瓦莱尼　她们肯定在修道院时就认识威尔士神父了。

科尔曼　我真想挨个把她们上上下下摸个透，除了最后那个胖女孩。

瓦莱尼　她太丑了，她自己知道。

科尔曼　要是老爸今天在场，他肯定会朝这些修女大吼大叫。

瓦莱尼　科尔曼，老爸过去干吗总朝修女吼大叫？

科尔曼　我压根不明白他干吗那样。他小时候一定和修女有过不好的经历吧。

瓦莱尼　要是你没打爆他脑袋我们倒可以当面问他了。

【科尔曼怒视着他。

瓦莱尼　不，不，我没那个意思，你看，我很冷静。我退让一步，我只是平和善意地一说，而你也很清楚，科尔曼，打爆老爸的脑袋是不对的。你心里很清楚。

科尔曼　（停顿）我很明白那是不对的，我心里明白，脑中明白，全身上下都明白，我不该枪杀老爸，我的罪过。我很抱歉。

瓦莱尼　我也很抱歉，科尔曼，当时逼着你坐下让你签字放弃财产，那是我当时唯一想到的惩罚你的方式。唔，我本来该让你去坐牢，但我不想那样，也不是为了要独吞家产而不让你去坐牢。我只是不想独自留在这儿。我会想你的。（停顿）从今天起……从今天起，科尔曼，这房子和房子里所有东西一半都归你。

【倍受感动，科尔曼伸出手，两人尴尬地握手。 停顿。
既然这样，我们还需要忏悔什么来卸下心中的负担？

科尔曼　　太多了。（停顿）瓦莱尼，我为捏碎你的薯片向你道歉。

瓦莱尼　　我原谅你。（停顿）你还记得小时咱俩去莱特穆伦度假吗，那一晚下雨你把你的牛仔马车留在室外，第二天早上不见了。 爸妈说"一定被印第安人偷了"，不是印第安人偷的，是我起一大早把它扔海里了。

科尔曼　　（停顿）我特别喜欢那辆牛仔马车。

瓦莱尼　　我知道你喜欢，我向你道歉。

科尔曼　　（停顿）你生日那天我朝你眼睛里滴口水，我是故意的，我故意对准你眼睛，我很开心。（停顿）我也向你道歉。

瓦莱尼　　好的。（停顿）莫琳·福伦有天让我转告你，她邀你去克拉达宫看电影，她开车来接你，晚餐她请你。 听她口气，那晚她会跟你上床，但我怨恨你，从没跟你提起这事。

科尔曼　　瓦莱尼，这没啥大损失，莫琳·福伦嘴唇薄得像个鬼，头发像只受惊的红猩猩。

瓦莱尼　　但你本来可以跟她上床的。

科尔曼　　上不上床无所谓。 这事不用道歉。 行了，该我了。 我赢了。

瓦莱尼　　什么你赢了？

科尔曼　　（回想）你还记得你那套克普兰游戏吗？

瓦莱尼　　我记得我那套克普兰游戏。

科尔曼　　根本不是利亚姆·汉隆偷了那些弹珠，是我干的。

瓦莱尼　　你拿我那些弹珠干吗？

科尔曼　　我拿来作弹弓子弹射击戈尔韦湖里的天鹅。 太棒了。

瓦莱尼　　我那套游戏被你毁了。 没弹珠就没法玩了。 可那是我们俩的克普兰，你那样不是害你自己吗？

科尔曼　我知道，瓦莱尼，我向你道歉。该你了。（停顿）你太慢了，瓦莱尼。你还记得咱俩以前留宿的那些智障孩子吗？你还记得他们把你一大半《蜘蛛侠》漫画扔进篝火里吗？不是他们干的。你知道谁干的？我干的。我赖在他们头上，反正他们是帮傻子。

瓦莱尼　科尔曼，那些《蜘蛛侠》漫画特棒。里面有蜘蛛侠大战章鱼博士。

科尔曼　我向你道歉。该你了。（停顿）你太慢了……

瓦莱尼　哎……！

科尔曼　你还记得那回十二岁的佩托·杜利把二十岁的你打得屁滚尿流吗？你觉得莫名其妙，对吗？我知道为啥。是我告诉他，你骂他去世的妈妈是个婊子。

瓦莱尼　佩托·杜利用他妈的凿子捅我！这疯子差点挖掉我眼睛。

科尔曼　我知道佩托深爱他妈妈。（停顿）瓦莱尼，我真的非常抱歉。

【科尔曼懒洋洋地打了个嗝。

瓦莱尼　你说了出来！

科尔曼　还要我再说一个吗？

瓦莱尼　有一回我在你啤酒杯里撒了一泡尿，你知道吗，科尔曼？你没渴出我的尿味。

科尔曼　（停顿）啥时候的事儿？

瓦莱尼　你十七岁那年。你记得那一个月你扁桃体发炎躺医院里吗？就那一次。（停顿）我向你道歉，科尔曼。

科尔曼　我确实每个礼拜都偷喝你藏在饼干箱里的威士忌，喝掉半瓶，然后兑满水。我就这么干了十年。从他妈的一九八三年起你就没喝过纯的威士忌。

瓦莱尼　（喝了一口，停顿）但你现在道歉了。

科尔曼　我得向你道歉，没错。（嘀咕）你让我喝尿，不是别人的尿还他妈是你的尿……

瓦莱尼　（发怒）但你说过抱歉了，对吗？！

科尔曼　我道歉，没错！我他妈的道歉了！我没说吗？

瓦莱尼　既然你道歉了，那就行了。不过你他妈道歉得没有诚意。

科尔曼　你他妈舔我屁眼，瓦莱尼，你要不，……算了，我退让一步，退让一步。（停顿）这么多年我往你威士忌里兑水，我向你道歉，瓦莱尼，我向你道歉。

瓦莱尼　很-好。（停顿）该你还是该我？

科尔曼　我觉得下面该你了，瓦莱尼。

瓦莱尼　谢谢你，科尔曼。你还记得那回在操场上含着铅笔的艾莉森·欧乎连吗？你俩第二天就要去跳舞的，当时有人推了她一把，铅笔尖戳进她喉咙，等她出院时，她跟给她做手术的医生订婚了，把你给甩了。你还记得吗？

科尔曼　我记得。

瓦莱尼　那根本不是意外，是我推的她。我就是嫉妒。

【停顿。科尔曼把香肠卷砸在瓦莱尼脸上，越过桌子去抓他脖子。瓦莱尼躲开他。

我向你道歉！我向你道歉！（指着那封信）威尔士神父！威尔士神父！

【瓦莱尼挡住科尔曼。俩人站着怒视对方。科尔曼怒不可遏。

科尔曼　呃？！！

瓦莱尼　唔？

科尔曼　我他妈的深爱着艾莉森！要不是那该死的铅笔，我俩现在早结婚了！

瓦莱尼　她干吗把铅笔尖那头含嘴里？她自作自受！

科尔曼　她他妈的咋会碰上你呀！那支铅笔差点要了艾莉森的命！

瓦莱尼　我向你道歉，我说了。好好的香肠卷你干吗拿来砸我？这香肠卷不便宜。你自己应该退让一步、冷静下来，可你没有，你发火失态。你这样，威尔士神父之灵又要受煎熬。

科尔曼　别乱扯威尔士神父之灵。我在说你把铅笔尖戳进人家女孩的喉咙。

瓦莱尼　铅笔尖的事早过去了，再说我已诚心诚意向你道歉了。（坐下）她长着一双大牛眼。

科尔曼　她不是大牛眼！她眼睛很漂亮！

瓦莱尼　反正那双眼睛很怪。

科尔曼　一双美丽的棕色眼睛。

瓦莱尼　行了，科尔曼。（停顿）该你了，来一个更狠的，怎样？

科尔曼　来个狠的，对吧？

瓦莱尼　来一个。

【科尔曼想了片刻，微微一笑，然后坐下。

科尔曼　我已经退让一步。

瓦莱尼　我看到你退让一步。

科尔曼　我现在很平静，卸下心中的负担，真棒。

瓦莱尼　的确很棒。我很高兴说出铅笔尖的事儿，我现在晚上能安宁地睡了。

科尔曼　你解脱了？

瓦莱尼　解脱了。（停顿）你还在琢磨啥呀？

科尔曼　有件儿，我真的很抱歉。真的很内疚。

瓦莱尼　不管啥事儿，总比不上我把铅笔尖戳进那牛眼艾莉森的喉咙吧。

科尔曼　也许你说得对。我要说的这事不值一提。你记得吗，你一直以为是马尔丁·汉隆剪掉了你那莱西的耳朵？

瓦莱尼　（自信地）我压根不信你了。你在胡编乱造。

科尔曼　那根本不是小马尔丁干的。现在你明白谁干的吗？

瓦莱尼　你可别说是你干的，科尔曼，现在你得编一个更棒的。

科尔曼　我把它拖到河边，一手按着它，一手操起剪刀，它呜呜地哭叫着，直到我咔嚓了它耳朵，这整天乱叫的畜牲倒在地上一声不吭地死了。

瓦莱尼　你瞧，你瞎编的故事根本伤不了我。科尔曼。你不懂规矩。我们得说实话，不然就犯蠢。镇上谁都知道，你连根狗耳朵毛都没碰到，还瞎说你剪了莱西的耳朵。

科尔曼　（停顿）你想要证据，对吗？

瓦莱尼　没错，我要证据。给我看你煎了狗耳朵的证据。赶紧去拿。

科尔曼　悠着点，我有时间。

【他慢慢起身，踱进他房间，关上房门。瓦莱尼耐心等候，忧心地笑着。约十秒钟后。科尔曼踱出，拿着一微湿的棕色纸袋。他戏剧般在桌旁停住，缓缓打开纸袋，扯出一只黑狗的毛茸茸大耳朵，放在瓦莱尼头顶，又扯出第二只，停了一下，也放在瓦莱尼头顶，接着他把纸袋摊在桌上撸平，然后坐回左边扶手椅。瓦莱尼一直茫然凝视前方，目瞪口呆。他别过头，狗耳朵掉在桌上，他盯视了它们一刻。科尔曼捡起瓦莱尼的记号笔，拿过来放在桌上。

科尔曼　瓦莱尼，你的记号笔在这儿。你干吗不把狗耳朵也标上Ｖ呢？这样我们就会牢记它们属于谁。

【他坐回扶手椅。

瓦莱尼，你还想再听点别的吗？我向你道歉我剪了狗耳朵。我他妈的真心道歉，没错，现在我退让一步，你看我……

【他哼哼地冷笑着。瓦莱尼站起，茫然地盯视科尔曼片刻，然后走向右侧橱柜。他背对科尔曼，从抽屉中取出那把切肉尖刀。就在此刻，科尔曼跳起抓过炉台上方的猎枪，坐回扶手椅。瓦莱尼转身举刀，科尔曼枪口已对着他。瓦莱尼稍稍退缩，怔了一下，重拾勇气和怒火，举刀慢步逼近科尔曼。

科尔曼　（吃惊，稍感恐惧）你想干嘛，瓦莱尼？

瓦莱尼　（漠然）不干嘛，科尔曼，我要杀了你。

科尔曼　把刀放下。

瓦莱尼　不，我要把它刺进你脑袋。

科尔曼　你没看到我的枪？

瓦莱尼　我那可怜的莱西，它连只跳蚤都不拍。

【瓦莱尼靠近科尔曼，前胸顶住枪口，他高举尖刀。

科尔曼　你想干嘛？住手！

瓦莱尼　我住手，行啊……

科尔曼　威尔士神父之灵，瓦莱尼，威尔士神……

瓦莱尼　去你妈的威尔士神父之灵！你剪杀了我的狗，还藏着狗耳朵，威尔士神父之灵也救不了你！

科尔曼　那是一年前的事了，能一样吗？

瓦莱尼　跟这个世界告别吧，你个人渣！

科尔曼　你也跟这个世界告别吧，我带你一起走。

瓦莱尼　你以为我还会在乎吗？

科尔曼　（停顿）唔，你等等，等等……

瓦莱尼　等啥……？

科尔曼　你看着我的枪，你看我的枪指在哪儿，你看到吗……？

【科尔曼将枪口从瓦莱尼胸前移开，枪口直接对着炉门。

瓦莱尼　（停顿）别把枪口对着我炉子。

科尔曼　想得美。你动手吧，我要带走的不是你，是你的炉子。

瓦莱尼　住手……说啥呢……？那炉子花了我三百英镑，科尔

207

曼……

科尔曼　我很清楚。

瓦莱尼　别碰它,你太阴险了。

科尔曼　把刀放下,你个伪娘屁眼。

瓦莱尼　(泪流满面)拿枪对着炉子,你不是个人!

科尔曼　我不在乎人不人。我说过了,你让开。

瓦莱尼　你是个……你是个……

科尔曼　是个啥?

瓦莱尼　是个啥?

科尔曼　是个啥?

瓦莱尼　你根本就不是个人。

科尔曼　让开,你个哭死鬼。这回你就退让一步吧。哼。

瓦莱尼　(停顿)我退让一步,我退让一步

科尔曼　那再好不过了。

【瓦莱尼慢慢退后,把尖刀放餐桌上,伤心欲绝地坐下,轻抚着两只狗耳朵。科尔曼仍然把枪对着炉门,他稍稍偏过头来。

科尔曼　我不敢相信你会举起这把刀杀我。不,我不敢相信你会举起这把刀杀你的亲哥。

瓦莱尼　你用剪刀杀了我的狗,还开枪杀了我们的老爸,你的罪恶比他妈的这把刀不知要狠多少倍。

科尔曼　不,我不敢相信,我不敢相信你会举起这把刀杀我。

瓦莱尼　别啰唆举起这把刀了,别他妈的再用枪对着我炉子,放下枪,小心它走火。

科尔曼　走火,会吗?

瓦莱尼　保险栓上了吗?

科尔曼　保险栓,对吗?

瓦莱尼　对,保险栓!保险栓!我要跟你说十万遍吗?

科尔曼　保险栓,唔,唔……

【他跳起来,对着炉子开了一枪,打穿了炉子的右半。瓦莱尼惊恐地跪下,双手捂脸。科尔曼枪上膛,又打穿了炉子的左半,然后冷漠地坐下。

没有,这枪根本没上保险,瓦莱尼,你想不到吧?

【停顿。瓦莱尼仍然目瞪口呆地跪在那儿。

我再告诉你一件事……

【他突然又跳起,抓着枪管,开始猛砸小瓷像,瓷像碎片满屋四飞,无一幸免。瓦莱尼一直尖叫。砸完后,科尔曼坐下,猎枪横在膝上。瓦莱尼依旧跪着。停顿。

你别再到处抱怨说你不该被这样虐待,因为你我都清楚,这是你的报应。

瓦莱尼　(木然地)科尔曼,你砸碎了我所有的圣像。

科尔曼　我砸了。你看到我砸了?

瓦莱尼　你把我的炉子也打烂了。

科尔曼　用这把好枪来开大洞太棒了。

瓦莱尼　(站起)现在你的好枪里没子弹了。

【他慢悠悠地把尖刀攥在手中,逼近科尔曼。科尔曼则打开枪管,抖出弹壳,手掏衣袋,然后握紧拳头,让人难辨真假地装填枪弹,瓦莱尼和观众都无法得知。科尔曼啪地合上枪管,慢悠悠地把枪口对准瓦莱尼的脑袋。

科尔曼,你那手里没有子弹!根本就没有!

科尔曼　也许真的没有,也许我是假装。你来试一试吧。

瓦莱尼　那我就来试一试。

科尔曼　那我们就来吧。

【停顿良久,良久。

瓦莱尼　我要杀了你,科尔曼。

科尔曼　来呀，别光说不练，来，瓦莱尼。

瓦莱尼　（伤心地）真的，科尔曼。我要杀了你。

科尔曼　（停顿）来试试。

> 【科尔曼枪上膛，停顿。瓦莱尼转动手中的尖刀，一直怒视着科尔曼，最后他低下头，把尖刀放回抽屉。科尔曼枪下膛，把枪搁桌上，站在近旁。瓦莱尼踱到炉边，抚摸着钉在墙上的信。

瓦莱尼　因为你我械斗，威尔士神父在地狱中煎熬。

科尔曼　我们求他用他的灵魂为我们打赌了吗？没有。再说，神父下赌本来就违反教规，不管哪种赌注。五英镑已经让我们够呛，更别说他的灵魂。再说打架有啥不好？我就喜欢打个痛快。打架证明你在乎。而这伪娘威尔士理解不了。你难道不喜欢打个痛快吗？

瓦莱尼　跟你一样，我也喜欢痛快打一架，尽管我不喜欢我的狗儿因为我而被弄死，还有老爸也因为我而被枪杀。

科尔曼　瓦莱尼，我为你的狗和我们的老爸向你道歉。我很抱歉。我真的很抱歉。我说这些跟威尔士神父的信毫无关系。这发自我的内心，我也为你的炉子和圣像道歉。瞧瞧它们。我就是发泄怒火。但你得承认，这都是你自找的。

瓦莱尼　你他妈的有完没完。（停顿）你真的道歉吗，科尔曼？

科尔曼　真的，瓦莱尼。

瓦莱尼　（停顿）那也许威尔士沃尔士神父的灵魂会安宁些。

科尔曼　也许会的。也许会。

瓦莱尼　他不是个坏人。

科尔曼　他不是。

瓦莱尼　他没那么好，但他也没那么坏。

科尔曼　没错。（停顿）他是个普通人。

瓦莱尼　他是个普通人。

科尔曼　（停顿）我要出去喝一杯。你跟我一起去？

瓦莱尼　行，我马上就来。

【科尔曼走向前门。瓦莱尼伤心地扫视着一地的雕像碎片。

科尔曼　瓦莱尼，回来后我帮你收拾这些雕像。也许有些雕像还能有胶水粘合。你还有强力胶吗？

瓦莱尼　还有，不过我觉得瓶口干住了。

科尔曼　没错，强力胶都这毛病。

瓦莱尼　算了，反正房屋保险会赔我这些瓷像的，还有炉子。

科尔曼　糟了……

瓦莱尼　（停顿）什么"糟了"？

科尔曼　你记得几个礼拜前你问我有没有偷了你的保险金，我说没偷，我替你缴了保险金？

瓦莱尼　我记得。

科尔曼　（停顿）我根本没去缴钱。我把钱揣兜里，全买酒喝了。

【瓦莱尼大怒，飞步取枪。科尔曼冲出前门。瓦莱尼持枪追出门去，但科尔曼早已逃走。瓦莱尼几秒后折回，他攥着枪，颤抖着怒火中烧，几乎流泪。片刻后，他冷静下来，深呼吸了几口。他低头注视着手中的枪，小心地折开枪管察看科尔曼之前是否真地装了子弹。枪弹果然在膛。瓦莱尼取出了弹夹。

瓦莱尼　这狗日的也会枪杀我。他他妈的真会朝自己亲兄弟开枪！他朝老爸脑袋开枪！他朝我的炉子开枪！

【他扔下枪和弹夹，从十字架上方一把扯下威尔士神父的信，把格尔琳的项链扔在地上，他把信放到桌上，取出一盒火柴。还有你，你个哭丧的混账神父。难道我得让你的灵魂纠缠我他妈的一辈子吗？谁能够跟这个人渣一起过日子啊？

【他划亮火柴，拿起信看了一眼，点燃了它。 两三秒后，不等信烧起，他吹灭了火，注视着桌上的信。 叹息着。 轻声地。
我的混账毛病就是他妈的太善良。
【他回到十字架前，把信件和项链放回。 他抚平信件，项链挂坠来回晃悠着。 他套上外衣，摸了下兜里的零钱。 走向前门。
反正，我不会再给那人渣买一杯酒。 我不会告诉你，威尔士沃尔士威尔士神父。
【瓦莱尼回过头来看着钉在墙上的信，伤心欲绝。 他低头望着地板，走出前门。 灯光渐暗，一道光束照在十字架和信上，暗场。

残疾孤儿与荒岛芸芸众生

——《伊尼西曼岛的瘸子》

胡开奇

《伊尼西曼岛的瘸子》1996年12月首演于伦敦宫廷剧院,它是马丁·麦克多纳"阿伦岛三部曲"的第一部。此前,麦克多纳《丽南山的美人》已在1996年2月由爱尔兰戏剧导演加莉·海因斯执导,在伦敦西区宫廷剧院首演而一举成名。麦克多纳关于他爱尔兰西部故乡的两个三部曲,除《伊尼西莫岛的中尉》之外,均由他爱尔兰同乡戈尔韦郡德鲁伊剧院的艺术总监海因斯执导。《伊尼西曼岛的瘸子》以20世纪30年代阿伦群岛一个残疾孤儿的戏剧性生存境遇,揭示了爱尔兰西部岛民们昔日的生存状态,剖析了苦难与困境中人们在人性深处的光亮与黑暗。

《伊尼西曼岛的瘸子》伦敦首演曾获1996—1997奥立佛最佳喜剧奖的提名,2014年它在百老汇的复排获得了最佳复排剧、最佳女主角、最佳舞美、最佳灯光、最佳音响和最佳导演六项托尼奖提名。麦克多纳的戏剧作品通常被称为"黑色喜剧",根据英国《文学术语和文学理论辞典》,黑色喜剧是"一种表现对社会的幻灭和冷嘲的戏剧形式。它揭示人类被宿命、幸运或莫名的力量所制约而失去了信念和希望"[1]。尽管与《丽南山的美人》中的女儿弑母和残暴场景相比,《伊尼西曼岛的瘸子》更像是一部喜剧,但剧中透着生活的疼痛悲苦和无望,透着生命的短暂危险和空虚。剧作既突出了对那个时代岛民落后愚昧的生存状态的批判与悲悯,也深刻剖析了剧中人物善恶交织的人性特质。

《伊尼西曼岛的瘸子》这部黑色喜剧的故事以1934年历史上美国一部风土纪录片《阿伦岛人》(Man of Aran)的拍摄史实为基础。那一年,以美国"人文风土纪录片之父"著称的罗伯特·弗莱赫迪带领着他的好莱坞电影组抵达阿伦三岛之一的伊尼西莫岛来拍摄此片。尽管这部电影使用部分虚构的元素如鲨鱼之类来描绘人物和景物,但仍被称为人文风土纪录片。在麦克多纳笔下,好莱坞摄制组来到伊尼西莫岛使邻岛伊尼西曼岛上死水般生活起了微澜。十七岁的比利·克莱文将好莱坞剧组来到荒岛的拍摄视为自己逃离伊尼西曼岛的机会。父母双亲溺水身亡以后,比利由一对独身的善良老姐妹抚养长大,但他痛苦地生活在岛民们的醉酒暴力、愚昧无知、粗野冷漠之中。孤儿比利拖着一只残手和一条残腿,岛民们,包括两个领养他的姑妈,都叫他"瘸子比利"。

这个岛上唯一爱读书有思想的少年比利,除了空时观看母牛,"……常想着淹死我自己,那就……那就彻底了断我被人笑话、被人嘲弄的生活,除了瘸着腿往医生那儿去,就是瘸着腿从医生那儿回,一遍遍地翻旧书想方设法混日子。日复一日,人们见我偷笑,拍我脑袋,好像我是脑残傻瓜,除了一个村里的孤儿,村里的瘸子,我什么也不是。岛上许多人都比我残疾,只是外表上看不出。"[2]当剧中的八卦新闻人扬尼帕丁老汉告诉他:"他们来拍一部投资一百多万美元的电影,这部展现岛上人们生活的电影会全球放映,谁被选上参演这部片子,谁就会成为电影明星,还会被带到好莱坞,过上不用干活的日子,只要演戏,演戏不算干活,只要说台词……这岛上的姑娘小伙,凡长着一副明星脸的,会一窝蜂去抢,谁不想在美国出人头地?"[3]比利拼尽全力抓住了他生命的这一线生机,抛下了暗恋的心上人海伦,离开伊尼西曼岛去了好莱坞。然而,他最终失败,回到了伊尼西曼岛,他未能挣脱厄运,肺结核日益加重,时时咳血。剧终时,他赢得了海伦的爱情,却咳出了大口的鲜血。

麦克多纳在《伊尼西曼岛的瘸子》中将荒岛上人们善恶交织的极致人性呈现得栩栩如生。剧中六十余岁的八卦新闻人扬尼帕丁既咒他九十多岁的老妈早死,整日灌她威士忌,骂她"嘴上长毛的老痴呆",又是舍命舍财救助小比利给予他精神安慰的义士恩人;美貌女孩海伦一面性格极其粗野暴烈,宰鹅杀猫,待人蛮横霸道,一面为弟弟买心爱的生日礼物,还一腔柔情对待苦难的比利;帮助比利离开伊尼西曼岛的善良好汉波比,在比利数月后返回伊尼西曼岛的那夜,却用铝管凶狠地将比利打得头破血流。而比利本人为了能上波比的船去伊尼西莫岛加入拍摄,而用心计蒙骗波比,"我想这就是为何一封肺结核的信就这么容易骗了你,也就是为何当时和现在我一直内疚我骗了你。特别是用你去世妻子的那种病骗你。我只觉得那样更有效。"[4]贯穿全剧的最为可怕的悬念是:比利的父母究竟是用一袋石头坠身投海自杀来获取生命保险金救活儿子,还是对儿子犯下了为人父母最为黑暗可怖的人性堕落之罪?与《丽南山的美人》的弑母暴力、《康尼玛拉的骷髅》的掘墓挖尸、《荒凉西岸》的杀父作恶、《伊尼西莫岛的中尉》的血腥杀戮相比,《伊尼西曼岛的瘸子》几乎是一种反常现象;评论界有人认为这是一部非常温情的剧作。不同于其他四部作品之处就在于,首先它提供了救赎的希望,其次剧中没有过于血腥,没有谋杀或被谋杀场景;与麦克多纳在他其余剧本中的讽刺漫画场景相比,《伊尼西曼岛的瘸子》中许多角色都具有更多的层次感,剧中许多场景都带有一种极简的凄美,尤其是那些黑色幽默之下的善良心灵。

对于麦克多纳黑色喜剧的独特的讽刺性,何塞·兰特斯(Jose Lanters)在其论文《马丁·麦克多纳的身份政治》中指出:"麦克多纳的后现代戏剧通过消除琐碎和深刻之间的界限,身份的碎裂以及对包括两性和性爱的一系列传统规范的彻底颠覆,批判与讽刺了爱尔兰民族主义的精神。"[5]麦克多纳剧作一贯的直面真实与批判精神也令他多少陷入了他的前辈剧作家约翰·辛格所遭遇的相似的困境。《丽南山的美人》和《伊尼西曼岛的瘸子》曾被比作辛格被人们指责为侮辱爱尔兰民族的《西部浪子》(The Playboy of the Western World)和《骑手入海》(Riders to the Sea)而遭到非议。

辛格1898年起在爱尔兰西部海岸的阿伦岛生活了五年,伊尼西曼岛临海的崖边被称为"辛格的椅子"的石座至今仍在,辛格当年曾每日坐此石座上远眺伊尼西莫岛,阿伦岛的生活成就了辛格两部名剧《骑手入海》和《西部浪子》。《骑手入海》的主题为岛民生存的残酷与命运的多舛,这与《伊尼西曼岛的瘸子》的故事暗合;而与《丽南山的美人》中的女儿凶残弑母相似,著名喜剧《西部浪子》中的乡间小伙杀父后被人们视为英雄,爱慕他的女性蜂拥而至,辛格在剧中纵横恣肆地讽刺了爱尔兰人喜欢自夸和美化暴徒的倾向。1907年1月《西部浪子》在都柏林阿贝剧院首演时,部分观众怒斥辛格侮辱爱尔兰民族和爱尔兰女性,从而引起了一系列的公众骚乱,而辛格在两年后去世。

麦克多纳家乡的戏剧导演海因斯,因执导《丽南山的美人》而成为世界第一位荣获托尼导演奖的女性。她在70年代中期创立了爱尔兰西部戈尔韦郡德鲁伊剧院并担任艺术总监,她在90年代制作和导演了麦克多纳一系列剧作之前,曾多次制作导演了辛格的作品,她指出:"当这国家要求所有爱尔兰人都纯洁和善良时,他写了一部爱尔兰乡间一个杀父浪子被视为英雄的剧作。"她提到辛格是因为麦克多纳1996年《丽南山的美人》享誉国际,却在爱尔兰遭到当年辛格遭遇的同样抨击:以女儿弑母的戏剧侮辱爱尔兰民族。

海因斯认为:"这完全不是一回事。我觉得,在这国家,人们把艺术和国家形象之间的关系看得过于紧密。"[6] 2011 年,《伊尼西曼岛的瘸子》在伊尼西曼岛礼堂中演出谢幕后,麦克多纳委婉地向观众们解释他对他的爱尔兰同胞绝无冒犯之意,他说:"我喜欢讲故事,喜欢让我们古老的国家重回生命。"[7]

无疑,今日已走入现代精神的爱尔兰人不会重现百年前辛格《西部浪子》在都柏林首演的那一幕。他们会像爱尔兰导演海因斯一样深深地理解麦克多纳剧中的幽默与悲剧的真相。人们会欣赏麦克多纳这样坚强而叛逆的剧作家,欣赏他作品包孕的一颗悲悯的大心脏。人们在麦克多纳剧作中找到了黑暗与恐怖深处的挚爱与幽默。

2020 年 6 月 4 日于纽约芮枸公园

参考书目

[1] J. A. Cuddon, *Dictionary of Literary Terms and Literary Theory*, 4th ed., London: Penguin Books, 1999.

[2] Martin McDonagh, *The Cripple of Inishmaan*, New York: Dramatists Play Service, 1997, 1999, p. 58.

[3] Martin McDonagh, *The Cripple of Inishmaan*, New York: Dramatists Play Service, 1997, 1999, p. 10.

[4] Martin McDonagh, *The Cripple of Inishmaan*, New York: Dramatists Play Service, 1997, 1999, p. 58.

[5] Jose Lanters, "The Identity Politics of Martin McDonagh", in Richard Rankin Russell, *Martin McDonagh: A Casebook*, New York: Routledge, 2007.

[6] Laura Collins-Hughes, "A Play that Punctures Perceptions of Ireland: Irreverence Lives in Black Comedy of 'Inishmaan'", *Boston Globe*,

January 30, 2011.

[7] Patrick Healy, "'Cripple' Finally Comes to Inishmaan", *New York Times*, June 29, 2011.

2014 年托尼奖六项提名

伊尼西曼岛的瘸子
The Cripple of Inishmaan

[阿伦岛三部曲之一]

"*The Cripple of Inishmaan* was first performed by the Royal National Theatre at the Cottesloe Theatre, London on 7 January 1997."

人　物

凯特　　　　　六十余岁
艾琳　　　　　六十余岁
扬尼帕丁　　　六十余岁
比利　　　　　十七八岁，瘸子
巴特利　　　　十六七岁
海伦　　　　　十七八岁，俏丽
波比　　　　　三十岁出头，英俊，肌肉发达
麦克谢里医生　四十岁出头
扬尼老妈　　　九十岁出头

场　景

伊尼西曼岛，戈尔韦郡。 1934 年

第一幕

第一场

【1934年前后,伊尼西曼岛一家乡间小店。右侧一门。后方为柜台,柜台后的货架上摆满罐头食品,大都是豌豆罐。货架右方墙上挂着一条脏污的旧布袋,货架左边有一门通向里间。左墙挂一镜,对着镜子的右墙角有一桌一椅。幕启时,六十余岁的艾琳·奥斯本正往货架上摆罐头。她的姐姐凯特从里间上。

凯特　比利还没回?

艾琳　没呢。

凯特　比利每次回来晚,我就焦虑。

艾琳　我也担心瘸腿比利,瞧这胳膊都撞上了豆罐。

凯特　是你那只受伤的胳膊?

艾琳　不是,是这只。

凯特　要是撞了那只受伤的胳膊你就惨了。

艾琳　可不,不过刚撞的这条胳膊还疼着。

凯特　现在你两条胳膊都伤了。

艾琳　那只胳膊以前受过伤,这只胳膊又撞了。

凯特　这只胳膊就会好的。

艾琳　这只胳膊就会好的。

凯特　还剩那只受过伤的胳膊。

艾琳　那受过伤的胳膊永远好不了啦。

凯特　直到离世。

艾琳　我想想比利真可怜,他残了胳膊,瘸了一条腿。

凯特　比利一堆麻烦。

艾琳　比利麻烦一大堆。

凯特　麦克谢里医生几点约他胸肺检查？

艾琳　我不清楚。

凯特　比利每次晚回,我就焦虑。你知道吗？

艾琳　这话你已经说过一遍了。

凯特　我焦虑时就不能让我重复说过的话吗？

艾琳　可以啊。

凯特　（停顿）就怕比利腿脚不好掉到坑里。

艾琳　他腿脚不好也不会掉到坑里,你放心吧。掉坑里的事儿也就巴特利那孩子会干。

凯特　你还记得巴特利那回掉坑里？

艾琳　巴特利是个傻蛋。

凯特　他要么是个傻蛋,要么就是走路不长眼。（停顿）送蛋人来过吗？

艾琳　来过了,不过没有鸡蛋。

凯特　那他白来一趟。

艾琳　幸亏他来了,不然我们还在傻等。

凯特　要是比利也这么懂事儿,别说送鸡蛋,只要能早点回家别让我们担惊受怕就好喽。

艾琳　也许他又像上次那样在看母牛。

凯特　看母牛打发时间,痴呆呀。

艾琳　只要能开心,咋啦？小伙子看母牛要比干别的那些坏事要

223

好，那些勾当会让他下地狱，那就不是错过下午茶的事儿了。

凯特　抱小妞亲嘴。

艾琳　抱小妞亲嘴。

凯特　（停顿）可怜比利没那福分。

艾琳　没有哪个小妞会喜欢可怜的比利，除非瞎子姑娘。

凯特　瞎子姑娘或者痴呆女孩。

艾琳　或者吉姆·芬尼根家闺女。

凯特　她跟谁都亲嘴。

艾琳　她跟一头秃驴也亲嘴。

凯特　她就是跟秃驴亲嘴，也不会跟比利亲嘴。比利好可怜。

艾琳　太惨了。

凯特　太惨了，不过，比利脸蛋长得帅，别看他腿脚。

艾琳　他脸蛋也没那么帅。

凯特　他脸蛋蛮帅的。

艾琳　没那么帅，凯特。

凯特　你瞧他眼睛，我觉得，他眼睛挺好看的。

艾琳　不是我刻薄比利，山羊的眼睛都比他好看。要是他乖一点你也可以夸他，可他整天就盯着母牛看。

凯特　哪天我得问问，看母牛对他有啥好处。

艾琳　除了看母牛就是读书。

凯特　没人会嫁他的。咱俩到死都得陪着他。

艾琳　没错。（停顿）我倒不介意陪着他。

凯特　我也不介意陪着他。除了母牛这事儿，比利是个好孩子。

艾琳　我希望麦克谢里医生别查出他还有啥病。

凯特　我希望他早点回家，别老让我们担心。他一回来晚，我就提心吊胆。

【店门开了，一个与她们同样年纪的汉子，扬尼帕丁上。

艾琳　扬尼帕丁。

凯特　扬尼帕丁。

扬尼　万事如意吗？扬尼帕丁今天有三条新闻要告诉你们……

凯特　扬尼帕丁，你在路上见到瘸子比利了吗？

扬尼　（停顿。不悦）你打断我的新闻播报了，奥斯本太太，其中第三条新闻可是大新闻，要是你总用愚蠢问题打断我，那就随你。没错，我在路上见到瘸子比利了。我见他坐在达西家地头的围栏上。

凯特　他坐在围栏上干吗？

扬尼　他在那儿能干吗？他在看母牛啊。你们还有问题吗？

凯特　（不悦地）没了。

扬尼　那我就播报这三条新闻了。我把最好的留到最后，让你们存有悬念。我的头条新闻是，莱特莫尔镇上一个家伙从另一人家中偷了本书，然后把书扔进了海里。

艾琳　那算啥新闻。

扬尼　我也这么想，可扔书的家伙是另一人的兄弟，而且他扔掉的书是《圣经》！是本《圣经》啊？！

凯特　天哪！

扬尼　这算不算新闻？

艾琳　那是新闻，扬尼帕丁，大新闻。

扬尼　我很清楚这是大新闻，要是你们怀疑我这新闻不够生猛，我就立马走人，我去找要听我新闻的地方去。

艾琳　我们要听你的新闻，扬尼帕丁。

凯特　扬尼帕丁，我们从不怀疑你的新闻多么重要。

扬尼　我的第二条新闻是，杰克·埃勒瑞家的鹅咬了帕特·布伦南家的猫，把猫尾巴咬伤了，而杰克甚至没有道歉一声，现在帕特和杰克彻底翻脸，之前他俩可是铁哥们。没错。

艾琳　（停顿）这是第二条新闻？

扬尼　这是第二条新闻。

艾琳　这可真是一条重大新闻。没错。

【艾琳仰脸翻了个白眼。

扬尼　这真是一条重大新闻。这头鹅也许会引发世仇。我就希望这鹅挑起世仇。我最爱看世仇恩怨。

凯特　我希望帕特和杰克这事儿和解，重归于好。他俩以前不是手牵手一起上学的吗？

扬尼　我没听错这位女士的话吧。这事儿要是和解了还有啥新闻？没了。你就得要一出恩怨世仇，或至少，一本《圣经》被丢弃；而我第三条新闻中的事儿，才是最重大的新闻，我扬尼帕丁这辈子……

【十七岁的比利跛脚上，他瘸了一腿和一胳膊。

比利　对不起我来晚了，凯特姑妈、艾琳姑妈。

扬尼　瘸子比利，你打断我的新闻播报了。

凯特　医生怎么说的，比利？

比利　他说我胸肺没病，只是有点儿气喘，没啥事，就是有点儿气喘。

扬尼　我不知道这小子还气喘。怎么没人告诉扬尼帕丁？

凯特　比利，你为啥回来这么晚？我们很担心。

比利　哦，我自个在太阳底下坐了会儿，就在达西家地头那儿。

凯特　坐那儿干啥呢？

比利　坐那儿没干啥。

凯特　真的啥都没干？

比利　真的啥也没干。

凯特　（对扬尼）你刚才说啥呢？

比利　除了看几只朝我走来的母牛，我啥也没干。

【凯特转过身去。

扬尼　（对凯特）刚才说啥呢?! 你瞧?!
艾琳　你就不能不说母牛吗,比利?
比利　我只是看看它们。
扬尼　你们听着,我不是正在说……?
凯特　母牛有啥可看的! 你是个大人了!
比利　可我就喜欢看漂亮母牛,我不要别人干涉我。
扬尼　（大叫）你们不想听我的新闻我就走人! 跟一个混帐白痴扯母牛!
比利　一个混账白痴,对吗?
艾琳　说你的新闻吧,说吧,扬尼帕丁。
扬尼　要是你们母牛扯完了,我就接着播报我的新闻,可我不相信你们是好听众,你们还不如蛾螺。
凯特　我们是好听众……
艾琳　我们是好听众……
比利　别惯着他。
扬尼　惯着,对吗,瘸子比利?
比利　还有你听着,别叫我瘸子比利。
扬尼　怎么啦? 你不叫比利吗,你不是个瘸子吗?
比利　我有叫过你吗,"蜜蜂都讨厌的扬尼帕丁八卦"?
扬尼　讨厌吗? 那你听听这条八卦讨厌不讨厌……
比利　反正你承认这些八卦讨厌,那就行了。
扬尼　（停顿）从美国加州好莱坞要来一帮人,领头的叫罗伯特·弗莱赫迪,鼎鼎大名的美国阔佬。 他们要来伊尼西莫岛;他们来干吗? 我告诉你他们来干吗。 他们来拍一部投资一百多万美元的电影,这部展示岛上人们生活的电影会全球放映,谁被选上参演这部片子,谁就会成为电影明星,还会被带到好莱坞,过上不用干活的日子,只要演戏,演戏不算干活,只要说台词。我听说科尔曼·金已经被他们选中演个角色了,现在每个礼拜拿一百美金呢,我说,要是科尔曼·金都能在这片子里演个角儿,那谁都能行,你瞧瞧科尔曼·金,丑得像块烤干的牛屎,这谁不知道,原谅我这话太糙,不过这是大实话。我,扬尼帕丁敢断定,这岛上的姑娘小伙,凡长着一副明星脸的,都会一窝蜂去抢,谁不想在美国出人头地?当然,这屋里没人有份。除非他们要找个忘恩负义的瘸子。我要是年轻点肯定被选中,那时我眼睛湛蓝,一头秀发。就是现在,他们也会要我,就凭我这出色的演技,盖过都柏林舞台上所有乞丐,不过,你们知道,我得照顾我的酒鬼老妈。他们要拍的这部电影叫《阿伦岛人》,既然美国佬都跑到爱尔兰来拍他们的电影,那爱兰这地方就没那么差。

【比利坐在小桌上,陷入深思。

这就是扬尼帕丁的第三条新闻,现在我要问你,瘸小子,这条新闻讨厌吗?

比利　这条新闻不讨厌,这是我听到过的最重大的新闻。

扬尼　好啊,要是大家都承认我的新闻的重大……我知道"重大"这词儿不太准,既然你们喜欢,我就不再考虑用更好的词儿了……我愿意接受你们对我这条新闻的酬劳,今天我的报酬就是一盒鸡蛋,因为我最爱吃煎鸡蛋。

艾琳　噢。

比利　"噢"什么?

艾琳　送鸡蛋的来过了,他今天没有鸡蛋。

扬尼　没有鸡蛋?我给你们带来一条这样重大的新闻,还有两条差不多的大新闻,你们居然没有鸡蛋?

艾琳　他说母鸡没下蛋,而且那滑头海伦把他剩下的鸡蛋都摔碎了。

扬尼　那下午茶点你们有什么?

艾琳　我们有豌豆。

扬尼　豌豆? 大老爷们的茶点哪能吃豌豆? 把那条熏肉给我，就那条儿。

艾琳　哪条? 瘦的?

扬尼　对，瘦的那条。

艾琳　天哪，你那条新闻还没那么重大，扬尼帕丁。

【扬尼愤恨地瞪着她们，怒冲冲下。

这家伙。

凯特　艾琳，我们现在不该这么怼他。 没有扬尼，我们哪知道外面的事儿?

艾琳　可这不是他二十年来第一条有点正经的消息吗?

凯特　没错，不过往后我们也许就听不到下一条了。

艾琳　他每个礼拜都来敲诈鸡蛋。

比利　这条新闻挺带劲的。

凯特　（凑近他）你平时对扬尼帕丁的新闻毫无兴趣呀，比利。

比利　对天空下青蛙雨那种八卦没兴趣，但拍电影和离开伊尼西曼岛可不一样。

凯特　你不会又想起你那可怜的爸妈了吧?

比利　现在没有，我只是在想我自己的一些事儿。

艾琳　他又走神了?

凯特　（叹气）是啊。

艾琳　想得走神了?

凯特　这孩子听不进的。

艾琳　比利，医生查你胸肺时没查你脑子?

比利　（茫然）没有啊。

艾琳　我觉得下次该查查他的脑子。

凯特　我觉得也是。

　　【店门被撞开,扬尼伸进头来。

扬尼　(愤怒)你们也不来追我,把你们的烂豆子给我!

　　【艾琳递给扬尼一罐豌豆,扬尼甩上门,下。比利视而不见,两妇人惶然。暗场。

第二场

【十六七岁巴特利站在柜台前,仔细瞧着艾琳端给他看的两个长方形盒里的糖果。比利坐在椅子上看书。

巴特利 (停顿)你们有曼妥思吗?
艾琳 我们只有你看到的这些,巴特利。
巴特利 美国就有曼妥思。
艾琳 那你去美国买。
巴特利 我玛丽姑妈给我邮寄过七盒曼妥思。
艾琳 你玛丽姑妈真好。
巴特利 从麻州波士顿寄来的。
艾琳 噢,从麻州波士顿寄来。
巴特利 可你这儿没有?
艾琳 只有你看到的这些。
巴特利 你们真该进点曼妥思糖果,曼妥思的糖果很棒。你们应该进点货。你们应该找人从美国寄过来。寄包裹。现在让我自己再瞧瞧。
艾琳 行,你自己再看看。
【巴特利又仔细看着糖果。比利对艾琳微笑,艾琳翻了个白眼,微笑回应。
巴特利 (停顿)你们有亚拉糖吗?

艾琳 （停顿）我们只有你看到的这些。

巴特利 美国就有亚拉糖。

艾琳 噢，那我想你玛丽姑妈一定也给你邮寄过。

巴特利 没有。她在邮包里放了一张亚拉糖图片。她给我寄了七盒曼妥思。（停顿）要是她寄四盒曼妥思，三包亚拉糖就好了，那样我就有选择了。三盒曼妥思四包亚拉糖也行。反正，说真的，那七盒曼妥思就够我高兴的了。曼妥思糖果是棒，但我的确喜欢图片上的亚拉糖。（停顿）你们一直没进过？

艾琳 亚拉糖？

巴特利 对呀。

艾琳 没有。

巴特利 噢。

艾琳 我们只有你看到的这些。

巴特利 那我自己再看看。我想要那种旅游时含在嘴里的，你知道吗？

比利 什么旅游，巴特利？

【店门砰地开了，十七八岁的俏丽姑娘海伦上，她冲着巴特利大嚷。

海伦 你他妈的还过来吗，傻屁？

巴特利 我在挑糖果呢。

海伦 你他妈的就知道糖果！

艾琳 姑娘家骂脏话，这世道！

海伦 姑娘家骂脏话，咋啦？姑娘家咋就不能骂？谁让她们的白痴弟弟让她们干等一小时。你好，瘸子比利。

比利 你好，海伦。

海伦 你在读另一本旧书？

232

比利　是的。

海伦　你不停地读书，对吗？

比利　不，我有时会停下来……

艾琳　海伦，听说你前两天把送蛋人的鸡蛋都摔他身上，碎了好多。

海伦　我根本没有摔他身上，都砸在巴勒特神父身上了，我他妈的把四个鸡蛋都砸他嘴上。

艾琳　你用鸡蛋砸巴勒特神父？

海伦　我砸了，太太，你说我朝神父扔鸡蛋？

艾琳　没错，朝神父扔鸡蛋，这不是亵渎上帝吗？

海伦　哦，也许是，不过上帝要是在练合唱时摸我，我也用鸡蛋砸那个色鬼。

艾琳　巴勒特神父在练合唱时摸你的后……

海伦　不是我的后背，不，他摸我的屁股，太太，我的屁股。

艾琳　我不相信你，海伦。

海伦　你他妈的想想我干吗要在乎你相信啥？

比利　海伦，你……

巴特利　这事儿最坏就是糟蹋鸡蛋，我可最爱吃鸡蛋，我最喜欢。

海伦　你是要争论鸡蛋还是要买你的混账糖果？

巴特利　（对艾琳）你们有巧克力泡芙糖吗，太太？

艾琳　（停顿）你知道我的回答，对吗，巴特利？

巴特利　你会说你只有我看到的这些。

艾琳　你明白点了。

巴特利　那我自己再看一看。

　　【海伦叹息一声，来到比利身旁，从他手里抓过书，看了看封面，作了个鬼脸，把书还给比利。

比利　听巴特利说，你们要出游？

233

海伦　我们要坐船去伊尼西莫岛去演他们在拍的电影。

巴特利　既然美国佬要来这儿拍电影，那爱尔兰这地方就没那么差。

海伦　没错，他们满世界的偏偏选中爱尔兰。

巴特利　最近有个法国佬住在罗斯莫，你们知道吗？

艾琳　真的？

巴特利　这啥，海伦，那个，那法国佬干啥的？很有趣的职业？

海伦　牙医。

巴特利　牙医。他还见人就讲法语，大家都笑话他。背着他笑，你们知道吗？

海伦　既然法国佬要来这儿生活，那爱尔兰这地方就没那么差。

比利　海伦，去拍电影，你们啥时候走？

海伦　明早一涨潮，我们就走。

巴特利　我太想去演电影了。

海伦　小子，你在挑东西呢还是说闲话？

巴特利　我边挑东西边说闲话。

海伦　你再顶嘴，跟我啰唆什么挑东西说闲话，我踢爆你的裤裆，你个傻屄。

巴特利　我不说了。

比利　海伦，你咋觉得他们一定会让你们演电影呢？

海伦　像我这么漂亮的，肯定没问题。我漂亮到神父都得摸我屁股，要耍那些拍电影的还不容易。

巴特利　哎，让神父摸你屁股不需多少技巧，他们不为你的美貌，只是欺负你年少无助。

海伦　真要那样，为啥瘸子比利就没被神父摸过屁股？

巴特利　你咋知道瘸子比利没被神父摸过屁股。

海伦　你被神父摸过屁股吗，瘸子比利？

比利　没有。

海伦　就是没有嘛。

巴特利　我觉得他们是看人的。

海伦　还有你，你也年少无助，你被神父摸过屁股吗？

巴特利　（轻声）没有，没有。

海伦　瞧见吗？

巴特利　（对艾琳）太太，你这儿有脆香酥吗？

【艾琳瞪着他，把糖果盒放在柜台上，走进里间。

巴特利　太太，你去哪儿？太太，我要买糖果呀！

海伦　你又弄砸了，对吗？

巴特利　瘸子比利，你姑妈是个疯女人。

海伦　奥斯本太太根本不是瘸子比利的姑妈，她只是他的假姑妈，还有一个也是假的。对吗，比利？

比利　没错。

海伦　她俩只是收养了比利。因为比利的爸妈发现他们生了个瘸子男孩，就跳海自杀了。

比利　他们没有跳海自杀。

海伦　哦，是吗……

比利　他们只是在海上风暴中翻了船。

海伦　可他们大半夜在海上风浪中干吗呢？

比利　他们要去美洲大陆！

海伦　不，他们就是想甩掉你。要么离开要么死去，对他们都一样。

比利　你那时和我一样还是个宝宝，你咋知道？

海伦　那次我给扬尼帕丁一个奶酪面包时他告诉我的。你父母离去时，难道不是他在海边抱着你？

比利　他咋知道那天夜里我父母的想法？他又不在船上。

海伦　他不是看到他俩身子间绑了一袋石头吗？

比利　说他俩身子间绑了一袋石头，纯粹是胡说八道，扬尼帕丁也承认那是乱说……

巴特利　或许他带了一副望远镜。

海伦　（停顿）或许谁带了望远镜？

巴特利　也许扬尼帕丁带了副望远镜。

海伦　带副望远镜又有啥鬼用？

【巴特利想了下，耸了耸肩。

你就想着你的狗屁望远镜。你老说着说着就提你那狗屁望远镜。

巴特利　美国现在有各种各样的望远镜了，知道吗？能看清一两里地以外的一只虫子。

海伦　你干吗要看清一两里地外的一只虫子？

巴特利　看它在干吗呀。

海伦　一只虫子能干吗？

巴特利　蠕动。

海伦　蠕动。那一副望远镜要多少钱？

巴特利　一幅好的要花几十美金。

海伦　你愿意花几十美金去看虫子蠕动？

巴特利　（停顿）对呀，我愿意。

海伦　你鸡巴上长了几根毛啊，还几十美金。

巴特利　我鸡巴上是没有几十美金，没有。你说的对，我没道理。

（海伦逼近他）海伦，别……

【海伦对着他的胸腹猛击一拳。

巴特利　（弯腰）你这拳打伤我肋骨了。

海伦　去你妈的肋骨。你敢对我说这种混帐话？（停顿）瘸子比利，我们刚才说哪了？噢，你死去的爸妈。

比利　他们不是因为我而跳海自杀。他们爱我。

海伦　他们爱你？如果你不是你，你会爱你吗？你不会爱你，而你就是你。

巴特利　（弯腰）至少瘸子比利不会为他们而打人家肋骨。

海伦　他不打，为啥？那是他太他妈的瘦弱，他打一拳的力气还不如一只鹅。

巴特利　（兴奋）你们听说杰克·埃勒瑞家的鹅咬伤了帕特·布伦南家猫的尾巴……

海伦　我们早听说了。

巴特利　哦。（停顿）这杰克甚至没有为他的鹅道歉，现在帕特·布伦南……

海伦　我不是告诉你我们早他妈的听说了吗？

巴特利　我以为比利还没有。

海伦　比利正忙着想他那淹死的爸妈呢，巴特利，他没兴趣听你那老掉牙的新闻。比利，你在想你淹死的爸妈，对吗？

比利　是的。

海伦　比利，自打他们死后你没出过海，对吗？你很害怕？

比利　我是很害怕。

海伦　真是个娘炮，对吗，巴特利？

巴特利　有脑子的人多少会有点害怕大海。

海伦　我可一点也不怕。

巴特利　你又来了。

【比利大笑。

海伦　怎么？你在嘲笑我？

巴特利　说你不怕大海，怎么会是嘲笑呢？

海伦　那瘸子比利为啥笑成这样？

巴特利　瘸子比利大笑因为他就是个怪人，对吗，瘸子比利？

237

比利　对呀，没错，我就是个怪人。

【海伦呆住，茫然。

巴特利　比利，你爹妈淹死后你真领到了上百英镑的保险金？

比利　真的。

巴特利　天哪，你还存着吗？

比利　没剩下钱。那笔钱不全都付了我的医疗费吗？

巴特利　一点也没剩？

比利　没剩。咋啦？

巴特利　没啥，不过你要是还有点钱，你可以给自己买副高倍望远镜，你知道吗？哦，你完全可以。

海伦　你他妈的所有事儿都扯上望远镜？

巴特利　我没有啊，可我就喜欢，你个骚货。滚开！

【海伦逼近巴特利，巴特利冲出了店门。停顿。

海伦　我不明白他从哪儿学来的下三滥，真的。

比利　（停顿）海伦，你俩怎么去伊尼西莫岛？你们又没船。

海伦　我们让巴比波比·贝内特驾船带我们去。

比利　你付他钱吗？

海伦　我让他亲嘴，握握他的手，我希望我只是握他的手。不过我听说他那根东西挺大，吉姆·芬尼根女儿告诉过我，她知道所有人的大小，我猜她肯定给自己列了个排行榜。

比利　她就不知道我的大小。

海伦　你说得好像你挺自傲，我觉着她不清楚你有没有那根东西，你个又残又废的家伙。

比利　（伤心地）我有的。

海伦　恭喜你，不过你自己好好留着吧。不管咋样。（停顿）我呢，只看过那些神父们裆里的的家伙，他们老掏给我看，不知为啥。可那些东西激不起我的兴趣。都是黑乎乎的。（停顿）你干吗那么伤心？

比利 我也说不出，可我觉得你的意思是我爸妈宁死也不要我，我很难过。

海伦 我根本没这意思，我只是随口一说。

比利 （轻声）你不知道他们的想法。

海伦 嗯？你就知道？

【比利伤心地低下头。停顿。海伦用手指在他脸上重重弹了一下，挪开身去。

比利 海伦？巴比波比会让我跟你们一起去伊尼西莫岛吗？

海伦 你有啥东西给他呢？他不会愿意握你那只残手。

比利 那巴特利又能给巴比波比啥呢，他咋能跟你去？

海伦 巴特利说他能帮忙划船，你能帮忙划船吗？（比利又一次低下头）说到底，你为啥要跟着去呢？

比利 （耸肩）去拍电影。

海伦 就你？（她开始大笑，缓缓地走向店门）我不该嘲笑你，比利……可我忍不住。

【她大笑着下。停顿，艾琳从里间上，一巴掌打在比利脑袋上。

比利 干吗打我！

艾琳 比利·克莱文，只要我不死，你休想去伊尼西莫岛拍电影！

比利 我就这么自言自语！

艾琳 你自言自语也不行！不管你说还是不说！你在这家里已经自言自语够多了。你见过圣母玛丽亚会自言自语吗？

比利 没有。

艾琳 你没见过，那就对了。圣母玛丽亚不是挺好的吗！

【艾琳从里间下。停顿，比利站起，跛脚走到镜前，对着镜中的自己看了一会，伤心地跛脚回到桌旁。巴特利推开店门，

239

探头进来。

巴特利　瘸子比利，你告诉你姑妈或者你假姑妈，我回头来拿我的曼妥思，没有曼妥思，其他糖果也行。

比利　好的，巴特利。

巴特利　我姐刚才说你想和我们一起去拍电影，我笑死了。这可是个大笑话，比利。

比利　行啊，巴特利。

巴特利　没准他们还会带你去好莱坞，把你炒成一个大明星！

比利　也许他们会，巴特利。

巴特利　一个明星小瘸子，嘿。记着提醒你姑妈回头我来拿曼妥思或别的……

比利　别的糖果。

巴特利　别的糖果。要是来不了就明早。

比利　再见，巴特利。

巴特利　再见，瘸子比利，你没事吧，瘸子比利，你在为自己伤心吗？

比利　我很好，巴特利。

巴特利　再会。

　　【巴特利下。比利抚着他前胸，微微喘息。

比利　（轻声）我很好，很好。

　　【停顿，暗场。

第三场

【夜间海边。波比在收拾他的小船。扬尼上,微醉,走上前注视了一刻。】

扬尼　巴比波比,你在收拾你的小船吗。

波比　我在收拾,扬尼帕丁。

扬尼　(停顿)你是在收拾你的小船吗?

波比　我不是刚说了我在收拾我的小船吗?

扬尼　没错,你是说了。(停顿)你是在收拾你的小船。(停顿)收拾得干干净净。(停顿)一切准备停当。(停顿)就等出海。(停顿)一艘好船啊,没得说。一艘准备出海的好船。更好的是你万事齐备。(停顿)万事齐备啊。

波比　扬尼帕丁,你有啥要问就直截了当,别兜圈子,像个弱智教育班的傻孩子。

扬尼　我没啥要问。要有问题,扬尼帕丁也会直截了当。扬尼帕丁从不兜圈子。绝对不会。(停顿)只是评说你的船好棒。(停顿)你万事齐备。(停顿)万事齐备只等出海。(停顿,愤怒地)算了,要是你不告诉我去哪儿,我他妈的走人了!

波比　那你就走人呗。

扬尼　你这么对待我,我走人!

波比　我没怎么对待你。

241

扬尼　你就这么对待我,你从来不告诉我任何消息。你妻子死于肺结核那年,谁最后一个知道的？是我。直到她死的那天我才知道,而你几个月前就知道了,你完全不顾我的感受……

波比　我就得踢着她屁股一路上门来告诉你,扬尼帕丁,你知道吗,事后我是后悔没那么做。

扬尼　我再说一遍。你收拾好你的小船,万事齐备就等出海……

波比　你直接问我,我乐意回答你,扬尼帕丁。

【扬尼瞪了波比一眼,恼怒之极,气冲冲下。波比继续收拾小船。

（轻声）你个傻屁白痴。（停顿。对着幕后大叫）谁在石头后面一瘸一拐？

比利　（幕后）是我,比利·克莱文,巴比波比。

波比　我猜就是你,还有谁走路一瘸一拐？

比利　（上）不会是别人。

波比　你这么晚出来你俩姑妈不担心吗,瘸子比利？

比利　她们要是知道肯定会担心,所以我偷跑出来。

波比　瘸子比利,你不该背着她们偷跑出来,就算她们很怪癖。

比利　你也觉得她们怪癖吗,巴比波比？

波比　有一次我见你凯特姑妈对着一块石头说话。

比利　我每回看母牛她就要训我。

波比　不过我觉得整天看母牛也不太正常,比利。

比利　我明白,我看母牛只是为了离我俩姑妈远一点,不是因为看母牛有啥乐趣。看奶牛没有乐趣。它们就站那儿像傻子一样望着你。

波比　你没朝母牛扔东西吗？那也许会激怒它们。

比利　我不想伤害它们。

波比　瘸子比利,你太善良,会吃亏的。母牛不在乎你朝它们扔东西，我有次捡起一块砖头扔向一只母牛，砖头砸在它屁股上，它叫都不叫一声。

比利　这不能证明什么，也许它恰好是一只生性温顺的母牛。

波比　也许是。不过，我可没让你用石头砸母牛，那次我是喝醉了。我是说，你要是烦闷，可以试试。

比利　我随身总带一本书，没想去伤害牲口。

波比　你可以朝母牛扔书啊。

比利　我宁愿读书，波比。

波比　常言道，人各有志。

比利　是啊。（停顿）你在收拾你的小船吗，巴比波比？

波比　哇，今晚人人眼睛都紧盯着，好像是的。

比利　准备带海伦和巴特利去拍电影？

【波比直视了比利一刻，转向右方确信扬尼不在，回过头来。

波比　你咋知道海伦和巴特利要出海？

比利　海伦告诉我了。

波比　海伦告诉你了。天哪，我叮嘱过她不能说出去，不然就要挨我拳头。

比利　我听说她让你亲嘴来付你出海的费用。

波比　没错。当然，我不要她付钱，她自己非要那么做。

比利　你难道不想跟海伦亲嘴？

波比　唔，我有点儿怕海伦，真的。她脾气太爆。（停顿）咋啦，瘸子比利，你想亲海伦？

【比利又害羞又伤心地耸肩。

比利　我不觉得海伦愿意和我这样的男孩亲热，你说呢，波比？

波比　是的。

比利　（停顿）这么说，你愿意免费带麦考米克姐弟出海？

波比　愿意。我自己也想去片场试试，顺便带俩乘客有啥不好？

比利　那你能带我一起去吗？

波比　（停顿）不行。

比利　为啥？

波比　船上没空位了。

比利　空位有的是。

波比　瘸子上船，会有厄运，谁都知道。

比利　啥时有这说法？

波比　这说法就在波丁拉里带个瘸子上船，船沉大海之后。

比利　这是我听到的最荒唐的事儿，巴比波比！

波比　也许他不是瘸子，可他一条腿残了。

比利　你只是对瘸子有偏见！

波比　我对瘸子毫无偏见。我有一回还亲过一个瘸子女孩呢，她不仅瘸，还被毁容了。当时我喝醉了，毫不在意。安特立姆的美妞可不会惯着你。

比利　你别岔开我的话题。

波比　什么话题，漂亮小妞？

比利　带我和你们一起去拍电影。

波比　我以为这个话题结束了。

比利　这个话题刚刚开始。

波比　那好，你去片场那儿干吗？他们不会要一个瘸小子。

比利　你不知道他们到底要谁。

波比　我不知道，是的。噢，你说得对，我看过的电影中还真有一个家伙既没手也没脚，可他是个黑人。

比利　一个黑人？我从没见过黑人，更别说啥黑人瘸子，我不知道从哪儿找到他们。

波比　噢，他们会吓你个半死。

比利　黑人？他们凶吗？

波比　没手没脚凶不起来，根本动不了你，不过他们样子还是挺凶的。

比利　我听说一年前有个黑人来都柏林呆了一个礼拜。

波比　既然黑人都要来爱尔兰，那爱尔兰这地方就没那么差。

比利　当然不差。（停顿）嗨，巴比波比，你又拿黑人来岔开我的话题。

波比　比利，瘸子不能上这船。等以后吧，一两年后，等你的腿脚好了再说。

比利　一两年也治不好的，波比。

波比　为啥呀？

【比利掏出一封信递给波比，波比看着信。

　　这什么呀？

比利　麦克谢里医生的信，你得发誓，不跟任何人说一个字。

【看到一半，波比表情沉重，他瞥了一眼比利，继续看信。

波比　你啥时收到这封信的？

比利　我一天前才收到。（停顿）现在你让我一起去吗？

波比　你去你俩姑妈会气坏的。

比利　是我的生活还是她们的？到那边后我会通知她们。再说，我可能就离开一两天，我很容易厌倦的。（停顿）你能让我一起去吗？

波比　明早九点到这儿。

比利　谢谢你，波比，我会来的。

【波比把信还给比利，比利折好信收起。扬尼突然冲上，伸出手来。

扬尼　等等，信呢，信上说了什么？

波比　嗨，扬尼帕丁，你他妈的还在这儿？

扬尼　你把那信给扬尼帕丁看看，瘸小子。

245

比利　我不会给你看我的信。

扬尼　啥意思不给我看？你都给他看了。赶紧拿出来。

比利　扬尼帕丁，你太无礼，没人告诉你吗？

扬尼　我无礼？我无礼？你俩拱在一起看信，那种医生写的最有趣的信，你们还有胆说我无礼？叫瘸子把信交出来，不然我就把今晚我听到的事儿说出去。

波比　你说都有啥事儿？

扬尼　你要带学生娃去伊尼西莫岛，还有你在安特立姆玩弄小妞的这些事儿。我可没敲诈勒索你，嗬，没错，我是在敲诈勒索你，不过一个报新闻的为获取新闻就得不择手段。

波比　就得不择手段吗？那我就让你不择手段。

【波比揪住扬尼头发，把他双臂扭到背后。

扬尼　哎哟！放开我，你个恶棍，我要叫警察了！

波比　你给我老实点趴在这儿。（波比把扬尼的脸按在地上）

扬尼　快跑去叫警察啊，瘸小子，快瘸过去呀。

比利　我不去，我就在这儿看着。

扬尼　那你就是同犯。

比利　行啊。

扬尼　我只是个老人。

【波比踩在扬尼背上。

　　唉哟！你给老子下来！

波比　比利，给我捡几块大石子儿过来。

比利　（捡着）大的？

波比　中号的。

扬尼　你要石子儿干吗？

波比　砸你脑袋，砸到你保证不乱传我为止。

扬尼　你休想！我经得起任何酷刑，我就像凯文·巴里一样。

【波比朝扬尼头部砸了块石子儿。

扬尼　哎哟！我保证，我保证！

波比　对天发誓？

扬尼　对天发誓。

波比　你他妈的经得起个屁。

【波比松开扬尼，扬尼站起，拍拍身上衣服。

扬尼　我在英国也没被这样糟践！耳朵里塞满沙子。

波比　把沙子带回去，给你醉鬼老妈瞧瞧。

扬尼　别把我醉鬼老妈扯进来。

波比　记住你发的誓。

扬尼　那是被迫发的誓。

波比　我管你狗日的被迫还是自愿，你给我记牢了。

扬尼　（停顿）你个狗日的！

【扬尼晃着拳头，朝右边逃下。

波比　十五年来我一直想用石子儿砸这家伙的脑袋。

比利　我永远没勇气拿石子儿砸他脑袋。

波比　嘿，我想你也不该拿石子儿砸一个老家伙的脑袋，这不是他逼我干的吗？（停顿）你那么害怕大海，可你有勇气去伊尼西莫岛。

比利　是的。（停顿）那我们明早九点见。

波比　最好八点走，瘸子比利，以防扬尼走漏风声。

比利　你不相信他？

波比　我不相信他，就像不相信你给我端杯酒不洒出来。

比利　这话可不好听。

波比　我就这样，心肠硬。

比利　你心肠一点也不硬，巴比波比。你心肠软。

波比　（停顿）我妻子安妮也死于肺结核，你知道吗？但至少我陪

247

了她一年。你三个月太短了。

比利　我甚至撑不到今年夏天。（停顿）你还记得那次我出水痘，安妮给我做果酱蛋糕卷吗？还记得她微笑着照顾我吗？

波比　果酱蛋糕卷好吃吗？

比利　（勉强）不太好吃，波比。

波比　是的。可怜安妮做不好果酱蛋糕卷，救不了她的命，唉，可我还是想她，哪怕她蛋糕卷做得再难吃。（停顿）不管怎样，在你剩下的日子里，我很高兴能帮上你，瘸子比利。

比利　巴比波比，你能帮我个忙吗？你别再叫我瘸子比利，好吗？

波比　那你想怎么叫你？

比利　就叫比利。

波比　哦。好的，比利。

比利　还有你，你不更愿意大家叫你波比而不是巴比波比？

波比　为啥？

比利　我不知道。

波比　我喜欢人家叫我巴比波比，有啥不对吗？

比利　没有，那我们明早见，巴比波比。

波比　明早见，瘸子比利，噢，比利。

比利　我不是才说过吗？

波比　我忘了，对不起，比利。

　　【比利点头，跛脚离去。

　　嗨，比利？

　　【比利回过头来。波比作手势。

　　我很抱歉。

　　【比利垂首，点头，往右边下。停顿。波比瞥见眼前的潮水中有一物，捡起一看是本《圣经》，他看了看，把那本《圣经》扔回大海，继续收拾小船。暗场。

248

第四场

【扬尼老妈,九十余岁的奥杜戈尔太太的卧室。老人躺在床上。麦克谢里医生正用听筒给她听诊,扬尼在一旁走动。

医生　你最近戒酒了吗,奥杜戈尔太太?

扬尼　医生,你没听到我的问题?

医生　我听到了,但我不得先诊断你母亲而不是你的愚蠢问题吗?

扬尼　愚蠢问题,是吗?

医生　我问你,你最近戒酒了吗,奥杜戈尔太太?

老妈　(打嗝)我正在戒酒,我一直试着戒酒呢。

扬尼　她有时喝一杯黑啤,那没啥坏处。

老妈　没啥坏处。

扬尼　对你有好处!

医生　控制在一杯黑啤,这很要紧。

老妈　是很要紧,有时再喝点威士忌。

扬尼　我不是刚告诉你别提威士忌吗,你个老痴呆?

医生　有时是多久?

扬尼　难得一次。

老妈　难得一次,有时吃早饭时。

扬尼　"早饭",天哪……

医生　扬尼帕丁,难道你不清楚早饭时不能给一个九十岁老太喝威士忌吗？

扬尼　可她喜欢，不就让她闭嘴吗？

老妈　我就喜欢喝上一口威士忌，我呀，我就喜欢。

扬尼　她自己说的。

老妈　不过我更喜欢私酿的。

医生　不是没人给你喝私酿的吗？

老妈　没人给我喝私酿的，没有。

扬尼　行了。

老妈　只在特别的日子喝。

医生　哪些算特别的日子呢？

老妈　礼拜五，礼拜六或者礼拜天。

医生　扬尼帕丁，你妈去世后，我会切下她的肝脏给你看，你对她的爱心怎样残害了她。

扬尼　你不能逼着我看我妈的肝脏，她的体外我都受不了，更别说她的体内。

医生　你就在你亲妈面前说这种漂亮话。

老妈　他说过比这更难听的。

扬尼　你就别瞎忙活我妈了，随她去。要是这倒霉的六十五年来她非要把自己喝死，我干吗再担心她，六十五年了。去他妈的，她没干过一件好事。

医生　你干吗要把自己往死里喝，奥杜戈尔太太？

老妈　我思念我丈夫多纳尔。他被鲨鱼吃了。

扬尼　1871年那年，他被一只鲨鱼吞食了。

医生　可如今你也该走出悲痛了，奥杜戈尔太太。

老妈　我当然想啊，医生，可我做不到。他是个那么好的人。而跟这个蠢货生活了这么些年，让我怀念过去。

扬尼　你个嘴上长毛的老痴呆，你说谁蠢货呢？我把麦克谢里医生请来家里看你，我容易吗？

老妈　没错，但你是为了打听瘸子比利·克莱文。

扬尼　不，不……不是的……你总说漏嘴，你，你个老痴呆。

老妈　我是个诚实女人，扬尼帕丁。

扬尼　诚实个屁。

老妈　你还没把我灌醉呢。

【医生收拾他的黑色皮包。

医生　如果你骗我出诊……

扬尼　我没骗你出诊。我妈之前状态确实很糟……妈，你咳嗽啊……（老妈咳嗽）现在她似乎又挺过来了，你说的对，你现在既然来了，医生，比利·克莱文怎么回事？他是不是得了重病？也许是绝症？病情一定很重吧，你都写信通知他了。

医生　（停顿）你听没听说过医患保密规定，扬尼帕丁？

扬尼　听说过，我知道那很重要。医生，现在你告诉我瘸子比利咋啦。

医生　哪天我要切开你脑袋看看，扬尼帕丁，里面一定是空空如也。

扬尼　你别岔开话题呀。告诉我……给个暗示？他脑子里有病？脑瘤？他患了脑肿瘤！

医生　我没发现……

扬尼　告诉我他长脑瘤了，医生。那可是特大新闻。

医生　我回去了，谢谢你浪费我宝贵时间，但走前我只说一事，那就是我不知道你从哪儿听来关于瘸子比利的消息，因为通常你的消息很准，可是……

扬尼　小儿麻痹症，小儿麻痹症，他有小儿麻痹症。

医生　可就我所知，除了他生来残疾，比利·克莱文一切健康，所以你最好别胡说八道乱传他的消息。

扬尼　（停顿）肺结核。肺结核。哦，一定是肺结核。

【医生起身离去。

你去哪儿？你可别独占这重大新闻！

【医生已下。

你个要饭的！比利身体会这么结实？这大冬天一早划船去伊尼西莫他会没事？

【停顿。医生折回，沉思状。

这就让他又跑回来了？

老妈　像只猫屁眼里钻了条蛆虫。

医生　比利去伊尼西莫岛了？

扬尼　他去了。巴比波比划船还带上了麦考米克姐弟。巴比波比到家就会被逮捕，他犯了重伤身体罪，或者重伤头部罪，因为他重伤了我脑袋。

医生　他们去看拍电影？

扬尼　是啊，去看拍电影或者去演电影。

医生　可电影昨天就拍完了。今天他们只是清理片场和收拾拍摄器材。

扬尼　（停顿）我猜想，他们一定被道听途说的不靠谱消息给误导了。

老妈　可不是嘛，就是你这蠢货的新闻。

扬尼　别叫我蠢货，你听着。

老妈　给我倒杯喝的，蠢货。

扬尼　如果你收回"蠢货"，我就给你……

老妈　我收回"蠢货"。

【扬尼给她倒了一大杯威士忌，医生惊呆了。

医生　住手……住手……（愤怒）我刚才的话全白说了？

扬尼　（停顿）我揭发瘸子比利的秘密把你给吓傻了，你也来一杯吗，医生？

医生　我干吗要在乎你什么狗屁揭发？

扬尼　哼，等着瞧吧，等比利回来一命呜呼，我看你还嘴硬，你会因为隐瞒而被吊销行医执照，我们会看到你以后只能靠在牛圈里清扫牛粪过日子。

医生　比利会平安无事回来，除了有点微喘，比利一切无恙！

扬尼　你个废物医生，你还嘴硬？

医生　你还要我再说一遍吗，你个蠢货？比利·克莱文一切都好，明白吗？

【医生下。

扬尼　癌症，癌症！你回来！是癌症对吗？就说头一个字，是"C"还是"P"？

老妈　你在对谁说话呢，你个蠢货。

扬尼　（大叫）我会查个水落石出的，麦克谢里！我会不择手段！一个优秀新闻人不获真相绝不罢休！

老妈　没错，你用石子儿砸你自己脑袋就有真相了。

扬尼　我跟你说过二十遍了，别再提石子儿，要不我一脚把你的黑屁股踢回安特立姆。

【扬尼坐在床上，开始读报。

老妈　你就弄你那些臭狗屎新闻。

扬尼　我的新闻才不是臭狗屎。我的新闻都是重大新闻。你不知道杰克·埃勒瑞的鹅和帕特·布伦南家的猫都失踪一个礼拜了？我怀疑它们一定出事了，我希望它们出事。

老妈　尽管你是我亲生儿子我还得告诉你，扬尼帕丁，你是爱尔兰最蠢的蠢货。居然还有一帮傻屄争抢这蠢货位子。

扬尼　克里村有只绵羊没有耳朵。我要记下来。

老妈　（停顿）把酒瓶递给我，再说说你那只畸形怪物绵羊。

【他递给她威士忌酒瓶。

扬尼　这怪物绵羊的新闻很有趣。除了瘟疫疾病，这算是最佳新闻。（停顿）你下午茶之前得喝掉半瓶。

老妈　可怜的瘸子比利，这孩子过的啥日子。他居然有他那样的爹妈，他们俩那一大袋石头……

扬尼　一大袋石头的事儿你闭嘴。

老妈　弄成这样。看看我过的啥日子。先是可怜的多纳尔被咬成两半，再是你把他一生积蓄的一百多英镑都偷去扔在酒吧，更别提你每礼拜二的蓊菜烩饭了。

扬尼　蓊菜烩饭怎么啦，还有那另一半英镑不都被你这六十年喝到肚子里了？

老妈　可怜的比利。我这辈子见过多少白发人送葬黑发人。

扬尼　那你快喝。也许这次就不用你辛苦你自己了。

老妈　嗨，我得撑到先给你送葬那天，扬尼帕丁。那可不是个快乐的日子吗？

扬尼　给你送葬那天我也会跟你一样快乐，这多滑稽呀。不过我们得找一口大到能塞进你的大屁股的棺材。也许得先割掉你身上一半肥油，这应该没有问题。

老妈　扬尼帕丁，你这刻薄恶毒的话真让我伤心，可不是嘛。（停顿）你个狗日的蠢货。（停顿）报上有啥正经新闻，念我听听。别提那只绵羊。

扬尼　那家伙，当上了德国元首，留了一撮超滑稽的小胡子。

老妈　让我看看他滑稽的小胡子。

【他给她看报上的照片。

那胡子真滑稽。

扬尼　你会觉得他又想留个正常胡子，又想剃得干干净净。

老妈　这小子好像是左右为难。

扬尼　嗨,尽管他留了个滑稽小胡子,似乎人还不错。祝他好运。(停顿)最近有个德国佬在康尼玛拉住下,你知道吗? 就在丽南山那边。

老妈　如果德国佬要住到爱尔兰来,那爱尔兰这地方还不那么差。

扬尼　是啊,他们都想来爱尔兰,德国佬,牙医,所有人!

老妈　那是为啥? 没道理呀。

扬尼　因为爱尔兰人很友好。

老妈　是很友好,我也觉得。

扬尼　爱尔兰人确实很友好,谁都知道。没错,我们不就是以友好出名吗? (停顿良久)我敢打赌他是癌症。

【扬尼点头,继续看报。暗场。

第五场

【店内，柜台上放着几打鸡蛋。

凯特 不说了。（停顿）不说了，不说了，不说了，不说了，不说了，不说了不说了。（停顿）不说了。

艾琳 嗨，你还要说多少遍"不说了"，凯特？

凯特 比利出海让我恐惧极了，我难道就不能说"不说了"吗？

艾琳 你可以说"不说了"，说一两遍就行了，别说十遍。

凯特 比利要走上他爸妈的老路了，不到二十岁就一命呜呼。

艾琳 你就不能看到乐观的一面？

凯特 我能看到乐观的一面，可我怕再也见不到比利了。

艾琳 （停顿）比利起码该给我们留个条说他去伊尼西莫岛，不该让扬尼帕丁来告诉我们。

凯特 不说了。不说了，不说了，不说了。

艾琳 瞧这条新闻让扬尼帕丁得意的，还暗示什么信件啊医生啊。

凯特 我担心扬尼帕丁知道比利什么事儿但他不说。

艾琳 扬尼帕丁知道的事儿会不说？一匹马放个屁扬尼帕丁都会说。

凯特 你真这么想？

艾琳 我知道他。

凯特 我还是担心瘸子比利。

艾琳　那是，真希望麦克谢里的话当真，电影拍完了，比利很快就会跟其他人一起回来。

凯特　你上礼拜也这么说，可他们还没回来。

艾琳　也许他们在观赏风景。

凯特　在伊尼西莫岛上？观赏风景？篱笆和母鸡？

艾琳　也许瘸子比利观赏一头母牛，忘了时间。

凯特　观赏一头母牛花不了多少时间，真的。

艾琳　不过，我记得，你曾经花不少时间对着块石头说话。

凯特　对石头说话的日子，艾琳，你明知我那时精神紧张！我们不是说定了决不再提石头这事儿吗？

艾琳　没错，对不起，我又提石头这事儿。我这不和你一样，一着急就把这事说漏嘴了。

凯特　自己手脚不干净，还老嘀咕我对石头说话。

艾琳　我哪儿手脚不干净？

凯特　前天那零钱盒里还有二十包亚拉糖，现在都没了。这新到的糖果还没上柜见顾客，就老被你吃掉，我们还怎么赚钱？

艾琳　哎哟，凯特，亚拉糖这东西，你吃它一个就上瘾。

凯特　上次曼妥思你也找这个借口。不过，我告诉你，这次进货你再碰一下脆香酥，我骂死你。

艾琳　抱歉，凯特。只是你再怎么担忧比利也没用啊。

凯特　我知道没用，艾琳。我知道你焦虑时就喜欢吃东西。但你得忍耐啊。

艾琳　我会的。（停顿）唉，巴比波比为人正派，我相信，他会照看比利。

凯特　他要是正派，干吗带走可怜的比利？他难道不知道他俩姑妈会担忧吗？

艾琳　我不知道他是否想到。

凯特　我真想打掉巴比波比的牙。

艾琳　我觉得他……

凯特　用块砖头。

艾琳　我觉得他至少应该让比利留个条。

凯特　不说了。不说了（停顿）不说了，不说了，不说了……

艾琳　嗨，凯特，别再叨叨你那个"不说了"。

【凯特注视着艾琳摆放鸡蛋。

凯特　送蛋人来过了。

艾琳　来过了。自打滑头海伦辞工后，送蛋人送来的鸡蛋比以前多了。

凯特　我不明白他为啥要留着海伦？

艾琳　我觉得他怕她，再不就是他爱上了海伦。

凯特　（停顿）我感觉比利也爱上了海伦。

艾琳　我也觉得比利爱上了海伦。不过到头来只有痛苦的眼泪。

凯特　眼泪或死亡。

艾琳　我们要看得光明些。

凯特　眼泪、死亡，也许更糟。

【扬尼上，神气活现。

艾琳　扬尼帕丁。

凯特　扬尼帕丁。

扬尼　扬尼帕丁今天有三条新闻向你们播报。

凯特　我们只想听好消息，扬尼帕丁，我们今天心情不好。

扬尼　我有条伊尼西莫岛游人的消息，但那是我的第三条新闻。

凯特　比利怎样，扬尼帕丁？嗨，先告诉我们这条消息吧。

艾琳　先告诉我们这条消息吧，好吗，扬尼帕丁。

扬尼　如果你们想要安排我的新闻播报顺序，我就立马走人。

凯特　别走，扬尼帕丁！别走！

扬尼　怎样？

艾琳　就按你的顺序告诉我们，扬尼帕丁。你不是最了解新闻播报顺序吗？

扬尼　我是最棒的。我也知道我最了解。大家公认。我看你们进了不少鸡蛋。

艾琳　没错，扬尼帕丁。

扬尼　嗯，我的第一条新闻，克里村出了一只没长耳朵的绵羊。

艾琳　（停顿）这是条轰动新闻。

扬尼　你们别问我没耳朵它咋听，因为我既不知道也没兴趣。我的第二条新闻是，有人发现布伦南家的猫和埃勒瑞家的鹅都死了，可据说镇上并没人看到啥动静，所以我们可以推断，但不可声张，因为杰克·埃勒瑞脾气火爆。

凯特　这条消息太不幸了，看来世仇难免。

扬尼　世仇难免，除非其中一方或双方都停止杀戮。好了，太太，我拿六个鸡蛋，两礼拜前我答应我妈，给她做蛋饼。

艾琳　那第三条新闻呢，扬尼帕丁？

扬尼　我刚说到我妈时，你们连声问候都没有。哎呀，真是人情淡薄。

凯特　你妈好吗，扬尼帕丁？

扬尼　我妈挺好，在我尽心照料下，挺好。

艾琳　你还在想用酒灌死她，扬尼帕丁？

扬尼　灌到现在，没用。这些年来这老东西花了我多少酒钱。她死不了啊。（停顿）算了，我鸡蛋也拿了，新闻也报了两条，今天就到此为止吧。

凯特　那……第三条新闻呢，扬尼帕丁？

扬尼　噢，第三条新闻。瞧我这记性？（停顿）这第三条新闻是，巴比波比在岬角那边把他的小船拖上沙滩，让游客们下船，海伦和巴特利两人下船结束旅行。瘸子比利毫无踪影，毛发不见一根。（停顿）我得去逮捕巴比波比，他用石子儿砸我脑袋，我要跟他算账。谢谢你们的鸡蛋。

【扬尼下。停顿。凯特伤心地抚着墙上挂的旧袋子，在桌旁坐下。

凯特　他永远离开我们了，艾琳。他永远离开我们了。

艾琳　我们完全不知他是否永远离开我们了。

凯特　我从骨子里感到，艾琳，从他离开的那刻起我就知道。瘸子比利已不在人世。

艾琳　可医生不是再三向我们保证瘸子比利一切都好吗？

凯特　他是不想让我们伤心。扬尼帕丁一直在说大实话，他说比利爸妈溺死海上也是大实话。

艾琳　噢，天哪，巴比波比在朝我们这儿走来。

凯特　他显得悲伤吗，艾琳？

艾琳　他显得悲伤，不过巴比波比平时就那样。

凯特　他比平时显得更悲伤？

艾琳　（停顿）是的。

凯特　噢，不！

艾琳　他把帽子脱下了。

凯特　脱帽，那可是凶兆。

艾琳　也许想显出点绅士风度？

凯特　巴比波比？那倒是，他能用砖头砸奶牛。

【巴比波比上，手持帽子。

波比　艾琳，凯特。

艾琳　巴比波比。

波比　艾琳，你俩能坐会儿吗？我有事告诉你们。（艾琳在桌旁坐下）我刚带了海伦和巴特利。我知道，我本该把比利也带回的，可我没能带他回来，因为……因为他被带去美国试拍一部关于瘸子的电影。 也许……我想那部电影瘸子不是主角，瘸子只是个跑龙套。 是的，可这仍然是件好事，你们明白吗？（停顿）当然，世上许多事儿要比在一部好莱坞电影里演个瘸子更重要，我也这么劝比利，可他就是听不进，咋说也没用。今早他们上船走了。 比利写了封信，让我转交你们。（停顿）他说他至少得离开两三个月。（停顿）唉，他对我说，这就是他的人生。 我想也是。 反正，我希望他在那儿过得快乐。（停顿）事情就这样。（停顿）回见。

艾琳 回见，巴比波比……

凯特 回见，巴比波比。

【波比下，凯特拆开信。

艾琳 见鬼，啥叫"试拍"，凯特？

凯特 我也弄不清啥叫"试拍"。

艾琳 也许他信上会说。

凯特 哎哟，他的字太难看懂了。

艾琳 就那样了。

凯特 "亲爱的姑妈，你们猜到吗？"是的，我们猜到了。"我要去好莱坞试拍一部电影了，如果他们用我，就会给我一份合同，我就成为演员了。"他压根没解释啥叫"试拍"。

艾琳 他这么有心计也不解释？

凯特 这写的啥？ 这句中有两词写得我看不明白。"要是我大获成功……也许两三个月后我就会忙着拍戏，没时间常联系你们……所以，从夏天起你们要是没有我的消息……不用担心我；那只是意味着我在美国生活得快乐、健康；我在放手一搏，为我自己，为你们，也为我爸妈争光。 代我向岛上所有人问好，扬尼帕丁除外。 你俩多多保重，凯特姑妈和艾琳姑妈，你们哀叫着我的整个世界……你们意味着我的整个世界，'意味'这词写得象'哀叫'。"（停顿）"您们亲爱的……比利·克莱文"

艾琳　（大哭）我们为他操碎了心！

【艾琳走到柜台前，在糖果盒里摸索。

凯特　我们养育他这么多年。

艾琳　我们养育他，从不嫌他是个瘸子。

凯特　他就这么回报我们，整天盯着母牛，让我们丢脸？

艾琳　我希望他去美国的那艘船沉入海底！

凯特　我希望他像他爸妈一样溺死大海！

艾琳　（停顿）我们是否对他太恶毒了？

凯特　（大哭）我们对他恶毒是我们对他生气啊。你在吃啥？

艾琳　噢，亚拉糖，你别盯着我。

凯特　我以为你把亚拉糖都吃光了。

艾琳　我留了几包以防万一。

凯特　吃吧，艾琳，吃吧。

艾琳　你也来一包，凯特？

凯特　我不吃。今天没有胃口。别说亚拉糖了。

艾琳　（停顿）我们总有一天能见到瘸子比利，对吗，凯特？

凯特　我们只怕见到吉姆·芬尼根女儿进修道院也未必再见得到瘸子比利。（停顿）我不知道我是否还想再见到瘸子比利。

艾琳　我也不知道我是否还想再见到瘸子比利。（停顿）我想再见到瘸子比利。

凯特　我也想再见到瘸子比利。

【停顿，暗场。

【幕间休息。

第二幕

第一场

【四个月后,夏天,店内。 墙上挂着两张同教堂里一样的《阿伦岛人》电影海报。 柜台上放着糖果盒子和一块石头,巴特利站在柜台前等凯特取货。 他笨拙地噘着嘴唇,晃悠着东瞧西看打发时间。 海伦拎着几打鸡蛋上。

海伦　你在等啥?

巴特利　她在后面帮我找脆香酥呢。

海伦　哼,你就想着你他妈的脆香酥。

巴特利　脆香酥可好吃啦。

　　【海伦把鸡蛋摆放在柜台上。

　　你送鸡蛋来了。

海伦　你眼睛倒很尖。

巴特利　我记得这是送蛋人干的活儿。

海伦　以前是送蛋人干的活儿,在我狠狠踢了他的小腿后,他就来不了啦。

巴特利　你干吗踢他小腿?

海伦　他胡说是我帮他们杀了埃勒瑞家的鹅和布伦南家的猫。

巴特利　可不就是你帮他们杀了埃勒瑞家的鹅和布伦南家的猫吗?

海伦　我知道是我杀的,但这事儿传出去我就拿不到钱了。

巴特利　给你多少?

海伦　杀鹅八块,杀猫十块。

巴特利　杀猫为啥多两块?

海伦　我得花钱借达西的斧子。杀鹅我只要踩死它,杀猫光靠踩可不行。

巴特利　杀猫你可以用块木板,那借斧子的钱就省下了。

海伦　我当然想干得更专业点,巴特利。孩子们才用木板,我不会用块木板去打一只绿头苍蝇。

巴特利　那你用啥打绿头苍蝇?

海伦　我不会用啥去打绿头苍蝇。打绿头苍蝇又没钱。

巴特利　吉姆·芬尼根女儿一天就弄死十二条虫子。

海伦　噢,朝它们吹气?

巴特利　不是,往它们眼睛里扎针。

海伦　这太不专业了。(停顿)我都不知道虫子还长眼睛。

巴特利　它们被吉姆·芬尼根女儿收拾后就没了。

海伦　这儿放块石头干吗?

巴特利　我刚进来时撞见奥斯本太太对着这石头说话呢。

海伦　她对石头说什么呢?

巴特利　她说"你好,石头",然后把石头拿到耳边好像在听石头的回话。

海伦　这好吓人呢。

巴特利　她还问石头,是否知道瘸子比利在美国为他自己干啥呢。

海伦　那石头说啥?

巴特利　(停顿)石头啥也没说,海伦,石头不会说话。

海伦　哦,我以为你是说奥斯本太太替石头答话。

巴特利　没有,奥斯本太太就只说自己的话。

海伦　也许我们该把石头藏起来,看看奥斯本太太会不会发狂。

巴特利　那不是基督徒的行为,海伦。

海伦　那不是基督徒的行为,没错,可多有趣啊。

巴特利　算了,海伦,别去碰奥斯本太太的石头。瘸子比利那事儿还不够她伤心吗?

海伦　比利是死是活,总该给他俩姑妈一个消息,不该让她们苦盼着一封永远等不到的信。整整四个月了,她俩就这么等着?毫无音信,巴比波比知道的事儿早传遍了伊尼西曼岛,就瞒着她们俩。

巴特利　告诉她们有啥好处?至少现在她们还相信比利活着。巴比波比的消息能帮她们吗?而你永远不知道,也许奇迹出现,瘸子比利压根就没在好莱坞死去。也许瘸子比利的生命不止三个月。

海伦　我倒希望瘸子比利已经在好莱坞死去,他明知自己死期已近,非要占着好莱坞本该给一位美女的角色。

巴特利　美女角色?用个美女来演个瘸子?

海伦　给我机会,我啥都能演。

巴特利　我听说过。

海伦　听说过啥?

巴特利　我听说好莱坞挤满了美女,他们就缺少瘸子。

海伦　你干吗护着瘸子比利?他答应给你寄一包你从没吃过的亚拉糖?

巴特利　也许瘸子比利在抽空给我寄亚拉糖之前就去世了。

海伦　你就胡编乱扯吧,你个废物。

巴特利　没寄出他答应别人的糖果,"死去"是最佳的理由。

海伦　你心肠太软。有时我为有你这样的弟弟觉得害臊。

巴特利　心肠太软,不痛苦。

海伦 噢，这样痛吗？（海伦揪巴特利的手臂）

巴特利 （疼痛地）不痛。

海伦 （停顿）这样痛吗？

【海伦掐他的前臂。

巴特利 （疼痛地）不痛。

海伦 （停顿）这样痛吗？

【海伦抓起一只鸡蛋磕在他额头上。

巴特利 （叹气）我真该在你发狠之前就认输。

海伦 你早该在我揪你胳膊时就认输，你没脑子。

巴特利 哪怕我认输叫痛，你还会往我身上砸鸡蛋。

海伦 那也难说。

巴特利 一有鸡蛋你就发狂。

海伦 我喜欢拿鸡蛋砸人。

巴特利 我猜也是。

海伦 你把你也算作一个人？有点高估了吧？

巴特利 我发现巴比波比拒绝你亲吻他时，你没拿鸡蛋砸他。

海伦 我们在离岸一海里的船上，我哪儿去找鸡蛋？

巴特利 他拒绝你亲吻，因为你一副巫婆相。

海伦 他拒绝我因为他恼怒瘸子比利，还有，你说谁巫婆相，你说！

巴特利 为啥生鸡蛋不腥气，熟鸡蛋就腥气？

海伦 我不知为啥，我管它为啥。

巴特利 他拒绝你，因为你特像那一个坐在礁石上的邋遢寡妇，等候着一个永不回归的无赖恶夫。

海伦 说的还挺押韵。

巴特利 押韵不算啥，说出了你的丑态。

海伦 一个脸上淌着蛋黄的小子，你很张狂。

巴特利　嗨,爱尔兰人将抗击他们的统治者。

海伦　这是迈克·柯林斯说过的话?

巴特利　反正是个大人物说的。

海伦　你想玩"英格兰对战爱尔兰"?

巴特利　我不会玩"英格兰对战爱尔兰"。

海伦　站好,闭眼,你做爱尔兰。

　　【巴特利面对她闭上眼睛。

巴特利　那你做什么?

海伦　我做英格兰。

　　【海伦从柜台上拿了三个鸡蛋,把第一个砸在巴特利额上,蛋黄从额上流下。巴特利睁开眼,伤心地看着她。海伦将第二个鸡蛋砸在他额上。

巴特利　你这样太过分了……

海伦　还没完呢。

　　【海伦把第三个鸡蛋砸在巴特利身上。

巴特利　你真的太过分了,海伦。

海伦　巴特利,我在给你上一节爱尔兰的历史课。

巴特利　我不要上爱尔兰历史课。(大叫)别再用鸡蛋砸我,我才洗过头!

海伦　巴特利·麦考米克,在爱尔兰重新立国之前,将有比鸡蛋粘头发更惨重的伤亡。

巴特利　你看,我最好的毛衣!

海伦　沾了鸡蛋。

巴特利　我知道沾了鸡蛋!我知道!可我明天要穿着它去看电影,你现在称心如意了,对吗?

海伦　我就等着明天的电影。

巴特利　我也等着明天的电影,现在我的毛衣被你毁了。

海伦 我想明天我会用鸡蛋砸银幕。什么狗屁《阿伦岛人》。本该叫《阿伦岛妞》，阿伦岛美妞。不该弄出一部傻屁们打鱼的狗屎片子。

巴特利 海伦，所有的事，你都要扔鸡蛋？

海伦 这份送蛋工我很骄傲。这老东西还出来付我鸡蛋钱吗？（大叫）说你呢！石头婆娘！

巴特利 她去给我拿脆香酥就不出来了。

海伦 我可不想浪费我的青春等这个刁钻的老屁眼了。巴特利，你帮我要鸡蛋钱，回家路上交给那送蛋人。

巴特利 我帮你要，海伦，放心。

【海伦下。

我帮你要个屁，你他妈的一个满嘴喷粪的贱货，你……

【海伦从门外探头进来。

海伦 还有，你别让她扣掉那打碎的四个鸡蛋的钱。

巴特利 我明白，海伦。

【她再次下。他叹息着。

女人哪。

【凯特从里间磨磨蹭蹭心不在焉上，抬眼才注意到巴特利。

凯特 你好，巴特利。你要什么？

巴特利 （停顿，困惑不解）太太，你在里面找脆香酥啊。

【凯特思忖了一刻，磨蹭着又走回里间。巴特利脑袋抵着柜台，懊丧地大声抱怨。稍稍停顿后，凯特折回，拿起她那块石头。

凯特 我得拿我的石头。

【她又走入里间。停顿。巴特利抄起一把木槌，砸碎了柜台上所有鸡蛋，然后摔门而下。暗场。

第二场

【好莱坞一间肮脏的宾馆客房。 比利的喘息声响起,追光照着他坐在椅子上瑟瑟发抖。 他不停地微微喘息。

比利　妈? 我恐怕我活不太久了,妈。 难道远离了我那故乡的荒岛,就再也听不到报丧女鬼的哀嚎了吗? 那贫瘠的故乡,我为它骄傲为它牵肠,可我还是背弃了你;我将孤身一人,在一间廉价客房里死去,没有母亲为我擦去身上的冷汗,没有父亲因我的夭亡而诅咒上天,没有一位姑娘抚着我垂死的躯体流泪悲伤。 一具死去的躯体,是的,可这是一具高贵无畏的躯体。 一个爱尔兰人! (停顿)正是一个爱尔兰人。 他心灵正直,品格良善,一个不屈的灵魂,纵然百年饥饿,一生苦难也无法摧毁! 不屈的灵魂,不屈……(咳嗽)但这是一具残缺的躯体,溃烂的肺,而且,说实话,还有一颗破碎的心,没有一个女孩懂得他的真情,现在没有,永远没有。 你说什么,妈妈,你在告诉我吗? (他望着桌上一张纸)我知道,给家乡的她写信,表露我的爱情。 妈,今天太晚了。 明天写也不会耽误吧?

【他起身,跛脚来到左边镜前,轻轻唱起《平头男孩》。

"再见吧,爸爸,还有妈妈,还有玛丽妹妹,你是我的唯一。 而我的兄弟,独来独往。 他在磨石上打磨箭锋。"

【他跟跟跄跄，虚弱地爬上床。 他边喘边拿起梳妆台上的照片注视着。

妈妈，天堂会是啥样？ 听说那是一个美丽的地方，甚至比爱尔兰更美，就算那样，它也无法与你媲美。 我在纳闷他们怎会让瘸小子们也上天堂，我们不是只会让天堂变得更丑吗？ （他把照片放回梳妆台）"这个男孩死在爱尔兰，葬在爱尔兰。 所有路过的好人们，祈求上天怜悯这平头男孩。"唉，今晚我胸口疼得厉害，妈妈。 我想我现在先睡会儿。 明天铁路货场还有重活要干。 （停顿）妈妈，怎样？ 我的祈祷？ 我知道。 就像你教我那样，我怎会忘记？ （他祈福自己）现在我要躺下睡了。 我祈求上天保佑我的灵魂。 别让我……（停顿）别让我在睡梦中死去……我祈求上天（流泪）我祈求上天……（停顿，他回过神来，微笑着）嗨，别担心，妈妈。 "我去往的只是梦乡。"我只是入梦。

【比利躺下。 他疼痛的喘息声越来越重，直到猛然停住，他双眼紧闭，脑袋歪向一边，一动不动地躺着。 隐入黑暗。

第三场

【昏暗的教堂里坐着波比、扬尼老妈（攥着酒瓶）、扬尼、海伦、巴特利、艾琳和凯特。大家都盯着银幕上放映中的《阿伦岛人》。电影将要结束，影片音响很轻，几乎听不见。

老妈　这是干吗呀？

扬尼　你说这像干吗？

巴特利　他们不是在抓鲨鱼吗，太太，一头大鲨鱼？

老妈　是吗？

扬尼　闭嘴，喝你的酒。

老妈　我喝，蠢货。

波比　我希望瓶里装的只是水，扬尼帕丁迈克。

扬尼　当然只是水。（耳语）老妈，别让巴比波比闻到你酒气。

老妈　我知道。

扬尼　别再说"蠢货"。

波比　奥杜戈尔太太，这些日子你家扬尼又偷你的积蓄了吗？

扬尼　我从未偷过我妈的积蓄，我只是借，短期借款。

老妈　从1914年起这狗日的就开始短期借款了。

扬尼　反正这就是我的短期借款的定义。

凯特　（停顿）这条鱼好大。

艾琳　这是头鲨鱼，凯特。

271

凯特　是头什么？

艾琳　鲨鱼，鲨鱼！

海伦　除了对石头说话，你连鲨鱼的样子都忘了？

巴特利　美国沿海你常碰到鲨鱼，太太，一大群鲨鱼，有时候它们靠海岸很近，你甚至不用望远镜也能看到它们……

海伦　又是望远镜，天哪……！

巴特利　爱尔兰沿海很少见到鲨鱼。这是我在爱尔兰海边看到的第一头鲨鱼。

扬尼　既然鲨鱼都跑到爱尔兰来，那爱尔兰这地方就没那么差。

巴特利　（停顿）巴比波比，警察没追究你用石子儿砸扬尼帕丁的脑袋，咋回事？

波比　哦，警察一听用石子儿砸扬尼帕丁脑袋就乐得哈哈大笑。"下次用块大砖头"，他说，"用石子儿砸头不得劲"。

扬尼　那警察想让警所炒他鱿鱼，要不他干吗散布那恶毒谣言。

波比　谁都知道干警察这行都是些什么鸟人。

扬尼　他用拨火棍揍他老婆，你们知道吗？

海伦　那还用说？你不用拨火棍揍你老婆，他们能让你干警察吗？

波比　说他用拨火棍揍老婆是谣传。（停顿）他用了一截橡胶管。

凯特　（停顿）不说了，他不说了。

海伦　她那块石头不见了？

艾琳　是啊。

海伦　嘿，石头！

艾琳　海伦，别说她，行吗？

海伦　（停顿）嗨，他们永远抓不到这头狗日的鲨鱼了。这好像忙活了快他妈的一小时了。

巴特利　没有。确切点也就三分钟。

海伦　要是我在这片子里演个角色，这狗日的撑不了这么久。狠狠地给它一下，我们大伙就可以回家了。

巴特利　要我说，用雷·达西的斧子给它狠狠的一下。

海伦　什么斧子，你瞎说。

巴特利　难道杀头鲨鱼比杀只猫更容易吗？

扬尼　哇，扬尼帕丁听到这啥消息啊？

【海伦揪住巴特利的头发，拧转他的脑袋，扬尼在小本子上记着。

海伦　你他妈的等我带你回家。你他妈等着……

巴特利　哎哟，痛，海伦，痛……

海伦　当然痛，你他妈的就该痛。

波比　放了巴特利，海伦。

海伦　去你妈的，巴比波比·贝内特，你个狗日的说话不算数。你敢跟我出去吗？

波比　我不敢。

海伦　那就闭上你的狗嘴。

波比　反正，你要跟我亲嘴我就不敢。

【海伦推搡着松开了巴特利。

扬尼　记下啦，现在扬尼帕丁又赚了。这条新闻至少可以从帕特或者杰克手中换一大块羊排。嘿嘿。

海伦　要是这事儿在杰克和帕特付我酬劳之前就传开，你就断了脖子吃羊排吧，你个狗日的。

扬尼　那没得说。

巴特利　（停顿）看那人的鼻子多大呀。（停顿）我说呢，那人的鼻子真大。

凯特　巴特利，你最近又掉进过哪个坑里吗？

巴特利　嘿，太太，那回掉进坑里我不才七岁吗？你干吗每年要提这事儿？

273

海伦　（停顿）瞧，他们还没抓住这狗日的鲨鱼！ 这么难？

【海伦朝银幕扔了个鸡蛋。

波比　海伦，别朝银幕扔鸡蛋。 你朝电影里那可怜的女人扔了五个还不够吗？

海伦　差远了。 我一次也没砸到这贱货的嘴巴。 她老是在动。

波比　你迟早会毁了送蛋人的床单。

海伦　嗨，送蛋人床单上面本来就沾满了鸡蛋。

巴特利　你咋知道送蛋人床单上沾满鸡蛋，海伦？

海伦　唔，吉姆·芬尼根女儿告诉我的。

老妈　（停顿）唉，他们干吗非要抓那头可怜的鲨鱼呢？ 它又没伤害人。

扬尼　放掉那头鲨鱼？ 哪有这样的事儿！ 这头鲨鱼死定了。

波比　这头鲨鱼死定了，对呀，一头没长耳朵的鲨鱼。

扬尼　这鲨鱼死定了，对呀，一头在安特立姆和小妞亲嘴的鲨鱼。

波比　你说什么小妞亲嘴，你要我抽你一顿？

扬尼　是你打断我和我妈说鲨鱼的事儿。

老妈　他们应该抽那鲨鱼一顿，然后放了那可怜的东西。

扬尼　你怎么突然爱上鲨鱼了？ 不是一头鲨鱼吃掉了我爸吗？

老妈　是一头鲨鱼吃了你爸，可耶稣说过，你应该不念旧恶。

扬尼　他可没说对鲨鱼不念旧恶。

巴特利　（停顿）反正，鲨鱼本来就没耳朵。 （停顿。 众人看着他）巴比波比刚才说那鲨鱼没长耳朵。 （停顿）鲨鱼本来就没有耳朵。

扬尼　我们早就不说耳朵了，你个傻屄。

巴特利　那我们在说什么？

扬尼　我们在说耶稣宽恕鲨鱼。

巴特利　哦，这个话题太棒了。

274

海伦　比起耶稣，我更喜欢本丢·彼拉多。耶稣太自负。

巴特利　耶稣曾把上千只猪赶入大海，你们听过这故事吗？淹死了那么多可怜的牲畜。学校的课上总跳过这一段。

凯特　我不知道耶稣还会赶猪。

海伦　太太？你疯癫了，对吗，太太？你没疯癫吗，太太？

凯特　我没疯癫。

海伦　你疯癫了，你的石头告诉我了。

凯特　我的石头说啥？

海伦　听到吗，巴特利？"我的石头说啥？"

扬尼　可怜的凯特当然疯癫了，海伦。她俩十六年疼爱养大的小子宁愿染着肺结核死在好莱坞也不愿陪伴她俩。

【艾琳两手抱头站起，转脸来面对扬尼，波比也站起面对扬尼。

艾琳　（惊呆）啥？你说啥？

扬尼　我操。

【波比抓住扬尼，把他狠狠地拎了起来。

波比　我没跟你说过吗？！我没跟你说过吗？！

扬尼　她们领养的宝贝临死前背弃她们，不辞而别。她们难道没有权利知道吗？

波比　你就不能闭上你的臭嘴吗？

扬尼　扬尼帕丁迈克从来不愿保守秘密。

波比　那咱俩出去，看你能不能保守秘密。

扬尼　你会吓着我妈的，巴比波比，你会吓着我妈的……

老妈　波比，我没事。你弄他出去，狠狠地抽他一顿。

扬尼　你再也吃不到鸡蛋馅饼了，老骚货！

老妈　反正还有胡萝卜馅儿的。

扬尼　你就只好这口味！

【扬尼被波比拖了出去。他的尖叫声渐远。艾琳站在巴特利面前，双手仍捂着脑袋。

艾琳　刚才扬尼帕丁说啥呢？

巴特利　你挡住我了，太太，我看不见了。

【艾琳挪到老妈面前。

海伦　这他妈的到底看啥呀，就看这帮套着破汗衫湿乎乎的鸟人？

艾琳　奥杜戈尔太太，你家扬尼刚才说啥呢？

老妈　（停顿）艾琳，他们说瘸子比利得了肺结核。

艾琳　不会……！

老妈　唉，反正他们说他得了肺结核。四个月前就告诉比利了，说他只能再活三个月了。

巴特利　也就是说他应该死了一个月了，太太。幼儿减法，四减三。

艾琳　不过，这要只是你家扬尼帕丁迈克的八卦，我一个字都不信。

老妈　是啊，这要是扬尼帕丁的八卦你没必要当真，可这是巴比波比的消息。出海前那晚，瘸子比利给他看了一封麦克谢里的信。巴比波比本来不想带上瘸子比利的，可他心软了。波比妻子安妮不也死于肺结核吗？

艾琳　是的，她死得可痛苦了。唉，瘸子比利。每日每夜我们都诅咒他不给我们写信，他根本就没法写了！

海伦　唉，都入土了，还怎么写。

艾琳　可是……可我问过麦克谢里医生五六回，他都说比利身体没有毛病。

老妈　那是当然，我猜他不想让你们伤心，艾琳，大家都不想。（停顿）我很抱歉，艾琳。

【电影结束，海伦和巴特利站起伸懒腰，艾琳坐着流泪。

海伦　谢天谢地，这垃圾片总算放玩了。一泡狗屎。

【影带转完，屏幕空白。幕后亮起一灯，映出比利的侧影，只有凯特看到了。她起身盯视着屏幕。

老妈　（自己转动轮椅离去）最后他们抓到鲨鱼了吗，海伦？

海伦　那根本不是鲨鱼，太太，是个穿灰色驴皮夹克的高个子。

老妈　你咋知道，海伦？

海伦　我给那家伙亲过几回嘴，他答应让我演下部片子，结果我发现这小子骗我，我不就狠狠踩了他的鸡巴吗？

老妈　这大惊小怪抓了半天，就这灰色驴皮夹克的主，我不明白。

海伦　反正这会儿他再也演不了鲨鱼了，太太，我踩了这狗日的好几脚。

【海伦和老妈下。巴特利站起盯着屏幕，认出了比利的侧影。艾琳背对屏幕，还在哭泣。凯特把幕布放下，看到比利鲜活地站在那儿。

海伦　（幕后，大叫）你小子，走不走啊？

巴特利　我马上出来。

比利　我不想在电影结束前打扰你们。

【艾琳转过身来见到比利，惊呆了。凯特扔下手中石头紧抱比利。

巴特利　你好，瘸子比利。

比利　你好，巴特利。

巴特利　刚从美国回来？

比利　是啊。

巴特利　哇唔。（停顿）给我带亚拉糖了吗？

比利　没带，巴特利。

巴特利　嗨，你他妈答应我的，比利。

比利　他们只有脆香酥。

【比利抛给他一袋糖果。

277

巴特利　哎呀，脆香酥也成。谢谢你，瘸子比利。

凯特　你还活着，对吗，比利？

比利　我活着，凯特姑妈。

凯特　那就好。

巴特利　咋回事儿，比利？

比利　噢，我他妈的根本没病，医生的信是我写的，就为让巴比波比带我出海。

巴特利　比利，你个瘸小子真他妈聪明。你从《比格斯历险婆罗洲》里学的这招？比格斯对食人族说自己有麻疹，结果他们就没吃他，对吗？

比利　不是，巴特利，我自己的主意。

巴特利　可跟这一招太像了，比利。

比利　不，我自己的主意，巴特利。

巴特利　哇，你比我想象中的你还要聪明，比利。你让伊尼西曼岛上一帮乞丐都成了傻瓜，大家都像白痴似地以为你死在美国了，包括我。你玩得漂亮。

艾琳　不是岛上所有人都这样。我们有些人觉得你只是出走，你出走因为你不愿同养育你的人一起生活。

比利　完全不对，艾琳姑妈，正因为我无法再忍受与你们分离，我不就回来了吗？一个月前通过试镜我不是从美国佬那儿拿到了我的角色吗？但我告诉他们：不行，无论他们付我多高片酬，我明白我不属于好莱坞。我属于伊尼西曼岛，那儿有爱我的人，还有我爱的人。

【凯特亲吻他。

巴特利　既然瘸子们都拒绝好莱坞而回到爱尔兰，那爱尔兰这地方就没那么差。

比利　说实话，巴特利，拒绝好莱坞不算啥，他们要我念的台词真狗屎啊。"难道远离了我那贫瘠荒岛的故乡,就听不到女鬼在呼唤我吗?"(巴特利大笑)"上天啊,我是一个爱尔兰人! 百年压迫也无法摧毁我的灵魂和精神。 你来吧,我将举起我他妈的橡木拐杖"。 太狗屎了! 还让我唱他妈的什么《平头小伙》。

凯特　我觉得他会成为一个好演员,你说呢,艾琳?

巴特利　这台词太有趣了,瘸子比利。 再来一遍。

凯特　比利,我先回家给你把房间整理一下。

巴特利　嗨,你忘记你的石头了,太太。 你不想回家路上再和它说几句?

凯特　我把石头留这儿了,现在比利宝贝回来了,我可以跟他说话,对吗,比利?

比利　是的,姑妈。(凯特下)噢,她不会又对那要命的石头说话了,对吗?

巴特利　是啊。 她没日没夜地对那石头说话,大家都嘲笑她,我也是。

比利　你不应该嘲笑别人的痛苦,巴特利。

巴特利　(困惑)为啥?

比利　我不知道为啥。 就是你不应该那样。

巴特利　可那实在太可笑了。

比利　可笑也不应该。

巴特利　好吧,虽然我不同意你,但你给我带了脆香酥,我不跟你争了。 瘸子比利,待会你告诉我美国有多棒,好吗?

比利　好的,巴特利。

巴特利　你在那儿见到卖望远镜的了吗?

比利　没有。

巴特利　(失望)嘿,我那个住在麻州波士顿的玛丽姑妈怎样了? 你见到她没有? 她长着一头滑稽的棕发。

比利　我没见到,巴特利。

巴特利　噢。(停顿)反正,瘸子比利,我真高兴你还活着。

【巴特利下。

比利　(停顿)巴特利一心就想知道美国有多好。

艾琳　难道不好吗?

比利　和爱尔兰一模一样。到处都是长胡子的胖女人。

【艾琳站起,来到比利面前,拍了他脑袋一巴掌。

哎呦!干吗呀?!

艾琳　什么长胡子的胖女人!你不在家时给我们写封信会死吗?不会的呀,音信全无,音信全无啊!

比利　唉,姑妈,我太忙了。

艾琳　噢,忙得没时间给你姑妈写信,让你姑妈为你急出病来,你倒有时间给个白痴买脆香酥。

比利　买脆脆酥只要一分钟,这个对比不合适。

艾琳　明明你错了,少跟我说大词。

比利　"对比"不是个大词。

艾琳　别去了趟美国个就得意忘形。

比利　我还发现美国的邮政系统太复杂了。

艾琳　你少找借口。别指望我会像你凯特姑妈那样宽容和健忘。她宽容,只是为你而弄得半疯半傻。我可不会上你的当。

比利　唉,别这样,姑妈。

艾琳　(边说边下)我就这样,我就要这样。(停顿良久,比利低着头。艾琳又探头问道)你喝茶要来个纸杯蛋糕吗?

比利　要的,姑妈。

艾琳　好的!

【她再次下。停顿。比利看着被放下的幕布,他把它放平展开,站在那儿注视着它。他轻轻地抚摸着幕布,沉思着。波比从右方悄悄上，片刻后比利才看到他。

比利　巴比波比。 我明白我得给你一个解释。

波比　不用解释，比利。

比利　我要解释，波比。 我从未想过我还有需要解释的这一天。 我原想去美国后我会永远消失。 要是他们用我，让我拍电影，那我就真地消失了。 但他们没要我。 他们雇用了一个来自佛州的金发小子。 他一点也不瘸，可美国佬说，"行了，就找个会演瘸子的正常人，别他妈的弄个不会演戏的瘸子。"他原话还要恶毒。 （停顿）我觉得我自己的演技并不差。 （停顿）反正我要放手一搏，我必须放手一搏。 巴比波比，我必须离开伊岛，无论怎样，就像我爸妈当年离开伊岛一样。 （停顿）过去在这儿，我常想着淹死我自己，那就……那就把我被人嘲弄被人笑话的生命彻底了断，除了瘸着腿往医生那儿去，就是瘸着腿从医生那儿回，一遍遍地翻旧书，想方设法混日子。 日复一日，人们见我偷笑，拍我脑袋，好像我是脑残傻瓜；除了一个村里的孤儿，村里的瘸子，我啥也不是。 而这儿有许多人比我残疾，只是外表上看不出。 （停顿）但是，巴比波比，你不是他们，从来就不是。 你心地善良。 我想这就是为何一封肺结核的信就这么容易骗了你，也就是为何当时和现在我一直内疚我骗了你。 特别是用你去世妻子的那种病骗你。 我只觉得那样有效。 但长远而言，我想过，我也希望，要是在你被骗和我自杀两者间选择，你一定会选择你一次次被骗。 我错了吗，巴比波比？ 我错了吗？

　　【波比缓缓走到比利面前，从袖中取出一截铝管。

波比　你错了。 （波比举起铝管）

比利　别这样，波比，别……！

　　【比利抱头，铝管砸下。 暗场。 比利的惨叫声和铝管击打肉体声。

第四场

【入夜,店内。医生在处理比利青肿流血的脸。凯特在柜台里,艾琳在门内向外看。

艾琳　扬尼帕丁迈克跑遍全岛到处播报比利回家的消息呢。
凯特　今天新闻可真不少。
艾琳　他一手拿着条面包,两胳膊底下还各揣着一条羊腿。
凯特　比利回家,巴比波比被抓,最让人吃惊的是吉姆·芬尼根女儿进了修道院。
艾琳　要是连吉姆·芬尼根闺女都收,那谁都可以进修道院了。
凯特　修女的标准也不要了。
比利　为啥吉姆·芬尼根闺女就不能做修女?说她是妓女,纯属谣言。
医生　不对。吉姆·芬尼根闺女就是妓女。
比利　真的?
医生　真的。
比利　你咋知道?
医生　我知道。
艾琳　他是医生。
比利　(停顿)我就是讨厌人们背后造谣诽谤。我还没受够吗,还要让我受一辈子吗?

医生　可你不也给自己造谣了吗,你伪造了我的信你总得交代一下吧?

比利　那封信我很抱歉,医生,但它不是我唯一的途径吗?

艾琳　什么"途径",你听到吗?

凯特　从美国回来的人总爱说大词。

艾琳　"途径"。听不懂。

比利　姑妈,我想给医生来杯茶,你俩能去帮他沏一杯吗?

艾琳　你想把我们支开? 你直说嘛。

比利　我是想把你们支开。

【艾琳瞪了他一刻,俩人不悦地往后间下。

医生　比利,你不该那样对她俩说话。

比利　她们老是没完没了。

医生　我知道,可她们毕竟是女人。

比利　我想也是。(停顿)医生,你能告诉我那事儿吗? 你还记得我爸妈吗,他们是怎样的人?

医生　干吗问这事儿?

比利　噢,我在美国时常想起他们,想到他们当年如果到了美国会做什么。他们不就是出海去美国的那个夜里淹死的吗?

医生　人们是这么说的。(停顿)在我记忆中,他俩不是特别好的人。你爸是个酒鬼,不停地打架。

比利　听说我妈是个漂亮女人。

医生　不,不,她很丑。

比利　真的?

医生　猪都会被她吓跑。不过,嗯,尽管长得丑,她为人很和气,就是她的口臭,能把人熏倒。

比利　他们说我爸在我妈怀我时老打她,所以我就成了这样。

医生　比利,你成这样子是因为疾病,不是挨打造成的。别胡思乱

283

想。（比利微咳，轻喘）我看你还在喘。

比利　我还有一点喘。

医生　喘了这么久还没好。（他用听筒听诊比利前胸）这次出去你气喘好转了还是恶化了？ 吸气。

比利　可能有点恶化。

【医生听诊比利的后背。

医生　但你没有咳血，没有吧。

比利　噢，有一点。（停顿）有时会有。

医生　呼气。 比利，隔多久？

比利　（停顿）经常会有。（停顿）是肺结核吗？

医生　我还得多做几次化验。

比利　但像是肺结核？

医生　像是肺结核。

比利　（轻声）真是巧了。

【扬尼悄悄上，一手拿着面包，两胳膊下各夹着一只羊腿，一直倚在门边偷听。

扬尼　到底还是肺结核。

医生　噢，扬尼帕丁迈克，你能别再躲在门后偷听吗？

扬尼　上天保佑我们，但我敢说瘸子比利的肺结核是老天爷所赐，因为他在没肺结核时声称自己有肺结核，让扬尼帕丁的新闻出纰漏。

医生　老天爷不会赐人肺结核，扬尼帕丁。

扬尼　他会赐人肺结核。

医生　他不会。

扬尼　那他没有让埃及人长可怕的疖疮吗？

医生　疖疮和肺结核不一样，扬尼帕丁，还有，他没让埃及人长疖疮。

284

扬尼　在古埃及时代。

医生　也没有。

扬尼　反正他对狗日的埃及人下了手!

比利　他杀了他们的长子。

扬尼　他不仅杀了他们的长子,还朝他们降了青蛙雨。这小子熟读了《圣经》,你姑妈知道你得了肺结核吗,瘸子比利?

比利　不,她们不知道,你不能告诉她们。

扬尼　告诉她们是我的职责!

比利　那不是你的职责,今天的新闻你还不够吗?你这辈子就不能帮我一次吗?

扬尼　我这辈子帮你一次,对吗?(长叹一声)好吧,我不告诉她们。

比利　谢谢你,扬尼帕丁。

扬尼　扬尼帕丁是个善心的基督徒。

医生　我听到今天放电影时你在给你老妈喝威士忌,扬尼帕丁。

扬尼　我不知道她从哪儿弄的威士忌,她鬼得很,你知道吗?

医生　现在你老妈人呢?

扬尼　在家呢。(停顿)躺在楼梯底下呢。

医生　她躺在楼梯底下干吗?

扬尼　不干吗,就躺着呗。嗨,她看上去开心啊。手里攥着一大瓶酒。

医生　她为啥躺在楼梯底下?

扬尼　摔下去的!不然她干吗躺在在楼梯底下?

医生　你就让她躺在那儿?

扬尼　难道我得扶她起来?

医生　当然啦!

扬尼　我不是还得去播报新闻吗?这比扶她起来重要得多。你没

285

看到我弄到两只羊腿和一条面包吗？今天是个好日子啊。

【医生惊呆了。在扬尼夸着他的羊腿时，医生收拾起他的黑皮包。

医生 我走了，比利，我得去扬尼帕丁家，看他老妈是死是活。明天你来找我，再进一步检查？

比利 好的，医生。

【医生边瞪着扬尼边下。扬尼在比利身旁坐下。

扬尼 我老妈压根就没躺在楼梯底下。我只是受不了这讨厌的傻屄待在这儿。

比利 你这样不好，扬尼帕丁。

扬尼 好不好你说了不算，对吗，瘸子比利？

比利 是的，我说了不算。

扬尼 有啥不好？走自己的路，管别人屁事，这是扬尼帕丁迈克的座右铭。

比利 刚才在门后，你听到麦克谢里说起我妈的事吗？

扬尼 听到一点。

比利 他说得对吗？（扬尼耸肩）噢，为啥一说这事你就封口，而你聊别的话题，什么猫鹅引发血仇、孤汉弄残母羊，你就口无遮拦呢？

扬尼 这咋说，关于猫鹅引发血仇，你知道最新进展吗？（比利叹气）

扬尼 我们都以为杰克·埃勒瑞和帕特·布伦南在猫鹅被杀后会拼个你死我活，结果你猜怎样？今早有个孩子看见他俩在在干草垛里亲嘴。我这辈子弄不明白，俩男人亲嘴，还是两个相互讨厌的男人。

比利 （停顿）你又偷换话题了，扬尼帕丁。

扬尼 偷换话题我最拿手。之前说啥？哦，你淹死的爸妈。

比利　他俩是麦克谢里说的那样吗？

扬尼　根本不是。

比利　不是？可他们还是丢下我出走了。

【艾琳端一杯茶上。

艾琳　医生的茶来了。

比利　医生早走了。

艾琳　茶不喝就走了？

比利　显然如此。

艾琳　你又在显摆大词儿，比利·克莱文。

扬尼　医生的茶我来喝，省得你们吵嘴。（她把茶递给他）扬尼帕丁舍己助人，有饼干吗，太太？

比利　你又避开话题了，对吗。

扬尼　我没避开话题，我就要块饼干。

艾琳　我们没有饼干。

扬尼　我肯定你们有的是饼干。那边，货架上豆罐后面是啥？

艾琳　还是豆罐。

扬尼　你们进太多豆罐了。喝茶总不能就豌豆吧，除非是个怪人。（夹紧臂下羊腿）你们可别把扬尼帕丁迈克看成怪人，我可不是。

比利　扬尼帕丁，还是说我爸妈，他们那次出海。

艾琳　比利，那些陈年旧事。别提它了……

扬尼　如果孩子想知道就让他知道吧。他不是已经长大见过世面了吗？

艾琳　你不会真告诉他吧？

【扬尼盯视了她片刻。

扬尼　那晚我在沙滩见到他们时，我正注视着黑夜中咆哮的大海。要是没看到他俩把拴在他们手上的那一大袋石头扔到船上，我是不会多想的。他俩把你放在我怀里，就划着船向大海深处去了。

比利　那他们宁愿去死也不要我了？

扬尼　他们的确是自杀，是的，但不是你想的那样。你以为他们要抛弃你？

比利　要不，为啥呢？

扬尼　我能告诉他吗？（艾琳点头）在之前那一礼拜，他们首次被告知如果不去地区医院给你治病，你必死无疑。但医药费至少一百多英镑。他们没钱。我知道你清楚是他们的死亡保险金救了你。但你知道吗，就是我在海滩见到他们的那天，他们才刚签的保单？

比利　（停顿）为了我他们才自杀？

扬尼　一个礼拜后保险金支付了，一个月之后，你出院康复了。

比利　尽管那样，他们确实爱我。

艾琳　他们确实爱你，所以那样，比利。

扬尼　这是新闻吧？

比利　这是新闻。谢谢你，今天给了我这好消息，扬尼帕丁。

【他俩握手，比利坐下。

扬尼　不用谢，瘸子比利。

比利　叫我比利。

扬尼　比利。（停顿）行了，我回家看我老妈去了。也许医生冲进我家时她已经断气了，那我俩今天都有好消息了。（停顿）太太，除了豌豆，你还有啥酬劳我扬尼帕丁的好消息？

艾琳　这儿有亚拉糖。

扬尼　（看着包装盒）啥口味的？

艾琳　锦葵味。

扬尼　（停顿。想了一下）你留着吧。

【扬尼下。 停顿良久。

比利　姑妈，你早该告诉我的。

艾琳　我怕你听了受不了，比利。

比利　还是早该告诉我。 接受真相不会比你想得更难。

艾琳　我很抱歉，比利。

【停顿。 比利由她轻轻地抱着自己。

比利　我也很抱歉，刚才对你说"显然如此"。

艾琳　你应该道歉。

【她微笑着，轻拍他的脸。 海伦上。

艾琳　你好，海伦。 你来点什么？

海伦　我不要，我来看瘸子比利伤得怎样。 听说伤得厉害。

比利　你好，海伦。

海伦　你这样子真他妈的一个傻屄，瘸子比利。

比利　我知道。 嗯，姑妈，水开了吗，我听到里间有水壶声？

艾琳　唔？ 没有啊。 哦（咂嘴）水开了。

【艾琳往里间下，海伦瓣开比利的绷带察看脸上伤口。

比利　你这样掰疼啊，海伦。

海伦　哎呀，瘸子比利，别他妈的像个小姑娘。 美国咋样？

比利　挺好的，挺好。

海伦　在那边见到跟我一样漂亮的女孩吗？

比利　一个也没有。

海伦　比我差一点的漂亮女孩呢？

比利　一个也没有。

海伦　比我丑一百倍的呢？

比利　那，也许有两三个。 （海伦用手指狠戳他的脸。 他痛叫）
　　　哇呀！ 我说了，一个也没有。

海伦　你长点记性，瘸子比利。

289

比利　海伦，你非得这么暴力吗？

海伦　我非得这样，如果我想不被人欺负，我就非得这么暴力。

比利　那倒是，海伦，你七岁起就没人敢碰你。

海伦　应该是六岁起，六岁那年我就踹过一个牧师。

比利　你不能收敛一点你的暴力做个温柔的姑娘吗？

海伦　你说得对，我可以。等哪天我朝自己屁眼里塞个弯钉再说。（停顿）我刚才丢了送鸡蛋的那份工。

比利　海伦，你为啥丢了送鸡蛋的那份工？

海伦　你知道吗，我这辈子弄不清了。也许我老迟到，或总弄碎他的鸡蛋；还有我来劲时就踢他一脚。这些理由都不算正当。

比利　那是，都不正当。

海伦　还有我唾他老婆，那也不算正当理由。

比利　你干吗唾他老婆？

海伦　她活该。（停顿）你抢了我的位置去好莱坞这事儿，我还没踹你一脚呢。我在伊尼西莫岛上跟四个电影导演亲嘴之后才拿到那位置，你亲过谁啊？

比利　海伦，当时岛上就一个电影导演，叫弗莱赫迪那个。我就没见你靠近过他呀。

海伦　那跟我亲嘴的是谁呀？

比利　我猜多半是那些操着美国口音的马夫。

海伦　那帮杂种！你干吗不提醒我？

比利　我本来要提醒你的，可你看上去快活死了。

海伦　说实话，那些马夫真会亲嘴。要不是他们身上有股猪屎味，我真愿意跟他们约会。

比利　你现在没跟谁约会？

海伦　没有。

比利　（停顿）可我，从来没人亲过我。

海伦　你当然没被人亲过，你这怪模怪样的瘸子男孩。

比利　（停顿）是怪模怪样，我在美国时曾认真想过，如果我得留在美国，家乡这里的一切，我会思念哪些呢？我会思念这儿的风景吗？会思念石墙、小路、草地还是大海？不，我不会思念它们。我会思念这儿的食物吗？豌豆、土豆、土豆、豌豆？不，我不会思念的。我会思念这儿的人们吗？

海伦　你还要说多久啊？

比利　快说完了。（停顿）刚说哪儿啦？你打断我了……

海伦　"我会思念这儿的人们吗？"

比利　我会思念这儿的人们吗？我会思念我的两个姑妈，会有点儿想念她们。但我不会思念巴比波比和他的铝管凶器或者扬尼帕丁和他的的弱智八卦。不会思念学校里所有嘲笑过我的男生或所有一见我说话就啼哭的女生。我细细想过，要是伊尼西曼岛明天就沉没，岛上人们全都淹死，没有什么特别的人让我思念。只有你，海伦。

海伦　（停顿）你会思念那些你看个没完的母牛。

比利　哎呀。那母牛就更别提了。我想告诉你的是，海伦，是……

海伦　嗨，你想告诉我啥呀，瘸子比利？

比利　你老是打断我。

海伦　那你说呀。

比利　我想告诉你的是……每个男人都明白人生难得一搏，他必须尽心尽力，即便他知道成功渺茫，他决不放弃，不然活着有何意义？所以，我想，海伦，要是哪天，你哪天有空时，也许……我很清楚我的模样，但是我想，也许你愿意哪个晚上陪我出去散步，这个礼拜或下个礼拜？

海伦　（停顿）我干吗要跟一个瘸子男孩出去散步呢？再说你也没

291

法"散步",只是一瘸一跛,因为你走不了路。 没走几步我就得停下等你。 你我干吗要这样去"散步"呢?

比利　互相陪伴。

海伦　互相陪伴?

比利　就是……

海伦　就是啥?

比利　就是两人相爱。

【海伦盯了他一眼。 慢慢地轻声窃笑起来,她起身走向门去,又转身看了眼比利,大笑着下。 比利怔望着地面,凯特从里间悄悄上。

凯特　她不是个善良女孩,比利。

比利　你在听吗,凯特姑妈?

凯特　没在听,哎,就算听了一点吧。(停顿)比利,你会遇到好姑娘的。 一个不在乎你外表的姑娘。 一个珍惜你心灵的姑娘。

比利　姑妈,这样的姑娘我得等多久啊?

凯特　不会太久,比利。 也就一两年吧。 最多五年。

比利　五年……

【比利点着头,站起身,微喘,往里间下。 凯特收拾着欲关店门。 艾琳上,帮她一起收拾。 里间不时传来比利的咳嗽声。

艾琳　怎么瘸子比利看上去这么消沉?

凯特　比利请滑头海伦陪他出去散步,海伦说她宁愿陪一只断头猩猩。

艾琳　瞧你把海伦说成那样。

凯特　我是夸张了一点。

艾琳　我刚在想。(停顿)瘸子比利没想要高攀海伦。

凯特　瘸子比利确实没想要高攀海伦。

艾琳　比利想要那种傻傻的丑女孩,然后成家。

凯特　比利真该去趟安特立姆。他会有好机会。(停顿)可比利多半不喜欢脑子傻傻的丑女孩。

艾琳　是啊,比利不会称心。

凯特　是的。

艾琳　(停顿)凯特,你刚才错过了扬尼帕丁胡编的故事。他说,比利爸妈将一袋石头绑在他们自己身上出海,他们淹死自己,是为了用他们的死亡保险金救活比利。

凯特　扬尼帕丁在胡编乱扯。他们把那袋石头绑在比利身上,要不是扬尼帕丁游过去救了孩子,比利早在海底被鱼吃了。

艾琳　扬尼帕丁还偷了他老妈一百英镑去医院付了比利的医药费。凯特,我们哪天得把真相告诉比利。

凯特　那会让比利更加伤心的,艾琳。

艾琳　可不是吗?唉,反正等以后有机会再告诉他。

凯特　对。

【两人收拾完,艾琳锁门,凯特把油灯调暗。

凯特　艾琳,好几个月了,今晚我可以睡个安稳觉了。

艾琳　我知道,凯特。现在你对着石头说话的把戏结束了吗?

凯特　结束了。每次我焦虑时就会这个样子,你知道,我觉得我遮掩住自己了,可比利离开我们时我真急死了。

艾琳　比利不在时我也急得要命,但我可不会和石头说话。

凯特　唉,忘了石头这事儿吧。现在比利总算回到我们身边了。

艾琳　比利总算回来了,谢天谢地。

凯特　谢天谢地。

【两人微笑着手挽手往里间下。片刻后,比利抽泣着从里间上,他拧亮油灯,灯光照着他哭红的眼睛和流泪的脸颊。他小心地从墙上取下袋子,将罐头一只只塞入袋子,直到袋子很重；他收紧袋口绳子，将绳紧紧地扎在自己一只手上。弄完后，他停下沉思了一刻，跛着脚走向门口。敲门声响起。比利擦干脸上泪水，把袋子藏在身后，打开门。海伦探进头来。

海伦 （命令式）我可以和你去散步，不过得在没什么鸟人能看见我们的地方，等天黑了，不准亲嘴摸奶，我可不能让你坏了我的名声。

比利 哦，好的，海伦。

海伦 要亲要摸也别太过分。

比利 明天行吗？

海伦 明天绝对不行。明天不是巴特利的混账生日吗？

比利 真的？你送他什么？

海伦 我送他……我给这狗日的买了副望远镜。我这辈子弄不清我干吗会买，或许我知道他会喋喋不休地唠叨混账的望远镜，哪怕我对着那张臭脸给他一拳，他也未必停得下来。

比利 你心地真好，海伦。

海伦 我觉得我越长大心肠就越软。

比利 我也觉得。

海伦 你也觉得？

比利 是啊。

海伦 （羞怯地）真的啊，比利？

比利 真的。

海伦 唔，有这么软吗？

【海伦用手指在比利缠着绷带的脸上使劲戳了一下。比利痛叫。

比利 哎呀！没有，没这样软！

海伦 那就好，那他妈的我们就后天见面去散步。

比利 好的。

【海伦稍稍亲了比利一下,朝他眨了眨眼,带上门,下。 比利震惊地站了一刻,突然意识到扎在自己手上的袋子。 停顿。他解下袋子,把罐头放回货架,将袋子挂回墙上后抚了一刻。他微笑着跛脚向里间走去,突然他停下,捂住嘴剧烈咳嗽。咳嗽过后,他挪开手,看了手掌一刻,掌心一滩血。 比利的笑容消失了,他拧灭油灯,走入里间。 灯光转至暗场。

暴力与血腥杀戮的可怖镜像

——《伊尼西莫岛的中尉》

胡开奇

马丁·麦克多纳《伊尼西莫岛的中尉》(*The Lieutenant of Inishmore*)2001年首演于伦敦皇家莎士比亚剧院,2006年上演于纽约百老汇。这部血腥地展示一个爱尔兰共和军成员残忍暴虐地为其宠物猫复仇的黑色喜剧轰动了百老汇和外百老汇,连获当年托尼奖最佳戏剧提名和当年欧比奖、拉多克奖、洛特尔奖;2009年又获旧金山评论圈最佳制作奖。

《伊尼西莫岛的中尉》是麦克多纳1996年至2018年世纪之交年间完成的十部黑色喜剧之一;这十部剧中的六部剧作的背景均来自作者童年和少年时代的故乡——爱尔兰戈尔韦:以康尼玛拉丽南镇为场景的"丽南镇三部曲"(The Leenane Trilogy)和以戈尔韦海边阿伦群岛为场景的"阿伦岛三部曲"(The Aran Islands Trilogy),《伊尼西莫岛的中尉》是"阿伦岛三部曲"的第二部。除爱尔兰背景之外的四部剧作为《枕头人》(*The Pillowman*, 2003)、《断手斯城》(*A Behanding in Spokane*, 2010)、《绞刑手》(*Hangmen*, 2015),和《漆黑漆黑漆黑的阁楼》(*Very Very Very Dark Matter*, 2018)。

麦克多纳1970年出生于伦敦南部坎伯维尔的一个爱尔兰家庭,父母亲在他少年时代就移居回爱尔兰的戈尔韦,把麦克多纳和他后来成为电影编剧的哥哥留在伦敦。高中时期的他每年夏天回爱尔兰度假,这使他熟悉了爱尔兰西部的方言,形成了他日后戏剧写作的语言特色。他十六岁便在公司和超市打零工,靠失业救济金度日并开始写小说、电视和电影剧本。马梅特《北美野牛》一剧,使他从小说写作改为戏剧写作。在《丽南山的美人》成功之前,他曾写过二十二部广播剧投稿英国广播公司,被全部退稿。辉煌源自艰辛,这位早慧的爱尔兰剧作家也走过坎坷之路。1996年2月,这位二十六岁青年剧作家的《丽南山的美人》首演于伦敦英国宫廷剧院,立刻轰动了英伦三岛的戏剧界和观众。自此他的黑色喜剧不断热演于伦敦、纽约与世界各地,连获奥立佛奖、托尼奖、英美戏剧评论圈等多项大奖。他是继王尔德、叶芝、肖伯纳、贝克特、辛格、奥凯西等之后,又出现于爱尔兰这块戏剧文学厚土上的天才剧作家。

《伊尼西莫岛的中尉》的时代背景为20世纪90年代初,正处于20世纪60年代末至90年代末北爱尔兰周期性持续不断的暴力冲突阶段。地理上爱尔兰和英国相邻,却在历史上有过敌对而血腥的两国关系。11世纪英格兰统一后,开发并殖民爱尔兰、苏格兰和威尔士。在随后几个世纪中,英国对爱尔兰的统治日益加剧。德克兰·基伯德(D. Kiberd)这样描述爱尔兰与英国的关系:"英国人向世界展示了自己的节制、文雅和深植,并乐意用爱尔兰人的冲动、粗鲁和游牧来反衬自己道德与价值的完美,"[1]而英国作为一个帝国势力,将最消极的特质投射于被殖民的爱尔兰人身上,既是英国最大利益,也显示其统治合理性。英爱两国对立的关系在宗教和政治紧张的气氛中不断加剧,终于在20世纪爆发了近三十年的骚乱,直到1998年4月两国政府签订北爱和平协议后平息。如同历史上许多爱尔兰作家,麦克多纳"丽南镇"和"阿伦岛"两部爱尔兰的三部曲也深刻地探索了英国暴力统治的历史对爱尔兰社会与人文的潜在影响。

《伊尼西莫岛的中尉》剧中爱尔兰共和军分支民解军中尉帕德雷

赶回家乡伊尼西莫岛发现他的宠物黑猫被人弄死,便开始了疯狂的复仇杀戮。这部黑色喜剧场景的血腥残忍令人震撼,百老汇版的每场演出都要用去六加仑假血。民解军成员的帕德雷生性极为暴虐残忍,因小托米的猝死,他几乎虐杀了自己的父亲多尼和女友的哥哥戴维;他酷刑折磨贩大麻的杰姆斯,枪杀了民解军的布兰登和乔伊,活活肢解了民解军小头目克瑞斯,还开枪打碎了女友宠物小猫的脑袋;最可怕的是多尼和戴维被迫在满台尸体中血水四溅地以剁、砍、锯来肢解尸体的场景。对于剧中这种毫无节制的杀戮和血腥,评论家玛丽·勒克赫斯特(Mary Luckhurst)将《伊尼西莫岛的中尉》一剧形容为"随机暴行的狂欢"[2],抨击剧中的暴力行为没有任何意义或功能;而作为直面戏剧作家,麦克多纳无疑试图以人类世界血腥可怖的真实场景来揭示新的社会现实,以极端的道德勇气来呼唤人们的良知。

《伊尼西莫岛的中尉》一剧使用假血、假猫、活体动物、爆炸、枪声和逼真的尸体,引起了部分观众的恐惧和厌恶,剧中极致的血腥暴力和人物过度的文化定型招致某些批评;对于人物的过度文化定型,观看过麦克多纳黑色戏剧的爱尔兰观众反倒认为作者这是通过强调已知的文化定型观念来颠覆人物的性格共性。玛丽亚·道尔(Maria Doyle)认为《伊尼西莫岛的中尉》在舞台上使用了大量假血和其他手段,使暴力的舞台镜像变成了喜剧。道尔指出:"《伊尼西莫岛的中尉》是最残忍的暴力和最无情的喜剧,事实上这部剧作将暴力变成了喜剧。当然,麦克多纳并不是唯一将喜剧与暴力相结合的爱尔兰剧作家,这是从约翰·辛格到玛丽娜·卡尔起所流行的一种手法。通过将人物的琐碎日常生活与血腥的杀戮并置,麦克多纳迫使他的观众面对不适与不当的场景而大笑。运用吉格诺尔剧院的舞台艺术,麦克多纳的剧作迅速从喜剧变成暴力,使得观众在杀戮和血腥的场景中大笑不已。"[3]。道尔将麦克多纳黑色喜剧的暴力使用与约翰·辛格和玛丽娜·卡尔类比,从爱尔兰文学史的高度上来评价麦克多纳。

麦克多纳黑色戏剧的现代精神也体现在《伊尼西莫岛的中尉》一剧中所塑造的恐怖人物帕德雷和梅丽上,这类恐怖人物如同恐怖的极权暴政,都试图以肉体和情感上的酷刑来控制他人。这类人物和体制以酷刑为手段来查明"真相",并以此来控制无力反抗的人们。在《伊尼西莫岛的中尉》的第一场戏中,想到自己儿子的疯狂与残忍,多尼面对黑猫的尸体不禁哀叹,"要是那个疯子赶回来,我们很快就会跟你一样惨。会一样惨吗?会比你惨上两倍。"戴维则惊悚地说道,"会惨上三倍,多尼,也许会四倍?"多尼说,"戴维,要是你承认你撞了小托米,我就不告诉他。如果你死不认账,我就告诉他。你自己选吧。"多尼莫须有地以帕德雷以往的血腥暴力来逼迫戴维认罪。

原本一心想救活小托米的戴维为免遭帕德雷的酷刑只好违心认罪,"既然你非要我承认,那就算我弄死了小托米。"米歇尔·福柯(Michel Foucault)在《规训与惩罚》一书中指出:"酷刑在复杂的刑罚机制中占有严格的地位,在这种刑罚机制中,检控方成为审讯程序中的重要因素……"[4]福柯还在《性历史》一书中指出:"如果不是自发或出于某种内在意愿的供认,供词就是被暴力或威胁从人们身体中缴获;它被从人们的灵魂深处驱除,或从人们的肉体上榨取。"[5]

在最后一场戏中,当梅丽发现帕德雷枪杀了她的宠物猫罗杰少爷时,她毫不犹豫地以暴力对待自己的情感痛苦,她紧抱着帕德雷亲吻的同时,双枪对准他的太阳穴齐发,并唱起《临终的义军》"勇士牺牲,我自伫立。义军逝去,相会天堂"。而帕德雷一死,梅丽立刻取代他成为恐怖威胁的统治人,她同帕德雷一样利用他人对暴力和痛苦的恐惧来维护自己的权威。她命令多尼和戴维继续肢解和清理帕德雷与她屠杀后的尸体,并将追查她的宠物猫的死因。在这种血腥恐惧中,戴维惊叫,"天哪,这事还有完吗?这事还它妈的有完吗?"权威、暴力和酷刑的循环反映了恐怖人物和恐怖体制在一个弱肉强食社会中的黑暗肆虐。而剧终时，已经"死去"的小托米却毫发无损，悠然自得地从多尼家墙上的猫洞中出现。

作者以悲观写实的黑色幽默手法深刻揭示了现代社会人性的扭曲与荒芜、暴行与杀戮。作为西方戏剧中直面戏剧的代表作家，麦克多纳的黑色喜剧不回避暴力和血腥，用荒诞的手法直接刻画愤怒、暴力、偏见等人性的黑暗元素；戏剧台词中带着大量粗口，借恶行反恶性，借暴力反暴力，借犯罪反犯罪。将幽默、荒诞、痛苦，与情感、人性、美德融为一体。作者用剧作中多姿多彩的台词潜台词，幽默的多重涵义如隐喻、文化符号、俚语、双关、尴尬情境、滑稽情景等来丰富剧中人物的戏剧性。从《伊尼西莫岛的中尉》一剧中，人们不难看到，众多爱尔兰剧作家的作品滋养了麦克多纳，从波西考尔特到约翰·基恩，从辛格到汤姆·墨菲；他同另一位直面戏剧作家萨拉·凯恩（Sara Kane）一样，也深受品特的影响。显然，辛格的象征与黑色幽默，品特和马梅特的现代精神，英国电视喜剧的戏谑，再加上粗犷的爱尔兰方言特色，形成了他反讽的黑色喜剧风格。

揭示现代社会人际间复仇的滥用是麦克多纳黑色喜剧的核心主题，"丽南镇"和"阿伦岛"两个三部曲都无情地揭露了爱尔兰乡间人性的愚昧与野蛮，恰如他电影《三块广告牌》追溯一个美国南方小镇上人们的复仇冲动与任性；而《枕头人》《断手斯城》《绞刑手》《漆黑漆黑漆黑的阁楼》等剧也在笑声中展现了暴力血腥的可怖镜像。这些戏剧场景逼迫人们直面人类历史与当下的野蛮与杀戮，直面现代人性的扭曲与荒芜；这种反思与审视促进了人类文明的前行，而这种自省与自审也正是严肃戏剧的精神本质。正如亚历克斯·西尔茨（Alex Sierz）所指出的："马丁·麦克多纳与安东尼·尼尔逊的剧作揭示了生活中的黑暗与丑恶仍可以大笑来忍受，即便是残酷的黑暗。这无疑是典型的英国方式。"[6]

对于《伊尼西莫岛的中尉》中血腥暴力杀戮的可怖镜像，直面戏剧代表作家萨拉·凯恩曾说过："我一直不断地写剧只是为了逃避地狱，然而始终未能如愿。但从事情的另一端来看，当你们坐在席间一边看一边觉得那是对地狱最完美的表述时，我又感到这也许是值得的。""有时我们不得不遁入想象的地狱以避免落入现实的地狱……我宁愿在剧院里冒险下猛药而不愿在生活中。"[7] 这两席话也许是对麦克多纳这类黑色喜剧的最传神的评述。

2019 年 11 月于纽约芮枸公园

参考书目

[1] Declan Kiberd, *Inventing Ireland*, Cambridge, MA: Harvard UP, 1996.

[2] Mary Luckhurst, "Martin McDonagh's Lieutenant of Inishmore: Selling (-Out) to the English", *Contemporary Theatre Review*, 14.4.

[3] Maria Doyle, "Breaking Bodies: The Presence of Violence on Martin McDonagh's Stage", in Richard Rankin Russell, *Martin McDonagh: A Casebook*, London: Routledge, 2007.

[4] Michel Foucault, *Discipline and Punish: The Birth of the Prison*, Trans. Alan Sheridan, New York: Vintage, A Division of Random House, 1979.

[5] Michel Foucault, *The History of Sexuality Volume 1: An Introduction*, Trans. Robert Hurley, New York: Pantheon, 1978.

[6][7] Alex Sierz, *In-Yer-Face Theatre*, *British Drama Today*, Faber and Faber, London, 2000, p. 111.

2006年外百老汇欧比奖最佳剧作
2006年拉多克奖最佳戏剧
2006年洛特尔奖最佳戏剧
2006年百老汇托尼奖最佳戏剧提名
2009年旧金山评论圈奖最佳制作

伊尼西莫岛的中尉

The Lieutenant of Inishmore

[又名：黑猫托米]
[阿伦岛三部曲之二]

"The Lieutenant of Inishmore was first performed by the Royal Shakespeare Company at The Other Place, Stratford-upon-Avon on 13 May 2001. American Premiere produced by the Atlantic Theater Company by special arrangement with Randall L. Wreghitt and Dede Harris.

Produced on Broadway by: Randall L. Wreghitt, Dede Harris, Atlantic Theater Company, David Lehrer, Harriet Newman Leve & Rod Nicynski, Zavelson Meyrelles Greiner Group, Mort Swinsky & Redfern Goldman Productions, and Ruth Hendel."

献给猫咪(1981—1995)

人 物

多尼　　　四十四五岁，帕德雷之父，伊尼西莫岛人
戴维　　　十七岁，稍胖，留长发，伊尼西莫岛人
帕德雷　　二十一岁，英俊，伊尼西莫岛人
梅丽　　　十六岁，短发，俏丽，戴维之妹，伊尼西莫岛人
杰姆斯　　二三十岁，北爱尔兰人
克瑞斯　　三四十岁，北爱尔兰人
布兰登　　二十岁，北爱尔兰人
乔伊　　　二十岁，北爱尔兰人

地 点

戈尔韦郡，伊尼西莫岛

时 间

1993年

第一场

【1993年伊尼西莫岛上一间农舍。前门在后墙正中,左右各一扇窗。台左下场处一门通厕间。后墙上挂一时钟和一幅"快乐之家"的绣框,室内左右各一橱柜,一柜上有电话机。靠后墙两把扶手椅中间为一桌,桌上横着一只死去的黑猫,猫头只剩一半。屋主多尼同邻家小伙子戴维站在桌前一声不吭地盯着那只死猫。

戴维　多尼,你看它死了吗?
　　【停顿。多尼拎起耷拉的死猫。猫头渗出点点脑浆。多尼望着戴维,把猫尸放下。
多尼　死啦。
戴维　没准是昏迷。要叫兽医吗?
多尼　可怜的小托米,叫兽医也没用了。
戴维　给它打一针呢?
多尼　(停顿)给你来一针!
　　【多尼退后起脚踢向戴维屁股。
戴维　(几乎哭了)你干吗呀?!
多尼　叫你别骑着你那破车从那陡坡上冲下来,给你说过多少遍了?
戴维　我根本没碰到它,我发誓!我看到它倒在路上……!
多尼　路上个屁!

戴维　而且我根本没有冲下来，我骑得很慢。我看到前面有一团黑的，我还在想，啥鬼东西……

多尼　肯定是你先轧过它，没准倒过来又轧一遍！

戴维　我说过了，我一看到就停住了车，你可别瞎说。

多尼　我就要这么说！

戴维　我立马下来推着车过去。一看是托米，我不就赶紧抱着它拼命跑你这儿来了吗？

多尼　书上头条就是在专业人员到场前别碰事故中的受害者，傻瓜都知道！

戴维　多尼，我又没读过什么撞猫指南的书！

多尼　哼，兴许你就该读一下，现在……

戴维　可压根就没这种书！

多尼　……那托米也许就不会死了。

戴维　肯定是被汽车轧的。

多尼　那条路整天不见车，啥时有汽车来过？只有你小子在这条没人的路上转悠，为啥呀？就因为你这泡臭屎不干正事，整天骑着你娘的这辆破车在路上乱窜。你不就喜欢扬着你那女人头发兜风吗？

戴维　多尼·奥斯本，你再挖苦我头发，我立马走人。我还特地把你的猫送过来……

多尼　把我的猫轧死后送过来，它压根就不是我的猫……

戴维　我帮了你大忙，要不苍蝇早就叮吃了它。

多尼　帮了大忙！猫头的一半都轧你车轮上了，这就是你帮我的大忙！

【戴维盯视了多尼一眼，冲出前门。多尼走到猫尸前，悲哀地抚着猫尸，然后坐入台左的扶手椅，看着双手沾着的猫血。片刻后，戴维推着他妈的单车进门。车子粉红色，小轮，车头还装了个小筐。他把车推到多尼的面前，提起车轮，慢慢转动，车轮几乎触到多尼的脸。

戴维 哪儿有你那猫头？嗯？你那猫头在哪儿呢？

多尼 （沮丧）早被在路上擦掉了，明摆着的。

戴维 轮子上没沾一点猫脑浆，没有一点印痕，也没有一点血迹，托米脑袋被轧成这样，这轮子上应该沾满了它脑浆。

多尼 把你的车挪开，戴维，别挨着我脸。

戴维 托米脑袋好惨，一辆自行车没法轧成那样。轧成那样一定是故意的。

多尼 把车子从我面前挪开，听到吗？不然我把你的头也轧成两半。

【戴维把车推到门口。

戴维 不是汽车就是被石头砸的，要不就是被狗咬的。狗咬会有声啊。

多尼 汽车开过也会有声音。

戴维 （停顿）用石头砸也有声音。要看石头有多大，离得有多远。可怜的的托米。我可喜欢它了，真的。这周围的猫我就喜欢托米，别的猫送我也不要。它们都碰不得。就像我妹子梅丽的那只猫，你轻轻拍它一下，它立马对你呲牙。而托米特别友好。每回坐在墙头上看到你，它总会跟你打招呼。（停顿）天哪，现在它只剩半个脑袋，再也没法打招呼了。（停顿）多尼，这猫你养了没多久，对吗？它来这儿没多少日子吧？

多尼 它压根就不是我的猫，这他妈的什么事儿，你明明知道。

戴维 什么，我明明知道什么……？

多尼 我他妈的只是今年开始帮忙照看这小东西。

戴维 那是谁让你照看它，多尼？

308

多尼　你想想还有谁？

戴维　（停顿）不会……不会吧……

多尼　不会什么？

戴维　（恐惧地）不会是你那……你那……

多尼　就是。

戴维　不会吧！

多尼　不然我怎会发火？我不会为只猫生气呀！

戴维　不会是你那儿子帕德雷的吧？！

多尼　就是我儿子帕德雷的。

戴维　噢，老天爷，多尼！不是你那个在爱尔兰民解军的帕德雷吧？

多尼　我他妈的还有别的儿子叫帕德雷吗？

戴维　托米是他养的？

多尼　他五岁开始养的。他十五年来唯一的朋友。自打他开始在全国各地搞炸弹袭击，没法照看托米后，他就把它送我这儿了。现在，托米是他世上唯一的朋友。

戴维　他疼爱它？

多尼　他当然疼爱它。

戴维　那他会发狂。

多尼　他一定会发狂。

戴维　他本来就疯狂，他发起疯来七个人也弄不过他。所以大家都叫他"疯子帕德雷"？

多尼　没错。

戴维　那年共和军没要他，就因为他太疯狂？

多尼　没错。就为这他恨他们。

戴维　也许这两年走南闯北，他没脾气了。

多尼　听说他脾气更暴了。我能想到这事儿告诉他之后的那张脸。

我也能想到你这张脸。要是他知道是你干的,他会用刀子在你脸上戳几个洞。

戴维　(双膝跪地)求求你,多尼,我发誓不是我干的。你别对他说是我!别说是这件事儿了,谁在他身边出个汗,都会被他弄死。上次有个家伙笑话他一直戴那条女式围巾,这可怜的小子被他打瘸了腿,那年帕德雷不是才十二岁吗?

多尼　被打瘸了腿的那小子还是他亲表哥,他十二岁就那样了!后来还偷了人家坐的轮椅。

戴维　求你了,多尼,你不会跟他说起我吧?

【多尼站起身来,四下走动。戴维也站了起来。

多尼　戴维,要是你承认你撞了托米,我就不告诉他。如果你死不认账,我就告诉他。你自己选吧。

戴维　这太不公平,多尼!

多尼　我哪知道公平不公平。

戴维　我早知道,看到托米躺在那儿我就该躲开,因为黑猫挡道是凶兆,再说你面前还是只被弄死的黑猫呢。那是噩运!既然你非要我认账,那就算我弄死了托米。

多尼　怎么弄的?

戴维　怎么弄的?你说咋弄就咋弄呗!我先骑车撞它,再用锄头砸它,再跳上去踩它。

多尼　你骑车撞的,哼,我不信。可总是意外吧?

戴维　是意外,没错。真他妈的意外。

多尼　嗯……既是意外那就算了。

戴维　(停顿)那你不会说起我吧?

多尼　我不会。

戴维　好。(停顿)你几时通知他这事儿?

多尼　我回头就给他挂电话。他有手机。

戴维　他会发狂。

多尼　我会告诉他,我会说托米病了,我会告诉他。是的……

戴维　他肯定不相信它生病,多尼,当他看到托米脑浆四溢……

多尼　我会说它病了,但他不需要赶回来……

戴维　你说得对,多尼……

多尼　你明白吗? 我会说,它不太想吃东西。一个礼拜后,我再说它病情加重了。再过一个礼拜,我就说它在入睡时安然过世了。

戴维　你让他慢慢接受。

多尼　我让他慢慢接受。

戴维　你不会一下就告诉他这坏消息。你会一步步来。

多尼　现在,我们绝不能让他冲回家来看到一只死猫。

戴维　噢,多尼,他要是冲回来你可就完蛋了。

多尼　他冲回来你也完蛋了。是你这混蛋撞烂了它的脑袋,你承认的。(戴维欲言又止,无奈状)对吗?

戴维　是的,是的,我混蛋……(嘟哝着)真他妈的……

多尼　我现在给他打电话,现在就打。

戴维　(嘟哝着)你他妈的现在就打,你作死。

【多尼呆站着,咬着下唇。戴维走到门口,推上自行车。早知道,我他妈的从它头上骑过去! 我他妈的就是对小动物太心软了,毛病!

【多尼瞪着死猫,拿起话筒。

多尼　唉,托米,你好惨啊! 要是那个疯子赶回来,我们很快就会跟你一样惨。会一样惨吗? 会比你惨上两倍。

戴维　会惨上三倍,多尼,也许会四倍?

多尼　滚回家去,你个杀猫犯。

戴维　我滚。我非在路上再撞死几只猫,我他妈的现在杀猫成性,

311

就这样了。

多尼　（走神）现在你可别再撞倒猫了。

【戴维叹了一声,翻眼瞄了一下天花板,推车出门。多尼开始慢慢拨号。渐暗。

第二场

【爱尔兰北部一间废弃仓库。杰姆斯被悬空倒吊着。他上身赤裸、血迹斑斑、遍体鳞伤，光着的双脚在流血。满手是血的帕德雷在一旁悠闲地把玩一把锋利的剃刀片。他胸前挂着两个空枪套，两把手枪搁在左边的桌上。杰姆斯在低声嚎哭。

帕德雷　杰姆斯？（停顿）杰姆斯？

杰姆斯　（抽泣）干吗？

帕德雷　你知道我们下一个节目吗？

杰姆斯　不知道，我也不想知道。

帕德雷　我明白你不知道，你个大傻逼。瞧你的熊样，哭得像个娘们。

杰姆斯　你他妈的拔人脚趾甲，我能不哭吗？

帕德雷　（停顿）你嘴巴干净点，杰姆斯……

杰姆斯　对不起，帕德雷……

帕德雷　要不我给你来点真家伙，刚才这是小意思。

杰姆斯　拔掉我脚指甲，还是小意思？

帕德雷　是啊。

杰姆斯　噢，拔掉我脚指甲还他妈的小意思……

帕德雷　杰姆斯·汉利，别他妈的老念叨你那傻逼脚指甲！好像我把它们全拔了，我只拔了两片，而且是小的。要是我拔了大的那得另说，可我没有。 我拔的是小的。 你都注意不到。 你既然那么在意保养你的脚指甲，你多少也得清洗一下脚指甲里的脏东西。

杰姆斯　你帮了我，我以后再不用清洗了。

帕德雷　我要是没这份善心，我会在你的两只脚上各拔一片，可我没有，我只在你一只脚上拔两片，这样你只有一只脚跛行。 要是拔两只脚，你还能走路吗？ 现在你只痛一只脚，挂个拐杖或棍子就可以走动。 我不知道医院是否会给你拐杖，也许会，我不清楚。 你可以打电话问，最好直接去医院，确信脚指头没有感染败血症。 我的刀片没消毒过，我从来不消毒，我觉得没必要，但最好问一下医生，他们是专家。 你得打抗破伤风针，那是肯定的。 我最恨打针，没错。 我觉得我宁愿被剃刀割也不要打针。 我不知道为啥。 当然，我最好都不要。 今天你这两样都跑不掉。 你的苦逼日子。 （停顿）不过，嗯……我刚才想说什么，我忘了。

杰姆斯　刚才想说什么？ 就这么一会儿，你忘了？

帕德雷　（停顿）下一个节目是你想跟你哪个奶头告别。 左奶头还是右奶头？

杰姆斯　不，不要了，你不要这样……！

帕德雷　你选吧，我说了！ 我不会动你喜爱的那个奶头，我动另一个。 我会给它麻利的一刀，然后把它塞你嘴里，你要是不选或者选得太慢你就得跟你的两个奶头告别，既然你可以告别一个，何必要告别两个呢，我觉得这没道理。 在我看来，只有疯子才会这样。 所以赶紧选一个奶头，我们好动手，杰姆斯·汉利，我没空耗在这里为你割奶头，我有好多事儿呢。

杰姆斯　（哭叫）可我没做什么，干吗要割我奶头，帕德雷！

帕德雷　哎呀，杰姆斯，这事你还纠结，你向我们爱尔兰学生推销毒品，你要是只卖给新教徒那倒好，可你没有，你来者不拒。

杰姆斯 我只卖点大麻给科技大学的学生，价格很公道啊……！

帕德雷 年轻人应该上大街扔瓶子砸招牌抗争，你让他们沉溺在毒品中无所事事。

杰姆斯 现在大家都抽大麻。

帕德雷 我就不抽！

杰姆斯 也许你应该抽！它会让你轻松！

帕德雷 赶紧选你的奶头，别啰唆！

杰姆斯 披头士保罗都说大麻应该合法化！他说大麻比酒精更无害，还可以治癫痫症。

帕德雷 那你要跟俩奶头告别了。

杰姆斯 他有数据，帕德雷！

【帕德雷持刀片扑向杰姆斯胸口。

右边的！右边的！

【帕德雷抓起杰姆斯的胸部，让乳头挺出，举起刀片……

帕德雷 你咬咬牙，可能会很痛。

杰姆斯 （尖叫）不要！

【帕德雷后裤袋中的手机大声响起。

帕德雷 你等一下，杰姆斯……

【帕德雷摸出手机，走到一旁通话，身后的杰姆斯在颤抖呜咽。喂？爸，老家伙，你怎样？（对杰姆斯）我老爸。（停顿）我很好，爸，好得很。伊尼岛上都好吗？好，好。爸，我这会在忙呢，你有要紧事吗？我正在收拾一个毒品贩子，我在电话里不能多说。他推销毒品给我们的孩子，他推销……

杰姆斯 （哭着）大麻，帕德雷。

帕德雷 这帮人渣，他们心里明白，还装作不知道。他们以为自己在世间行善。（停顿）最近没干成什么。在几家薯条店放的炸弹全都哑火了。（停顿）因为小店不像军营那么戒备。 放炸弹这种事还用你教我？（停顿）反正我气坏了。 做炸弹那小子，真他妈的废物。 我看他就是个酒鬼。 那些炸弹不是自爆就是哑火。 我特恨共和军那帮混蛋，但不得不服，他们做的炸弹才靠谱。（停顿）废话，人家做的炸弹干吗要卖给我们？他们自己用。 再说他们要价贼高。 我告诉你，我越来越反感民解军这帮家伙。 我想另立山头。（停顿）我知道我们已经自立山头了，但没有法律说不能从山头里再另立山头。 最好的就是从山头里另立山头。 这才显得你有主见。（耳语）爸，屋里有人，另立山头的事儿不说了。（对杰姆斯客气地）我马上就完，杰姆斯。（杰姆斯微微颤抖）老爸，你打电话给我到底啥事儿？（停顿。 帕德雷脸色突变，满眼泪水）什么？ 托米怎么啦？（停顿）它病了？ 病得咋样，你带它去看医生了吗？ 它不吃东西多久了？ 你干吗开头不告诉我？（停顿）不太明显？ 一会说病了一会说没病，老爸，它到底是病了还是他妈的没病，这完全不同，到底是没病还是他妈的病了，它不可能同时又病又没病。（大哭）它一定病得不轻，你他妈的才打电话给我。 你把我的托米怎么了，你这老畜牲？ 让它听电话，它在睡觉？ 那给它盖上毯子，轻轻地拍它，再找个医生来看，要轻声轻气待它。 我他妈的明天一早坐头班船回来。对，老混蛋，对！

【帕德雷将手机摔碎在桌上，又拿起摔了几下，然后坐在桌旁啜泣。 停顿。

杰姆斯　出了啥事儿，帕德雷？

帕德雷　我的猫病了，杰姆斯。 它是我最亲的哥们，我只有它。

杰姆斯　它怎么啦？

帕德雷　我不知道。 它不吃东西了。

杰姆斯　它不吃东西，你不用哭。 它应该是长了癣。

帕德雷　长癣？ 那很严重吗？

杰姆斯　没事，长癣不要紧。 你去药店买点治癣的药片，把药片包在奶酪里喂它。 猫不爱那种癣药片的药味，所以你得卷在奶酪里让它吃不出味来。 吃药后一两天，最多三天它就活蹦乱跳了。 不要用药过量。 你得看一下药物使用。

帕德雷　你怎会对猫癣知道这么多？

杰姆斯　我不也养了只猫嘛，它可是我的心肝宝贝，上个月它刚长过猫癣。

帕德雷　你也养猫？ 想不到毒品贩子也养猫。

杰姆斯　养啊，毒品贩子也是个人。

帕德雷　它叫啥名？

杰姆斯　你说啥？

帕德雷　它叫啥名？

杰姆斯　哦，朵米尼克。（停顿）帕德雷，我发誓今后再不卖毒品给孩子们了。 我以朵米尼克的生命起誓。 我会绝对遵守誓言，因为朵米尼克是我的一切。

帕德雷　（停顿）你在骗我吧，杰姆斯？

杰姆斯　我没骗你，这事不开玩笑。

【帕德雷走上前，用刀片割断吊捆杰姆斯的绳子。 杰姆斯摔倒在地，他挣扎着立起，试着用流血的脚站稳。 帕德雷将两支手枪插入枪套。

帕德雷　你脚趾怎样？

杰姆斯　没事了，帕德雷。

帕德雷　你承认拔掉你指甲还是对你客气了？

杰姆斯　我当然承认，除了指甲，我真该再被砍掉一条手臂。

帕德雷　你有钱坐车去医院吗？

317

杰姆斯　我没有。

【帕德雷掏出一把零钱塞给发傻的杰姆斯。

帕德雷　你得赶紧去看医生。千万别让脚趾发炎。

杰姆斯　那是，脚趾发炎我就完了。

帕德雷　我现在就回戈尔韦去看我的托米。

【帕德雷下。

杰姆斯　（对幕后喊叫）帕德雷，我希望你到家时你的托米又笑又叫，活蹦乱跳！

【停顿。传来大门被关上的声音。呜咽。

你的猫早他妈的死了，浮在粪坑里，死得好！你个傻逼疯子畜牲！

【暗场。

第三场

【乡间小路。戴维把自行车倒立在路边,小心翼翼地给轮胎打气。突然几响气枪声,一发子弹击中戴维脸颊,他立刻在自行车后趴下,其余几发子弹打在自行车上。

戴维　梅丽,你混蛋! 你个混蛋透顶! 你打到我脸啦!
　　【射击停止,戴维呻吟着。
梅丽　(幕后声)打到脸了,对吗?
戴维　你差点打瞎我眼睛!
梅丽　我就要打瞎你的狗眼。可惜没打中。
　　【梅丽,十六岁女孩,苗条,俏丽,平头短发,身着长军裤,白体恤,墨镜,手持一杆气枪。趁戴维起身查看脸上伤口时,她大脚把自行车往路沟里踹。
戴维　你他妈的别碰我的车! 你开枪打我脸还不够,还要砸我车?
梅丽　当然不够! 远远不够惩罚你的罪过!
戴维　什么混账罪过,你疯了?! 别他妈碰我车子!
　　【他用力把梅丽推开,梅丽跌倒在地。她慢慢爬起,推上枪机,瞄准戴维的脸。戴维举起双手。
　　梅丽,我没想用力推你,我发誓。你不要这样! 要不我告诉妈妈!
梅丽　你去找妈告状吧,不过告状时你两只眼睛就没了!

319

戴维 你到底发什么疯啊?

梅丽 我发疯,你轧死了那只可怜的黑猫!

戴维 胡说! 根本没这事! 你听谁说的?

梅丽 新闻联播。

戴维 新闻联播? 只有英格兰境内炸弹爆炸的现场让你开心大笑,你从来不看新闻。

梅丽 反正有人告诉我了。

戴维 我只是骑车慢行时看到路上那只死猫,我还小心抱着它奔到多尼那儿,谁传的瞎话,真是个混账下流的骗子,我他妈的当面跟他对质。(停顿)千真万确,梅丽,这世上我对猫的热爱跟你一样,我只是不说,要是我说了,他们更要说我伪娘了,他们一天到晚盯着我的长发。(梅丽放下气枪。 四下打量)你会为一只死猫把你哥的眼睛打瞎?

梅丽 我当然会。 毫无疑问。

戴维 你还说自己没发疯!

梅丽 我一点也没发疯。

戴维 我可以找到那十头独眼母牛证明你疯了。

梅丽 不要再拿打瞎那十头母牛说事儿,打瞎那些母牛的眼睛是一次政治抗议行为!

戴维 抗议母牛? 母牛们干了啥?

梅丽 抗议混账的肉品贸易商,你很清楚!

戴维 我不明白你开枪打瞎那些母牛对肉品商有啥影响。

梅丽 你当然不明白,因为你猪脑袋。 你不知道让肉品业无利可赚,它自己就彻底完蛋,我告诉你,十头母牛瞎了眼后在市场上就卖不了钱,那就亏大了。 谁会买瞎眼母牛?

戴维 没人会买。

梅丽 没人会买。 所以那会儿我把母牛视作打击目标,但从那以后我想法变了，母牛不再是我的目标。

戴维　没错。 现在小伙子和他们的自行车成了你的打击目标。

梅丽　没错，如果他们有虐杀猫咪的嫌疑，那就是目标。

戴维　可我没有伤害那只猫咪。 我只是想帮它，也想帮多尼。 你看我现在还在帮多尼，帮他跑腿办事，办不成我就死路一条。

梅丽　办啥事？

戴维　他要我四处去找，弄一只同托米一样的黑猫，免得帕德雷明天中午冲回来，我们只能给他那只掉了半个脑袋的托米。

梅丽　你以为帕德雷会这么蠢吗？

戴维　我们只能指望他蠢得像个弱智。

【梅丽用枪口戳他流血的脸颊。】

梅丽　戴维，不准你把爱尔兰勇敢的儿子说成弱智！

戴维　我不说，梅丽。

梅丽　是不是他的猫，帕德雷一眼就能看出。 要不，他能二十一岁就干上中尉？

戴维　没错，他是中尉。 不过是他自己封的，谁认他？

梅丽　再说每只猫都有它自己的脾性，眼神和叫声也不一样。 你看我的罗杰少爷，它的脾性独一无二，我从没见过它这样的猫……

戴维　它是一个蛮横无理的小流氓。

梅丽　它可不是蛮横无理的小流氓。

戴维　它就是个蛮横无理的流氓，上次它故意撕掉我两本《Ｘ–战警》漫画……

梅丽　撕得好！ 罗杰少爷！

戴维　你就别说它好话了。

梅丽　我就要说它好话。

戴维　我脸上还流血吗？

321

梅丽　还在流。

戴维　（轻声）他妈的。

【戴维又把自行车倒立起来，继续打气。梅丽一旁晃悠，双手转动着气枪，唱起《临终的义军》一曲。

梅丽　（唱着）"我见到最后一位临终的义军……"

戴维　哎呀，梅丽，你别再唱你那傻逼的义军歌曲了！

梅丽　（唱着）"我俯声听他诉说，上帝保佑我的祖国，上帝保佑我死得其所。"

戴维　（高唱《摩托头》压倒她最后一句）"黑桃爱司！黑桃爱司！"

【克瑞斯，北爱尔兰人，穿深色西服，戴一单眼罩，从右侧上场。他沿路走来，靠近他俩时停住脚步。

克瑞斯　你们好。

戴维　你好。

克瑞斯　好可爱的一支枪。

梅丽　它挺管用。

克瑞斯　（对戴维）我好像在哪儿见过你。

戴维　我不知道你见没见过。

克瑞斯　就今天，我见过你。我记得你的女士头发。（戴维喷了一声）你不就是早上骑车轧死那只猫的小子吗？

戴维　我可没有轧死猫！

【梅丽铁青着脸，退到台左方的石墩旁坐下。她死死地瞪着戴维。戴维觉察到了，恐慌之极。

克瑞斯　不是你吗？那我一定弄错了。

戴维　我在路上慢慢骑车时远远看到一只猫，靠近一看它已经不行了。我抱起它拼命地跑到它主人那儿想救它。

克瑞斯　它主人一定气坏了。

戴维　他当然生气。而且猫不是他的,是别人的。

克瑞斯　那人气死了吧?

戴维　他明天到家。他以为猫只是病了。猫哪是有病,猫已经被埋在土豆地里了。

克瑞斯　是吗?那家伙明天几点到家?

戴维　嗯……我想,十二点吧。对,十二点。

克瑞斯　那再会了。

戴维　喂,哥们,你告诉我妹你错怪我轧死了猫,好吗?你不是看到我骑得很慢,下车去救猫的吗?

克瑞斯　(停顿)我是基督徒,基督告诫我们,不可撒谎。当然,人也会看花眼,尤其是他只有一只眼时,但我发誓我看得一清二楚,你是冲着那猫的脑袋轧过去,然后又回头轧碾了一遍。再见!

【克瑞斯从台左下。梅丽手枪上膛。

戴维　我没有……

【戴维跳起,捂着脸从台右飞奔而下。梅丽朝他后背连开数枪,然后狠踹他的自行车并朝车射击。灯光渐暗。

梅丽　戴维·克莱文,我他妈的跟你没完!我一定把你弄死,就跟那只猫一样,比那只猫还要惨,你他妈的!

第四场

【晚间。多尼家中。多尼正站在那儿对着酒瓶大口喝酒。他两手漆黑,看着戴维笨手笨脚地用鞋油涂黑一只黄猫。两人都喝得酩酊大醉。

多尼　他会怀疑的。
戴维　他不会。
多尼　(停顿)这个样子,他一定会。
戴维　我还没弄完呢。多尼,等我弄完后你再骂人。
　　　　【多尼踉跄到左边椅子前坐下,又灌了一大口酒。
　　　　你别这样喝。
多尼　我的酒我就这样喝。
　　　　【戴维走上前,拿起酒瓶也喝了一口。接着继续涂猫。
　　　　他一进门就知道那不是他的猫。这明明是只黄猫。
戴维　我弄完了它就不是黄猫了。它会黑得像只黑熊。
多尼　你本来就该弄只黑猫,说什么狗屁黑熊。
　　　　【戴维把猫举起。
戴维　你不喜欢我弄来的猫,我就带它走。我们不是来找骂的。
多尼　你长头发嘴巴碎,赶紧弄完吧。嘴那儿还得抹一下,嘴那儿还是黄的。
戴维　(继续涂猫)为找只黑猫我跑了十几里地,我妹那个贱货把我车子给砸了。 我只好走路。 找不到黑猫，后来找到一只也是被一群孩子围着玩。 我可不想跟孩子们抢那只黑猫。

多尼　哼，我知道。 你没那个胆量。

戴维　这不是胆量。 只是没那么狠心把孩子们弄哭。 （咕哝）再说那些孩子们的妈站在旁边。

多尼　我猜想那些孩子们的妈在旁边。 你要是真汉子，就上去对那些女人说，"你孩子的猫我得带走，"她们敢闹事，就用皮带抽她们，踹这帮狗娘养的！

戴维　踹人家的妈算啥汉子。 更别说为了只猫。 要是你妈还活着，你愿意别人踹她？

多尼　她活着时我没少踹她。 她死后我不踹了。 不费那事了。

戴维　你那时干吗老踹她？

多尼　她总是烦我。

戴维　现在我明白你们家帕德雷怎么养成这副德性的了。

多尼　我妈下巴都是汗毛，恶心！ （停顿）我来涂吧，瞧你把这猫抹成啥样了。

【多尼起身上前，戴维让位给他，坐一旁抓起酒瓶。

戴维　我得省着点鞋油，快用光了。

多尼　你明知道是只黄猫，就该把你的鞋油也带来，省得用光我的鞋油。

戴维　你在对我发号施令？

多尼　你应该准备好的。 结果这猫弄得半黄半黑。 小子，要是它半夜再舔自己，那就彻底完蛋。

戴维　（停顿）猫总在舔自己。 真不明白。 狗就不会这样。 一定是脑子有病。 没错。

多尼　（怪腔）宝贝，现在我得涂你脸了，闭上眼睛，要不会痛，你就得哭了。

戴维　这猫一碰就哭。

多尼　你从哪儿弄来的？

戴维　哦，就从人家那儿。

多尼　这有名牌。叫啥名字……？

戴维　罗杰少爷。

多尼　罗杰少爷。这猫名字有趣。

戴维　是啊。给它取名的人多半是个神经病。

多尼　我把这名牌拿掉，戴维？要不立马会露馅。

戴维　赶紧拿掉，可别让帕德雷看到，知道它不是托米。多尼，还是你脑筋好使。

多尼　我很清楚，不用你来说我脑筋的好坏。

【多尼随手把猫的项圈和名牌扔在左边橱柜上。

戴维　（停顿）我们可以告诉他托米生病后毛就变黄了。

多尼　你觉得可以？

戴维　而且身上还有鞋油味。

多尼　你觉得他会相信吗，戴维？

戴维　不会。

多尼　那你还说这屁话？

戴维　说着玩呗。（多尼喷了一声）多尼，你刚才说你踹你妈，是真的吗？

多尼　（微笑）我说大话。

戴维　我说呢。

多尼　我的确踹过她一次，就那一次。

戴维　我想也是。你妈一定是干了特坏的事儿你才会踹她。我爱我妈。我爱她胜过一切，绝对胜过一切。

【多尼的鞋油快没了。猫身上半黄半黑，样子很可笑。

嗯。我喜欢这鞋油味，喜欢。

多尼　我也喜欢，真的。

【他俩把黑乎乎的手放在鼻前，深深地吸闻着。

让你很想吃它。

戴维　是的。你尝过鞋油吗？

多尼　小时候尝过。

戴维　我也尝过。味道特怪？

多尼　是的。你吃了之后别人能看出来，因为你舌头发黑。

戴维　他们会笑话你。

多尼　没错。（停顿）好了，完事了……

【他把最后一点鞋油抹在猫身上，然后把猫举在半空给戴维看。

你觉得咋样，戴维？能混得过去吗？

【戴维思量了一番。

戴维　他会把枪顶着我们的脑袋，然后轰掉我们的傻脑袋。

多尼　（大笑）我们死定了！

【暗场。

第五场

【路边。夜间。克瑞斯、布兰登坐在一起,乔伊坐一旁。克瑞斯在吃罐装腰豆。三人都说着北爱尔兰口音。】

克瑞斯　过来吃罐腰豆。

乔伊　我不要跟你们这种人吃腰豆。

布兰登　小宝贝要哭了。

乔伊　我也不会哭。

克瑞斯　你俩别再闹了。

布兰登　给他一个任务,他就吓尿裤子。

乔伊　我吓尿裤子? 你要看看我裤子吗?

布兰登　我不用看!

乔伊　我裤子里干净着呢。老子天不怕地不怕,有的是胆量。但有种事情我不干,我不会去欺负比我弱小二十倍的小生命,它没有武器,也不可能有,因为它没有手,只有爪子。

克瑞斯　乔伊,没人喜欢今天的任务,但这不是行动计划吗? 不是有句名言"目标决定手段的正义"吗? 这不是马克思说过的吗? 我认为是的。

布兰登　不是马克思的话,不是。

克瑞斯　那是谁说的?

布兰登　我不知道。反正不是马克思。

克瑞斯　布兰登，你总说这种话来贬低别人。傻瓜也会这么说。有智慧的人就有胆量说出这是谁的话。

布兰登　这话没错，我只是说这不是马克思的话。

克瑞斯　那是谁说的？

布兰登　我不知道！

克瑞斯　反正跟俄国有关！

布兰登　可能是，应该是。听上去是那种国家的人说的话。克瑞斯，我只说，这他妈的不是马克思的话！

克瑞斯　跟这家伙没法交流。

布兰登　说到名言你讲不过我。

乔伊　（停顿）你们扯开了我的话题。

克瑞斯　什么话题？

乔伊　话题就是把一只无辜小猫的头砸烂！我加入爱尔兰民解军时没有答应去弄死小猫。

布兰登　你弄死小猫了吗？是我和克瑞斯弄死了猫，你没帮一点忙。

乔伊　我是说，我被牵扯进弄死小猫这件事儿。

布兰登　你没动一手指，还想分享弄死猫儿的功劳。

乔伊　我没想要分享弄死猫的功劳，因为弄死一只猫没有功劳。弄死一只猫很容易。弄死猫不需要胆量。这事儿听上去只有混账的英国人才会干。围追一窝可怜的爱尔兰小猫，趁它们四散逃命时在它们身后开枪，活像种族屠杀。

布兰登　克瑞斯，种族屠杀中，他们从不射杀猫咪，对吗？

乔伊　这就是我说的同样的底线，你这傻逼。

布兰登　哦，同样的底线。

乔伊　早知道有杀猫任务，我决不会加入爱尔兰民解军。民解军在我心目中一落千丈。就像我们那回炸死埃尔瑞·尼弗，就因为他名字可笑。 这不是他的错。

克瑞斯 你干吗不另立一个山头,就像疯子帕德雷。

布兰登 对啊。 搞个爱尔兰民族爱猫军。

乔伊 我会的。 可我知道你俩多半会先弄死我的金鱼,然后把我弄死!

布兰登 乔伊,你压根就没养金鱼。

乔伊 我他妈的打个比方!

克瑞斯 (停顿)乔伊,我们也不愿弄死那只猫。 当我用枪把砸到第四第五下猫头喷血时,我几乎难过得流泪。 但计划不是成功了吗? 我们不是把阿伦岛这个疯子引回家来了吗? 没有这个晴天霹雳他会回来吗? 过不了多久他就会拉起他的队伍杀了色鬼托比这号人,托比他们不过是为社区服务,他们强迫人家买他们毒品了吗? 没有。 为了解放爱尔兰,他们不是每卖掉一包就给我们一块钱吗? 我们难道不是为了人民而解放爱尔兰吗? 帕德雷不会明白,我们不仅为老人、为还未出生的婴儿和学校的孩子而解放爱尔兰。 不仅仅是那样。 我们也为吸毒者、偷盗者和贩毒者解放爱尔兰!

乔伊 没错。 首先为杀猫凶手解放爱尔兰!

【布兰登和克瑞斯仇恨地盯着乔伊,慢慢站起,各自站开,拔出枪对着乔伊。 惊恐的乔伊也拔出枪对准他们。

克瑞斯 我把话都说明白了,你执迷不悟!

布兰登 是的,克瑞斯。 他执迷不悟。 崩了这小子!

乔伊 好了,大家都别动枪,我们终归是朋友。

克瑞斯 我确实以为我们是朋友,可你抓住死猫不放。

乔伊 抱歉,克瑞斯,我实在是喜欢猫儿。 对不起。

克瑞斯 老弟,得主次分明。 你说我们是要猫的幸福还是要爱尔兰的解放?

乔伊　当然是爱尔兰的解放,克瑞斯,不过我两样都要。（克瑞斯手枪上膛）我要爱尔兰的解放,克瑞斯。

【停顿。克瑞斯放下手枪,收拾他的东西。随之,乔伊和布兰登也放下了枪。

克瑞斯　确实,要是没有英国人的统治,爱尔兰的猫本该幸福得多。

乔伊　是的。

克瑞斯　你知道在克伦威尔统治时期杀了多少只猫吗?

布兰登　杀了好多。

克瑞斯　杀了好多好多。而且活活烧死。同他们的野蛮和血腥相比,我们差得远呢。猫的事儿到此为止。收拾东西。今晚找个谷仓过夜。那个胖小子说帕德雷明天中午十二点到家,他没必要撒谎。我们十二点十分冲进去把他干掉。

【其余二人也收拾东西,向台左走去。

我给你们说过我给那胖小子下了套吗?我告诉他妹子是他杀了那只猫。我还说,"耶稣说人不可撒谎,所以我只能实话实说。"哈哈。

布兰登　不过,那根本不是耶稣的话。

克瑞斯　不是?那是谁的话?

布兰登　我不知道,但不是耶稣的话。

克瑞斯　你又开始了?

布兰登　我开始啥呢?

克瑞斯　你又开始说这不是谁说的话。

布兰登　我啥也没开始。我只是说这不是耶稣的话。

克瑞斯　那谁说的?

布兰登　我不知道!

克瑞斯　我想是他妈的马克思说的!

331

布兰登 （下场）也许是马克思说的。我不知道。不过我肯定这绝不是他妈的耶稣说的。

克瑞斯 （下场）你他妈的走你的路吧！

【三人声音渐远。停顿。梅丽从台右慢悠悠走上,她听到了这三人之前的对话。目送他们走远,她思量了一阵,推上汽枪扳机。暗场。

第六场

【另一乡间路旁。夜晚,月光下。梅丽这会抹了口红化了淡妆,靠着墙轻声唱着《爱国者之歌》,气枪靠在她身旁墙上。

梅丽　（唱着）"革命青年听我唱。爱国激情满胸腔。烈焰燃烧无所惧,参加革命干一场。"

【帕德雷从台右上,沿路向她缓缓走来。她虽然看到了他,但继续唱着。

"我叫欧汉伦,今年十六岁,家乡莫纳罕,哺养我成年,残暴英国佬,激起民族恨,加入爱国者,勇敢闹革命。"

【帕德雷站她面前,同她齐唱最后一句。两人对视一刻。

帕德雷　我好久没听到这首歌了,这是贝汉弟兄写的吗?

梅丽　是的,多米尼·贝汉。

帕德雷　（欲继续赶路）要是他们少写点歌,多扔点炸弹,我会更崇拜他们。

梅丽　中尉先生,我还是崇拜他们。

帕德雷　（停顿）你不是西莫斯·克莱文的女儿吗?

梅丽　我是啊。你还记得我。

帕德雷　记得那年我北上参加革命时,你追着我求我带上你,那时候你才十岁。

梅丽　十一岁。现在我十六。你明白我的意思吗?我已经长大了。

帕德雷　是长大了。个长高了,身子没长。远看过来,"怎么一个男孩擦了口红坐那儿?"走近了,才发现是个女孩,头发短得吓人。

梅里　(掩饰住不悦)对一大早来接你回家的女孩说这话合适吗?

帕德雷　不合适,可我就这德性。

梅丽　对于你这种赞美之词,北边的女孩一定为你倾倒。

帕德雷　有几个女孩,但我没兴趣。为了消灭英国统治者,解放爱尔兰人民,我只关心革命工作,而且北边的女生都太丑,不要也罢。

梅丽　那你喜欢伊岛的女孩吗?

帕德雷　不喜欢。

梅丽　你不会喜欢男孩吧?

帕德雷　我不喜欢男人!爱尔兰恐怖运动不接受喜欢男人的家伙!我得告诉你这事!这是加入组织时的规定。

梅丽　太好了,周五教会礼堂举行舞会,你能带我去吗?

帕德雷　我不跟你说了吗,对于与民族解放无关的社交活动我都没兴趣。

梅丽　那选择就太少了。

帕德雷　没错。

梅丽　(停顿)奥姆尼影院下礼拜有部基尔福四人案的片子。这可以去看吗?

帕德雷　哦,去他妈的基尔福四人案。就算他们没干,他们也应该承担并感到骄傲。可他们没有,只会鸣冤叫屈。

梅丽　我们各自付钱!

帕德雷　(温柔地)不要了,梅丽。(停顿)你干吗跑老远来接我?

梅丽　(不悦地)不干吗。

帕德雷　就为来跟我约会,对吗?(拨弄她头发)你还在用你这把老气枪，那天你要送我的。我要是带到北边可大有用处啊。

梅丽　我用它得心应手。

帕德雷　那没得说。我敢打赌，这一带母牛的眼睛都被打瞎了，一条不剩。

梅丽　（跺脚）所有人都笑话我打瞎牛眼，多少年了！为啥没人提起我是五十米外开枪打中那些牛眼的，这在所有书里都是神枪手。我完全可以靠近牛群开枪，但我没有，我给了它们机会。

帕德雷　别着急，梅丽，我只是给你开玩笑。我自己也用弹弓射瞎过一个家伙，不过那是在他身边。五十米外真是神了。

梅丽　你别想这样糊弄我……

帕德雷　好了，梅丽……

梅丽　你也休想从我这儿得到消息！

帕德雷　什么消息？

梅丽　没有消息。

帕德雷　不对，你要告诉我什么消息？（突然不安，起疑）不会是关于我的猫吧？

梅丽　我不清楚，我忘了。

【帕德雷暴怒地拔出双枪对准梅丽的脑袋。

帕德雷　你他妈的快说，你这骚货！我的猫出了啥事儿？

【尽管被帕德雷的双枪顶着脑袋，梅丽镇定、厌恶而又高傲地拿起她的气枪，推上扳机，举枪对准帕德雷的一只眼睛，枪口几乎贴到了那只眼睛上。停顿。

你以为我在开玩笑？

梅丽　你也以为我在开玩笑？

帕德雷　（停顿良久）你有胆量，没的说。

梅丽　我没有。

帕德雷　我相信你。

335

【帕德雷放下双枪。 梅丽的枪仍然对着他的脸,过了一会儿,她也放下枪。

梅丽　既然你觉得我有胆量,这次回去时你带上我?

帕德雷　我们民解军不收女生。 不收。 除非美女。 是什么消息?

梅丽　（几乎流泪）除非美女? 长相中等,五十米外能打中牛眼的女生也不收吗?

帕德雷　不收。 目前我们还不收这一类的女生。

梅丽　这样对女生很不公平。

帕德雷　是的,可这对母牛们很公平。（停顿）啥消息,梅丽? 关于我的托米吗?

梅丽　你决定不让我加入民解军? 永远不行?

帕德雷　只要我在民解你就不行。 梅丽,我这样做是为你好。 待在家乡,找个好男人嫁了。 把头发留长点,迟早会有男人喜欢你追求你,要是你学会做饭和缝补,那你的机会就将翻两倍,甚至三倍。

梅丽　（停顿）消息就是托米脱离了危险,你得赶紧回去看它,以防万一。

帕德雷　它脱离危险了?

梅丽　是的。

帕德雷　（狂喜）哇,上帝爱你,梅丽! 我要亲吻你!

【帕德雷紧抱住梅丽亲吻,起初感谢地吻着,接着就缠绵激情。 两人终于停下。 互觉局促。 帕德雷尴尬地微笑着,从台左奔下。 梅丽俯视地面,过了一会,她轻声唱起,似对歌词若有所思。

梅丽　（唱着）"而今我满身弹孔地倒下……只恨叛徒的弃义背信……我未能开枪消灭他们……那些出卖爱国运动的罪人。"

【梅丽望着台左帕德雷离去的方向。 暗场。

第七场

【天刚破晓。多尼家中,清晨五时。多尼和戴维仍酩酊大醉,多尼坐左边椅中,昏然欲睡;戴维坐在右边地板上,手持他做的木十字架,十字架下端被削尖,横杆上是他用手指蘸鞋油写的"托米"二字。那只被鞋油涂黑的小猫正四下晃悠。空猫篮搁在左边的桌上。

多尼　记住了。
戴维　我记住了。(停顿)记住什么?
多尼　叫醒我!
戴维　好的。
多尼　得等我们酒醒后才能做事,现在天要亮了,我们小睡一会儿,然后起来赶紧再收拾一下,别让他起疑。
戴维　好的。
多尼　所以你得记住叫醒我。
戴维　(呵欠)我记住了。
多尼　你说过,你睡得浅。
戴维　我睡觉很浅。而且,我脑袋里有一只脑钟,可以强迫自己在睡前定的任何钟点醒来。不光几点,还可以几分! 你知道吗,就像忍者。
多尼　你哪来这种特异功能?

戴维　我从小就这样。

多尼　听上去怪吓人的。

戴维　是挺吓人的。

多尼　那把你的脑钟设到上午九点。

戴维　我脑钟设好了，你放心吧。

多尼　（停顿）你做的那是什么？

【戴维给他看做好的十字架。

戴维　这是给托米做的十字架。你看，上面写着"托米"。

多尼　这十字架做得真好。

戴维　我也觉得挺好的，要等它干了。

【戴维将十字架面朝下放地板上，轻敲一击作为祈运。他把猫放入猫篮中拍了一下，然后坐入右边的沙发椅，蜷起身子欲睡。

多尼　上午我们还得细察一遍，不能有任何痕迹让他发现猫已经死了。

戴维　必须的，不过，我觉得我们都已经处理了。

多尼　（停顿）你记得叫醒我？

戴维　我脑钟已设了九点，多尼，你再啰唆，我可要生气了。

多尼　那就晚安。

戴维　好，晚安。

多尼　别让臭虫咬你。

戴维　不会。

【两人坐着，朦胧入睡，灯光缓缓转暗。

多尼　你不会忘记叫醒我吧？

【戴维愤然瞪着多尼。多尼窃笑一声。戴维也笑了。两人入睡。

第八场

【中午十二时，多尼家中。多尼和戴维在沙发椅中熟睡，手上都涂满黑色鞋油。托米的十字架倒放在地板上，被涂黑的猫睡在猫篮中，只露出半个身子。帕德雷快乐地从前门悄悄进屋，看到两人在熟睡，便轻声叫唤自己的小猫。

帕德雷　托米？小托米？来，宝贝。爸爸回来了。你生病了吗，宝贝？我给你带来了猫癣药。

【停顿。看到猫还在猫篮中熟睡，帕德雷疑惑地上前用手指抚摸猫背。他发现手指黑了，便闻了一下。他踱到熟睡的戴维身边，看到戴维的那双黑手，拎起一只手闻了闻，又放下。戴维还在熟睡。在疑惑中，帕德雷见到地板上的十字架便捡了起来。当看清十字架的名字时，他脸色突变，哀伤而暴怒。恰在此刻，醒过来的戴维伸展双臂，张开双眼，看到了帕德雷。

戴维　我操！

【帕德雷扑向戴维，揪住他头发把他拎起，拔出一支枪顶住戴维的脑袋。戴维哀号着，惊醒了多尼。

帕德雷　（对戴维）我猫呢？在哪？我他妈的猫在哪儿？

多尼　（睡眼惺忪）你回来了，帕德雷？

戴维　我忘了叫醒你，多尼！

339

帕德雷 我他妈的猫在哪儿，问你们呢？

【戴维哀号着，颤抖的手指点着猫篮。 清醒过来的多尼也十分惊恐。

帕德雷 是它吗？

多尼 帕德雷，它生病后毛就变黄了。

帕德雷 哦，它生病后毛就变黄了，是吗？

戴维 （尖叫，喘息）它还发出鞋油味！

【帕德雷把戴维拖到猫篮前。 多尼站起身。

帕德雷 所以这就是托米，是它吗？

多尼 是它。

戴维 就是它。

多尼 我们觉得就是它。

帕德雷 哦，你好，托米。 好久不见，看到你真高兴。

多尼 你上次见它之后它变了许多，帕德雷。 哦，猫变化很快。

帕德雷 爸，它变化很快，对吗？

【他枪口顶着熟睡中的猫开了一枪，顿时血肉四溅。 戴维歇斯底里地尖叫着。 多尼双手抱头。 帕德雷把戴维的脸强按在血乎乎的猫尸上止住他的尖叫音。

现在它变化得更快！ 你俩立马也跟它一样变化。 托米在哪儿？ 我问了五十遍了！

多尼 我们觉得它跑掉了！

帕德雷 你们觉得它跑掉了，对吗？

【他松开戴维的脸，按住他跪下，转身扑向多尼，抓着他头发，拖着他跪在戴维一旁。

所以你们弄了这套把戏？

【帕德雷愤怒地拎起猫的尸体扔进台左方厕间的门里。

所以你们弄出这混帐东西？

【帕德雷拿起十字架抽打多尼的脸，然后竖到他眼前。

多尼　（对戴维）我知道你迟早要坏事，你小子！

帕德雷　托米死了，对吗？ 你说！

多尼　（停顿）它死了，帕德雷。

【帕德雷双手抱头，发出了一声长长的、痛彻心肺的哀号，踉跄地退了几步。

戴维　我们是看到它躺在路上，帕德雷……

多尼　不是的，帕德雷，是这家伙骑车撞死了它，还用石头砸它。

戴维　根本不是这样，帕德雷！

多尼　他承认了，是他干的。

戴维　我远远就看到它躺在路上，就奔过去抱起它拼命地跑到这儿了，如果有错，我唯一的过错就是没等专业人员过来而先移动了受害者，可是托米的脑浆已经流了一地，我觉得不能再等。

多尼　帕德雷，他还用石头砸它。

戴维　石头个屁！ 你这鸟人只喂托米玉米片你还说得出口。

多尼　我没喂它玉米片，帕德雷！ 我给它买猫粮，最好牌子的猫粮。 我给它买希宝。 我多一半买希宝。

戴维　希宝个屁，你他妈的要是在橱柜里能找到一点希宝，我给你一百块……

帕德雷　（大吼）都给我闭嘴！

多尼　帕德雷，我确实买希宝的……

【帕德雷拉开几只抽屉翻看，最后他找到绳子，把多尼的手脚捆在背后。 多尼恐惧之极。

哎哟，帕德雷，别把我手绑在背后，我们都知道你把那些人的手绑在背后你会干什么……

戴维　他会给他们干什么，多尼？ 给他们挠痒痒。

【多尼看了他一眼。 戴维哭泣。

我只想给我留点希望。

【帕德雷也同样地捆绑了戴维,这时戴维终于憋足了勇气,他愤然。

我只是想好心救你那死鬼的猫,才落到这个下场!

帕德雷 所以我的猫成了死鬼,对吗?

戴维 它就是! 帕德雷·奥斯本,你也是死鬼! 我不在乎你打爆我脑袋。 人人都知道,你是个又疯又蠢的死鬼! 你来吧!

多尼 (惊呆)戴维,你小子……

帕德雷 好,既然我是个又疯又蠢的死鬼,我给你剪个美发。

【帕德雷拔出一把锋利的匕首,开始割掉戴维的长发。

戴维 哎,别割我头发! 你他妈的真是个又疯又蠢的死鬼!

帕德雷 我怕子弹打不穿你这堆女人的阴毛。

多尼 帕德雷,你不能杀了我们,我们绝对没有害死托米。

帕德雷 托米是委托你照看的。 它是我十五年来世上唯一的朋友,我把它托付给你照看……

戴维 十五年了? 它也算长寿了,帕德雷!

帕德雷 现在托米死了,这些证据足够审判你们了。

多尼 什么审判?

戴维 这些只是间接证据!

【割完头发,帕德雷扔下匕首,拔出双枪。

帕德雷 那么这俩手枪也只是间接,你们的脑袋开花,脑浆溅到墙上也是间接。

戴维 你这话狗屁不通。

多尼 (对戴维)你非要把他激怒到发疯吗?

【帕德雷两支手枪顶着他俩各自的脑袋。

帕德雷 在你们上路之前,也许,为你们曾杀掉的一只兔子,或掐死的一匹小马,给你们最后忏悔的一个机会。

戴维 我没有任何忏悔，因为我在世上从没做过坏事。

帕德雷 （对多尼）你呢？

多尼 （停顿）我忏悔，帕德雷，我是给托米吃过玉米片，但只是偶尔，何况玉米片也有营养，再说它也喜欢吃。

帕德雷 这就是你的忏悔？ 你一定会下地狱，因为我太清楚你另外犯下的一百件罪行。

多尼 什么罪行？

帕德雷 我没时间给你全部列出，但头一条就是你多少次用脚踹过你自己的老妈。

戴维 你真地踹过你老妈！

多尼 那是十年前的事了！

帕德雷 老爸，踹自己的老妈没有追诉期。 现在你们闭嘴，该我讲话了。

【他把顶在他俩脑门上的双枪一起上膛。 多尼和戴维流着泪索索发抖。 墙上的时钟指到了十二点十分。

你们杀了我的猫，你们毁了我的生活，我不知道我现在该怎样活下去……

戴维 你可以再养一只猫。

【帕德雷用枪把敲击戴维的脑袋。

帕德雷 我知道我会撑下去，但没有托米，我的生活已没有意义。在我向酒吧扔炸弹、向建筑工人扫射时，再也没有托米微笑的双眼看着我，激励我，"记住，帕德雷，你在为我和爱尔兰而战斗。"我的世界已毁灭，它已与我永别。（停顿）当子弹打穿你们脑袋时，我要你们记住，虐待一只无辜的爱尔兰小猫，就是这个下场。 永别了，二位。

【多尼和戴维全身紧绷。

我说了，永别了。

戴维 永别了……

多尼 永别了,帕德雷……

【多尼和戴维再一次全身紧绷。停顿。忽然前门敲门声大作。帕德雷双枪下膛。

帕德雷 (叹息)你们应该告诉我你们在等人。

多尼 我没等人。

【帕德雷去开门。

帕德雷 你们别耍花招,要不下场会更惨。

戴维 (对多尼耳语)哼,还能比现在更惨?

【帕德雷把前门打开。克瑞斯、乔伊和布兰登微笑着站在门口,三人双手藏在背后。见到他们,帕德雷快乐地大笑。

克瑞斯 你好。

帕德雷 克瑞斯!你们这帮混账家伙来这里有何贵干?别客气,快进来。我正要枪决我老爸。

【他转身回到跪着的两人身后,用枪抵着他们的后脑。就在此刻,门口三人拔出枪在帕德雷身后一拥而上用枪顶着他的脑袋,一支枪顶着脑袋左边,一支枪顶着右边,还有一支枪顶着后脑勺,三面夹击。

(停顿)这是什么意思?

克瑞斯 你觉得"另立山头"这四字啥意思?

帕德雷 "另立山头"?另立山头是两个词。

克瑞斯 大佬,你很嚣张。

布兰登 嗨,他现在没那么嚣张了,对吗,克瑞斯?

克瑞斯 没那么嚣张了。

乔伊 他嚣张。

克瑞斯 嘘,乔伊……

乔伊 他还是那么嚣张。你瞧他……

克瑞斯　好了,乔伊。 你他妈的闭嘴。(停顿)帕德雷,把你的枪扔在那桌上,轻点。(帕德雷停顿了一下,然后照办了)帕德雷,色鬼托比是你最后一根稻草。 你抓些卖大麻的小贩来耍弄就算了,你还追杀跟我们合作的一个大户,这个捐钱供你坐船摆渡、供你炸弹袭击的大佬,你要是只割掉他鼻子,至少他还可以做手术缝上,但你居然将他割下的鼻子喂他的可卡犬,一只无辜的小狗,那只小猎犬当场噎死……

帕德雷　我不喜欢小狗,我讨厌它。

多尼　他小时候被一只狼犬吓到过。

克瑞斯　你还逼着色鬼托比看着他的狗被噎死,当他想去救它时,你就用手指戳进他割掉鼻子后的那个洞,你还扬言要另立山头,另立两个人的山头,那根本不是什么山头,只是两个人而已。

布兰登　就为了发泄不满。

克瑞斯　就为了发泄不满。 这可不行,小子。 现在我们只能清理门户,跟你算总账,"一切到此为止。 现在,一切到此为止。"

帕德雷　你一直想整我,克瑞斯。 我可没惹你。

克瑞斯　你没惹我,没有。 你射瞎了我一只眼睛,你个畜牲。

帕德雷　为这只眼睛我道歉了多少次!

克瑞斯　用弹弓玩"暗杀"游戏,你几岁啊!

帕德雷　你记仇,你耿耿于怀。

【克瑞斯把枪上膛,乔伊和布兰登也跟着枪上膛。

克瑞斯,你们现在就动手? 你们不会在我爸面前杀我,对吗?

布兰登　现在你站在你爸背后。

帕德雷　我说的是规矩,布兰登,你个白痴。

布兰登　哦,你说规矩。

帕德雷　老爸，你不想看到我死在你面前，对吗？ 这对你刺激太大，对吗？

多尼　我他妈的会在乎你死？！ 你刚才不是要打爆我脑袋吗？

帕德雷　啊呀，我只是跟你开玩笑，老爸。 你觉得我会开枪杀了你们吗？

多尼　你会的！

戴维　你会的！

帕德雷　克瑞斯，把我带到外边大路上。 没人会来这条偏僻的路。 我不会挣扎。 我知道迟早会有这一天。 我只是没想到来得这么快，也没想到死在朋友手里。 把我带到路沟边，这样埋掉我也方便。 不过给我一分钟让我为我那可怜的猫祈祷一下。 它也刚死，也死在这条路上。

布兰登　（微笑）你那只可怜的猫，对吗？

帕德雷　对啊。 怎么啦？

克瑞斯　（举手指警告）嗯……

布兰登　（立刻会意）呃……我们听说你的猫死了……我们替你感到难过，这个礼拜，你是祸不单行啊，你的猫死了，你自己脑袋也被打爆。 这可真是恶运连连。

帕德雷　哥们，我要告诉你们，这两件事哪件让我更伤心，我敢打赌你们绝对猜不出来。

乔伊　你的猫死去让你更伤心。

帕德雷　说得对，乔伊。 你总是最有情感。

乔伊　多谢，帕德雷，我一直这样。

克瑞斯　乔伊，把他手捆上。 就把他带到外面路上。 我们处死你并不是因为什么深仇大恨。 帕德雷，你一直是个好战士，只是过分狂热。

【乔伊把帕德雷两手绑在背后。 帕德雷环顾四周。

346

帕德雷　这屋子充满了我对托米生前的回忆。坐在那椅子上，它在我怀里入睡，打呼噜、打呵欠。在我喝醉忘了放它出去时它会在屋角拉屎，第二天它会显得尴尬好像犯了错，真是可爱。它常会出去两三天，在岛上追着母猫做爱，当你抓头发着急担心它出事儿时，它会从墙上那个猫洞跳进家来，像是说"干吗大惊小怪？我只是出去泡妞啊。"（停顿）现在它再也不会跳进来了。

戴维　（半笑着）它肯定不会了。

帕德雷　你什么意思"它肯定不会了"？

戴维　我只是想说，当你被埋进粪土，脑袋被打得稀烂，你想要神气活现，那就太难了。

【虽然双手被绑，帕德雷试图跳起来扑向戴维。他们三人强按住他，把他拖向门口。

你过来呀，你个疯子！

帕德雷　我他妈的杀了你！

戴维　你杀我呀，你把我剩下的头发也割掉好了，你个恶棍！

克瑞斯　把他拖出去……

帕德雷　你他妈的杀猫犯，你……

戴维　我这头发留了整整八年呢！

帕德雷　我会回来收拾你！（对多尼）还有你！

戴维　你做梦回来吧，你个人渣！

帕德雷　我不会做梦，我十分钟后就回来。

克瑞斯　帕德雷，你十分钟后回不来。十分钟后你死定了。

帕德雷　我们等着瞧！要不是这混蛋撒野，我本想太太平平上路。

克瑞斯　你被捆住，我们三支枪顶住你脑袋，你还能怎样？

帕德雷　会有转机！

乔伊　他什么意思，克瑞斯？"会有转机"？

克瑞斯 （下场中）乔伊，他在吓唬你。

乔伊 （下场中）他还真行，克瑞斯。

布兰登 （下场中）克瑞斯，我说过他会吓尿裤子，对吗？

帕德雷 （下场中）长发小子，看我回来收拾你！

戴维 回来吧！带上你那死猫一起来！你俩对我一个！你还是输个精光！

帕德雷 （场下）会有转机！我有感觉！

【静默良久。枪手们和帕德雷去了。被绑的多尼和戴维还是跪在地上。

戴维 多尼，他一直是那样吗？

多尼 我觉得他现在变得更疯狂了。

戴维 （停顿）你伤心吗，多尼？

多尼 伤心，为啥？

戴维 那帮家伙把你儿子拖出去枪毙，你伤心吗？

多尼 （停顿）我想过，现在不伤心了。

戴维 不伤心了。在你儿子要杀你后，你对他变了。

多尼 没有亲情了，你知道吗？

戴维 （停顿）他们该给我们松绑的。又不会要他们的命。（停顿）不过也许会要他们的命，你想想。

多尼 也许会的。对付这个疯子，他们一刻都不能放松。

戴维 再盯紧他一分钟，就完事了。你儿子一死，这帮家伙走掉，伊岛就又太平了。

多尼 没错。就是这种破事儿，把游客都从爱尔兰吓跑了。

戴维 就是。（停顿）"他要回来收拾我。"他这会还没回来，他回不来了。

多尼 （停顿）你听到声音吗？

戴维 什么声音？

多尼　点击的声音？

戴维　没有。

多尼　哦。

戴维　你听到了？

多尼　没有。

戴维　哦。

多尼　那就好。

戴维　是啊。

【停顿，接着，远处响起梅丽那快速连续独一无二的气枪声……

啊呀，他妈的，是我妹子！

【接着响起三个枪手的惨叫声，和密集回击的手枪声。随着枪手们越来越靠近屋子，他们的惨叫声越来越响，突然，布兰登从左窗摔了进来，乔伊和克瑞斯从门口冲了进来。三人全都眼窝流血，他们捂着打瞎的眼睛，惨叫着在地上打滚。多尼和戴维恐惧地看着他们。

布兰登　我他妈的看不见了！我他妈的看不见了！

乔伊　她把我们的眼睛都打瞎了！

克瑞斯　你们也都瞎了？

布兰登　我们他妈的全都瞎了！

克瑞斯　那是个男人还是个女人？

布兰登　是个抹口红的男人。

乔伊　不对，是个没长奶子的女人。

布兰登　天哪，可别让个女人杀了我！那我可死不瞑目。

乔伊　布兰登，你我就这样一起死掉？我爸我妈可就太惨了。

布兰登　他们一定伤心死了，乔伊。你知道吗，乔伊，我很爱你。要是我做的不好，我向你道歉。

乔伊　我也爱你啊,布兰登!

克瑞斯　好了,别放屁了!　赶紧开枪!

　　【三名枪手开始疯狂射击。布兰登从左窗往外打,克瑞斯从右窗往外打,乔伊从门口往外打。

　　你俩还被绑在那儿吗?

戴维　在啊。

多尼　在啊。噢,不在了!!

戴维　不在了!!

　　【多尼用肩膀碰了一下戴维,恼怒他出声暴露两人的位置。

克瑞斯　赶紧大声给我们指点开枪的方向,不然你们也逃不了。

　　【就在这时,帕德雷和梅丽出现在门前,手牵手,悄悄蹑足躲过乔伊的射击,梅丽手持气枪,帕德雷扯开绑着手上的最后一圈绳子。

多尼　(对克瑞斯)嗨,往左边一点……

　　【三个枪手开始朝窗外和门外的左边开枪。帕德雷和梅丽侧身滑翔一样进了屋子,两人双目交视。帕德雷轻抚她的的头发和脸颊,惊叹她的神奇枪法。

　　嗨,现在,朝右边……

布兰登　他们在左右跑动!对吗?

多尼　是啊。

布兰登　他妈的!

　　【枪手们转而朝右方射击。帕德雷和梅丽来到桌前,帕德雷拿起双枪。俩人蹑足来到布兰登身后,在梅丽抚摸着帕德雷肩背肌肉时,帕德雷举起双枪对准布兰登的后脑勺开火,布拉登倒地。由于枪声大作,克瑞斯和乔伊没有察觉。帕德雷和梅丽又双目交视,充满爱意,慢慢挪向乔伊。

克瑞斯　他们是在靠近还是逃走了?

【帕德雷双枪近距离击中乔伊的脑袋，乔伊倒地后，梅丽用脚尖轻踩乔伊的尸体。

多尼　他们越来越靠近了。

克瑞斯　有多近？

多尼　近得可怕。

【克瑞斯打光了子弹，在他摸索着换弹夹时，发现另外俩人也停火了。

克瑞斯　你俩怎么啦？干吗停止射击，布兰登？乔伊？

【停顿。克瑞斯脸色一变，意识到帕德雷已在屋内，他扔掉了手中的枪。

看在我妈份上，别打我脑袋，求你了，帕德雷……

【帕德里双枪齐发击中克瑞斯前胸。克瑞斯后退倒地，但未死去。帕德雷和梅丽相拥亲吻，被绑的多尼和戴维一边看着，一边跪在地上发抖。

多尼　帕德雷，好枪法！

戴维　他干吗亲我的混账妹子？

【帕德雷和梅丽缓缓转过身来看着他俩。帕德雷子弹上膛。多尼和戴维索索发抖。

帕德雷　这小子是你的哥哥，对吗？

梅丽　上回我见他时他头发没这么丑啊，是的，他是我哥。

帕德雷　哦，我原定打爆他的脑袋，还有旁边这家伙，现在你哥跟我们一家人，那就算了。我是讲情份的。我就只枪毙我爸。

【梅丽轻轻地从帕德雷手上拿过一把枪，侧过身来，站在她哥哥身后，用枪顶着他脑袋。

梅丽　我觉得，现在我要跟你一起去北边过日子，我得趁早习惯使用这真枪。

帕德雷　那现在就得练枪法。

梅丽　现在就练。

【俩人相互微笑。帕德雷用枪顶着他爸的后脑，梅丽用枪顶着戴维的后脑。

多尼　不要，别这样……

戴维　来吧，开枪吧……

多尼　你们又在跟我们开玩笑，对吗？

帕德雷　数到三好吗？

梅丽　对，数到三。像电影里那样。

戴维　天哪，梅丽，天哪……！

帕德雷　一

多尼　戴维，永别了……

戴维　多尼，永别了……

帕德雷　二……！

多尼　这世道，真不公平！

戴维　他们不就是强盗吗？

帕德雷　三……！

克瑞斯　（突然叫道）帕德雷。对不起，我杀了你的猫。我向你道歉。

帕德雷　（停顿）你说什么，克瑞斯？

克瑞斯　我说我很抱歉，我不该杀你的猫。最不该的是打爆猫的脑袋。但这是为了骗你回来，小子，现在你得承认你上当了。临死前我向你道歉，现在我能平静地面对上帝了。

帕德雷　你现在平静了，对吗？

克瑞斯　我平静了。

帕德雷　好。现在我他妈的就让你平静，小子……

【帕德雷和梅丽把枪口从多尼和戴维的头上移开，帕德雷把枪搁在桌上，走上前抓住克瑞斯脖子把他拖进右前方的隔壁小间里，克瑞斯半个身子露在外面。

（对梅丽）梅丽，把尖刀、刮刀、剃刀、烙铁，还有堵住他嘴的东西都拿来。

梅丽 是，中尉！

【梅丽把枪放在桌上。飞跑过去把东西拿给帕德雷。随着帕德雷手起刀落，克瑞斯开始疯狂惨叫，鲜血四溅。

多尼 真他妈的绝处逢生！这血腥味！

戴维 没错，可只是这血腥味吗？

【暗场。

第九场

【深夜，多尼家中。地板上到处是血，多尼和戴维也浑身是血，他俩正在肢解布兰登和乔伊的尸体。帕德雷的双枪搁在桌上。隔壁小间里，帕德雷坐在克瑞斯尸体上，怀中抱着沾满泥土没了脑袋的托米尸体。写着"托米"的十字架插在克瑞斯嘴里，尖端从他后脖伸出。帕德雷满脸悲伤，神情迷茫。他听不到多尼和戴维的低声交谈。】

多尼　戴维，你们家梅丽去参加民解军，你妈不会生气吗？
戴维　我妈知道她迟早会有这一天。我觉得我妈只能接受，不过我想她更希望梅丽加入爱尔兰共和军。至少，他们比较正规。
多尼　是啊。他们的活动范围也比民解军大得多。
戴维　没错，共和军的活动区域大多了。
多尼　是的。他们有时候去比利时。
戴维　从来就没见到民解军出国。
多尼　要是他们离开可就好了。
戴维　民解军从来不向澳大利亚人开火。
多尼　不过，我觉得那些参加共和军的人不是为了出国。
戴维　是的，那是做人的原则。我告诉你，让我开枪杀人，我会吓尿裤子，可梅丽她似乎轻而易举。
多尼　说到梅丽，她枪法真是神准，几百米外打穿你眼睛。

戴维　我早知道她射牛眼练枪法会有成效。

多尼　帕德雷用枪完全不同。

戴维　他总是逼到你身边。

多尼　他总是逼到你身边，然后用双枪贴近你开火。

戴维　当然，这没有什么枪法。

多尼　我觉得用双枪没有必要。靠得这么近。

戴维　这就是摆谱，逞强。

多尼　梅丽的枪法更有体育精神。（停顿）他还坐在那家伙身上，抱着那只死猫吗？

戴维　（扭身伸颈）他还那样，真是有病。还把他的死猫挖出来。我们尽心尽力埋葬了它，他连谢都不谢一声。

多尼　我想这能让他表示哀悼与伤痛。

戴维　（停顿）把尸体挖出来？

【多尼耸肩。梅丽从前门上，身穿一件艳丽的外衣和裙子，挎着背包和气枪。

梅丽　你俩少废话，赶紧把尸体切割了。

多尼　你和你男友咋不来帮一把……

戴维　你穿的啥鬼东西？

梅丽　套装！我有几套！

戴维　（厌恶）哎哟……

梅丽　我们干吗要帮你们？

多尼　这是你们弄出来的。

梅丽　这可是你的家。再说，不管怎样，你是不能让军官来干这种脏活的。

戴维　哇，你现在也是军官了，对吗？

梅丽　我是少尉。帕德雷刚授我军衔。他刚才还授予他自己高阶中尉，这是他应得的军功。

355

多尼　你们都荣升高官了。

梅丽　把死鬼嘴里的牙齿都敲掉，查不出他们的身份。

多尼　她可真够心狠手辣的。

梅丽　我很厉害。

戴维　你出门时妈跟你说了什么？

梅丽　她祝我好运，要我千万不要炸死炸伤孩子们。

戴维　你怎么说？

梅丽　我说我会尽力，但我不敢保证。

戴维　她怎么说？

梅丽　她说你只要尽力那最要紧。

戴维　我想也是。

梅丽　没错，不过我没空跟你们这种人废话。你们赶紧干活。这些死鬼自己没法给自己分尸，你们说呢？

【梅丽朝帕德雷走去。

戴维　她就喜欢发号施令，啥德行。

多尼　看得出来。

【多尼和戴维继续又砍又剁地分尸。梅丽靠着帕德雷，在克瑞斯血淋淋的尸体上坐下。

梅丽　你好吗？

帕德雷　没事。（停顿）现在托米脑袋全没了。

梅丽　是啊。民解军有克瑞斯这种家伙，对猫这么狠毒，你不觉得民解军有问题？

帕德雷　很正常，所有组织中都有害群之马。（停顿）那俩软蛋还在剁吗？

梅丽　在剁呢。

帕德雷　活干得麻利吗？

梅丽　马马虎虎。

帕德雷　他们没经验，反正有上帝保佑。（停顿）你穿的什么鬼衣服？

梅丽　女孩子偶尔穿个套装不可以吗？

帕德雷　你穿得也太吓人了。

梅丽　你觉得我穿这套装漂亮呢，还是凑合？

【帕德雷用一只手别扭地托着猫尸，另一只手揽着她长长地吻她。片刻后两人分开。

帕德雷　靠近看你，你完全不像个男孩。

梅丽　谢谢你。

帕德雷　头发除外。

梅丽　你这话算赞美吗？

帕德雷　你能把它留长一点嘛，梅丽？留到这儿。就像《爱略特之家》里的艾薇。

梅丽　你喜欢我那样？

帕德雷　是啊。

梅丽　可惜，我的头发就这样子，去它妈的《爱略特之家》艾薇。

帕德雷　哎呀，梅丽……

梅丽　艾薇能够五十米外射瞎那三个家伙的眼睛吗？

帕德雷　当然不能。她应该不会想这么干。

梅丽　所以你他妈的该知足了。

帕德雷　你真是个泼辣的妹子。

梅丽　我他妈的很自豪。

帕德雷　再亲我。

梅丽　亲就亲。

帕德雷　（俩人亲吻。停顿）咱俩干脆一起脱离民解军，自己建立一个部队，就你和我，怎样？

梅丽　你想那样吗？

帕德雷　我想啊。

梅丽　那我们就这么干。不过我们的部队叫啥名字？

帕德雷　我在想就叫"托米军"，除非你有更好的名字。

梅丽　好啊，这名字很棒。"托米军"。好。我们的第一个行动计划是什么？

帕德雷　第一个行动计划就是找一个家伙弄死他。我昨天正收拾那小子，可托米的事让我分心，就便宜了他，还没怎么动他呢，他还拿什么猫癣的事蒙我，满口假话，"把药裹在奶酪里"。我敢说他根本就没养过猫。

梅丽　听上去他应该是个打击目标。

帕德雷　他是最该被打击的目标。

梅丽　我们应该列一个打击目标的名单。从第一到第二十。就像"流行歌榜"。

帕德雷　我以前有过一个打击目标的名单，被我乘车时弄丢了。你来列名单。谁是第一号？

梅丽　毫无理由开枪打爆小猫脑袋的家伙。

帕德雷　这个打击目标很好。不过……（停顿）梅丽，我要告诉你这事儿，今天早上我打爆了一只猫的脑袋，但我确实有理由。

梅丽　什么理由？

帕德雷　它脏得可怕。半个身子粘着黑污泥。

梅丽　那还算有理由。我不喜欢脏猫。我说的是打死干净的猫。我要跟我的猫咪罗杰少爷道别。我要同它分别一阵子了。它是我这世上最好的朋友，不过它今天不在。它肯定出去泡妞了。

帕德雷　我的猫咪再也不能出去泡妞了，它原来可喜欢泡妞了。

梅丽　哎，帕德雷……

帕德雷　哎，梅丽。你知道，我一直追求的是爱尔兰的解放。孩子们可以自由地玩耍，男女可以自由地歌舞，猫咪可以自由地闲逛，不会被手枪打烂脑袋。这个要求是不是太高了？是吗？

梅丽　也许是吧，帕德雷。也许是。我们是带上托米还是把它埋在这儿？

帕德雷　我们带上它。把它埋在我屋子窗外的花箱里，这样它就陪伴着我们。

梅丽　（站起）那你把十字架也带上？

帕德雷　（站起）不。这十字架太大，花箱里放不下。会弄伤我种的菊花。（两人牵手走进客厅）活干得怎样，你们俩？

多尼　差不多了，帕德雷，快完了。

帕德雷　差得远呢。指纹还没烧掉，牙齿还没敲掉。独眼龙克瑞斯的尸体还没动呢。"快玩了"，再一个礼拜也完不了。

戴维　干吗都要我们收拾，我不明白。人又不是我们杀的。要是我们杀的，那还说得过去，可不是吗。

帕德雷　你又发牢骚了，对吗？

戴维　（嘟哝）我他妈的就发。

帕德雷　你说啥？

戴维　没有，我没发牢骚。

帕德雷　你小子，要不看在你日后是我大舅子的份上，我早把你弄死了。弄死大舅子这面子上过不去吧。

【梅丽深情地凝视着他。

梅丽　帕德雷·奥斯本，你在向我求婚吗？

帕德雷　是的。过一阵子，等我们的任务完成后。

梅丽　等到爱尔兰解放那天！

帕德雷　对，等到爱尔兰解放那天！

【俩人长吻。

多尼　那猴年马月才能够结婚啊？！

戴维　他俩活到一百岁，也他妈的结不了婚！

多尼　他俩要是结婚，你我就成亲戚啦？

戴维　（蔑视地）那它妈的还能怎样？

多尼　你不愿意？

戴维　你以为我愿意跟一个疯子杀手和一个踹老娘的做亲戚吗？

多尼　你以为我愿意跟一个伪娘嬉皮和给猫擦鞋油的做亲戚吗？

戴维　（轻声，恐惧地意识到）糟糕，真它妈的！我忘了那只猫了！

【戴维来到左边桌子上捧起血淋淋的猫篮，发现猫篮空了。他放下猫篮，四下察看。推开一个尸头或一段尸臂，发现橱柜上罗杰少爷的项圈和名牌。他正要把项圈扔出窗口时，帕德雷和梅丽结束了长吻。

帕德雷　看看你这漂亮的套装。天哪！衣服上沾满我俩身上的血迹了。

梅丽　怎么啦？这血红色沾上去很配啊。

帕德雷　你总不能穿着这滴血的套装去北爱尔兰大街闲逛吧。

梅丽　谁会注意呢，帕德雷？

帕德雷　游客会注意的。去把它换掉或洗干净。

梅丽　那我自己去洗一下。

【戴维把猫的项圈扔到窗外。

你在干吗？

戴维　没干吗。

梅丽　快去弄尸体，赶紧。

戴维　我只是松一下手臂。

梅丽　是吗，你刚在说帕德雷疯子？（她朝台左边的卫生间走去）亲爱的，你能等我五分钟吗？

帕德雷　我可等不及，你快点。

梅丽　我就出来。

　　【梅丽对他抛个飞吻，从卫生间下。

帕德雷　（对她喊道）当心，地上有只死猫，被我打爆了脑袋。

　　【戴维稍张开嘴，瞪着卫生间。

　　（帕德雷对戴维）你刚才说我疯子，对吗？

戴维　（走神）是啊。

帕德雷　你说了？

戴维　咋啦？

帕德雷　我在问你，你刚才说我疯子，对吗？

戴维　（走神）是啊。

帕德雷　你说了？

戴维　咋啦？

　　【戴维首次毫不顾忌地直视着帕德雷。

帕德雷　你真是个怪人。赶快干活吧。你们觉得这些尸体能自己剁自己？

多尼　他们剁不了，帕德雷。戴维，你怎么啦？赶紧过来，把牙齿敲了。

戴维　（走神）好的，我来敲。

　　【他蹲回多尼身旁心不在焉地开始敲击一个尸头嘴中的牙齿，他双眼紧盯着厕间。

　　只怕这恐怖故事会越来越恐怖。

多尼　你在说啥，戴维？

戴维　恐怖，真他妈的恐怖。

帕德雷　这小子越来越蠢。

多尼　这小子很怪，说话不明不白。（停顿。专心锯骨）帕德雷，我告诉你，脊椎骨真难锯。

帕德雷 难锯吗？对着骨头关节来锯最容易。

多尼 骨头关节，我想也是。

【梅丽出现在厕间门口，眼神呆滞，胸前抱着罗杰少爷流血发黑的尸体。戴维看到了，帕德雷和多尼还没看到。

儿子，我还没祝贺你订婚大喜呢，对吗？

帕德雷 还没有。

多尼 （起身）祝贺你订婚大喜，儿子！

帕德雷 谢谢老爸。

【多尼与帕德雷握手。梅丽走上，帕德雷这才看到她。

瞧你。我们俩真是般配的一对。一人抱着一只死猫。谁说我俩除了开枪杀人外没有一点共同之处？哎呀，我不能开这种玩笑。不能开托米的玩笑。

梅丽 也不能开罗杰少爷的玩笑，绝对不能。

帕德雷 罗杰少爷是谁？罗杰·凯斯门特？

梅丽 没错。

帕德雷 那老家伙跟这两只死猫有啥关系，梅丽？

【梅丽小心地把死猫递给戴维，对他微微一笑，沾血的手撸着她的短发。她朝帕德雷转过身来。帕德雷身后的桌子上放着双枪。他温柔地抚摸着她的脸颊，她轻轻唱起了《临终的义军》。

梅丽 （唱起）"夜已深沉，战斗已停……"

【帕德雷跟着唱起。

帕德雷 "月光洒落奥康大街……"

梅丽 吻我，帕德雷。

【帕德雷久久吻着她，这时梅丽双手伸到他身后，拿起桌上的双枪。她缓缓举起双枪对准帕德雷头部两侧。帕德雷毫无觉察。多尼惊恐地看着。两人长吻结束。

帕德雷　下一句歌词是什么，梅丽？（唱着）"月光洒落奥康大街……"

梅丽　我他妈的猫咪干干净净。

帕德雷　（停顿）不对，我记得，好像是，"勇敢战士壮烈捐躯……"

梅丽　没错。

【她双枪齐发，帕德雷仰面倒在桌上，大张着嘴，死去，猫仍在他怀中。梅丽呆呆地看着手中的双枪，轻声地继续唱起。

"勇士牺牲，我自伫立。义军逝去，相会天堂。"

【她把两支枪管插在帕德雷口中，从戴维手上抱回她的死猫。

你俩赶紧，把这家伙也剁了。

多尼　你不能让我剁我自己的儿子！

戴维　我告诉你！我可不能一个人干这么多活！

梅丽　你们一个人剁帕德雷，另一个去剁那个嘴里塞着十字架的鸟人。不要违抗我的命令，你们要明白，我他妈的是少尉。

戴维　（对多尼）这还差不多，公平分配。

多尼　我同意。

【梅丽收拾她的背包和气枪。

戴维　你还要去参加民解军吗，梅丽？

多尼　（指着地上血肉模糊的一堆）当然，现在民解军也没啥人了。

梅丽　不去了，戴维。我觉得我还是在这儿待一阵子。我原以为开枪杀人很有趣，结果没啥好玩，很无聊。

戴维　这立马就无聊了。

梅丽　对呀。

多尼　没错。还是盯着母牛开枪吧。

【梅丽仇恨地盯了多尼一眼。多尼害怕了。

我为我儿子伤心啊,梅丽。

梅丽 (停顿)我带罗杰少爷回家了。你俩赶紧剁你们的。

戴维 好的。

多尼 好的。

【俩人迟疑。

梅丽 (发怒)赶紧动手,没听见吗!这是命令!(多尼和戴维愤愤然蹲下继续剁尸)明天我会细细想过后调查这事儿,我要查出罗杰少爷咋会被弄到这屋子里来,还被抹黑了半个身子。

【多尼和戴维畏缩,双肩抖颤着继续剁尸。

(梅丽唱起)"我的独子死在都柏林,他英勇战斗为国捐躯。为了爱尔兰的自由,为了爱尔兰的解放……"

【梅丽下。确信她走后,两人蹲在那儿抱头呻吟。

戴维 天哪,这事儿还有完吗?这事儿还它妈的有完吗?

多尼 你他妈的明白吗,这事儿没完!

【稍顿。一只黑猫从左边墙高处的猫洞中钻出,它站起,走到橱架边上。多尼和戴维相互对视后慢慢转过头去望着黑猫。

戴维 这他妈的哪来的黑猫啊?

【多尼站起身向它走去。

多尼 (厌恨)他妈的,这才是混账的托米!

戴维 不可能!

多尼 就是它!

戴维 怎么会呢?

多尼 这个混蛋这两天一定在外面泡妞。

戴维 这小子发情找母猫做爱!

多尼 没错!

【戴维起身上前察看帕德雷怀里的猫。

戴维 那这一只混账猫是谁的?

多尼　一定是哪儿跑来的野猫,只是样子像托米。

戴维　那这一切恐怖发生得莫名其妙?

多尼　就是嘛!

戴维　就因为这只畜牲去泡妞?死了四个人,两只猫……还有我的长发!还有什么吗?

多尼　还有你妹子破碎的心。

戴维　我妹子破碎的心。

多尼　还有我的一盒皮鞋油。

戴维　这畜牲应该被枪毙!

多尼　你觉得,它该被枪毙?

戴维　(停顿。想了一下)你不觉得,它该被枪毙吗?

【戴维慢慢转过身来看着插在帕德雷嘴里的两支手枪,他用拇指点着手枪。俩人对视了一刻,一起上前从帕德雷口中各拔出一把手枪。多尼将黑猫从橱架上抱起,把它放在帕德雷身旁。俩人枪上膛,慢慢举起枪瞄准黑猫。

多尼　可是戴维……?

戴维　怎么?

【俩人放下枪。

多尼　今天这屋子里的血腥杀戮还不够吗?

戴维　(停顿)不够。

多尼　再多杀一个也没啥!

【俩人再一次举枪瞄准黑猫的脑袋,手臂紧绷。

现在,一起数到三。

戴维　好。

多尼　戴维(停顿)一……(停顿)二……(停顿)三!

【停顿良久,手臂紧绷,牙齿紧咬,屏住呼吸。但两人都无法开枪。

多尼　（牙齿紧咬）戴维，我们就放过这可怜的东西？

戴维　（牙齿紧咬）多尼，我们就放过它？

多尼　放过它！

戴维　放过它！

【心脏狂跳的他俩松了一口气，把枪扔在桌上。上前抚摸黑猫，平缓他们的呼吸。

过来，托米，过来……

【多尼从盒中倒出些玉米片喂托米。

多尼　来吃吧，宝贝。你回家了。你到家了。

戴维　还是家里好。

多尼　还是家里最好！

【黑猫吃着玉米片，灯光渐暗。

戴维，我说过它爱吃玉米片，对吗？

【但是，如果黑猫不吃玉米片，这句台词就改为：

戴维　多尼，它根本就不爱吃玉米片。

【暗场。

凄凉而残酷的荒诞社区写照

——《伊尼西林岛的女妖》

胡开奇

马丁·麦克多纳 20 世纪 90 年代剧作"阿伦岛三部曲"之三《伊尼西尔岛的女妖》(*The Banshees of Inisheer*),由他改编导演并联合制作为电影《伊尼西林岛的女妖》(*The Banshees of Inisherin*),于 2022 年 9 月 5 日在第 79 届威尼斯国际电影节上进行了全球首映。电影中的故事场景由剧作中爱尔兰西岸的伊尼西尔岛改为虚构的伊尼西林岛。电影故事以 1923 年爱尔兰西岸伊岛为背景,是一部关于男子友情的荒诞寓言,一幅小镇岛民生活的生动写照,也是一篇关于人类孤独之残酷的论文。这部电影凄凉、血腥且影响深远。

麦克多纳《伊尼西林岛的女妖》获得了威尼斯电影节最佳剧作奖和最佳男主角奖,随即在爱尔兰、英美和全球上映,广受好评。在第 95 届奥斯卡颁奖典礼上,《伊尼西林岛的女妖》获得了九项提名;在第 80 届金球奖上,它在八项提名中获三项大奖;在第 29 届美国演员协会奖上,获五项提名而创造最多提名纪录。《伊尼西林岛的女妖》被许多榜单评为 2022 年十大电影之首,获得了许多国际赞誉,虽然只获九项奥斯卡奖提名,爱尔兰国家大学社会学的教授们指出,如果社会、文化和政治理论有"学院奖"的话,《伊尼西林岛的

367

女妖》应该获得奥斯卡奖。《纽约时报》凯尔·布坎南(Kyle Buchanan)写道:"这部电影在威尼斯受到热烈欢迎,赢得长时间的起立鼓掌和好评。"[1]

故事从美丽海岛山路上漫步的善良而无趣的奶农帕德瑞开始,他常带着他心爱的小驴杰妮和他的牛马遛街,每日下午二时与他老友,乡间提琴手科尔姆去酒吧喝酒。然而,当《伊尼西林岛的女妖》开始时,科尔姆已决定与帕德瑞绝交。他觉得与帕德瑞聊天讨论小驴的粪便是在浪费生命,他要专注于提琴音乐创作和静默的快乐。科尔姆告诉帕德瑞"我只是不喜欢你了"。这突如其来的绝交令帕德瑞处于极度困惑痛苦中。当帕德瑞妹妹西奥本责问科尔姆为何与她哥绝交时,两人这样对话:

科尔姆　他很无趣。
西奥本　(停顿)可他一直这样无趣。他变了吗?
科尔姆　我变了。在我生命中我没法再忍受无趣。
西奥本　可你住在爱尔兰西岸的一个小岛上,科尔姆!你到底还希望啥呢?
科尔姆　希望一点宁静,西奥本。别无其他。我希望心灵中一点宁静。你能理解。你能吗?

从社会学角度看,科尔姆突然与帕德瑞绝交,牵涉到社区"礼尚往来之互惠"的关系[2]。《伊尼西林岛的女妖》一开场,帕德瑞便去科尔姆家叫他同去酒吧,他俩多年来一直如此。但这次科尔姆突然不理睬帕德瑞,转身离去:他拒绝参与互惠关系,于是绝交就演变为反结构和暴力。当社区这一规则被破坏后冲突和混乱也接踵而至。《伊尼西林岛的女妖》体现了这一"分裂生成"理论[3],冲突何以从原先互补和对称的模式升级到暴力的"牺牲危机"的阵痛呢?伊尼西林岛民社区本就有许多潜在冲突,神父是潜意识的同性恋,警官是性虐亲儿子的惯犯;政教权威人物构建的社区"秩序权威"形成了文化上根深蒂固的冲突与禁忌。这些潜在的冲突最终在帕德瑞和科尔姆的冲突对撞中释出,并通过"替罪羊机制"进行宣泄[4];所以这两人的绝交正是"停滞"的社区和个人的冲突。

显然在一个"停滞"的社区,人们禁锢在一个病态社会和僵硬病态社会关系之中。帕德瑞和岛民们的生活,都在枯燥单调的例行中重复:岛民们周末做弥撒,进出酒吧,在一隔绝的社区里偷听和渴望"新闻"。在这闭塞的社区中,没啥"新鲜事",只有相同的重复。"你没啥新闻!"这是奥莱登夫人——岛上的杂货店主/邮政员/八卦者的口头禅。一只蝴蝶被困在帕德瑞和西奥本小屋里无助地飞来飞去,冲不出小屋窗玻璃。科尔姆渴望通过艺术、通过他的音乐来超越停滞;西奥本渴望通过思想、通过她的学识智慧来超越停滞。于是,科尔姆和西奥本通过不同的"越轨"行为打破了伊岛生活的僵局。

然而帕德瑞不肯放弃,逼得科尔姆向他发最后通牒:每次骚扰,他就用园艺剪剪下自己左手一根手指送他,直到把五个音乐手指全部剪下。对于科尔姆,他宁愿忍受剪指之痛,也不愿忍受帕德瑞与共的分秒。帕德瑞对科尔姆则从痛苦到愤怒再到仇恨,两人间荒诞的断裂令人恐惧。托德·麦卡西(Todd McCarthy)在《好莱坞期限》上评论道:"一个简单而邪灵的朋友断交的故事,充满了尖锐的幽默和惊悚暴力的突发时刻。"[5]皮特·布拉德肖(Peter Bradshaw)在《卫报》写道:"作为对于男性的孤独和强咽愤怒的研究,它奇怪地令人信服且常常极为有趣"。[6]

为了《伊尼西林岛的女妖》中社区的和平安稳,除了互惠,另一暗面是"缄默"(克制),把它留给自己,并把它内化。"帕德瑞安静下来",酒吧店主提醒他沉默;沉默可能是虚伪,但必须阉割批评。现代大都市社会,人们可以坦诚相待,直言不讳,但西爱尔兰的岛民却没有这种奢侈。其结果是禁欲主义的暴力,暴力以愤怒的苦闷和怨恨的形式折磨自己,表现为西岸爱尔兰人传统上应对禁欲主义压力的特征——酗酒、抑郁,喜欢与自己的动物为伴。[7][8]当科尔姆拒绝互惠,帕德瑞拒绝隐忍时,这种社区文化的禁欲与压抑,使得暴力无法外泄而针对自己,科尔姆剪掉自己五个手指;这种自我反省的血腥牺牲,使社区没有陷入暴力分裂,和平得以维持,社区得以维稳,但代价是对自己施暴。《独立报》戴维·埃利希(David Ehrlich)认为《伊尼西林岛的女妖》是麦克多纳《布鲁日》以来的最佳影作,他指出:"其持续的幽默暗流为故事中最紧迫的问题提供了相应的荒谬情景,是对所有存在之荒谬性的一种回应。"[9]

保持缄默也表现在岛民们对伊岛社区大佬警官皮达·基尼的儿子多米尼克自小被父亲性虐的情节实质都心照不宣,无人吭声。尽管多米尼克夜里总被父亲打得满脸伤痕,但他拒绝抗争,一味隐忍内化、缄默不语,从而使得自己内向、回避、扭曲,思维混乱,成为岛上人们眼中的白痴。对此,帕德瑞拒绝静默,处处揭露这残暴父亲——警官皮达。然而这完全摧毁了多米尼克最后一点自我。当多米尼克向西奥本求爱遭拒后,他的存在感彻底毁灭而投湖自杀了。在《综艺》评论中,盖伊·洛奇(Guy Lodge)写道:"从一个悲凉轶事的叙述开始,但在愤怒和共鸣中使其变得更接近于神话:麦克多纳长期以来关注人类行为中最内敛、最极端的复仇行为,但他从未在这种迷恋中形成过如此痛心疾首的作品。"[10]

在帕德瑞与科尔姆的对峙中,在众人酒吧聚会中,有一涉及两人分歧的很具说服力的时刻,帕德瑞宣称自己站在善意一边,而科尔姆则否定善意的重要性,而强调艺术的价值。科尔姆认为帕德瑞沉闷无趣,而自己更高尚,更有艺术气息,认为自己比帕德瑞更聪明。他以莫扎特为例,说无人记得谁是17世纪的善良人,但人人都知道莫扎特。对此,帕德瑞说:"我不知道。所以就没有这个理论。"对于科尔姆的"傲慢",在向神父忏悔时科尔姆承认"有一点骄傲";为了赎回自己的傲慢之罪,科尔姆像俄狄浦斯一样自残,做一个"小人",用他的音乐手指做血腥的牺牲。

总能预言厄运,风趣而又可怖的老巫妇麦考米克夫人告诫帕德瑞将有两条生命死去。当科尔姆最终剪下左手所有手指血淋淋地扔在帕德瑞门上时,小驴杰妮吞食手指而噎死;在满腔仇恨的帕德瑞放火烧掉了科尔姆小屋后,麦考米克夫人用多米尼克的钩杆从湖里拖出了多米尼克的尸体。《伊尼西林岛的女妖》埋葬了社区理想化的热爱之后的哀悼和忧郁,在现代社会,人们普遍有一种怀旧和浪漫的倾向,将社区理想化。人们依然渴望想象中的美好、真实和善良。《伊尼西林岛的女妖》中的岛民们在夜晚眺望的远方炮火硝烟的内陆,隐喻当时爱尔兰痛苦内战。马克・费尼(Mark Feeney)在《波士顿环球报》上撰稿认为《伊尼西林岛的女妖》是"一部短篇小说试图成为一部长篇小说",并称对爱尔兰内战的隐喻"极为平淡无味"。[11]

酗酒、抑郁,喜欢与自己的动物为伴,《伊尼西林岛的女妖》中,动物成为社区的重要成员;就像帕德瑞的小驴杰妮",主人公与她相依为命,就像科尔姆的狗儿,老乐手与它相拥起舞。主人公分别与他们的驴子和狗如此亲密,以至于驴子和狗的关系也如此密切。科尔姆无意杀了帕德瑞的小驴,帕德瑞就烧毁了科尔姆的屋子,但帕德瑞救下了科尔姆的狗儿。西奥本在时,帕德瑞的牲口不能进屋,她离开后,这种界限感就消失了。帕德瑞让马和驴子在家里游荡。西奥本在陆上写信给哥哥催他离开伊尼西林,"你在伊尼西林一无所有,除了无尽的荒凉、怨恨、孤绝、庸俗的邪恶……"这绝非女妖的哀嚎,而是现代人的愤懑之声,也正是西奥本毅然离去的原因。

《伊尼西林岛的女妖》似乎也是关于末日、启示和救赎的隐喻；伊尼西林岛（即"爱尔兰岛"）一直被想象为田园风光，一个浪漫的幻想之岛，影片的精彩摄影呈现了它的光芒四射和郁郁葱葱，但它被启示为一块礁石，一处荒原，在那里看不到年轻夫妇。帕德瑞和科尔姆是与他们的动物作伴和跳舞的单身汉；西奥本是个心灰意冷的老处女，儿童在伊尼西林岛几乎不存在，即使他们存在，也极其脆弱；警官皮达的儿子多米尼克被父亲蹂躏了一生，当他脆弱的梦想最终瓦解时，他自杀了。无疑，麦克多纳认为，今天的人们依然受到国家机器和教会的统治和威胁，正如他们在当今全球化时代所处的位置一样，从伊尼西林到澳大利亚原住民到亚马逊到北极地区；未来世代的时空已经在被殖民化和掠夺；今天的孩子们生来就被束缚在债务中，一代代人在借贷、支出和荒芜的死亡中循环。[12]伊尼西林岛是这个星球的一个缩影，正在迅速变为一块荒芜的礁石。但《板岩》杂志马克·奥康纳（Mark O'Connell）等评论家批评了影片中的人物和倾向，他对作品中"爱尔兰性"的描述提出了异议，并指出影片中的这种扭曲并未引起非爱尔兰评论家们的关注。他认为："也许这并不令人惊讶，但值得关注的是，国际评论界并未对最可怕的对爱尔兰偏执的观念提出异议。"[13]

在打破极限和不断升级的牺牲的危机之后，暴力最终得到缓解：科尔姆牺牲了音乐，西奥本自我放逐，帕德瑞小驴被杀，科尔姆屋子被焚，无辜的多米尼克自杀，岛上生活恢复了原样。帕德瑞和科尔姆同时站在岸边，沉默地遥望大海和内陆，这时他们打破沉默：

科尔姆　这一两天没听到陆地上的枪声。我想他们要结束战争了。
帕德瑞　哈，我肯定他们很快又会重启战争，对吗？有些事情，是无法改变的。（停顿）而我认为这是件好事。
科尔姆　谢谢你为我照看我的狗儿，不管怎样。

帕德瑞　不客气。

此刻，报丧老妇麦考米克夫人远远注视着这一切……

2023 年 5 月于纽约芮枸公园

参考书目

[1] Kyle Buchanan, "Venice: Could 'Banshees' Be Colin Farrell's Oscar Breakthrough?" *The New York Times*, September 7, 2022.

[2] M. Mauss, *The Gift: Forms and Functions of Exchange in Archaic Societies*, London: Cohen & West, 1966.

[3] G. Bateson, *Naven: A Survey of the Problems Suggested by a Composite Picture of the Culture of a New Guinea Tribe Drawn from Three Points of View*, Stanford: Stanford University Press, 1958.

[4] R. Girard, *Violence and the Sacred*, Baltimore: Johns Hopkins University Press, 1979.

[5] Todd McCarthy, "Venice Review: Colin Farrell & Brendan Gleeson in Martin McDonagh's *The Banshees of Inisherin*", *Deadline Hollywood*, September 5, 2022.

[6] Peter Bradshaw, "The Banshees of Inisherin Review: a Guinness-black Comedy of Male Pain", *The Guardian*, September 5, 2022.

[7] H. Brody, *Inniskillane: Change and Decline in the West of Ireland*, London: Penguin, 1973.

[8] N. Scheper-Hughes, *Saints, Scholars and Schizophrenics: Mental Illness in Rural Ireland*, Berkeley: University of California Press, 1979.

[9] David Ehrlich, "*The Banshees of Inisherin* Review: Martin McDonagh's Wry Tragicomedy is His Best Film since *In Bruges*", *Indie Wire*, September 5, 2022.

[10] Guy Lodge, "*The Banshees of Inisherin* Review", *Variety*, September 5, 2023.

[11] Mark Feeney, "*The Banshees of Inisherin*: When Colm Stopped Meeting Pádraic", *The Boston Globe*, October 26, 2022.

[12] H. Brody, *Landscapes of Silence: From Childhood to the Arctic*, London: Faber, 2022.

[13] Mark O'Connell, "*The Banshees of Inisherin*: Does Martin McDonagh Actually Understand Ireland?" *Slate*, January 27, 2023.

2023 年金球奖最佳影片
2023 年金球奖最佳编剧

伊尼西林岛的女妖
The Banshees of Inisherin

［阿伦岛三部曲之三］

"*The Banshees of Inisherin* written and directed by Martin McDonagh was first released on 21st October 2022 presented by Searchlight Pictures, in association with Film4 and TSG Entertainment.
A Blueprint Pictures Production
A Martin McDonagh Film"

特别说明：《伊尼西林岛的女妖》为电影剧本，严禁公开表演。

外景。岛上各处——白天

【伊尼西林岛，1923 年。三十五岁上下的英俊男子帕德瑞·苏利汉走在岛上石墙间蜿蜒的小道上，他走过一座座茅草屋、古老的墓园、城堡废墟、一片湖水。在他走过一头受惊的奶牛时，他微笑了。最后，他登上一个俯瞰大海的山崖……

外景。科尔姆家屋后的山景——白天

【一座孤单小屋俯瞰着荒凉的月牙形海滩。青烟从屋顶烟囱升起。帕德瑞向小屋走去。

外景。科尔姆家小屋——白天

【帕德瑞来到屋前，一只狗伏在屋外草地上。他拍了下狗儿，狗儿舔了他一下。他敲了敲屋门。没有回应。他把脸凑到窗口……

内景。科尔姆家——白天

【室内，五十七八岁的高大男子科尔姆·多赫迪坐在一张扶手椅上抽烟，背对窗口。

帕德瑞　科尔姆？你去酒吧吗，科尔姆？马上就两点了。

【科尔姆的老爷钟响了两声，科尔姆眼盯前方，继续抽烟。

帕德瑞　我在酒吧等你？（停顿）那我在酒吧等你。

【科尔姆一声不吭抽着烟。帕德瑞离去。他几次回望着科尔姆小屋，满心惶恐。

外景。帕德瑞家屋子——白天

【帕德瑞回到自己家屋子,俯瞰着灰蓝的大海和远处的陆地。他的小驴杰妮在菜园里,他的一匹小马、两头奶牛和一头小牛在屋旁的田里。 他妹妹西奥本正在晾衣服。

西奥本 你干吗又回来? 哥? 你干吗回家来?

帕德瑞 我去敲了科尔姆家的门,他就坐在那儿。

西奥本 坐在那儿干吗?

帕德瑞 啥也不干。 抽烟。

西奥本 他睡着了?

帕德瑞 他在抽烟,西奥本! 你能睡着时抽烟吗?

西奥本 不就是烟灭了夹在他手里吗?

帕德瑞 不。 烟点着,他在一口口吸。

西奥本 你们在吵架?

帕德瑞 我们没吵架。(停顿)我不觉得我们在吵架。(停顿)我们在吵架吗?(停顿)他为啥不给我开门?

西奥本 也许他只是不喜欢你了。

【西奥本微笑着,拿着空篮进屋,帕德瑞独自忧心地望着大海。

外景。酒吧——白天

【帕德瑞来到岛上的酒吧,一栋俯瞰大海的单栋房屋,门外的草坪上也摆着吧桌。

内景。酒吧——白天

【帕德瑞向吧台后五十余岁的琼佐点了点头。

帕德瑞 来一杯,琼佐。

【琼佐开始斟酒。

琼佐 科尔姆没跟你一起?

帕德瑞 没有。

【琼佐停住。

琼佐　科尔姆总和你在一起。

帕德瑞　我知道。

琼佐　你没敲门找他？

帕德瑞　我敲过他门了。

琼佐　那他人呢？

帕德瑞　他就坐在那儿。

琼佐　他坐那儿干吗？

帕德瑞　啥也不干。 抽烟。

【琼佐把酒杯斟满。

琼佐　你们在吵架吗？

帕德瑞　我不觉得我们在吵架。

琼佐　感觉你们像在吵架。

帕德瑞　确实感觉我们像在吵架。 我再试试他？

琼佐　那最好。

【帕德瑞忧心地抿了一口，然后离去。

外景。路口——白天

【帕德瑞与身穿警服的皮达·基尼，伊尼西林岛唯一的警员相遇；他向五十余岁的基尼点头致意。

帕德瑞　基尼警官。

【擦身而过，基尼完全不理他。 帕德瑞收起笑容。

帕德瑞　（小声地说）从来不打招呼，去他妈的；从来不打招呼。

外景。科尔姆家屋子——白天

【帕德瑞再次从窗户往里看。 屋内一扶手椅上没人了。 帕德瑞敲门。

帕德瑞　科尔姆？ （停顿）你不去酒吧了，科尔姆？

【帕德瑞试着推门。门开了。

内景。科尔姆的屋内——继续

　　【帕德瑞进屋。睡在火炉前的狗儿，瞅了他一眼，继续睡觉。

帕德瑞　科尔姆？门开着呢，科尔姆。你还……？

　　【屋里没人。明亮的油漆墙壁上挂着难懂的乐谱。帕德瑞看到半支烟在烟缸里，一旁的茶杯还是热的；他抬眼看到窗外远山的身影。他拿起架上科尔姆的望远镜，朝窗外望去。透过望远镜的视角——远处，科尔姆正往山上走着，已走了半英里。

帕德瑞　（轻声）你到底要去哪儿呢？

外景。通往酒吧的小路——白天

　　【帕德瑞步履沉重走回酒吧。里面传来一阵笑声。透过窗户，帕德瑞看到科尔姆正坐在吧台前与琼佐和另一酒吧常客格里·穆林斯说笑。

内景。酒吧——白天

　　【帕德瑞走进酒吧，微笑着向说笑的三人走去。当他走近，科尔姆收起他的笑脸。

帕德瑞　你们好！

格里　你好，帕德瑞！

科尔姆　别坐这儿。

帕德瑞　啊？

　　【气氛紧张，科尔姆甚至不看着他。其他人面面相觑。

帕德瑞　可我已经在这儿点了酒，科尔姆……

琼佐　他点了一杯酒，科尔姆，他之前进来时就点了……

科尔姆　哦，行啊。那我坐别处去。

　　【科尔姆端着他那杯啤酒，走出酒吧，透过小窗可看到他坐在门外的桌旁。格里和琼佐见此感到不安。

格里 你们在吵架?

帕德瑞 我不觉得我们在吵架。

格里 可你们是在吵架……

琼佐 你们是在吵架。不管咋说,他自管自坐在外面。

帕德瑞 我们的确像在吵架。我觉得我得去跟他谈谈。看看这到底是咋回事。

格里 那最好。

外景。酒吧——白天

【帕德瑞走出酒吧,科尔姆坐在桌旁一边抽烟,一边俯瞰着伊尼西林岛和大海。

帕德瑞 现在我就坐你旁边,你要是再回酒吧,我就跟你进去,你要是回家,我也跟你回家。现在,你告诉我,我对你干了啥,你就直说,要是我说了你,也许我喝醉时说了啥而我自己忘了,可我没觉得我说过啥醉话,然后又忘了,但要是我说了,那就告诉我说了啥,科尔姆,我会为我的话道歉。我会真心诚意地道歉。只是你别再像个喜怒无常的傻瓜孩子一样不理我。

【帕德瑞坐下。

科尔姆 可你没对我说过啥。你也没对我做过啥。

帕德瑞 我也这么想。

科尔姆 我只是不喜欢你了。

【帕德瑞被这话伤得很重,但他竭尽全力不露声色。

帕德瑞 你喜欢我的。

科尔姆 我不喜欢。

帕德瑞 (停顿)你昨天还喜欢我呢!

科尔姆 哦,我喜欢你,对吗?

帕德瑞　我觉得你喜欢我。

【科尔姆悲哀地看了他一眼，走回酒馆，被撇下的帕德瑞悲伤之极。

外景。小路——白天

【一脸忧思的帕德瑞从怪人多米尼克·基尼身旁走过。多米尼克是警官基尼的儿子，二十余岁，手持一个顶端有钩的长杆。

多米尼克　帕德瑞。

帕德瑞　（继续走着）多米尼克。

多米尼克　你咋了？

帕德瑞　我没啥事儿，（轻声）上帝有眼。

【多米尼克与他并肩同行。

多米尼克　看看我找到这个，这带钩的长杆。我在想，能用它干吗？用来钩东西！一杆子的距离！应该是。（停顿）你去哪儿？

帕德瑞　下山去。

多米尼克　你有烟吗？

帕德瑞　没有。

多米尼克　你有的。你一直带着烟。

帕德瑞　科尔姆·索尼拉里在琼佐家要发一堆烟。可谁有心情？

多米尼克　他在发吗？

帕德瑞　没有。

【多米尼克慢慢停住脚，帕德瑞继续前行。

多米尼克　你样子很不正常！

内景。帕德瑞家屋子——白天

【帕德瑞坐在桌旁椅子上，桌上一份报纸，头条标题应是"爱尔兰内战"。屋内陈设比科尔姆家中要简陋得多。西奥本拎着食品杂货进屋,看到他很惊讶。

西奥本　你在这儿干吗?（停顿）酒吧关门了吗?

帕德瑞　不,开着呢。

【西奥本困惑地在桌子对面的椅子上坐下,两人似乎面对而坐,这一场景反复出现。

西奥本　报上有啥消息?

帕德瑞　还是内战的报道。

西奥本　糟透了。

【帕德瑞茫然盯着前方。西奥本站起,收起购买的物品。

西奥本　麦考米克夫人一会儿要过来。帕德瑞,我没法老躲着她。我不知你是否要待在这儿? 你一般都不在。

帕德瑞　我不在?

西奥本　是啊,你不在。你知道你不在。

帕德瑞　（恍惚）我无所谓,西奥本。这也是你的家。

【西奥本觉得帕德瑞这些举止非常奇怪。

外景。帕德瑞家屋子——黄昏

【月光夜;微风轻拂,屋内亮着灯光和烛光,牲畜也睡了。

内景。帕德瑞家屋内——黄昏

【帕德瑞、西奥本和麦考米克夫人,八十岁邻居老妇,长相阴森,面色惨白,满口黑牙,抽着一支黄褐色烟斗。

【西奥本将玫瑰花式缝在一条黑色披肩上,帕德瑞拎着煤油桶给屋里的几盏灯添油。

麦考米克夫人　西奥本,你爸妈是六年前,还是七年前去世的?

西奥本　他们去世快八年了,是的,麦考米克夫人。

麦考米克夫人　快八年了吗? 时间这么快吗?

帕德瑞　没错。快乐的日子就这样。

西奥本　你该去酒吧了,帕德瑞,别在这儿跟我们抬杠。

帕德瑞　我不用每晚去酒吧,对吗?

【西奥本惊诧,麦考米克夫人诡然一笑。

麦考米克夫人　我想是科尔姆·索尼拉里吓到了他。

帕德瑞　你听到科尔姆·索尼拉里咋了?

麦考米克夫人　你和他不是一直的好友吗?

帕德瑞　我们还是最好的朋友。

麦考米克夫人　不,你们不是了。

帕德瑞　谁说我们不是了?

麦考米克夫人　(指着西奥本)她说的!

帕德瑞　老天有眼,西奥本!

西奥本　我没说过这话,麦考米克夫人,我只是在闲聊! 帕德瑞,你现在去琼佐那边吧,别在我们这儿晃悠了,麦考米克夫人难得有机会过来聊天。

【西奥本帮帕德瑞穿上他外套。

帕德瑞　她难得有机会,因为你躲着她!

西奥本　我没躲着她!

帕德瑞　她一从路上走过来,你就躲到墙后面!

【帕德瑞下,西奥本尴尬一笑,坐了下来。

西奥本　"躲到墙后面"。

【西奥本竭力微笑着,但麦考米克夫人只是盯视着她。

外景。山坡高处的山道上——夜晚

【帕德瑞远眺对岸陆地上隆隆炮火,光焰冲天,枪声密集,硝烟弥漫。

帕德瑞　不管你们为何而战,愿你们全都好运。

外景。酒吧——夜晚

【酒吧内音乐悠扬,活力四射,帕德瑞惊讶地来到门外。

内景。酒吧——夜晚

【科尔姆和另外三个乐手正在聚会上齐奏小提琴。狗儿趴在科尔姆脚下。酒吧里异常拥挤。帕德瑞挤过人群来到吧台后琼佐面前。

帕德瑞　我没听说有聚会啊。

琼佐　最后一分钟,科尔姆决定的。

【帕德瑞皱起眉头。琼佐给他斟了一杯啤酒。酒吧里难得地来了一些岛上女子,大都围在科尔姆身边。

琼佐　女士们全都喜欢科尔姆,你知道吗? 总是这样。

帕德瑞　是吗? 那也不是。

【多米尼克手持他的长杆进门。

琼佐　多米尼克,你被禁入酒吧。 出去!

多米尼克　你说过禁入到三月底。

琼佐　那我们现在几月?

多米尼克　四月!

琼佐　不管怎样,把你那根长杆放在门外,你也不准打扰女士。

多米尼克　有女士? 真有女人! 还是漂亮女人!

【片刻后,靠窗一桌,已喝得微醉的帕德瑞和多米尼克望着科尔姆他们演奏一首慢板悲伤的曲子,一位四十岁左右的岛上女子唱着那首也许叫《我是个你不能每天遇到的男人》的民歌。

女子　(哀怨地唱着)"我牵出我的狗儿,我枪杀了它,在基尔代尔。 你我一起喝酒,洒脱自在,我是个你不能每天遇到的男人。"

多米尼克　要是我们坐在科尔姆身旁,那些女人就会和我们搭讪。然后闲聊着就把她们弄到手!

帕德瑞　眼下我坐这儿就够开心了。

多米尼克　哦，是吗？ 你已经够开心了吗？ 哈，我可受不了垂头丧气的人……（对科尔姆叫着）来支快乐的舞曲，科尔姆！ 跳起舞来。 别让那闷骚女再哼哼。

【科尔姆停住演奏，不屑地看着他俩，众人也不屑地望着，帕德瑞无趣地别过脸去，尴尬片刻，科尔姆和那女子接着演唱。

帕德瑞　这会儿我和他麻烦还不够多吗，你还要瞎嚷嚷？

多米尼克　你和他有啥麻烦？

帕德瑞　他……不愿和我来往了。

多米尼克　他谁啊，十二岁吗？ 他为啥不愿和你来往？

【帕德瑞耸肩。 俩人望着科尔姆演奏，最后，除了帕德瑞，众人一起合唱。

内景。多米尼克家中——夜晚

【烟熏的红墙上挂着天主教饰品。 此刻，多米尼克肥胖的警员父亲，前场出现过的皮达·基尼，正一丝不挂地睡在椅上，那套警服就挂他身后的墙上。

一幅十分奇特的画面，帕德瑞竭力不看着皮达。 多米尼克把他手指按在唇上示意别出声。

多米尼克　（低声）我爸手淫时，要是我们吵醒他，他会杀了我们。

【……他蹑手蹑脚走到赤身裸体的父亲面前，悄悄拿起他桌上或怀里的一瓶私酿威士忌。 随后蹑手蹑脚溜回帕德瑞身旁，两人出门。

外景。小镇广场——夜晚

【帕德瑞和多米尼克在码头边小镇广场上喝着威士忌。

帕德瑞　喝他的威士忌你不会有麻烦吧？

多米尼克　会有麻烦，不过我他妈的不在乎！

386

【帕德瑞又喝了一口。 那是烈酒。

帕德瑞　我看到对岸陆上今晚炮火枪声连天，你看到了吗？

多米尼克　在打内战呢。

帕德瑞　唔，我知道，当然！我只是没想到在这遥远西岸，战火蔓延。

多米尼克　我，我对战争没兴趣。 战争和肥皂剧！ 我讨厌它们！

【帕德瑞把酒瓶递回，多米尼克喝了起来。

多米尼克　我讨厌它们！我俩挺投机，对不，我和你？ 你妹妹呢，她喜欢聊天吗？

帕德瑞　她不像多数女子那般爱聊，但她也聊。 她更喜欢读书。

多米尼克　读书？！ 真他妈见鬼。 读书！ （停顿）你见过她光着身体的样子吗？

帕德瑞　（惊奇）我没有。

多米尼克　你没有，你是她哥？ （停顿）小时候也没有？

帕德瑞　我不喜欢说这种事儿，多米尼克。

多米尼克　哪种事儿？

帕德瑞　光身子的姐妹。

多米尼克　你看到我爸一丝不挂了。

帕德瑞　我宁愿死都不愿看你爸光身子！

多米尼克　我当然知道！他那只黑色的小鸡巴！

【帕德瑞觉得恶心，放眼眺望大海，他几乎自言自语……

帕德瑞　他咋了？ 也许他听到啥坏消息了？

多米尼克　我爸？

帕德瑞　不是，科尔姆·索尼拉里。

【多米尼克不悦地抓起瓶子，起身欲走。

多米尼克　我没告诉过你吗，你要是再提起那傻逼，我立马走人？
　　（欲走）我告诉你，他今晚的样子不像有啥坏消息！他今晚看上去像如释重负!

【多米尼克走了,留下帕德瑞陷入片刻的沉思。

内景。帕德瑞/西奥本卧室——拂晓

【西奥本在她双人床上熟睡,帕德瑞在对面床上无法入眠。朝阳从暗蓝色天空升起,阳光透过窗户照着两床间墙上挂着的耶稣圣心像。他叹息着爬起床来。

内景。帕德瑞家中——拂晓

【帕德瑞悄悄将他的小驴牵进客厅,轻轻地吻她,小驴伏在屋角小毯子上,帕德瑞伏在窗口眺望升起的朝阳。接着帕德瑞注意到窗旁墙上的日历。日历上是三月,所有日子都被划掉了,于是他翻到四月。在他划掉已过去的四月一日时,他想起某事,顿觉得快乐。

外景。科尔姆家屋后的山景——白天

【帕德瑞快乐地牵着他的两头奶牛一头小牛在山上慢走,俯瞰着科尔姆家和近旁的岛屿。他看到山下远处,科尔姆靠在墙上,手握着小提琴。帕德瑞牵着牛儿朝那儿走去。

外景。科尔姆家门前的山路——拂晓

【帕德瑞和他的牛儿在科尔姆身后路过。

帕德瑞　我只是赶着牛儿路过。

科尔姆　啥?

帕德瑞　我只是赶着牛儿路过。你知道,我不是,故意走这儿……

科尔姆　你平常不赶牛儿走这路。

帕德瑞　是的,可这小牛被街角那母鸡惊吓,所以……(停顿)你刚在拉你的曲子吗?

科尔姆　是的,在试拉。

帕德瑞　在作曲! 真棒。我才看到……嘿! 我昨天才看到已经四月一日了。

【科尔姆茫然地看着他。

我真是太傻了！

【科尔姆毫无反应。

帕德瑞　已经四月了。（停顿）那我回头去酒吧路上给你打电话？

【科尔姆只是用手揉着眼睛，令帕德瑞不安。

帕德瑞　我打电话给你！现在，我得追这帮家伙，它们……它们想甩掉我！也许它们也不喜欢我了！呵！那我们两点见，科尔姆！

【帕德瑞急忙追赶他的牛儿。刚跑出一段，他就转头回看科尔姆，令他不安的是科尔姆仍用手捂着他眼睛。

内景。帕德瑞家——白天

【西奥本在看书，帕德瑞对着墙上裂了缝的镜子剃着胡须。

西奥本　你好像开心了许多。

帕德瑞　没有，只是正常吧！待会你干吗不去喝杯雪利酒呢？这好天气别窝在家里！

西奥本　（疑惑）我会去酒吧。

【帕德瑞擦了身子，换上件干净衬衫。

帕德瑞　这本书怎样？

西奥本　伤感。

帕德瑞　伤感？你该读本不伤感的书，西奥本，不然它也会让你伤感。

西奥本　嗯。（停顿）你从没觉得孤独吗，帕德瑞？

帕德瑞　从没啥？

西奥本　孤独。

帕德瑞　没有，"我从没觉得孤独吗？"大家这都是咋啦？天哪！

【他匆匆离去，她悲伤地望着裂镜中的自己。

外景。山路上——白天

【帕德瑞往科尔姆家走去，撒下那话题令他高兴。

帕德瑞　去他妈的"孤独"，屁话。

内景。科尔姆家——白天

【科尔姆，满脸沮丧，用小提琴试拉着曲子，可拉不出调子。拉不出曲调，他开始恼怒地拉出刺耳的噪音，惊吓到他的狗儿，然后他突然停住，放下提琴，坐下茫然前望，狗儿不解地看着他。

外景。科尔姆家——白天

【烟囱冒着青烟。帕德瑞来到门前，他拍了拍窗户。没有回应。往里看。没人在家？

帕德瑞　科尔姆？你要去……？

【他看到，远处，科尔姆在山脊上大步离去，他的狗儿跟随着他。帕德瑞悲哀地意识到事情不妙。

内景。酒吧——白天

【科尔姆和他狗儿一起在窗边桌旁。帕德瑞进门，向他点头——科尔姆要么未见，要么无视。不管怎样，帕德瑞更加生气。

帕德瑞　来一杯，琼佐。

【琼佐斟了一杯，不明白发生的事儿。

帕德瑞　他怎样？

琼佐　我觉得挺好。反正，我觉得没啥。

【琼佐一脸担忧。帕德瑞走到科尔姆身旁，把他的酒放在桌上。科尔姆看着酒。

科尔姆　你干吗？

帕德瑞　哦,你今天又要白痴了,对吗?

科尔姆　难道我不能自己安静地喝一杯吗,帕德瑞?

帕德瑞　那就别让人去你那破家叫你,就像他是没啥好事儿打发他的混账时间!

科尔姆　我没让你到我家叫我,你也确实没啥好事儿打发你的混账时间。

帕德瑞　啥?!

科尔姆　你确实没啥好事儿打发你的混账时间。

帕德瑞　我知道我确实没啥好事儿打发我的混账时间,但比起到你家叫你,我有更好的事儿来打发我的混账时间

科尔姆　啥事儿?

帕德瑞　呵?

科尔姆　那你能做啥?

【帕德瑞想了良久。

帕德瑞　看书?

科尔姆　看书,是吗? 我,昨天上午,我写了这……

【科尔姆用提琴拉了一段可爱而忧伤的曲子,然后停住。

明天我写出第二乐章,后天写出第三乐章,然后在周三,世间就会出现这部新的乐曲。 帕德瑞·苏利汉,如果我花一星期听你胡扯,世上就不会有这部乐曲。 所以,你拿着你啤酒去外面,还是我拿着我啤酒去外面?

【帕德瑞拿起他的啤酒往外走去。

帕德瑞　我拿我啤酒去外面,因为不管咋说,你那曲子就是一泡垃圾,与我无关。

外景。酒吧——白天

【帕德瑞坐在酒吧门外的桌旁。 两匹马隔墙望着他。 一阵孤

独感让他想哭。他喝了口酒压抑住自己，此刻科尔姆和他的狗儿走出门来。在帕德瑞擦拭他脸时，科尔姆在桌旁坐下。

科尔姆　我昨天太过分了。

帕德瑞　昨天，你居然说？！我很清楚你昨天太过分！还有今天！

科尔姆　我只是，哦……我只是有种强烈的身心感受：时间在飞快流逝，帕德瑞，我想我需要把我剩下的生命用于思考和创作，尽量不再听你那些无聊的废话。我只能为此抱歉。我很抱歉。

帕德瑞　（停顿）你要离开人世？

科尔姆　不，我没要离开人世。

帕德瑞　可是……你有足够的时间。

【科尔姆明白他没法说服帕德瑞。

科尔姆　闲聊？

帕德瑞　没错！

科尔姆　毫无意义的闲聊？

帕德瑞　不是毫无意义。善意正常的闲聊。

科尔姆　那我们将继续毫无意义的闲聊，对吗？而我的生命将不断耗去，十二年后，我将死去，除了与一位有限之人闲聊外，我一无所有，对吗？

帕德瑞　我说了，不是毫无意义的闲聊，我说了，善意正常的闲聊。

科尔姆　那个晚上，你花了两小时和我谈论你在你小驴的驴粪里发现的物件。两个小时，帕德瑞，我计时了。

帕德瑞　可那不是我小驴的驴粪，对吗，是我小马的马粪。可见你听得多么用心。

科尔姆　那对我没有任何意义。你明白吗？对我没有任何意义！

【帕德瑞未表露出他是否已听懂。科尔姆看了他一眼，起身走回门去。

帕德瑞　那我们就聊点别的嘛！

　　【科尔姆已走进门去。他的狗儿悲哀地望着帕德瑞，随后也转头进了门去。帕德瑞抿着啤酒，看着墙外的马儿，它们似乎也转身不再理他。

外景。晚霞中酒吧近旁的山路——黄昏

　　【帕德瑞郁闷地走回家去，西奥本一身靓装地走来。

西奥本　你怎么啦？

帕德瑞　没啥。

西奥本　我们不是去喝杯雪利酒吗……？

帕德瑞　不想去了。

　　【帕德瑞继续往回走。

西奥本　你不去，那我去！

　　【西奥本继续往远处的酒吧走去。渐暗的蓝天下，酒吧灯火通明。

内景。酒吧——黄昏

　　【西奥本冲进酒吧，见到科尔姆坐在吧台前。俩人许多对话重叠。

西奥本　你和我那混帐哥哥到底咋回事啊？

科尔姆　别在这该死的日子进来对我吼叫。行吗，西奥本？

西奥本　你不能对一个老友突然绝交！

科尔姆　我为啥不能？

西奥本　你为啥不能？因为这不善良！

琼佐　你来杯雪利酒，西奥本？

西奥本　不要！

琼佐　好的！

393

西奥本　他喝醉后说过你啥吗？

科尔姆　没有，我喜欢喝醉的他。其余的他我都不喜欢。

西奥本　那他妈的到底为啥？

科尔姆　他很无趣，西奥本。

西奥本　他咋啦？

科尔姆　他很无趣。

西奥本　（停顿）可他一直这样无趣。他变了吗？

科尔姆　我变了。在我生命中我没法再忍受无趣。

西奥本　可你住在爱尔兰西岸的一个小岛上，科尔姆！你到底还希望啥呢？

科尔姆　希望一点宁静，西奥本。别无其他。希望心灵中一点宁静。你能理解。你能吗？

【她能够理解。她离去。

外景。帕德瑞家——黄昏

【帕德瑞在门口喂他的小驴。西奥本沉思着走回家中。她竭力想挤出一丝笑容，但做不到。他看出她的表情。

内景。帕德瑞家——夜晚

【两人正默默地吃着晚餐。

帕德瑞　你觉得我无趣吗？

西奥本　不！你并不无趣。你很善良。

帕德瑞　我也这么想！我是个快乐的人！或者我曾经是。可现在我最好的朋友开始阴阳怪气！

西奥本　是的，帕德瑞。也许他只是郁闷。

帕德瑞　我也觉得，他是郁闷。（停顿）可他就是郁闷，也得自我克制。压在心里，像我们大家一样。

【小驴从敞开的前门探头进来。

西奥本　（对小驴）别进来,杰妮! 出去!

帕德瑞　她只想找伴玩,西奥本……

西奥本　家畜养在屋外,我告诉过你。

【帕德瑞对小驴做了个鬼脸,它退去。

帕德瑞　还有……人们不会在背后嘲笑我,会吗?

西奥本　不会,他们干吗嘲笑你?

帕德瑞　我不知道。 因为我养这些牲口?

【帕德瑞对小驴点头,小驴的鼻子和眼睛还在门外窥伺。

西奥本　不,他们觉得那很好。 我也觉得那很好。 只是家畜养在屋外。

帕德瑞　他们不觉得我蠢,或怎样?

西奥本　蠢? （稍顿）不会啊。

帕德瑞　你好像并不确信!

西奥本　我当然确信无疑。

帕德瑞　多米尼克是岛上最蠢的家伙,对吗?

西奥本　没错,他是。 他蠢极了。

【帕德瑞点头,接着又思忖了一阵。

帕德瑞　等等。 他蠢极了,那谁是岛上第二蠢的人?

西奥本　唔,我不喜欢这样来评价人,对吗?

帕德瑞　怎样评价?

西奥本　以他们的愚蠢程度。

帕德瑞　我明白你不知道,我也不知道,对吗? 但你试试。

西奥本　不,我不要试。 在这该死的岛上,评判人够多了。 反正,你不傻,你不蠢。 你很善良,明白吗? 所以开心地活下去。

【帕德瑞高兴起来,西奥本收拾盘子。

帕德瑞　不管咋样,我和你一样聪明! 至少我知道这一点!

西奥本　是啊，别再犯傻了。

帕德瑞　犯傻？

【她沉默地洗着碗，而他则坐在那儿。】

外景。教堂——黎明

【教堂的钟声在岛上回荡，召唤全体岛民做弥撒……】

外景。岛上各处——黎明

【……所有岛民都在匆匆地赶向教堂……】

外景。码头上——破晓

【在各岛布道的教区神父，走下停靠码头的客船，皮达上前迎接。俩人热情地相互问候，随后一同朝教堂走去。皮达亲热地抱着神父的肩膀，显示神权与政权的盘根错节。】

外景。山坡上的小路——黎明

【钟声继续，远景中岛民们还在赶路。帕德瑞和西奥本坐着小马拉的马车赶往教堂。正好碰上满脸伤痕、血迹斑斑的多米尼克。】

帕德瑞　你咋啦？

多米尼克　我爸发现威士忌被偷喝了。

西奥本　天哪，多米尼克！你真可怜！太可怜了！

帕德瑞　他用啥鬼东西打了你？

多米尼克　最后用了只烧水壶！我本来不介意，可他用水壶嘴砸我！

帕德瑞　你搭我们车去教堂吗？

多米尼克　谁要去看那帮傻逼蠢货。

西奥本　多米尼克！

多米尼克　（含泪）我今晚能跟你们一起过夜吗？就一个晚上，行吗？

【西奥本对此一声不吭,帕德瑞也没开口,可是……

帕德瑞 好吧,不过记住,就一个晚上。

多米尼克 哇呜!太好了!那晚饭见! 哇呜!!

【多米尼克走了。 西奥本恼怒地看了一眼帕德瑞。 帕德瑞朝小马抽了一鞭,马车飞快驶向教堂。

内景。教堂——白天

【教堂里坐满岛民,神父在用拉丁语做弥撒。 西奥本觉得无聊,帕德瑞偷偷盯着前几排座位中的科尔姆,但科尔姆头也不回。

外景。教堂——白天

【岛民们离开教堂返家,神父与数人握手道别。 帕德瑞握住神父的手伤心地在他耳边低语,神父表情困惑。 帕德瑞又向他低语,神父含混点头。

内景。忏悔室——白天

【科尔姆,在一间黑暗小室中,这是教堂忏悔室。 当神父从对面打开格子隔板时,一束光亮照着科尔姆。

科尔姆 宽恕我,神父,因为我有罪。 我想,自我上次忏悔后又八个礼拜了。

神父 说下去,科尔姆。

科尔姆 哦,神父,我想我还是那样。 喝酒和杂念。 我觉得还有点自傲。 尽管我从不觉得那是啥罪过,不过我还是来忏悔。

神父 你的抑郁症怎样了?

科尔姆 最近好多了。 谢谢。

神父 你干吗不理睬帕德瑞·苏利汉了?

科尔姆 (停顿)这不是什么罪过,对吗,神父?

神父 这不是罪过,不是,但这也不太友好,对吗?

科尔姆　谁告诉你的?

神父　这是个小岛,科尔姆。消息传开了。(停顿)还有……帕德瑞让我帮他传个话。

【科尔姆茫然盯视前方。

科尔姆　我明白了。

神父　你不会对他有啥杂念,对吗?

科尔姆　你在跟我说笑吗?！我是说,你他妈的在跟我说笑?

【忏悔室外等候的人们听到了科尔姆的吼声。

神父　确实有人会对男人有杂念。

科尔姆　你对男人有杂念吗?

神父　我对男人没有杂念！你怎敢对神职人员说这话?！

科尔姆　你先说的。

牧师　你现在马上离开我的忏悔室,立刻出去,我不会宽恕你这一切,在你下次忏悔之前,我决不宽恕！

科尔姆　神父,那我这段日子不能死掉,上帝会惩罚我。

牧师　上帝会惩罚你！是的,上帝会惩罚你！

【科尔姆冲出忏悔室,离开教堂。

外景。去往酒吧的路上——白天

【科尔姆沿着小路愤怒地走向酒吧。酒吧外栓着帕德瑞的小马和马车,几个穿着礼拜日衣着的岛民招呼他。科尔姆没搭理他们。

内景。酒吧——白天

【礼拜日酒吧里挤满了人。背对着酒吧门,帕德瑞正坐在吧台前与格里和琼佐交谈。科尔姆进门,慢慢走向他们。格里和琼佐先看到他,从他们的惊恐眼神中,帕德瑞知道科尔姆来了,科尔姆走到他肩后……然后来到吧台前帕德瑞身旁。

琼佐　唔，科尔姆，来一杯？

科尔姆　（对帕德瑞）如果你不停止跟我搭话，如果你不停止打扰我，叫你妹子或神父来打扰我……

帕德瑞　我没叫我妹子来打扰你，对吗？她有自己的想法，我是告诉了神父，你看到的。

科尔姆　我现在决定这样。我家中有把园艺剪，从今天起，你每次打扰我，我就用那剪子，剪掉我一根手指，然后把那根手指给你，我会剪掉我按琴弦的左手手指。如果你继续打扰我，我就再剪掉个手指给你，直到你理智地停住，或我剪掉我所有手指。你明白了吗？

帕德瑞　不能这样，不！

科尔姆　因为我不想伤你的感情，帕德瑞。我也不想这样。但这似乎是我唯一可怕的选择。

帕德瑞　你有太多的选择，干吗非要切掉你手指？

科尔姆　请别再跟我说话，帕德瑞。求你了，帕德瑞。我求你了。

帕德瑞　（停顿）可是……

琼佐　嘘，别说了，帕德瑞。行了，你明白了。嘘，行了……

格里　没错，我也不说了，行了。

帕德瑞　我会闭嘴……（停顿）只不过……科尔姆，我和我妹子觉得你或许只是有点抑郁。我就想说这事，剪掉手指就证明了你的抑郁！（停顿）你没觉得吗，科尔姆？

科尔姆　（停顿）就从现在开始。

【他是认真的。他举起左手五指。然后把一根手指放他嘴唇上。帕德瑞还想开口，但没法开口，只好点头接受，科尔姆像是点头后离去，留下帕德瑞、格里和琼佐目瞪口呆。

琼佐　我可从未听说过这种事儿！

399

格里　我也从未听到！他是真的不喜欢你，帕德瑞。

琼佐　剪掉手指！

帕德瑞　天哪！ 他是认真的，哥们。

琼佐　他是认真的。 你看他眼神，他是认真的。

格里　就因为他觉得你很无趣？ 那肯定过分了。

帕德瑞　谁告诉你无趣的事儿的？

【格里指着琼佐。

琼佐　我也是无意中听到的。 那我该怎样？ 我不觉得你无趣。 天哪，要是我得为每个来这儿的无趣客人切掉我身上的一块肉，那我就只剩下我这颗头了！

帕德瑞　你觉得我很无趣吗，格里？

格里　（稍顿）不。（停顿）咋说呢……我确实觉得你俩总在一起挺滑稽的。

帕德瑞　没有，我俩挺正常。

琼佐　你俩是挺滑稽……

格里　是的，你俩挺滑稽。 你俩显然不合了，因为现在他宁愿自残也不愿搭理你。

琼佐　科尔姆总是更喜欢思考。

帕德瑞　啥？ 为啥每个……？ 我不信！

琼佐　可你不明白，帕德瑞。

格里　你不明白，帕德瑞。

琼佐　你妹妹明白。

格里　你妹妹明白，没错，西奥本明白。

琼佐　你是一个……

格里　没错，你是一个…… 怎么说他？

【帕德瑞迷惘而绝望地望着他俩。

琼佐　你是生活中的一个好人。

格里　没错，你是生活中的一个好人。除了你喝醉时。

琼佐　是的，除了你喝醉时。

【他俩点头赞同。

帕德瑞　我曾觉得做一个生活中的好人是件好事儿。现在它听上去像是我听到的最坏的事儿。

琼佐　别这么说，帕德瑞。

格里　别这么说，帕德瑞。我们站在你这边。

外景。高坡山道——白天

【帕德瑞，面色黯淡，驾着他的小马和马车赶路，岛上风光在他身后延展，前方小路旁麦克考米克夫人奇怪地靠在墙边，嘴里叼着烟斗，诡异地笑着。

帕德瑞　（马车经过）你笑啥呢？

【她耸耸肩，仍然微笑着。他继续赶车前行。

外景。多处岛景——黄昏

【乌云密布，暴雨滂沱，雨水中的城堡废墟、孤寂的湖泊、山道，渐近的帕德瑞的屋子；屋外的奶牛、小马、驴子，随后……

外景。帕德瑞家屋子——夜晚

【屋外大雨瓢泼、电闪雷鸣，透过窗户，可看到灯光和烛光下围着餐桌的帕德瑞、西奥本和客人多米尼克。

内景。帕德瑞家——夜晚

【雨水浇着窗户，电闪雷鸣。漱洗后仍满脸伤痕的多米尼克正张口吞食。帕德瑞郁闷得难以下咽。西奥本担心地盯着他。

多米尼克　你小子干吗闷闷不乐？他就是个鸟人，哥们！一个肥胖的老家伙！（咀嚼着）哎哟，行了，我多嘴了。你俩都这么闷闷不乐。

西奥本　你很幸运只忍受我们一个晚上。 所以，你就闭嘴吃饭吧。

多米尼克　我们现在在哪儿，法国吗？

西奥本　你能告诉他吗，帕德瑞？

帕德瑞　（恍惚地）多米尼克，别再那副混账小流氓模样了。

西奥本　还有……他那张嘴。

多米尼克　科尔姆·多赫迪和他混帐的胖手指！ 他甚至剪不断他手指上的肥油！ 你不想让他剪下一根手指看他是否在吓唬你吗？

西奥本　不，我们不会干那种事儿。

多米尼克　我会，我会让他剪下一根手指，看他是否在吓唬人。 哪怕最坏结果，他还有四根手指拉提琴或班卓琴，我敢打赌！

西奥本　我们绝对不会。 我们不想跟他再有任何来往。

多米尼克　你不想。 这傻瓜想。

帕德瑞　我是傻瓜，没错。

西奥本　你不是傻瓜。

多米尼克　（停顿）天哪，这个绝望的家。

西奥本　你喜欢你那个家？ 我听说那是一桶垃圾笑料。

多米尼克　唔……太精准了。

帕德瑞　（停顿）太什么？

多米尼克　精准。 太精准。 来自法语。

【帕德瑞与西奥本交换了一个眼神，担心他在岛上黯淡的地位已经下降。 他又恍惚着，于是……

多米尼克　你咋啦，西奥本，你从未结婚？

西奥本　我为啥从未结婚跟你有屁的关系！

多米尼克　为啥不结婚？

西奥本　为啥不结婚？！

多米尼克　你从来都不动情吗？

西奥本　动情？ 我从来都不动情吗？ 我不知道你在说啥，多米尼克。 怎样动情？ 愤怒？ 现在我已经愤怒了，我可以告诉你！

多米尼克　"愤怒"。 动情！

西奥本　你一直在说动情，多米尼克！

多米尼克　（敲桌）动情！

西奥本　我哥给你说过，不是吗？ 要是你对我出言愚蠢，你就会被赶出这屋子。

多米尼克　他说的是猥琐，不是愚蠢。

西奥本　你两头都占了，对吗？

多米尼克　我都占了！

西奥本　我去睡了，他不能呆这儿过夜，帕德瑞。 我不管你有多郁闷。 我宁愿让驴进屋。

【她走向卧室。

多米尼克　又落空了！可是"圣洁的心"，这一切！

【多米尼克朝屋子那端的帕德瑞望了一刻，看出他的惨淡黯然，这不寻常地触动了多米尼克。

多米尼克　你们……你们俩，不会有事儿的。

帕德瑞　不会吗？

【多米尼克善意点头，帕德瑞几乎笑了。

外景。帕德瑞的石头谷仓——黎明

【帕德瑞把牛奶桶装上马车，关爱地看着他的沉睡中的家畜。

外景。镇外小路——黎明

【帕德瑞赶着马车前行，身后装着牛奶桶，旭日初升，阳光下首次现出岛上小镇的一间间茅草屋以及三四栋彩色屋子和商家。

403

外景。杂货店兼邮局——白天

【将小马和马车拴在门外,帕德瑞推着牛奶桶进入挂着一口小钟的店里。

内景。杂货店兼邮局——白天

【店主老妇奥莱登夫人站梯子上,麦考米克夫人古怪地坐在一张样子奇特的椅子上,臂肘撑在大开的膝上,像个男人。三人点头招呼。

帕德瑞　你好,奥莱登夫人,我把你的牛奶放外面了,我想,现在你欠了我两个礼拜的钱。

奥莱登夫人　(下楼)你那边岛上没人带啥新闻过来。帕德瑞,你也跟他们一样?

帕德瑞　恐怕是的,奥莱登夫人,是的。我还有点急事儿,所以……

奥莱登夫人　你妹妹没信。艾琳·库兰没有,文森特·肖纳西也没有。

帕德瑞　我觉得这礼拜没信件很糟糕。但有时就这样。

奥莱登夫人　科尔姆·索尼拉里,他没有新闻。

帕德瑞　他没新闻吗?

【麦考米克夫人微笑着。

奥莱登夫人　那人从不说话。

帕德瑞　他有时会说话。

奥莱登夫人　他自言自语。

帕德瑞　是的,是的,不管怎样,奥莱登夫人,你现在欠我两个礼拜的钱。没错。

【她无奈地打开收银机付钱给他,就在此刻,身穿警服的皮达揪着件东西进店;他不理帕德瑞。

皮达　女士们。

奥莱登夫人　哦，是皮达。皮达总带来一大堆新闻。你今天有啥新闻，皮达？

皮达　新闻，是吗？（想了一下）有个人自杀了，在洛斯玛克道上。自己走进湖中。他二十九岁，没任何事儿，这傻瓜。

奥莱登夫人　上帝的爱！

皮达　不，不是"上帝的爱"。傻瓜。另一个家伙，当然是新教徒，在莱特肯尼用刀捅了他妻子，捅了六刀。

奥莱登夫人　天哪，她死了吗，皮达？

皮达　她当然死了。那是刀不是汤勺。把宝宝也杀了。

奥莱登夫人　他把婴儿也杀了？！

皮达　宝宝还在她肚子里。他不是错杀了婴儿。他只是瞄得准，或者下手漂亮。（打了个哈欠）俗话说，一石二鸟。在利特伦有种滑稽的羊瘟在四下传染。这意料得到，利特伦的卫生习性，没啥客气。

奥莱登夫人　一堆新闻啊。这人没新闻。你没有吧，没新闻的家伙？

皮达　斯图克人从来没新闻。

奥莱登夫人　斯图克人！滑稽。

帕德瑞　我记得一点新闻，奥莱登夫人。礼拜六，多米尼克·基尼的父亲用烧水壶打昏了他儿子多米尼克。结果他跑来待在我和我妹妹这儿。至少让他父亲歇息一下再接着打儿子，他还是个警察。这算不算新闻？

【皮达只是盯视着他。

奥莱登夫人　那多米尼克是个小无赖。这不算新闻。

帕德瑞　不过……我看到他时，他伤得不轻……

奥莱登夫人　我要不是个老人，我也会用烧水壶揍他。

帕德瑞　要我说,这就是个新闻。

奥莱登夫人　这不是新闻。是个烂段子。

帕德瑞　那好,奥莱登夫人,谢谢你……下回见。

　　【帕德瑞走过皮达时,两人互相盯了一眼,帕德瑞走出店门。

外景。杂货店/邮局——白天

　　【帕德瑞快速解开马车和小马的绳子,难过地看到科尔姆从远处走来,这时皮达大步上前,朝帕德瑞头部猛击一拳。帕德瑞倒地。

皮达　你可以告诉我那滑头儿子,他最好下午茶时回家,否则我痛扁你们俩。还有你那傻逼妹子!

　　【皮达又猛击他一拳后扬长而去,不巧碰上科尔姆。

皮达　你好,科尔姆,我们今晚在琼佐酒吧碰头?你还欠我一杯。

科尔姆　我不欠你……(勉强地)酒吧见,皮达。

皮达　你是个好人。

　　【如同一天例行公事,皮达边走边轻拍一个路过孩子的头。科尔姆上前将帕德瑞扶上马车,但帕德瑞昏乱摇晃地动弹不了,他便自己跳上马车,在帕德瑞身旁拉起缰绳。吆喝小马上路,科尔姆抓住帕德瑞胳膊,以防掉下。马车驶向镇外,麦考米克夫人从杂货店窗里注视他们离去。

外景。高坡山道/十字路口——白天

　　【驾车前行,科尔姆仍然拉着缰绳,帕德瑞知道他不能说话但又想开口。科尔姆明白这一切如何尴尬。

　　【帕德瑞瞥了他几眼……接着开始嚎啕大哭。科尔姆竭力不动声色,但这悲哀之极。他们就这样前行了一刻。随后科尔姆渐渐让小马减速,并在一十字路口停下。

　　【他轻握帕德瑞的手,几乎感觉他要拥抱他,但科尔姆只是把缰绳轻轻放入帕德瑞手中，拍了拍那只手，他下车，慢步离去；他低着头，在十字路口右岔道上走着，路口那具蓝色的玛丽亚小塑像，张开着双臂。

【望着科尔姆越走越远的背影，帕德瑞又哭了起来，接着他赶着小马，上了左岔道，向家里驶去。

外景。科尔姆家——白天

【坐在草地上的椅中，科尔姆抽着烟，沉思地俯瞰着海湾，狗儿在一旁望着他。他拿起提琴，演奏他的新作，动听悦耳的第二乐章。琴声突止，这就是他的乐曲，但他喜欢。但他对它无所谓。他坐下接着抽烟，更觉愉悦。

内景。帕德瑞家——白天

【帕德瑞坐在屋角地板上，眼圈发黑。即使他的小驴用鼻子蹭着门帘物件来打量屋内，也无法让帕德瑞高兴……直到小驴过来吻他，帕德瑞终于忍不住笑了。他揉了揉她，抱了她一下。

帕德瑞 怎么样，杰妮？我们自个去喝酒吧？我们应该去，你明白吗？他们是谁，主宰一切吗？

【他们一起走了出去。

外景。高坡山道——黄昏

【帕德瑞走在小道上，小驴伴着他，身后是美丽的夕阳。

内景。酒吧——黄昏

【科尔姆和皮达坐在一边桌上。格里、另一些常客和麦考米克夫人奇怪地靠着吧台，而多米尼克为避开他父亲，蜷缩在吧台一端。此刻，皮达扔出一根棒糖打在多米尼克头上。

皮达 小子，喝一杯你就回家。把我那衬衫熨一下，明早要穿。

多米尼克 好的，爸爸。

皮达 （对科尔姆）没错，明早我要去陆上。所以我得穿件新衬衫。

【科尔姆心不在焉。

科尔姆 皮达,你为啥要明早去陆上?

皮达 哦,科尔姆,谢谢你相问。我来告诉你为啥。他们要求增加额外人手来……(低声)……处决人犯……(正常)……他们正在行刑期,防范任何意外。他们付我六块钱和一顿免费午餐,我当然不会白去!我一直想去看死刑枪决,你呢?尽管我更乐意看绞刑处决。

科尔姆 他们要处决谁?

皮达 自由邦的哥们要处决几个爱尔兰共和军小子。(停顿)还是倒过来呢?我发现如今很难跟上。当我们都在同一阵营时,我们只杀英国人!不是容易得多吗?我觉得是。我乐意那样!

科尔姆 但你并不在乎谁处决谁?

皮达 我不在乎,反正六块钱加一顿免费午餐,他们可能会处决你!你为啥不跟我一块儿去?你可以写一曲悲惨的死亡之歌。

【皮达大笑,科尔姆瞅了他一眼。

皮达 我只是在胡说。

外景。酒吧——黄昏/夜晚

【音乐声中,帕德瑞来到酒吧门外。看到科尔姆的狗儿在门外。当他把他的小驴缰绳松松拴在柱上时,老朋友小驴和狗儿彼此打起招呼。相互舔碰着。这让帕德瑞心碎。虽然只是这一刻,令他愤怒。他走进酒吧。

内景。酒吧——夜晚

【酒吧里挤满了人,科尔姆正在拉提琴,还有几个音乐学生,一个打鼓，一个拉提琴，一个拉手风琴。还有一个拉提琴的帅哥德克兰。帕德瑞在吧台前连喝了五六杯威士忌，琼佐和多米尼克已开始担心。

帕德瑞　他们是干吗的？

琼佐　音乐学生，我想他们来自利斯顿瓦沃纳。

【科尔姆展示德克兰提琴或手风琴上的一个新和弦，指点他正确的指位。在乐队演奏间歇时，帕德瑞几乎嫉妒地注视着他们。

帕德瑞　管他呢，再来一杯威士忌，琼佐。

多米尼克　天哪，你今晚喝得太猛了，帕德瑞。

帕德瑞　咋啦？关你屁事？

【帕德瑞又喝下一杯威士忌。随后，见科尔姆正和皮达聊天，德克兰在演奏中替代科尔姆。帕德瑞以慢动作观察着他们，随着他越喝越醉，他的逆反心态令多米尼克愈加担心。帕德瑞开始冲动地朝他们走去……

多米尼克　嗨，帕德瑞，你别……

【帕德瑞抬手按住多米尼克的脸，一把推开，他双眼已转向暗角……他走向科尔姆和皮达……

琼佐　（对多米尼克）你能去把西奥本叫来吗，多米尼克？

【多米尼克冲出酒吧。

皮达　你想干啥，傻逼？还想找打？

帕德瑞　你，警察，我可以和你聊天，对吗？只是对胖猪我没兴趣。

皮达　说实话，你最好别跟我聊。（这是在挑战帕德瑞）

帕德瑞　行啊，不管咋样……你想知道吗，伊尼西林岛我最恨哪三样？

皮达　不想知道。

【帕德瑞举起他一只手,点着指头……

帕德瑞 (一指)一……警察……(二指)二……胖子提琴手……(三指)还有三……等等,三,我有滑稽的事儿,啥事儿? 我再重来……(他开始重点)一,警察。二……

【他又忘了……

皮达 (帮着提醒)胖子提琴手……

帕德瑞 二,胖子提琴手……(停顿)唔,狗屎,三是啥?

格里 (吆喝)气球!

帕德瑞 不,不是气球,我喜欢气球……

麦考米克夫人 冰冷湖水中自杀的死尸。

【帕德瑞和另外几人转过脸看着她。

帕德瑞 不,不是冰冷湖水中自杀的死尸。 不,它不在了!那件滑稽事儿!

科尔姆 回你那边去,帕德瑞。 我不开玩笑,回去。

帕德瑞 你不开玩笑?! 你在跟我说话,对吗?!

【随着这吼声,音乐渐止,气氛加剧着……

外景。帕德瑞家屋子——继续

【多米尼克冲过最后一段山路,来到帕德瑞屋前。 他焦急敲门,西奥本立刻开了门……

多米尼克 帕德瑞威士忌喝多了,在跟科尔姆干,你得马上过去,西奥本!

【西奥本立刻与他急速离去……

内景。酒吧——接前场

【场景继续,酒吧里众人都沉默不语……

帕德瑞 你,科尔姆·多赫迪,你知道你以前啥样吗?

科尔姆 不知道,帕德瑞,我以前啥样?

帕德瑞　善良！你以前很善良！（对酒吧大众）他难道不是很善良吗？而现在，你知道你成了啥样？不善良！

科尔姆　很可惜，我认为善良没法持久，对吗，帕德瑞？但你要我告诉你啥东西能够持久吗？

帕德瑞　啥东西？你可别说啥音乐的蠢事儿……

科尔姆　（同时）音乐能够持久……

帕德瑞　明白！

科尔姆　绘画能够持久。诗歌能够持久。

帕德瑞　善良也能够持久！

【西奥本和多米尼克冲进酒吧……

科尔姆　你还记得17世纪那些善良的人们吗？

帕德瑞　谁？

科尔姆　一个也记不住。但我们都记得那个世纪的音乐。所有人，都记住了他，都知道莫扎特的名字。

帕德瑞　我不知道，所以这个理论没有。不管咋样，我们在谈论善良，而不是啥名字！我妈，她很善良，我牢记着她。还有我爸，他也很善良好人，我记着他。还有我妹妹，她很善良。我会记住她。我会永远记住她。

【这令西奥本感动至极，过去她从未听他说过这话。

科尔姆　还有谁呢？

帕德瑞　还有谁会怎样？

科尔姆　会记得西奥本和她的善良吗？没人会记得。五十年后，没有人会记得我们中的任何人。然而，一个生活在两百年前的人的音乐……

帕德瑞　他说"然而"，就像他是个英国人！

【西奥本走到他身边，轻轻挽着他手臂。

帕德瑞　我才不在乎莫扎特，或者宝沃芬，或他妈的任何滑稽名

411

字。我就是帕德瑞·苏利汉！我很善良！

西奥本　回家吧，帕德瑞。

【帕德瑞欲离去，此时……

帕德瑞　（指着皮达）所以你宁愿跟这家伙做朋友，对吗？这家伙每晚把自己儿子打得鼻青脸肿，因为儿子不愿意让他干！

【这让皮达惊慌失措，也让多米尼克畏缩不堪……

多米尼克　（羞愧，尴尬）爸爸，我从未告诉过他！现在他只是喝醉了！

帕德瑞　（对科尔姆）你过去很善良！或者你从来就不是那样？

【他们互相注视了一刻。

帕德瑞　哦，天哪。也许你从来就不是那样。

【此刻醒悟，帕德瑞悲哀之极，他退后一步，踉跄着离去。多米尼克羞愧地走向角落，于是西奥本独自面对科尔姆。

西奥本　科尔姆，我会和他细谈。你不需要任何激烈举动。他不会再打扰你了。

科尔姆　真丢人。可这是他最有趣的一刻！我觉得现在我又喜欢他了！

【这话让酒吧一片笑声，西奥本又转身对着科尔姆……

西奥本　不过，莫扎特是18世纪，不是17世纪。

【俩人对视一刻，随后她离去，酒吧重回宁静。科尔姆看了皮达一眼，端着他的空酒杯走向吧台。

外景。帕德瑞的屋子——黎明

【屋外飘泼大雨，一声鸡鸣，帕德瑞在屋内醒来。

内景。帕德瑞家——黎明

【宿醉中帕德瑞痛苦醒来，西奥本不在，他来到厨房，想要呕吐。他望着窗外狂野的飘泼大雨。

内景。杂货店/邮局——黎明

【室外大雨滂沱，西奥本快步跑进奥莱登夫人的店铺。

奥莱登夫人　你好，西奥本·苏利汉。

西奥本　我就来买香肠，奥莱登夫人。恐怕没时间跟你聊天。

奥莱登夫人　（瞥了一眼）你有封信。

【奥莱登夫人递给她一个贴了邮票的绿色信封。西奥本发现信封已被小心地蒸湿开封过。

西奥本　信封开过，对吗？

奥莱登夫人　我想是的，气温太高。

【西奥本瞥了一眼窗外的冷雨，然后走开几步，背对奥莱登夫人读信。奥莱登夫人则极想聊这事儿。

奥莱登夫人　一封工作邀请函，对吗？

【西奥本瞥了她一眼，继续看信。这令奥莱登夫人十分生气

奥莱登夫人　一份工作邀请……陆上一家图书馆，对吗？

【西奥本悄悄把信折好收起。

西奥本　请给我拿十来个香肠，奥莱登夫人。

【奥莱登夫人一边包着香肠，一边瞪眼发怒。

奥莱登夫人　你从来都不对我说事儿！！

【西奥本拿过香肠，走向店门。

奥莱登夫人　你走了，他可得受罪。

【西奥本在门口停下。

西奥本　没人要走！（她离去）

外景。墓地旁的海滩——黎明

【科尔姆光脚站在沙滩上，凝望大海，帕德瑞从背后走来，向科尔姆挥手。科尔姆不敢相信地回头看海。

帕德瑞　听着，我不是来聊天的，我只想来告诉你，科尔姆，昨晚

的事儿都是威士忌灌醉后的酒话。

科尔姆　昨晚都啥事儿？

帕德瑞　我说的那一切。

科尔姆　你说了啥呀？

帕德瑞　哈！是啊，我记不起来了。但我记得大致上不是最好。你总知道，对吗？不管怎样，科尔姆，我只想说对不起。我们就这样算了吧？（帕德瑞伸出手）

科尔姆　干吗你就不能不打扰我，帕德瑞？

帕德瑞　哈？

科尔姆　我已经告诉过你了，对吗？

帕德瑞　我知道！我只是……

科尔姆　我是说，你干吗就不能不打扰我，帕德瑞？

【帕德瑞不知该做啥或说啥，于是他困窘地试着半抱半拍科尔姆后背……

科尔姆　你要干啥？

帕德瑞　我不知道！

科尔姆　见他妈的鬼！

【帕德瑞尴尬地沿着海滩挪步，科尔姆克制住自己，摇着头，眺望大海。帕德瑞走了几步，停住脚朝科尔姆回过身来。

帕德瑞　那首曲子怎样了？

科尔姆　啥？！

【帕德瑞还想说啥，但想了想，撇下科尔姆，离开了海滩。

内景。帕德瑞家——白天

【帕德瑞坐在椅中，凝视前方，屋外下着雨。小驴子吃地板上一棵胡萝卜。帕德瑞因宿醉和抑郁而闷闷不乐。西奥本拿着购买的食品和那封信进屋。

西奥本　天哪，帕德瑞，还要多少次？

帕德瑞　我伤心时……让……我的小驴……呆在屋里，可以吗？！

西奥本　昨天你让她进来，我不得不打扫那些驴粪……

帕德瑞　驴粪里没啥东西，就一点稻草。

西奥本　就是稻草又怎样？

帕德瑞　就是稻草。

【看到他如此悲伤，她口气缓和了些……

西奥本　我做点粥。

【西奥本把食品和信放在一边，开始在炉子上做粥。

帕德瑞　我昨晚很糟糕吗？

西奥本　不，你很可爱。

帕德瑞　我知道现在我不可爱，西奥本……

西奥本　对于我，你很可爱。不管怎样。

帕德瑞　当然，我对于你很可爱。对于你还有啥可说的？

【她感动地对他微笑。突然，外门传来一声轻响。帕德瑞瞥了一眼西奥本，走过去打开门……

外景。帕德瑞的屋子——继续

【门外没人，帕德瑞觉得困惑，直到他看见，不远处的景象……从帕德瑞屋前离去的科尔姆正走向远处的田间，他左手很奇怪。帕德瑞注视着他走远，依然感到困惑。而在帕德瑞的肩后，在绿漆前门中间，有不大的一块血迹。当帕德瑞准备关门时，他惊惧地看到了这块血迹……

外景。田野——继续

【科尔姆继续穿过田间，他表情漠然，身后是远处的屋子和帕德瑞的身影。他左手没有了食指，只有血淋淋的手掌……

415

外景。帕德瑞的屋子——继续

　　【……帕德瑞的目光从远处的科尔姆转到他门前的草地上,他发现了草地上斑驳的血迹……惊恐万分的帕德瑞拨开草叶,捡起科尔姆草丛中血淋淋的食指……

外景。田间——继续

　　【……科尔姆走在田间,似乎未受断指的痛苦,他继续走远。

内景。帕德瑞家中——继续

　　【帕德瑞脸色苍白地回到屋里,断指藏在他身后。

西奥本　　啥东西,一只鸟?

帕德瑞　　什么啥东西?

西奥本　　打门的声音。

　　【帕德瑞想了好一会儿,无法瞎说。

帕德瑞　　一只鸟?

西奥本　　是啊。

帕德瑞　　不是。

　　【正在搅拌热粥的西奥本困惑不解地停住。

西奥本　　那是啥呀?!

帕德瑞　　打门声?

西奥本　　是呀!!

帕德瑞　　打门声是啥?

　　【她看了他一眼。

　　呃……是……呃……没法瞎说,是根……呃……是根手指。

　　【西奥本困惑地微笑,接着笑容消失。

西奥本　　是啥?

帕德瑞　　手指。

　　【帕德瑞托出血淋淋的手指,西奥本惊恐尖叫,小驴受到惊吓。

帕德瑞　天哪，西奥本，你吓坏小家伙了！

西奥本　扔掉它，帕德瑞！

帕德瑞　我不会扔他的手指！它会弄脏的。

　　【帕德瑞走去另一房间，西奥本惊恐地站着。帕德瑞走回，洗着手上血迹。

西奥本　你把它放哪儿啦？

帕德瑞　鞋盒里。（停顿）他是认真的。

内景。科尔姆家——白天

　　【园艺剪竖在屋角，刀刃上有血迹。听得到狗儿的舔声，科尔姆以第一场景中同样的姿势抽着烟，凝视着空间，狗儿在舔去科尔姆手掌的滴血。片刻后，他拿起他的提琴，忍着疼痛。试奏他新曲的另一章。乐曲很美。他点头快乐自得。

内景。帕德瑞家——白天

　　【小驴正闻着鞋盒底渗出的血迹。帕德瑞把鞋盒从小驴鼻子边推开。西奥本面色痛苦，咽不下粥。

西奥本　非得把它放这儿吗，我们在吃东西？

帕德瑞　我吃完粥，就把它送还给他。

西奥本　你他妈的蠢不蠢？！我说，你他妈的蠢不蠢？！！

帕德瑞　不，我不蠢。我们讨论过！

西奥本　你必须远离他，帕德瑞！永远离开！

帕德瑞　你这么想吗？

西奥本　我这么想吗？是的，我就是这么想！他他妈的切下他手指扔给了你！

帕德瑞　行了，这并非针对我。（停顿）我们该咋办呢？我们不能留着一个人的手指！

　　【她穿上外套，抓起鞋盒，走出屋子，砰地带上了门。帕德瑞

417

看了一眼小驴。走到窗前，看着她大步离去。

外景。海滩——黄昏

【西奥本沿着海滩向科尔姆家走去，腋下夹着鞋盒。突然。远处传来陆上啪啪啪的步枪声，令她止步——三声枪响，同时射击，仿佛来自一行刑队。暂停后，又是三声枪响。她忐忑不安，继续前行……

内景。科尔姆家——黄昏

【片刻后，西奥本坐着恐惧地望着那把血淋淋的园艺剪。科尔姆悠然地抽着烟，鞋盒放在俩人间的一张桌上。

西奥本　天哪，科尔姆，疼吗？

科尔姆　开始伤痛欲绝，我以为我要晕厥了！可有趣的是，现在感觉很好，非常兴奋。你来杯茶？

西奥本　不了，科尔姆。我就是上山来送还你的手指。

【科尔姆点头，望着窗外美丽的夕阳西下。

科尔姆　实际上，事情这样很好。你想不到会这样。

西奥本　你希望他怎样，科尔姆？怎样结束这一切？

科尔姆　沉默，西奥本。就是沉默。

西奥本　伊尼西林岛上又多了一个沉默的人。很好！沉默，就这样。（她起身要走）

科尔姆　这与伊尼西林岛无关。这是一个无趣人不打扰另一个孤独人，就是这样。

西奥本　"一个无聊人"！你们全他妈的无趣！你只会怨天尤人！你们全他妈的无趣！（停顿）我会盯着他不再跟你说话。

科尔姆　好。不然下次四根指头一起……（指着他左手）……不会只是一根手指。

西奥本　你开玩笑。（停顿）那你就没法演奏你的混账音乐了。

科尔姆　　没错。我们现在有了共识。

西奥本　　我觉得你可能病了,科尔姆。

科尔姆　　我有时确实在担忧!我只是自娱自乐,在推迟无法避免的结果。(停顿)你不也是吗?

西奥本　　不,我不是。

科尔姆　　是的,你也是。

【她只是沉默地看着他,但她眼神里露出她确实有同感。她离去。

外景。俯瞰大海的美丽草场——白天

【画面剪辑。帕德瑞悲伤地赶着他的牛群走在小路上,科尔姆从对面走来。帕德瑞尽力不朝前望,但就在两人擦身而过时,他抬头看了他一眼。科尔姆左手严实包扎,朝完全不同的方向望着大海,面无表情,似乎帕德瑞不在。他们各自前行,彼此走远,帕德瑞回望了一眼,科尔姆头也不回。

内景。帕德瑞家——白天

【画面剪辑。帕德瑞和西奥本坐在椅上,西奥本看书。帕德瑞凝视空间,抽烟。

外景。杂货店/邮局——白天

【画面剪辑。店外,奥莱登夫人正面无表情地将红色邮筒漆成绿色,一旁椅上坐着麦考米克夫人。西奥本走上前把一封信投进信箱,然后大步离去,这令奥莱登夫人恼火。

外景。帕德瑞的屋子——白天

【画面剪辑。帕德瑞悲伤地给他的牲口喂食,它们知道事情不对。他叹息着眺望全岛。

内景。酒吧——傍晚

【画面剪辑。帕德瑞坐在远端一桌上,悄悄地喝着酒,诡异地瞥着科尔姆。 科尔姆时而在笔记本上记录，时而望着窗外。但从不朝帕德瑞看。

【片刻后，音乐学生德克兰来了，在科尔姆桌边入座，他俩愉快地聊着。 帕德瑞悲哀地看了一刻，悄悄喝完他的啤酒后离去。

【……顷刻之后，他来到科尔姆和德克兰身后的窗外，回望着他们。 在聊天中，他俩都没注意到他，帕德瑞离去。

【画面结束。

外景。通往十字路口的高坡山道——白天

【帕德瑞赶着马车来到音乐学生德克兰身旁，俩人同一方向。帕德瑞经过时，德克兰微笑问候。

德克兰　你好！

帕德瑞　你好。 要搭车吗？

德克兰　要啊！ 哥们，谢谢你！

【德克兰跳上车，两人前行，德克兰欣赏着风景，此时……

帕德瑞　哦，不会吧！你不会是那利斯顿沃纳来的学生，对吗？

德克兰　是我，我叫德克兰。 怎么啦？

帕德瑞　邮局告诉我，帮忙找那利斯顿沃纳来的学生德克兰。 你有一封电报。 你妈妈发来的。

德克兰　我妈妈……她不在了……

帕德瑞　不是你妈妈，对不起，我说你妈妈了吗？ 不对，你姨妈。对了，是你姨妈。 是你爸爸的事儿。

德克兰　爸爸怎么啦？

帕德瑞　一辆面包车撞了他。

德克兰　一辆面包车？

帕德瑞　是的，撞上了他。 他们说你最好赶紧回家，别让他孤独死去。

德克兰　死去？

帕德瑞　也许……事情更糟……孤独一人。

德克兰　我姨妈不是和他在一起吗？

帕德瑞　是的,可……我是说,你不在,她孤独一人。

德克兰　但是……这不可能啊!

帕德瑞　这没啥不可能。 面包车撞人天天发生。

德克兰　我知道! 我妈就是这样死的!

【德克兰跳下马车,流着泪转过头。

德克兰　如果还是这辆该死的面包车,我杀了他们!

【德克兰走了,帕德瑞愧疚地赶车前行,驶过静默的圣玛丽雕像。

外景。客船/码头——白天

【皮达乘坐的渡船停靠码头,他在船上察看四周……

外景。码头——继续

【西奥本正与一船夫交谈,聊着船费/开船钟点等。 聊完后,她沿着码头栈道离去。 当她发现皮达跳下渡船跟在她身后时,她十分恼火。

皮达　你跟那船夫在说啥呢？

西奥本　噢,我说啥,关你屁事。

皮达　我当然要管。 我不是执法吗？

【她大声嗤笑,喃喃自语。

皮达　哈？! 行啊,你可以告诉你那找抽的哥,他欠我一顿揍,我很快就过来。

西奥本　你要揍他？ 那倒好。 也许能让他清醒过来。

【这话让皮达困惑,他停住脚,注视她离去。

皮达 你这女人真是怪僻。难怪没人喜欢你!

外景。墓地附近的山道——夜

【走在夜雾弥漫的小道上,帕德瑞见麦考米克夫人远远朝她走来,俯首驼背……他躲到墓地墙后的田里,听到她脚步声经过并走远。他缓缓抬头窥望墙外……惊悸地发现她就站在那儿,盯视着他。

帕德瑞 哦,你好,麦考米克夫人!我在找丢失的物件……

【麦考米克夫人眼神深远。

麦考米克夫人 这个月里,伊尼西林会有一桩死亡事件。

帕德瑞 啥,死亡?

麦科米克夫人 也许会有两桩死亡事件。

帕德瑞 那太惨了!

【麦考米克夫人点着头,向夜雾中走去,边走边说。

麦考米克夫人 让我们祈祷上帝,你和可怜的西奥本不会有事儿。

帕德瑞 你说这话好吗?

麦考米克夫人 我不想说好话,对吗?我只想说真话。

【她走入夜雾。

帕德瑞 (轻声)真他妈的见鬼!

【帕德瑞走上另一条道,惊惶不安。

内景。科尔姆家——夜晚

【科尔姆躺在床上,无声地望着月光下他残缺了一个指头的那只手。

内景。帕德瑞家——夜晚

【沉睡在床的帕德瑞被西奥本的哭声悄悄惊醒。他翻过身来看到对面床上背对着他的西奥本还在哭。

帕德瑞 你咋啦?

西奥本 （抽泣着）没啥。

【帕德瑞躺下想再睡,但没法再入睡了。

外景。岛上各处——幽暗/拂晓

【幽暗/黎明时分的岛屿和野生动物的各种镜头。

内景。多米尼克家——拂晓

【皮达半裸着躺在那破旧房间的双人床上。打着哈欠,可看到皮达身下皱巴巴的床单上斑斑血迹。隔壁房间里多米尼克正套上衬衫和长裤。

皮达 没错,枪决时,人犯并不全是人们说的那样,真的。没人哭叫,没人晕倒,没人呕吐!很有骨气!场面无聊!而你刚才哭叫得厉害,你小子!

多米尼克 没错,不过……如果是他们的爸爸枪决他们,他们也许会哭叫得更厉害。

【多米尼克悄悄地抓起一瓶酒走了出去,砰的一声拉上了身后的门。

皮达 唔……说得好!

外景。城堡废墟——黎明

【帕德瑞和多米尼克拿着酒瓶坐在雾气弥漫的废墟上,俩人都很沮丧,清晨的太阳从地平线上升起。

多米尼克 我爸说礼拜天他要杀了你,因为你说出了他玩弄我。

【帕德瑞畏惧之极……

帕德瑞 干吗要礼拜天?

多米尼克 他礼拜天休息。

帕德瑞 （停顿）是"杀了我"弄死我,还是"毒打我"弄死我?

多米尼克 我想是"毒打你"弄死你。不过他曾经杀过一个人。

【帕德瑞真的不知该说什么。停顿。

帕德瑞　我很抱歉说出了你的事儿，多米尼克，那晚我大发酒疯。

多米尼克　除那之外，你很有趣！所以我不明白那胖子为啥朝你扔手指头。你臭贬他时，他好像没生气。

帕德瑞　他没生气。是吗？

多米尼克　"这是多年来最有趣的帕德瑞"，他说，"我觉得我现在又喜欢他了"。

【帕德瑞深思着。

多米尼克　也许这整个事情只是为了让你，我不知道，为了让你找回自己。

帕德瑞　你这么想？

多米尼克　是的，别想你以前那样，咋说呢……一个哼哼唧唧无趣的小傻逼。

【帕德瑞喝了口酒，这话伤了他。

帕德瑞　行了，我已经不太发牢骚了，其实……

多米尼克　你不发牢骚了，是吗？

帕德瑞　只是昨天，那个音乐人，跟科尔姆打得火热的家伙，我把他从岛上赶走了！

多米尼克　你赶走了他？怎么会？

帕德瑞　我告诉他一辆面包车撞了他爸，他得赶紧回家，不然他爸就没命了！

【多米尼克渐渐失去笑容，只是注视着帕德瑞，斟酌此事。

多米尼克　噢。这像是我听到过的最卑劣的事儿。

帕德瑞　唔……没错，是有点卑劣，不过他到家发现他爸没出车祸，他就没事儿了。

多米尼克　我曾经以为你是他们中间最善良的人。结果你和他们是一样的。

帕德瑞　我是他们中间最善良的人。

【多米尼克悲哀地摇着头走了……

帕德瑞　嗨，多米尼克，（叫道）是的，也许我不再是个快乐的小子，那又怎样！也许这就是现在的我！

【多米尼克伤心地回望一眼，然后离去。 帕德瑞灌下一口威士忌……

帕德瑞　是的。 也许这就是现在的我。

外景。湖边——白天

【西奥本站在凄凉的湖畔雾气中，眺望着黯淡灰色的湖面，然后低头看着自己被水拍打的双脚，她的鞋子搁在一旁。

她发现湖的对岸，麦考米克夫人站在湖边远处的荒芜窝棚外回望彼岸。

老妇迟缓而怪异地挥着手，而当西奥本向她挥手时，麦考米克的挥手变成了更像是招手呼喊……这让西奥本毛骨悚然，此刻多米尼克突然出现在西奥本身旁，吓得她跳起。

西奥本　天哪，多米尼克！ 你别作鬼吓人！你就差吓出我该死的心脏病！

多米尼克　我没想吓唬你，我就来你身边。

西奥本　夹在你和那女妖当中！ 天哪！

多米尼克　我也总叫她女妖！因为她就是个女妖！ 我俩非常相同，对吗？ 都叫那老太太女妖。

【西奥本看了他一眼，擦干双脚，穿上了鞋。

你在为你自己划桨吗？ 还是在清理他们身上的淤泥？

【她站起时又看了他一眼。

这是一个好大的湖，对吗？

【他指着他面前的这个大湖。

唔…… 我很高兴我抓到你……实际上有件事我想问你。 嗨，我发现我俩非常相同,这让我更想问你!

西奥本　我俩没有任何相同之处。

多米尼克　我想问你的是……别往前跑……我想问你的是……意思就是……真该想好……但我想问的是……你可能永远不会……我不知道……爱上我这样的男孩,对吗?

【西奥本看着他,他眼中这样一种真诚,一种悲伤,一种惨绝的希望。它无须任何形式的苛责。

西奥本　哦,多米尼克。我觉得不会,亲爱的。

多米尼克　是的,不会的。我想过。不会。(停顿)甚至以后也不会,假如?假如,我到了你的年纪?

【她尽可能亲切地摇头。

多米尼克　是的,不会,我想不会,但我还是想我该问一下,以防万一,就像,你知道吗?淡淡的心和那一切!(停顿)好了!梦破灭了!(停顿)好了,不管啥事儿我最好去那边做,我一直想做的事儿。

【多米尼克沿着湖边走着,他回望了一眼,继续往前走。西奥本伤感地看着他离开;她发现对岸麦考米克夫人已经走了,于是她朝着相反的方向离去。

内景。科尔姆家——白天

【科尔姆正牵着他的狗儿跳舞,他唱着一首古老的爱尔兰歌曲《阿尕朵》,狗儿不愿跳。

科尔姆　(唱)"我从马洛镇走到阿尕朵……"(对狗儿)来,萨米!你也得跳舞!(唱)"我带着他人头从监狱大门来到阿尕朵!我用蕨菜盖住他又在他身上堆满了石子……他像一个睡在阿尕朵的爱尔兰国王。"

【舞刚跳毕,科尔姆给了狗儿一个吻。帕德瑞突然把门踢开,吓得屋内他俩一跳，他俩站在那里，手牵着狗爪……

帕德瑞　胖子，你好。与你的狗儿跳舞，对吗？还会有谁和你跳舞？你可怜的狗儿没权利说话。要是你太无礼不请我入座，我就自己坐下了！

【科尔姆就站在那儿，惊愕地看着帕德瑞坐下……

帕德瑞　现今，这老友的问候怎样？！

科尔姆　你他妈的疯了吗？！

【帕德瑞拿起科尔姆的望远镜对着科尔姆望了一刻……（镜像）

帕德瑞　我他妈的疯了吗？不，我他妈的没疯，其实，我不仅没疯，我有十个手指证明我他妈的没疯。你有几个手指能证明你他妈的没疯？

科尔姆　九个手指。

帕德瑞　九个手指！九个手指正是发疯的症状！

【听到这词，科尔姆惊讶地看了他一眼。

帕德瑞　没错，症状！

【科尔姆对着他坐下，尽力自我克制，可仍感迷茫。狗儿舔了下帕德瑞的手，起初他很喜欢，微笑着，随后把手挪开。

帕德瑞　没这事儿！我来这儿不想被舔！我来这儿为舔的反面。

科尔姆　舔的反面是啥？

帕德瑞　哈？！

科尔姆　你为啥来这儿？

帕德瑞　我来这儿不为啥，对吗？我就来这儿踢你的门，要给你个说法！

科尔姆　那你已经做到了，你现在可以走了。

帕德瑞　我还没完呢，对吗？唔，我踢了你的门，我还没给你个说法呢。

427

科尔姆　我们干得很漂亮,帕德瑞。
帕德瑞　我过去干得不好! 我干得很糟。 现在我干得还是很糟!
科尔姆　不过,我干得很好。
帕德瑞　没错,可这事儿不能全是你,你,你,对吗?
科尔姆　完全可以。
帕德瑞　这是我们两个人的事儿!
科尔姆　不,不是。
帕德瑞　它需要俩人探戈。
科尔姆　我不要探戈。
帕德瑞　行,你和你的狗儿跳!

【暂停,沉静片刻,最终,对他们俩人来说。

帕德瑞　说到探戈,你的新曲怎样?
科尔姆　我的确刚刚完成,就这一刻。
帕德瑞　(为他兴奋)你完成了? 是吗,科尔姆! 那太棒了!
科尔姆　所以我和我的狗跳舞。 我通常不和我的狗跳舞。
帕德瑞　和你的狗跳舞没啥不好! 要是我知道咋跳,我也会和我小驴跳舞,她跳过。(停顿)好听吗? 你的新曲?

【科尔姆庄重地点头,几乎令人确信它的美好,帕德瑞奇怪地坚信不疑。

帕德瑞　曲名叫啥?
科尔姆　我想就叫"伊尼西林岛的女妖"。
帕德瑞　可伊尼西林岛没有女妖。
科尔姆　我知道,我只是喜欢它的双重发音。
帕德瑞　没错,伊尼西林的双重发音真多。
科尔姆　或许也有女妖。 只是我不再觉得她们会尖嚎报丧。 我觉得她们只是安然静坐,笑看人间。
帕德瑞　报丧?

【停顿。科尔姆点头。停顿。

科尔姆　是的,我一直想着在你葬礼上为你演奏此曲。可这对你我都不公平,对吗?

【这话很伤帕德瑞,但不知为何,他忍住了。

帕德瑞　你完成你的新曲真好! 太好了! 真是……好极了! 对吗?

【科尔姆点头。

帕德瑞　那你……想和我在酒吧碰头吗,科尔姆? 我们可以为你庆祝。

【老爷钟敲了两下,帕德瑞指着钟惊喜地微笑,科尔姆一声不吭,卷起一根雪茄。

帕德瑞　只要你愿意,我可以先过去,到酒点了。

科尔姆　你干吗不去呢,帕德瑞?

帕德瑞　我干吗不先过去……? 把酒点了? 好,我这就去!

【帕德瑞激动地起身,拍了下狗儿。

帕德瑞　哇,太棒了! 也许路上我能找到你那个学生朋友德克兰。我上次告诉他,他爸快死了,他得立马滚回家,别再打扰我们,但现在没必要了! 他可以加入我们!

【帕德瑞去了,透过窗户,可看到他欢快地大步离开,科尔姆点上雪茄烟,凝望前方。

此刻,狗儿悄悄站起,伸了个懒腰。踱近靠在墙上血迹斑斑的园艺剪,咬住一边把手,把剪子拖走,边拖边怯怯地回看科尔姆。

科尔姆微笑着灭了烟,走到它身边,慈爱地拍着它,静静地拥抱和挨着它……然后从它嘴里拿走了园艺剪。

内景。酒吧——白天

【只有琼佐和帕德瑞在酒吧中……

帕德瑞　请给我两杯啤酒,琼佐!

【这让琼佐困惑,尽管他倒着酒但没吭声。 帕德瑞点头致谢,随后走到窗边科尔姆的桌子。

琼佐　我在这儿,你干吗坐到那儿去?

帕德瑞　我想我就自己坐一会儿,你知道吗? (停顿)等我朋友。

琼佐　你他妈开啥玩笑?! 你那四个手指的朋友? 你他妈跟我开玩笑?!

帕德瑞　不,我没跟你说笑。 他只是需要一点严酷的爱。

【吧台后的琼佐目瞪口呆,而帕德瑞快乐地坐在那儿,望着窗外。

外景。科尔姆家——白天

【科尔姆出了家门,沿着小路走去,他的狗儿在窗内吠叫着。

内景。酒吧——白天

【帕德瑞还等待着,此刻不耐烦了,时钟敲响了四点。 酒吧门口传来脚步声,帕德瑞打起精神……门开了,西奥本走进。

琼佐　西奥本!来杯雪利酒?

西奥本　不了。

琼佐　好嘞!

【她坐到帕德瑞桌边,注意到另一杯酒。

西奥本　你在干吗?

帕德瑞　我?

西奥本　对呀,你。

帕德瑞　没啥。 就喝酒。

西奥本　没在等谁?

帕德瑞　没有。

琼佐　他是在等人,西奥本,他在等科尔姆·多赫迪。

帕德瑞　我没在等!

琼佐　他刚告诉我他在等。

帕德瑞　你告密!

西奥本　跟我回去吧,帕德瑞。我有事儿要跟你商量。

帕德瑞　你有事儿要跟我商量? 我俩至今从未商量过啥。听上去……我不想商量啥事儿。

西奥本　得跟你商量,因为我要走了。

帕德瑞　走了? (停顿)离开了? 你是说……不待在这儿了?

【她点头,站起,离去。帕德瑞望着那杯给科尔姆的酒,又看了一眼琼佐,也随她离去,留下两杯未碰过的酒。

内景。帕德瑞家——白天

【家中没人,窗户开着,微风轻拂窗帘,透过窗户,可看到科尔姆正沿着山道向屋子走来。他在门前停住,砰的一声,把一物扔到门上。

外景。帕德瑞家屋子——继续

【科尔姆朝着血迹斑斑的前门又扔了一物。一个血手指从门上滑下……他又扔出下一个……然后扔出拇指。

外景。高坡山道——白天

【西奥本沿着上坡路大步走着,帕德瑞紧跟着她。

帕德瑞　可我呢?

西奥本　你咋啦?

帕德瑞　我没任何朋友了。

西奥本　你有多米尼克。

帕德瑞　啊,正说呢! 他现在也不理我了。岛上人都离你而去,这是啥鬼地方? (停顿)那谁来做饭呢?

西奥本　"谁来做饭?"这是你的首要问题,对吗?

帕德瑞　这不是我的首要问题，对吗？"可我呢？"是我的首要问题。

【她看了他一眼，就在此时，下山朝他们走来的科尔姆远远出现在慢镜中，一个奇怪而孤独的身影愈来愈近，但他身形显得怪异和倾斜……

现在，他们才看到他左手掌鲜血淋漓。所有手指都没了。

西奥本　哦，天哪，别这样……！

【科尔姆痛苦地与他俩擦身而过，似乎他们并不存在……注视着他离去，他俩惊恐万状地看到他无指且血肉模糊的左手掌在不停地滴血。科尔姆越走越远，消失在一个转弯处，慢镜结束。

内景。帕德瑞家——白天

【西奥本正把最后几样东西放进她的行李箱，帕德瑞则错愕不安。

帕德瑞　现在？！可你不能现在就走！

西奥本　现在我可以走了。我没法再等待这种疯狂了。你到底对他说了啥，帕德瑞？

帕德瑞　我真没说啥！

【她看了他一眼。

帕德瑞　唔，我之前和多米尼克聊了几句。有一种新的为找自己解困的方式，我们觉得我应该试试。

西奥本　噢，天哪！

帕德瑞　本来一切都挺顺，谁知他切掉了他所有的手指！

【西奥本摇头，关上她的行李箱，满眼泪水，最后一次环顾他们的家。

西奥本　我的书放不下了。你替我保管好它们？

帕德瑞　别走，西奥本！

西奥本　这些书是我的一切，真的。你明白的。（她含泪拥抱他）

帕德瑞　你很快就会回来，对吗，西奥本？

西奥本　帕德瑞！

帕德瑞　别说"帕德瑞！"，说"是的！"

【她啜泣着，拎起她的手提箱离去，帕德瑞注视她走出门口，沿着小路到了山路的弯道，她在那儿向他挥手……

外景。帕德瑞家屋子——继续

【她从弯道上回头看他，看他们的房子，还有屋外目送着她的奶牛、小牛和小马，小岛的风光在它们身后延伸，她从弯道走上了山路……然后她消失了。

外景。码头——白天

【西奥本的帆船驶离了码头，她在船上眺望，伊尼西林岛从视野中退去。

外景。帆船——白天

【当帆船驶过岛端的高崖绝壁时，西奥本惊讶地望见帕德瑞在崖顶上悲伤地向她挥手道别。向他挥手，她泪流满面，但十分快乐。帕德瑞站在崖顶的身影越来越远，他慢慢停住挥手，西奥本的笑容渐渐消失……

外景。帆船——继续

【……现在她看到麦考米克夫人稍显诡异的身影在崖顶更远处盯视着帕德瑞……此时，西奥本欣慰之极地看到帕德瑞最后一次向她挥手，然后他离开崖顶，消失在山景中。

外景。帕德瑞家屋子——白天

【沿着小径走向他屋子，帕德瑞又一次看到门上的血迹，他随之注意到地上一条小的血迹从门外一直延伸到房子的拐角处……

帕德瑞走到拐角处，映入他视野的景像，先是尾巴，再是两后蹄，然后是小驴的尸体，一节砍下的大拇指和她嘴边草地上一滩血腥的呕吐物。帕德瑞跪倒在她身边。

他抚着她的鬃毛，搂着她的脖子，把她拉到自己的腿上，拔出卡在她喉咙里的另一根手指；但为时太晚，她早已死去。奶牛、小马甚至小牛都围在一旁悲哀地望着，都知道她已离去。

外景。岛上各处景观——黄昏

【日落时分，岛上一些之前出现过的风景，比如城堡废墟和阴森的墓地。

内景。帕德瑞家——黄昏

【夕阳西下，小马在窗前张望，窗帘在微风中拂动，帕德瑞坐在椅上，小驴的尸体横在他膝上。

外景。帕德瑞家屋子——黄昏

【马灯光下，帕德瑞在屋后草地上挖掘一个墓坑，牲口们在一旁看着。墓坑边，小驴被细心地裹在帕德瑞的床单里。墓坑挖好后，他轻轻地抱起她放进墓坑。然后久久跪在墓坑前，含泪为她默默祈祷。然后他轻轻地把土铲到她身上。牲口们都望向远方。

内景。帕德瑞家——夜晚

【双手仍沾满尘土和血迹，帕德瑞在白衬衫外套上一件黑夹克。他在碎裂的镜前系上他的葬礼领带后，抓起一盏油灯，砸碎镜子，然后走出屋子。从敞开的窗子可看到慢镜头中的他走在小路上。窗帘诡异地拂动着。

外景。海滩——夜晚

【帕德瑞跟跄前行,将蹒跚挪步的麦考米克夫人甩在身后。

帕德瑞 我不想说话。

【当帕德瑞以为他已摆脱了她时……

麦考米克夫人 现在,你不能杀他的狗。

帕德瑞 别把我根本没想过的混账东西往我脑子里塞!你这个该死的神经病!

【帕德瑞在说话时,麦考米克夫人咯咯一笑。

麦考米克夫人 "神经病"。

内景。科尔姆家——夜晚

【月光下,家里没人,只有科尔姆的狗儿。它被窗外马灯下帕德瑞的那张脸惊醒。帕德瑞走进门来察看科尔姆是否在家,而后他坐到狗儿身旁,狗儿发出呜呜声。

他揉了揉它的头,它舔了舔他,然后帕德瑞的目光滑落在桌子上血泊中的那把血淋淋的园艺剪。他的目光又回到狗儿身上,狗儿与他对视。帕德瑞微笑地揉着狗儿的双耳。

帕德瑞 我咋会伤害你呢?你是他仅有的善良。

内景。酒吧——夜晚

【琼佐和格里十分担忧科尔姆流血的左手,科尔姆却似乎比以往更高兴,因为他正指挥着惊恐的音乐学生们演奏他的新曲……

就在此时,帕德瑞进门,琼佐和格里望着蓬头垢面、满身血迹、面色苍白的他,担心之极。

格里 嗨,帕德瑞!你气色真好!

【现在,演奏者们看到了他,慢慢地停住演奏。最终科尔姆也看到帕德瑞。

科尔姆　很棒，小伙子们。　这音乐很美。

【科尔姆来到帕德瑞身前，他手掌滴下的血迹沾满了地板。

科尔姆　我不需要你的道歉。　好吧？　它对我是一种解脱。　所以，我们称它为结束，彼此同意各走各路，对吗？　好自为之。

【科尔姆主动伸出右手。　帕德瑞只是看了一眼。

帕德瑞　今天你的粗手指噎死我的小驴。　所以不行，我们不会称它为结束，我们称它为开始。

科尔姆　（脸色一沉）你在跟我说笑。

帕德瑞　不，我没在跟你说笑。　明天，礼拜日，神的日子，两点钟，我会去你家，我会放火烧你的屋子，希望你还在屋里。但我不会察看。（停顿）你要确保你的狗儿待在屋外。　我同它无冤无仇。（停顿）或者你可尽你所能阻止我。（停顿）我们把这带入我俩的坟墓，或其中一个。（停顿）

【帕德瑞转身离去，就在他走出时，皮达进门，伸手一把抓住他头发。

皮达　我要跟你算账，蠢货。　我家那小傻子又去你家啦？

科尔姆　别碰他，皮达。　他的小驴刚死。

皮达　（微笑）他死啦？　那迷你小家伙？　好吧，耶稣男孩们，我来告诉你们这多么……！

【突然，科尔姆抡起凶猛一拳砸向皮达的笑脸。　皮达倒地。帕德瑞茫然看着躺在地上的皮达，同样茫然看着科尔姆，然后走到门口，拿起他的马灯回头望着科尔姆。

帕德瑞　两点钟。（他离去）

外景。各处岛景——黎明

【岛上的日出和水上地平线……

外景。帕德瑞家屋子——黎明

【在小驴杰妮的新坟上，一个手工白木十字架竖在坟头上。　奶牛们悲伤地嗅着它……

外景。教堂——黎明

【上午九点。 教堂钟声响起，岛民们纷纷赶往教堂……

外景。高坡山路/十字路口——黎明

【岛民从岛上各处赶往教堂，科尔姆也在人群中，他低头独自前行，走过圣玛丽的雕像。

内景。教堂——白天

【神父再次用拉丁语宣读弥撒，所有岛民(包括皮达、琼佐和格里)都在倾听，只有帕德瑞凝望一扇彩色玻璃的窗外。 科尔姆在前几排长凳上注视着他，与上次相反，今天是帕德瑞没有四处张望。 在弥撒进行中，帕德瑞离开了教堂。

内景。忏悔室——白天

【灯光透过格子窗照着科尔姆的脸，神父在听。

科尔姆　我弄死一头小驴。 是个意外，但我真心感到痛苦。

神父　你认为上帝会在乎小驴吗，科尔姆？

科尔姆　我怕他不会。 我怕它就是一切罪疚的根源。

神父　（停顿）就这件事儿吗？

科尔姆　哪件事儿？

牧师　你还忘了一些事儿？

科尔姆　没忘，我觉得我都忏悔了。

神父　你不觉得拳击警察是宗罪过？

科尔姆　哦，要是拳击警察是宗罪过，我们还不如收拾东西回家！

神父　自残也是一宗罪过。 一种最深重的罪过。

科尔姆　是吗？ 自残，那你给我记下。 乘以五倍。 （暂停）

神父　你忧郁症怎样了？

科尔姆　（停顿）有点发作。

437

神父 而你不想法克服它？

科尔姆 我不想克服它，不想。

【他们在黑暗中坐了一阵。

外景。帕德瑞家屋子——白天

【后景为小驴的坟墓，帕德瑞正在给奶牛和小牛喂水喂食，他给了它们许多；他轻拍它们，和它们吻别，而牲口们似乎明白将要出事儿。

在此情境中，以及随之的镜像剪辑，西奥本给帕德瑞写信的旁白声。

西奥本 （旁白）亲爱的帕德瑞，我已在内陆安居下来。这里真可爱，帕德瑞。在我写信时，窗前一条小河静静地流着，这儿的人们已没那么痛苦和迷茫。我不明白为何，但我想那是因为他们大都来自西班牙。

内景。帕德瑞的屋子——白天

【帕德瑞和西奥本的空空的卧室，只剩两张单人床，两床之间墙上的耶稣圣心图……帕德瑞在小窗外收拾着一些看不清的物件。

西奥本 （旁白）我就想告诉你，这儿有一张空床给你留着，帕德瑞，战争快结束了，我想你会在这里找到工作。

外景。帕德瑞的屋子——白天

【帕德瑞将外面捡来的胶合板、浮木片和其他易燃品扎拢，把它们和四五盏油灯一起装到马车上。用绳子拴紧所有物件。

西奥本 （旁白）而你在伊尼西林一无所有，除了无尽的荒凉、怨恨、孤绝、庸俗的邪恶……

内景。帕德瑞家——白天

【无人的起居室，两把空椅子，被遗弃的书籍，飘动的窗帘，被砸碎的镜子，凌乱的一切。 帕德瑞拿起那桶19号石蜡油走出门去。 透过窗户，可看到他把石蜡油放上马车，然后赶着小马拖着的马车慢慢驶向弯道。

西奥本 （旁白）……和缓慢的时光一起消磨，直到死亡。 当然，你也可以在任何地方活成这样！

外景。帕德瑞家屋子——白天

【帕德瑞赶着堆满易燃物的马车上路了，他的牲口们不再吃食而来到路边，悲哀地看着他离去。

西奥本 （旁白）来吧，帕德瑞。 离开那儿。 多米尼克可以照看你的杰妮和其他牲口。 现在它们可以搬到屋子里住在一起！

外景。湖边——白天

【帕德瑞赶车路过湖边，只见湖对岸麦考米克夫人肩上横着多米尼克那钩杆，此时她正专注地盯着水面……

西奥本 （旁白声）现在请你快来吧，帕德瑞……

外景。科尔姆家屋后山景——白天

【帕德瑞来到山坡上，俯视科尔姆家屋子，屋顶烟囱冒着白烟。 他让马儿停住片刻。

西奥本 （旁白）赶在一切都太晚之前。

【他赶着马车继续前行，来到屋前。

外景。科尔姆家屋子——白天

【科尔姆的狗儿在外面草地上，帕德瑞下了马车，未从窗外张望屋内。 把所有的木片从车上拉下，堆在屋门和窗下，他将石蜡油浇在木柴上，还沿着墙壁一直洒到茅草屋顶。
他点燃马车上的四盏油灯，然后注意到科尔姆的狗抬头困惑地看着他……
于是，他把狗儿抱到车上……然后操起第一盏点燃的灯，向门

439

上砸去，门上顿时火光冲天。 他把第二盏灯砸到窗下，把另外两盏灯砸向其他窗户和茅草屋顶，所有一切都熊熊烧起……
现在狗儿站在车上望着屋子被大火吞没，焦躁迷茫。 帕德瑞拍着动物安抚它们，然后欲驾着马车离去……
就在此刻，从屋内传来科尔姆那台老爷钟敲响了两声……
帕德瑞拉住小马，想了一下……接着下车透过一扇燃烧的窗户朝屋里看……
科尔姆坐在那里，紧张地抽烟。 视角终结。
帕德瑞点头自语，回到车上，驾车离开。 狗儿仍然站在车上，望着火焰中的屋子，帕德瑞驾车前行，身后的屋子在大火中燃烧，此刻响起帕德瑞给西奥本回信的声音。

帕德瑞 （旁白）亲爱的西奥本……

外景。帕德瑞家屋子——黄昏

【日落，灯光亮起。 他的两头牛从窗外看着屋里的帕德瑞……

内景。帕德瑞家屋子——黄昏

【在美丽的夕阳下，帕德瑞用手指沾着黑色鞋油抹写在一块木板，他的小马、小牛，还有科尔姆的狗儿都围着他，看不清木板上的字。
狗儿在门上抓挠，想回到自家屋里去。 但帕德瑞用他手指点击了一下，它又伤心地坐下。

帕德瑞 （旁白）显然，我不知"安顿"是啥。 是什么？ 但我感谢你提供免费的床铺和其他的物件。 （停顿）但恐怕我不能接受你的提议。

外景。帕德瑞家屋子——黄昏

【帕德瑞把那木板挂在小驴墓顶的十字架上。 木板上鞋油写的"杰妮"二字后还有一个小黑心。 太阳在它后面的地平线上落下。

帕德瑞　（旁白）我告诉你了,我的生活就在伊尼西林岛上。 我的朋友,我的牲口……

内景。帕德瑞家——黄昏

【在一根蜡烛的亮光中,端坐的帕德瑞茫然凝视前方,生命在耗去,他的牲畜们仍在屋外转悠,沮丧的狗儿仍坐在门前。

帕德瑞　（旁白）即便现在,在我写信的此刻,小驴杰妮看着我说,请你别走,帕德瑞,我们会想念你,它偎依着我,这小家伙。 下去,杰妮!

外景。科尔姆家屋后的山景——黄昏

【皮达身后,科尔姆家屋子在地狱般熊熊大火中燃烧着,他拿出随身的手铐,大步离开……

外景。帕德瑞家屋子——黄昏

【皮达沿着大路朝帕德瑞家奔来;在他拐向小路疾步走向亮着烛光的帕德瑞家时,他抽出警棍……

麦考米克夫人　上天啊!

【皮达突然被手持着钩杆的麦考米克夫人吓了一跳。 她招手让他跟着她,此刻她手中那钩杆子让他无法不跟随着她……

帕德瑞　（旁白）还有这消息,更加悲伤。 那就是……

外景。湖边——黄昏

【多米尼克溺水泡肿的的尸体仰面躺在浅滩上。 麦考米克夫人正用那钩杆拖动那尸体。 皮达站在那里凝视着他死去的儿子。

帕德瑞　（旁白）……他们今天在湖里发现了多米尼克的尸体。 这可怜的小哥,他一定是滑倒,跌入湖里。 所以不再有人能照顾我们家的牲口了。

441

外景。科尔姆家屋子——黄昏

【日落时分,不管从哪个惊险视角来看,燃烧的屋子已完全坍塌在它自身之上了。

帕德瑞　(旁白)没有其他消息了,真的。

内景。帕德瑞家——夜

【卧室。 帕德瑞脸朝下伏在他那张孤独的床上,一根蜡烛照亮房间。 小牛和小马从门缝里看着他,看着西奥本的空床。

帕德瑞　(旁白)还有,我爱你,西奥本,我想念你,我盼望我能再见到你的一天,要是你能回家。(卧室里,悲伤地)回家吧,西奥本。(旁白)你诚挚的,亲爱的哥哥,帕德瑞·苏利汉。

【他用手指掐灭蜡烛,小马小牛转头离去。

外景。墓园——黎明

【旭日照着墓园……

外景。高坡山路/十字路口——黎明

【旭日照着圣母玛丽亚雕像……

外景。科尔姆家屋后的山景——黎明

【旭日照着科尔姆冒烟倒塌的屋子,而帕德瑞带着科尔姆的狗儿在海滩上散步。 狗儿看到海滩上的依稀人影……它快乐地朝那人影飞奔,那人正凝视着大海。 帕德瑞向海滩走去。

外景。海滩——黎明

【海滩上那人自然是科尔姆,他与狗儿快乐拥抱。 帕德瑞来到海水边,离他们大约十几米处。

【在他们身后的高坡上,科尔姆的烧毁的屋子还在冒烟。 一个身影出现在它旁边……

外景。科尔姆家屋子——继续

【那是麦考米克夫人,手持那钩杆。 她远远察看着沙滩这俩人,可看到一扇窗被砸出在屋外,外面草地上还有一把椅子。

外景。海滩——继续

【科尔姆放下狗儿,望向大海,狗儿在他和帕德瑞之间稍觉困惑。

科尔姆　我想我的屋子让我们解脱了。

帕德瑞　如果你守在你屋里,那就会让家里没有人,只有科尔姆的狗,它被科尔姆在窗前看着的那张脸惊醒了。 我们解脱。 但你没有,对吗,所以我们没能解脱,对吗?

科尔姆　(停顿)你的小驴我很抱歉,帕德瑞。 我真诚地抱歉。

帕德瑞　我他妈的不在乎。

【他们再次眺望大海,以及海湾对面宁静的陆地。

科尔姆　这一两天没听到陆地上的枪声。 我想他们要结束战争了。

帕德瑞　哈,我肯定他们很快又会重启战争,对吗? 有些事情,是无法改变的。 (停顿)而我认为这是件好事。

【帕德瑞欲离去……

科尔姆　帕德瑞?

【帕德瑞停住。

科尔姆　谢谢你为我照看我的狗儿,不管怎样。

【帕德瑞注视了狗儿片刻。

帕德瑞　不用谢。

【帕德瑞大步离去……

【科尔姆转头回望大海,吹起了口哨,口哨声带着他的曲调响了片刻,然后渐渐飘散消失……

【麦考米克夫人远远注视着这一切……

【这两个男人间的距离越来越远,越来越远。

【结束。